▲監修・編集・解題▼中村正明　安西晋二

明治初期毒婦小説集成

第2巻　久保田彦作篇②

ゆまに書房

凡例

一 明治初年代から十年代にかけて、旧来の戯作と新時代のメディアの融合が見られた時代、読者から多くの支持を得たのが、合巻の形で提供された「毒婦小説」である。本集成はその代表作といえる作品を作者別にまとめるものである。また、参考資料として、活字本や速記本という別の形の出版物、そして演劇に広まって作成された番付や台本、そしてくどき節などの俗謡なども収録する。

二 なお、岡本起泉の「東京奇聞」「白菖阿繁顛末」「幻阿竹噂聞書」の三作品については、編者による翻刻を付した。

三 復刻に当たり、A5判に収めるよう、適宜判型を調整した。底本にある印刷のかすれ、虫損、小欠損、手擦れ等の汚れ、しみなどは、そのままとした。ただし、上記の理由で数文字にわたり判読できない場合、一部その文字を添書して補った。

四 各収録資料の解題を収録巻巻末に付した。各項目の執筆者名は、文末に記している。

五 復刻版刊行を御許可いただいた各底本所蔵機関に謝意を表します。

目次

錦城斎貞玉　口演

速記本『鳥追お松』

明治三十三年刊

7　速記本『鳥追お松』（錦城斎貞玉口演）

鳥追お松はしがき

千歳《ちとせ》を祝《いは》ふ門松《かどまつ》や。軒《のき》に揺《ゆ》らる丶七五三縄《しめなは》の色《いろ》も艶好《つやこ》きふつきり竹《たけ》。お目出度《めでた》ふ相變《あいかは》らずと聲《こゑ》もゆたかお屠蘇機嫌《とそきげん》。常《つね》に似氣《にげ》なき上下《かみしも》の。別《わ》け隔《へだ》てなく親《したし》みて幾千代《いくちよ》永《なが》く万歳樂《まんざいらく》。鼓《つゞみ》に和《くわ》して羽根《はね》の音《おと》。空《そら》に上《のぼ》れる紙鳶《たこ》までも文武《ぶんぶ》と迂鳴《うな》る太平《たいへい》の。春《はる》の寒風《さむかぜ》破《や》ぶるある浮《う》いた調子《ちやうし》の鶴賀節《つるがぶし》。唄《うた》ふ聲《こゑ》さへ仇《あだ》めきて。長閑《のど》けき心《こゝろ》も一しほに若《わか》やく姿《すがた》の鳥追《とりおひ》も今《いま》は跡《あと》をも止《とゞ》めずあり。昔《むか》しの畫《ゑ》にて知《し》れるのみ。抑《そ》も本講談《ほんこうだん》お松《まつ》なる者《もの》即《すなは》ち其《その》一つにして。明治《めいぢ》初年《しよねん》の頃《ころ》江戸《えど》の市中《しちう》に持《もて》離《はや》され。其《その》綽《あだ》名《な》さへ小屋久米三《こやくめぞ》と。浮氣《うはき》男《をとこ》の思《おも》ひの種《たね》。夫《それ》を奇貨《きくわ》とし大膽《だいたん》にも。多《おほ》くの黄金《こがね》を榮曜榮華《ゑいやうゑいぐわ》。六尺《しやく》ゆたかの髯男《ひげをとこ》も自《みづか》ら名乘《なの》

15　速記本『鳥追お松』（錦城斎貞玉口演）

る色男《いろをとこ》も。細《ほそ》き三筋《すぢ》の糸《いと》に操《あやつ》り。數種《すうしゆ》の罪《つみ》を犯《おか》すに至《いた》り。能《よ》く法網《はうもう》をくゞり拔《ぬ》け千變万化《せんぺんばんくわ》極《きはま》りなく。一時《じ》法曹社會《はうそうしやくわい》の評判者《ひやうばんもの》。毒婦《どくふ》の傳《でん》をこまやかに。聊《いさゝ》か勸善懲悪《くわんぜんちようあく》にもと。ぜひ初春《はつはる》の出版《しゆつぱん》に間《ま》は合《あは》してと書店《しよてん》の依頼《いらい》。畏《かしこま》つて演者《わんしや》とはかり。早速《さつそく》ながらに筆《ふで》を取《と》り忽《たちま》ち出《で》來た一夜《や》漬《づけ》。好《す》と嫌《きら》ひは讀者《どくしや》の御勝手《おかつて》。いくとせかへぬ松《まつ》の色《いろ》の末《すゑ》のすへかけ御愛《ごあい》讀を伏《ふ》して偏《ひとへ》に願《ねが》ふになむ

明治三十三年子の若春　加藤みゝづ識

鳥《とり》追《おひ》お松《まつ》

錦城齋貞玉講演
加藤由太郎速記

第一席

梅《むめ》が香《か》や乞食《こじき》の家《いへ》も覗《のぞ》かるゝと古《ふる》き發句《ほつく》にもありますが新玉《あらたま》る代《よ》の春《はる》立《た》つ頃《ころ》東京《とうけい》はまだ江戸《えど》と申しましたが爰《こゝ》に木挽町《こびきちやう》の采女《うねめ》ヶ原《はら》に羽生《はにふ》小屋《こや》の板庇《いたびさし》月《つき》洩《も》る軒《のき》のあばらやで親子《おやこ》の非人《ひにん》がありました、亭主《ていしゆ》の定五郎《さだごらう》といふは日《にち》々〱の如《ごと》く尾張町《をはりちやう》の角《かど》布袋屋《ほていや》といふ呉服屋《ごふくや》の軒下《のきした》に履物《はきもの》直《なほ》しの露店《みせ》を張《は》り、妻《つま》のお千代《ちよ》と申すは本年《ほんねん》四十四歳《さい》夫婦《ふうふ》の間《あひ》だにお松《まつ》といふ娘《むすめ》があつてお千代《ちよ》は右《みぎ》のお松《まつ》を連《つ》れ春《はる》は鳥《とり》追《お》ひ平生《へいぜい》は女太夫《をんなだゆう》の笠《かさ》深《ふか》く包《つゝ》めども匂《にほ》ふ島田《しまだ》髷《まげ》二十歳《はたち》の上《うへ》を二ツ三ツ越《こ》せども花香《はなか》は市中《しちう》に高《たか》く大《おほ》店《だな》向《む》きや勤《きん》

鳥追お松

番《ばん》長《ちやう》屋《や》の窓《まど》下《した》で所《しよ》望《まう》をされます鶴《つる》賀《が》の節《ぶし》も、いづくともなく仇《あだ》めきて其《その》頃《ころ》江《え》戸《ど》に小《こ》屋《や》久《く》米《め》三《さ》とまで綽《あだ》名《な》をされました是《これ》が抑《そも》々《〳〵》本《ほん》編《べん》の主《しゆ》人《じん》でございます頃《ころ》しも慶《けい》應《おう》末《すゑ》のことでありますから諸《しよ》藩《はん》の兵《へい》隊《たい》大《だい》名《めう》小《こう》路《ぢ》に屯《とん》營《ゑい》して未《ま》だ血《ち》なまぐさい時《とき》なれば女《をんな》太《だ》夫《いう》を窓《まど》下《した》に近《ちか》付《づ》けていろ〳〵の歌《うた》など唄《うた》はせ是《これ》を肴《さかな》に酒《さけ》を飲《の》むといふ、去《さ》ればお松《まつ》親《おや》子《こ》は日《にち》々《〳〵》の如《ごと》く此《この》窓《まど》下《した》へ來《き》ては澤《たく》山《さん》の心《こゝろ》注《づ》けを貰《もら》ひ、實《じつ》に好《い》い商《せう》賣《ばい》であると定《さだ》五郎《らう》もホク〳〵悦《よろこ》んで居《い》る、然《しか》るに此《この》屯《とん》集《しう》の其《その》中《なか》に濱《はま》田《だ》正《せう》司《じ》といふ人《ひと》があつたが此《この》人《ひと》深《ふか》くもお松《まつ》を戀《こひ》慕《した》ひ傳《つ》手《て》を求《もと》めて采《うね》女《め》ヶ原《はら》の定《さだ》五郎《らう》の小《こ》屋《や》へ尋《たづ》ね行《ゆ》き、金《かね》に明《あ》かして親《おや》を説《と》き、終《つひ》に割《わり》なき中《なか》とは成《な》りましたが、元《ぐわん》來《らい》此《この》お松《まつ》といふ女《をんな》は顔《かほ》に似《に》もやらぬ慾《よく》深《ふか》き女《をんな》と云ひ、夫《それ》に附《つき》添《したが》ふ母《はゝ》親《おや》も同《おな》じ心《こゝろ》の慾《よく》深《ふか》く娘《むすめ》の色《いろ》香《か》に迷《まよ》ひましたる濱《はま》田《だ》の弱《よわ》身《み》に附《つけ》入《い》つていろ〳〵の手《て》管《くだ》を盡《つく》し彼《かれ》是《こ》れ二百両からの金《か》子《ね》を欺《だま》して取《と》りまし

十

鳥追お松

たが、固《もと》より正司《せうじ》とて金子《かね》を多《おう》く蓄《たくは》へ居る人《ひと》といふにもあらざれば今《いま》はお松の爲《ため》に衣類《きるゐ》調度《ちやうど》さへも皆《みな》失《うしな》ひ、如何《いかが》はせんと心配《しんぱい》をして居《ゐ》る内《うち》に弱《よわ》り目《め》に祟《たゝ》り目《め》とやら此事《こゝ》早《はや》くも隊長《たいてう》に知《し》れまして終《つい》に禁足《きんそく》を申附《まうしつ》けられました、お千代《ちよ》は娘《むすめ》のお松《まつ》に向《むか》ひ　千代「ねへお松《まつ》濱田《はまだ》さんは何《ど》うしたのだらう此《この》二三日チットも來《こ》ないじやアないか　松「サア、妾《わた》しも其事《そのこと》が氣《き》に成《な》らないじやアありませんが、ナーニモー阿母《おつか》さん大抵《たいてい》美味《うま》い所《ところ》は吸取《すいと》つて跡《あと》は骨湯《こつゆ》にするばかり來《こ》ない方《はう》が好《や》うございます　千代「夫《それ》も然《さ》ふだねへ、此頃《このごろ》では濱田《はまだ》さんも身拵《なり》と云《い》ひ持物《もちもの》と云《い》ひ以前《いぜん》から見《み》るとガラリと變《かは》つて本當《ほんたう》に見《み》すぼらしくなつて來《き》たが何《な》んでも物《もの》は見切《みき》りが肝要《かんやう》、お松《まつ》、又《また》好《い》い鳥《とり》があつたらお引掛《ひつか》け、牛《うし》を馬《むま》に乘替《のりか》へないと飛《と》んだことになるよ　松「本當《ほんたう》に然《さ》ふですねへ」と親《おや》が親《おや》なら子《こ》も子《こ》でございますから濱田《はまだ》のことは忘《わす》れたやうになつて好《い》い鳥《とり》でも

鳥追お松

十二

あつたらばと外《ほか》へ目《め》掛《か》けて居《ゐ》りましたが引《ひき》掛《かけ》るやつこを厄《やく》難《なん》でゲス爰《こゝ》に親《おや》の定《さだ》五郎《らう》の所《ところ》へ時《とき》々《〲》屑《くづ》皮《かわ》を賣《う》りに來《く》る淺《あさ》草《くさ》橋《はし》場《ば》の非《ひ》人《にん》大《おほ》坂《さか》吉《きち》といふ者《もの》がある、穢《ゑ》多《た》とはいひながらチヨイと小《こ》意《い》氣《き》な男《をとこ》、年《とし》の頃《ころ》二十七八、菊《きく》五郎《らう》の雪《せつ》駄《だ》直《なほ》し、長《ちやう》五郎《らう》といふ風《ふう》の意《い》氣《き》、男《をとこ》、是《これ》と早《いつ》晩《しか》お松に於《おい》ては親《おや》の目《め》を忍《しの》びまして嬉《うれ》しい夢《ゆめ》を結《むす》ぶことになつた、折《をり》節《ふし》は大《おほ》坂《さか》吉《きち》の家《いへ》へ泊《とま》り込《こ》む樣《やう》子《す》、母《はゝ》のお千代此《この》頃《ころ》に至《いた》つて、て是《これ》を悟《さと》りましたが然《しか》し娘《むすめ》を餌《ゑば》に金《か》子《ね》を奪《うば》ふを業《げふ》の如《ごと》くにして居《を》つた親《おや》だけになぜ色《いろ》男《をとこ》を拵《こしら》へたと改《あらた》めて小《こ》言《ごと》をいふこともも出《で》來《き》ません　千代「仕《し》方《かた》がない娘《むすめ》も、年《とし》頃《ごろ》だから口《くち》直《なを》しをするのだらうと見《み》て見《み》ぬ振《ふり》をいたして居《ゐ》る、爰《こゝ》に淺《あさ》草《くさ》の並《なみ》木《き》町《まち》に松《まつ》屋《や》といふ呉《ご》服《ふく》屋《や》がございます、可《か》成《なり》な身《しん》代《だい》で奉《ほう》公《こう》人《にん》も七八人お客《きやく》の絶《たへ》たことのないといふ中《なか》々《〲》繁盛の呉《ご》服《ふく》屋《や》さん、其《その》見《み》世《せ》に居《ゐ》る番《ばん》頭《とう》の忠《ちう》藏《ざう》といふは元《もと》大《おほ》坂《さか》の生《うま》れの者《もの》にて白《しら》雲《くも》頭《あたま》の時《じ》分《ぶん》から一生《せう》懸《けん》命《めい》に仕《し》

鳥追お松

上《あ》げた者《もの》故《ゆへ》主人《しゆじん》も今《いま》では信用《しんやう》をして内外《うちそと》のことを一切《さい》任《まか》せ、若衆《わかいしゆ》手《て》代《だい》には他《た》支《し》配《はい》人《にん》とか番《ばん》頭《とう》さんとかいはれて居《ゐ》る未《ま》だ年《とし》は若《わか》いがなか／＼の確乎者《しつかりもの》、見《み》世《せ》へ座《すわ》つて帳合《ちやうあい》をして居《ゐ》ると毎《まい》日《にち》のやうに門《かど》附《つ》けをして一文《もん》二文《もん》の手《て》の内《うち》を貰《もら》つて行《い》くのが例《れい》のお松《まつ》、忠《ちう》藏《さう》始《はじ》めの内《うち》は氣《き》が注《つ》かなかつたが、餘《あま》り見《み》世《せ》の評判《ひやうばん》が八《や》釜《かま》しいから

忠「好《い》い女《をんな》てへのは何《ど》んな者《もの》か明《あ》日《す》來《き》たらば其《その》鳥《とり》追《おい》を一ッ見《み》てやらう」と心待《こゝろま》ちに待《ま》つて居《い》ると相《あい》も變《かは》らず今《け》日《ふ》も今《け》日《ふ》も門《かど》へ立《た》つたる鳥《とり》追《おひ》お松《まつ》、ヒヨイと笠《かさ》の内《うち》を覗《のぞ》き込《こ》んでゾッと爲《し》た

忠「アゝー好《い》い女《をんな》といふのは斯《こ》ふいふ者《もの》か、人《ひと》交《まじは》りの出《で》來《き》ない穢《ゑ》多《た》非《ひ》人《にん》と一ト口《くち》にいふが穢《ゑ》多《た》にもあんな美人《びじん》があるものか……」とサア是《これ》からといふものは寢《ね》ても覺《さめ》ても忘《わす》れ兼《か》ね物事《ものごと》も手《て》に付《つ》かねばかり

忠「切望男《をとこ》と生《うま》れた甲《か》斐《い》にはアゝいふ女《をんな》を唯《たゞ》一晩《ばん》自《じ》由《ゆう》にいたして見《み》たいもの相《あい》手《て》が穢《ゑ》多《た》でも非《ひ》人《にん》でも然《そ》んなことに厭ひは

鳥追お松

十四

ない」とうつら〳〵と其《その》事《こと》のみクヨ〳〵思《おも》つて居《を》りましたが今《いま》は最早堪《たま》り兼《か》ねたか一通《つう》の文《ふ》章《み》を認《したゝ》め、来《く》る時《じ》刻《こく》をはかつて己《おの》れが見《み》世《せ》の鼻《はな》に出《で》て居《い》て手《て》の内《うち》と共《とも》に彼《か》の玉《たま》艶《づさ》をお松《まつ》に握《にぎ》らせましたお松《まつ》は手《て》の内《うち》の外《ほか》に何《なに》か紙《かみ》切《き》れを呉《く》れたから不《ふ》審《しん》は晴《は》れぬが此《こ》方《ち》も去《さ》る者《もの》　松「有《あり》難《がた》ふ存《ぞん》じます」といふ禮《れい》さへも仇《あだ》めき鶯《うぐひす》の谷《たに》の戸《と》出《い》づるばかりの美《び》音《おん》、吾《あづ》妻《ま》橋《はし》の袂《たもと》に来《き》たる前《ぜん》後《ご》に人《ひと》のなきを見《み》隙《すか》し披《ひら》いて見《み》れば這《こ》は如《い》何《か》に思《おも》ひも掛《か》けぬ一本《ぽん》の艶《えん》書《しよ》

一筆《ふで》しめし上《あ》げまゐらせ候さてとや御《をん》身《み》日《にち》々〳〵私《わたく》し家《いへ》の見《み》世《せ》に御《お》出《い》でなされ吾《われ》等《ら》をはじめ人《ひと》々〳〵を調《てう》子《し》に載《の》する三筋《すぢ》の糸《いと》に笠《かさ》の内《うち》をば覗《のぞ》き参《まゐ》らせ仇《あだ》な姿《すがた》に戀《こい》風《かぜ》のゾッと身《み》に染《し》み今《け》日《ふ》此《この》頃《ごろ》ははたの見《み》る眼《め》にも物《もの》思《おも》ひの体《てい》知《し》るゝ程《ほど》に相《あい》成《な》り申候何《なに》卒《とぞ》男心《をとこごゝろ》のいぢらしさ御《おん》察《さつ》しの上《うへ》申すもなめしげには似《に》たれども一ト夜《よ》の情《なさ》け御《おん》許《ゆる》し下《くだ》され候へば私《わたくし》百《もゝ》歳《とせ》の命《いのち》さら〳〵惜《をし》

みやさすい

桝屋見世にて
御存じより

お松殿へ

と信實《しんじつ》見《み》へたる忠藏《ちうざう》の手紙《てがみ》にお松《まつ》は例《れい》の金子《かね》故《ゆゑ》なら譬《たと》ひ醜《みにく》き男《をとこ》でも菊《あば》石《た》があらうとピッコでも其《そ》んな用捨《ようしや》は少《すこ》しもない、況《いは》んや男《をとこ》振《ぶ》りも當《あた》りまいで呉服屋《ごふくや》の支配人《しはいにん》、是《これ》を旨《うま》く欺《だま》したら自分《じぶん》に金子《かね》はなくつても主人《しゆじん》の金子《かね》でも纒《まとま》つた金子《かね》も少《すこ》しは取《と》れやうかと斯《か》ふ考《かんが》ひたから直《す》ぐ其《その》足《あし》で橋場《はしば》の大《おほ》坂《さか》吉《きち》の所《ところ》へやつて參《まゐ》りまして

松「吉《きつ》さん

吉「ヲヽお松《まつ》何《ど》うしたへ

松「少《すこ》し相談《さうだん》があつて來《き》たんだがねへ

吉「ウム

松「是《これ》を御覽《ごらん》よ

吉「何《な》んだいコリヤア

松「色文《いろぶみ》サマア讀《よ》んでお呉《く》れ、少《すこ》しお前《まへ》にも金子《かね》を儲《まう》けさせやうかと思《おも》つて來《き》たんだが何《ど》うだい

吉「金《かね》儲《まう》けの口《くち》と聞《きい》ちやア何《なに》より

鳥追お松

鳥追お松

十六

だがドレ〳〵」と彼《か》の手紙《てがみ》を讀《よみ》下《くだ》し　吉「フムー、惚《のろ》い野郎《やらう》だなアお松《まつ》何《ど》うしやうてんだい　松「知《し》れ切《き》つたあとサ、美人局《つゝもたせ》を一番《ばん》やつて旨《うま》い金子《かね》を儲《まう》けやうてんだが何《ど》うだらう　吉「夫《そ》りやア理由《わけ》ねへがだが此奴《こいつ》は二人《ふたり》切《ぎ》りじやア面白《おもしろ》くねへ、乃公《おれ》に好《い》い謀略《はかりごと》があるんだが少《すこ》し耳《みゝ》を貸《か》しねへ　松「ハア、エヽくすぐつたい成程《なるほど》……フム、ハア分《わか》りましたじやア阿母《をつか》さんに頼《たの》んで………　吉「好《い》いか、分《わか》つたか　松「分《わか》りました、好《や》うございますと何《なに》やらんコソ〳〵不良《よから》ぬことを喋《しめ》し合《あは》せ、お松は己《おの》れの家《いへ》へ歸《かへ》つて阿母《おふくろ》にさゝやき一本《ほん》の手紙《てがみ》を書《かい》て其《その》翌《よく》日《じつ》又《また》も松屋の見《み》世《せ》口《ぐち》に至《いた》りました、忠藏はお松の返事《へんじ》は如何《いかゞ》わらんと其夜《そのよ》は寢《ね》もやらず翌日《よくじつ》を相《あい》待《ま》つ、チャン〳〵と三味《み》線《せん》の音《ね》がしたから忠藏《ちうざう》はソレ來《き》たと見《み》世《せ》口《ぐち》へ飛《とび》出《い》だし　忠「峰《みね》どんや今《いま》私《わし》ア表《おもて》に用《やう》があるから鳥《とり》追《をい》の手《て》の内《うち》は序《つい》でに私《わし》がやりますと表《おもて》へ飛《とび》出《い》だし　忠「ハイ上《あ》げますよ　峰「有

鳥追お松

難ふ存じます」と手《て》を差出《さしだ》しながら手《て》紙《がみ》を渡《わた》す、忠藏手《て》早《はや》く袂《たもと》に押《おし》隠《かく》して左《さ》あらぬ体《てい》お松は仕《し》済《すま》したりと其《その》儘《まゝ》に行《ゆき》過《す》ぎる、忠藏は飛《とば》立《た》つばかりの思《おも》ひをして尾《び》籠《ろう》なお話《はな》しだが便《べん》所《じよ》へ飛《とび》込《こ》んで彼《か》の手《て》紙《がみ》を開《ひら》いて見ると

お返《へん》事《じ》申上《あげ》候人《ひと》交《まじわ》りも出《で》来《き》候はぬ賤《いや》しき妾《わらわ》に御《ご》深《しん》切《せつ》なる御《お》言《こと》葉《ば》の數《かず》々たゞ〳〵只《ひた》管《すら》御《おん》嬉《うれ》しく存じ上《あ》げまゐらせ候餘《あま》りのことに身《み》の程《ほど》を忘《わす》れ申上ぐるも厚《あつ》皮《かま》しくは候へ共《ども》明《めう》晩《ばん》六ッ半《はん》頃《ごろ》淺《あさ》草《くさ》橋《はし》場《ば》の片《かた》ほとり吉《きち》五郎《らう》と申す者《もの》の家《いへ》へ御《お》尋《たづ》ね下されたく右《みぎ》の者《もの》は私《わたく》し親《しん》類《るい》の者《もの》にて昨《さく》今《こん》はるすに候間《あひだ》其《その》家《いへ》にて御《さ》首《しゆ》尾《び》いたすべく必《かなら》ず〳〵御《おん》待《ま》ち上げ申居《を》り候、委《くは》しくはお目《め》もじの上《うへ》海《うみ》山《やま》申上べく候あら〳〵かしく

斯《か》くの如《ごと》くに認《したゝ》めてある、盲《もう》龜《き》の浮《ふ》木《ぼく》優《う》曇《どん》華《げ》の花《はな》待《ま》ち得《え》たる心《こゝ》地《ち》をして便《べん》所《じよ》から出《で》て參《まゐ》り帳《ちやう》場《ば》に座《すわ》つて翌《よく》日《じつ》の來《きた》るを相《あひ》待《ま》つて居る

鳥追お松

手《て》代《だい》の平吉《へいきち》が　平「忠藏《ちうざう》さん　忠「何《なん》だい　平「斯《こ》んなことを申上《あ》げちやア恐《おそ》れ入《い》りますが外《ほか》の者《もの》も此《この》頃《ごろ》は忠藏さんは何《な》うなすつたのだらう御《ご》病《びやう》氣《き》か知《し》らんなぞと噂《うはさ》をして居《を》りましたが夫《それ》に引《ひき》替《か》へて今《け》日《ふ》は帳《ちやう》場《ば》で最《さい》前《ぜん》からニヤリ〳〵と一《ひと》人《り》で笑《わら》つてお出《い》でなさるが餘《よ》ッ程《ほど》嬉《うれ》しいことがおあんなさると見《み》へますね　忠「何《なに》をお前《まへ》方《がた》はいふのだい、私《わたし》ア嬉《うれ》しいことも何《な》んにもないよ、走《はし》り大《だい》黑《こく》じやアあるまいし一《ひと》人《り》で笑《わら》つて居《ゐ》る奴《やつ》があるものか」と口《くち》ではいふが腹《はら》の中《なか》では嬉《うれ》しくつて堪《たま》らない、翌《よく》日《じつ》になつて暮《くれ》六ッの來《き》たるを後《おそ》しと相《あひ》待《ま》つ内《うち》やつと日《ひ》も暮《く》れ掛《か》つた樣《やう》子《す》、何《な》んといつて主《しゆ》人《じん》から暇《いとま》を貰《もら》つて出《で》やうかと色《いろ》々〳〵考《かんが》へて居ると松《まつ》屋《や》の主《しゆ》人《じん》勘《かん》七といふ人《ひと》が折《をり》も折《をり》とて　勘「アノ忠《ちう》藏《ざう》どんや　忠「ハイ　勘「チヨイと來《き》てお呉《く》れ　忠「畏《かしこま》りました」主《しゆ》人《じん》の居《ゐ》間《ま》へ來《きた》つて　忠「旦《だん》那《な》何《なに》か御《ご》用《よう》でございますか、　勘「アノ橘町《たちばなてう》の大《だい》吉《きち》へねお前《まへ》御《ご》苦《く》勞《らう》だ

鳥追お松

が此《この》金子《かね》を持《も》つて往《い》つて渡《わた》してお呉《く》れ實《じつ》ア小僧《こぞう》でも好《い》いやうなものゝ日《ひ》暮《くれ》方《がた》でもあり旁々《かた〴〵》お前《まい》なら私《わし》も安心《あんしん》だに由《よ》つてチヨツクラ往《い》つて來《き》て下《くだ》さいと金子《かね》を二百兩《りやう》を渡《わた》されました　忠「悉《い》細《さい》畏《かしこま》りましてございます」と右《みぎ》の金子《きんす》を財布《さいふ》へ入《い》れて我《わが》主家《しうか》の門《もん》を立《たち》出《い》でましたが、迷《まよ》ふて居《ゐ》る時《とき》は善《ぜん》惡《あく》邪《じや》正《しやう》の考《かんが》ひもなく　忠「丁《ちやう》度《ど》好《い》い折《をり》からである、先《さき》へお松さんの所《ところ》へ往《い》つて積《つも》る話《はなし》をした上《うへ》に橘町《たちばなてう》へ往《い》つても然《さ》ふ遅《おそ》くもあるまい、然《さ》ふだ〳〵」と其《その》儘《まゝ》に心《こゝろ》も空《そら》の浮《うき》足《あし》に入《いり》谷《や》田《たん》甫《ぼ》を横《よこ》に見《み》て其《その》日《ひ》の暮《くれ》六ツ過《す》ぎたる頃《ころ》橋《はし》場《ば》の吉五郎といふ者《もの》の家《いへ》を尋《たづ》ね來《きた》つて見《み》ればはにうに等《ひと》しき小《こ》屋《や》住ひ　忠「ハテナ斯《こ》んな所《ところ》か知《し》らん」と門《かど》口《ぐち》に立《た》つて居《を》りましたが、心《こゝろ》を勵《はげ》まし　忠「御《ご》免《めん》下《くだ》さいませ　女「ハイ……」といふやさしい聲《こゑ》は確《たし》かにお松、門《かど》口《ぐち》ガラリと押《お》し明《あ》けて　松「ヲヤ番《ばん》頭《とう》さん能《よ》く……」といふも邊《あた》りに忍《しの》び聲《こゑ》跡《あと》は無《む》言《ごん》で手《て》を取《と》つて家《うち》へ引《ひき》入《い》れました、忠

鳥追お松

厳は引《ひき》入《い》れられる儘《まゝ》に中《なか》へ這《は》入《い》りし様《やう》子《す》を見《み》れば膳《ぜん》の上《うへ》には三々色《いろ》三色《いろ》の肴《さかな》を並《なら》べ、酒《さけ》の支《し》度《たく》がしてある、お松《まつ》はいそ〳〵と為《し》て邊《あた》りを占《し》め夫《それ》へ座《ざ》してしとやかに　松「モシ松《まつ》屋《や》の番《ばん》頭《とう》さん思《おも》ひも掛《か》けぬお手《て》紙《がみ》にて妾《わた》しは嬉《うれ》しいやら恥《はづ》かしいやら唯《たゞ》モー夢中《ちう》で身《み》の程《ほど》を忘《わす》れて手《て》紙《がみ》を差《さし》上《あ》げましたが能《よ》くマア入《い》らしつて下《くだ》さいました」と言《こと》葉《ば》の端《はし》々重た氣《げ》に顔《かほ》に紅《もみ》葉《ぢ》を散《ち》らせしは得《え》もいはれざる風《ふ》情《ぜい》なり、忠藏膝《ひざ》を進《すゝ》まして　忠「サ、厚《あつ》皮《かま》しい奴《やつ》と思《おぼ》召《しめ》しもありませうが堪り兼《かね》て那《あ》の手《て》紙《がみ》、貧《ひん》の盗《ぬす》みに戀《こひ》の歌《うた》、必《かなら》ず笑《わら》ふて下《くだ》さいますな　松「何《な》んで妾《わたく》しが笑《わら》ひませう、笑《わら》ふ位《くら》いなれば、お返《へん》事《じ》は差《さし》上《あ》げませぬ、何《な》んの因《いん》果《ぐわ》か人《ひと》様《さま》にはお附《つき》合《あひ》も出《で》來《き》ない穢《ゑ》多《た》の娘《むすめ》と生《うま》れ、生《しやう》涯《がい》の望《のぞ》みには一度《ど》なりとも人《ひと》さんと人《ひと》交《まじは》りが為《し》て見《み》たいと思《おも》ひし望《のぞ》みの漸《やうや》く叶《かな》ひ、然《しか》も呉《ご》服《ふく》屋《や》の御《ご》支《し》配《はい》人《にん》妾《わたし》ア本《ほん》當《たう》に嬉《うれ》しうございまする心《こゝろ》ばかりの酒《さけ》肴《さかな》、外《ほか》に憚《はゞ》かる人《ひと》とてはありません、御《ご》心配《しんぱい》なく一盞《こん》召上《めしあが》つて下さいまし」其《その》顔《かほ》しげ／＼打《うち》眺《なが》めた忠蔵は唯《たゞ》有《う》頂《てう》天《てん》、前《ぜん》後《ご》を忘《わす》れてお松の差《さ》した盃《さかづき》を手《て》に取《とり》上《あ》げ、次《し》第《だい》に廻《めぐ》る盃《さかづき》に酔《よひ》もをぼろの廓《さと》近《ちか》く総《そう》泉《せん》寺《じ》の松《まつ》風《かぜ》はさつ／＼と、金《きん》龍《りう》山《さん》浅《せん》草《さう》寺《じ》の打《うち》出《だ》す鐘《かね》はハヤ四ツであります、寝《ね》よとの鐘《かね》のむしろ屏風《びやうぶ》、破《やぶ》れ蒲《ふ》団《とん》に枕《まくら》を並《なら》べ怪《あや》しき夢《ゆめ》の仇《あだ》結《むす》び後《のち》の憂をも知《し》らぬが凡《ぼん》夫《ぶ》、忠蔵は非《ひ》人《にん》の小《こ》屋《や》に始《はじ》めて泊《とま》つたことであるからもしや人《ひと》に悟《さと》られては我《わが》身《み》の恥《はぢ》、且《か》つは我《わが》身《み》今《こ》宵《よひ》主《しう》の使《つか》ひに出《い》で遅《おそ》くもあらぬ橘《たちばな》町《てう》、もはや疾《とう》くに家《いへ》に帰《かへ》るべきに………唯《たゞ》主《しゆ》人《じん》の家《いへ》では心《しん》配《ぱい》いたして居《い》ることならん何《なん》と言《い》譯《わけ》いたして帰《かへ》らんかと取《と》つ措《おい》つ思《おも》へばとみには眠《ねむ》られず、夫《それ》に引《ひき》替《かへ》へお松《まつ》に於《おい》ては宵《よひ》に過《す》ごせし酒《さけ》のせいかすや／＼寝《ね》入《い》まし真《ま》夜《よ》中《なか》頃《ごろ》、表《おもて》の締《しま》りを蹴《け》放《はな》して躍《おど》り込《こ》んだる一人の荒《あら》暮《く》れ男《をとこ》子《こ》、出《で》刃《ば》庖《ぼう》丁《ちやう》を口《くち》に咬《くは》へ頬《ほう》被《かむ》りをして尻《しり》を搦《から》げ椽《えん》鼻《ばな》に足《あし》踏《ふみ》掛《か》け　男「ヤイ………」と一聲《こゑ》揚《あ》げましたが是《こ》れ

何《なに》者《もの》なるか讀《どく》者《しや》宜《よろ》しく推《すゐ》し玉《たま》ひ

第二席

戸《と》の明《あ》く音《おと》に驚《おどろ》いて忠《ちう》藏《ざう》は起《おき》上《あ》がり見《み》れば凄《すご》味《み》の一人の男《をとこ》に、遽てゝ逃《に》げんとする後《うしろ》から襟《えり》髪《がみ》持《も》つてズル〳〵と引《ひつ》戻《もど》し 男「ヤイ汝《われ》ア何《なに》者《もの》だ、能《よ》くも人の女《にう》房《ぼう》を慰《なぐさ》み者《もの》にいたしたな」と口《くち》に咬《くわ》へた出《で》刃《ば》庖《はう》丁《てう》を逆《さか》手《て》に取《とり》直《なほ》して身《み》構《がま》ひました、固《もと》より力《ちか》らもなきお店《たな》者《もの》鷹《たか》に取《と》られた小《こ》雀《すゞめ》同《どう》樣《やう》、お松も共《とも》に驚《おどろ》いて 松「アレー吉さん勘《かん》忍《にん》して……と逃《に》げやうとするを手《て》早《ばや》く忠藏を膝《ひざ》下《もと》に組《くみ》伏《ふ》せ猿《ゑん》臂《ぴ》を延《の》ばして襟《えり》髪《がみ》摑《つか》んで引《ひき》戻《もど》し 吉「ヤイ待《ま》てお松……汝《てめ》ヱにもスコヽシ乃《な》公《こ》が云《い》つて、聞《き》かせにやならねへことがある……が憎《にく》いは此《こ》奴《いつ》先《ま》づ此《この》男《をとこ》から先《さき》へ殺《ころ》して與《く》れねば腹《はら》が癒ねへ」とアワヤ忠藏をば一突《つき》にいたさんと出《で》刃《ば》庖《はう》丁《てう》を逆《さか》手《て》に取《とり》直《なほ》しました、お松は、

鳥追お松

見《み》るより大坂吉の手《て》に縋《すが》り涙《なみだ》に聲《こゑ》を曇《くも》らして　松「マア〳〵待《ま》つて下《くだ》さんせ、今《いま》更《さら》お前《まへ》の目《め》を掠《かす》め忠藏さんと不《ふ》義《ぎ》をしたのは啻《たゞ》へいやしい身《から》体《だ》に此《この》儘《まゝ》殺《ころ》されてもいひ解《と》く言《こと》葉《ば》はないことながらいやしい身《から》体《だ》にたゞ一度《ど》素《しろ》人《うと》衆《しう》と枕《まくら》をならべ、せめて濁《にご》らぬ人《ひと》さんと道《みち》ならねども妻《つま》重《かさ》ね、お前《まへ》は平《へい》生《ぜい》賭《かけ》ごとに家《か》業《げう》もせず、其《その》日《ひ》の烟《けむ》りも立《た》てかねて手《て》馴《なれ》し業《わざ》の新《しん》内《ない》節《ぶし》、人《ひと》さまのお門《かど》に立《た》ち一錢《せん》二錢《せん》の手《て》の内《うち》でやう〳〵暮《くら》す痩《やせ》世《せ》帶《たい》、同《おな》じ五体《たい》も満《まん》足《ぞく》な人《にん》間《げん》に生《うま》れても穢《ゑ》多《た》よ乞《こ》食《じき》といやしめられ、殊《こと》に邪《じや》見《けん》のお前《まい》には遠《とう》から愛《あい》想《そ》が盡《つ》きた故《ゆゑ》終《つい》知《し》りながら忠藏さんと斯《こ》ういふ情交《なか》も命《いのち》掛《が》け、持《もち》掛《か》けたのは妾《わた》し故此《こ》方《な》さんの知《し》つたことではありません、惡《わる》いは私《わた》しサアスッパリと此《この》身《み》を殺《ころ》して下さい」とお松が覺《かく》悟《ご》に流《さす》石《が》の吉《きち》も張《はり》切《き》る腕《うで》も怯《ひる》みしか暫《しば》時《し》言《こと》葉《ば》もなくて茫《ばう》然《ぜん》たる里、此《この》折《をり》荒《あれ》壁《かべ》の崩《くづ》れより思《おも》ひ掛《か》けなきお松が母《はゝ》のお千《ち》代《よ》が、夫《それ》へ現《あら》はれ出《いで》　千代「其《その》腹《はら》立《だ》ちは道《もつ》理《とも》なれど吉さんや此《この》母《はゝ》が詫《わび》る程《ほど》に何《ど》うか穏《おん》便《びん》に済《すま》して下さい、私《わたし》が是《こ》れへ参《まゐ》つたのを不《ふ》審《しん》と思《おも》ふか知《し》らないが娘《むすめ》に少《すこ》し用《やう》があつて今《こん》夜《や》是《ぜ》非《ひ》逢《あ》はなければ成《な》らない用《よう》がありまして最《さい》前《ぜん》から始《し》終《ぢう》ば聞《きい》て居《を》りました荒《あら》立《だ》つては互《たがひ》ひの損《そん》、今《いま》此《こ》所《ゝ》でお前が此《こな》方《た》を殺《ころ》した所《ところ》が益《えき》もないことゝ人を断《いな》れば穴《あな》二ッ人《ひと》殺《ごろ》しの兇《けう》状《じやう》で自《じ》分《ぶん》も罪《つみ》を着《き》にやア成《な》らない、夫《それ》や是《これ》やを考《かんが》ひて決《けし》して〳〵荒《あら》立《だ》つては成《な》りませんぞ」と道《だう》理《り》を解《とい》て宥《なだ》めましたから大坂吉も少《すこ》しく顔《かほ》を和《やはら》げて　吉「此《こ》りやア誰《たれ》かと思《おも》つたらば、お松の阿《おつ》母《か》ア飛《と》んだ所《ところ》を見《み》られて面《めん》目《ぼく》ねへ、素《そ》じやアマア汝《な》意《い》見《けん》に基《もとづ》いて殺《ころ》すことは止《や》めにしやせう……が小《わつ》哥《ぱ》も女房に斯《こ》んなことをされて見《み》れば唯《たゞ》此《この》儘《まゝ》では済《すま》されねへが阿《おつ》母《か》何《ど》うしたもんだらう　千代「夫《それ》も道《だう》理《り》の話《はな》しさ………お松此《こな》方《た》は何《な》んといふお方《かた》だい一体《たい》全《ぜん》体《たい》何《ど》所《こ》のお方《かた》………松「ハイ、モー斯《こ》ふなりましては何《なに》も彼《か》も申して仕《し》舞《まい》ますが此《この》

鳥追お松

方《かた》は浅草《あさくさ》並木《なみき》の松屋《まつや》といふ呉服屋《ごふくや》の渉《さ》支《し》配《はい》人《にん》忠藏さんと仰しやる　お方《かた》でありまする　千代「ヲヽ、那《あ》の名《な》高《だか》い松屋さんの渉《さ》支《し》配《はい》人《にん》能《よ》く門《かど》へ立《た》つてはお手《て》の内《うち》を貰《もら》うアノ大《おほ》きな…………　松「然《さ》ふでありまする　千代「モシ忠藏さんとやら…………貴《あな》郎《た》もマア飛《と》んだ所へ掛《かゝ》り合《あ》ひ嘸《さぞ》はた迷《めい》惑《わく》でありませうが是《これ》も皆《みな》んな貴《あな》郎《た》の身《み》から出《で》た錆《さび》で仕《し》方《かた》がありません、此《この》お松《まつ》といふは私《わた》しの娘《むすめ》、此《この》男《をとこ》は私《わた》しの聟《むこ》でありますが堅《かた》い素《しろ》人《うと》衆《しう》の身《み》を以《もつ》て人《ひと》交《まじは》りのならない私《わた》しの娘《むすめ》風《ふ》情《ぜい》にお情《なさ》けをお掛《か》け下《くだ》さるは有《あり》難《がた》いが、譬《たと》ひ穢《ゑ》多《た》でも非《ひ》人《にん》でも亭《てい》主《しゆ》のあるお松をば慰《なぐさ》さんだとあつては道《みち》が立《たゝ》ない然《しか》し表《おも》立《てだ》つたらお前《まへ》さんも大《たい》變《へん》なことに成《な》るでせうねへ夢《ゆめ》に夢《ゆめ》見《み》し心《こゝ》地《ち》をして歯《は》の根《ね》も合《あ》はず片《かた》隅《すみ》にかたまて居つた番《ばん》頭《とう》忠藏恐《おそ》る〳〵頭《つむり》を下《さ》げ　忠「誠《まこと》にハヤ面《めん》目《ぼく》次《し》第《だい》もございません、こゝで今《いま》表《おもて》沙《さ》汰《た》になつた日《ひ》には私《わた》しは迚《とて》も主《しゆ》家《か》へは、歸《かへ》れません歸《かへ》れない所《ところ》ではない

鳥追お松

二十六

上《かみ》に掟《おきて》といふものあつて姦《まん》通《つう》罪《ざい》は罪《つみ》も重《おも》うございます、夫《それ》を知《し》りつゝ淫《いた》奔《づら》をいたしましたは心《こゝろ》の迷《まよ》ひ、何《なに》卒《とぞ》お慈《じ》悲《ひ》お情《なさけ》けに此《この》儀《き》、お見《み》逃《のが》し下さいまし……お松さんの阿《お》母《つか》さん宜《よろ》しく何《ど》うぞお扱《あつか》ひなすつて下《くだ》さいまし」と手《て》を合《あわ》しての忠藏が頼《たの》み、お千代は　千代「ハア然《そ》ふでありますか何《なに》とか今《いま》聟《むこ》を談《だん》じて見《み》ませう必ず安《あん》心《しん》してお出《い》でなさい」と大《おほ》坂《さか》吉《きち》を小《こ》影《かげ》に招《まね》ぎましていろ〳〵と諭《さと》すもうそか真《ま》心《こゝろ》か頼《つか》て夫《それ》へ出《で》て参《まい》つて　千代「忠藏さんとやら聟《むこ》の申すには手《て》切《き》れの金《か》子《ね》を呉れなければ殺《ころ》して仕《し》舞《ま》うと何《な》んといつても聞《き》ませんがお前《まへ》さん如《い》何《か》なものでございませう然《しか》し手《て》切《き》れ位《くら》いで命《いのち》に別《べつ》狀《ぢやう》がなかつたら安《やす》いものだとも思《おも》ひますが……忠「ヘイ……手《て》切《き》れとは夫《そ》りやア如《い》何《く》程《ら》差《さし》上《あ》げたら御《ご》内《ない》済《さい》にして下《くだ》さいます　千代「百両《りやう》といふこと……　忠「エヽ……　吉「ヲイヽ番《ばん》頭《とう》さんイヤサ忠藏さんとやら人《ひと》の女房を慰《なぐさ》んで僅《わづ》か一本《ぽん》の

鳥追お松

金《か》子《ね》安《やす》いものじやアねへか嫌《いや》だと吐《ぬか》しやア仕《し》方《かた》がねへお前《めへ》の命《いのち》は乃《を》公《れ》が貰《もら》う　千代「アレサ、又《また》然《そ》んな短《たん》氣《き》な、マアお待《ま》ち………ねへ忠臓さん此《こ》所《ゝ》は考《かんが》ひてお出《い》でなさる所じやアありますまい、サ何《なに》うですへ」涙《なみだぐ》組んで考《かんが》ひて居りましたが屹《きつ》度《と》思《し》案《あん》を巡《めぐ》らして　忠「好《や》うございます命《いのち》に變《か》へる寶《たから》はございません、實《じつ》ア此《こ》所《ゝ》に主《しゆ》人《じん》から預《あづ》かつた百兩《りやう》の金《きん》子《す》、是《これ》を差《さし》上《あ》げますから何《ど》うぞ御《ご》內《ない》分《ぶん》になすつて下さいまし」と泣《な》く〳〵　金《きん》子《す》を百兩《りやう》差《さし》出《い》だし　忠「左《さ》樣《やう》なればお暇《いとま》をいたします大《おう》きにお邪《じや》魔《ま》をいたしました」と毒《どく》蛇《じや》の口《くち》を逃《のが》れし心《こゝ》地《ち》して淺《あさ》田《たん》圃《ぼ》を拔《ぬ》けて飛《と》出《だ》しましたが折《を》しも降《ふ》り出《だ》す秋《あき》雨《さめ》にビツシヨリ濡《ぬ》れし羽《は》拔《ぬけ》鳥《とり》塒《ねぐら》を放《はな》れて逃《にげ》行《ゆ》きましたが此《この》忠臓は是《これ》から何《いづ》れへ參《まい》つたか夫《それ》は後《のち》に相《あひ》分《わか》りまする。跡《あと》には三人互《たが》ひに顔《かほ》を見《み》合《あは》して　松「吉《きち》さん…………　吉「ハヽヽヽ旨《うま》くいつたなア」と手《て》に持《も》つた出《で》刄《ば》庖《ほう》丁《ちやう》を其《そ》所《こ》へ投《な》げ出《い》だして　吉「固《もと》より仕《し》組《く》んだ刄《は》物《もの》三《さん》昧《まい》、ずんでの事に血《ち》を見《み》ねば成《な》らねへ所《ところ》へ後《うしろ》から留《と》めに出《で》たのは丁《てう》度《ど》芝《しば》居《ゐ》の二番《ばん》目《め》狂《きやう》言《げん》命《いのち》代《がわ》りは二分《ぶ》判《ばん》で耳《みゝ》を揃《そろ》へたこの百両《りやう》」お千代は笑《わら》ひを含《ふく》みながら膝《ひざ》を進《すゝ》ませ　千代「斯《こ》ういふ時《とき》こそ一廉《かど》の役《やく》に使《つか》つて腕《うで》を見《み》やうと思ふて日《ひ》頃《ごろ》親《おや》の目《め》を忍《しの》んで窃かに乳《ちゝ》繰《くり》合《あい》も見《み》て見《み》ぬ振《ふり》の親《おや》の慈《じ》悲《ひ》、首《しゆ》尾《び》好《よ》くいつた百両は入《いり》谷《や》田《たん》甫《ぼ》の二ツ分《わ》けモー觀《くわん》音《おん》の明《あけ》七ツ、大《たい》層《そう》寒《さむ》さも吹《ふき》晒《さ》らす風《かぜ》を凌ぐは茶《ちや》碗《わん》の酒《さけ》……」と三人めぐる逆《ぎやく》戻《もど》し順《じゆん》には行《い》かぬ身《み》の果《は》ては後《のち》にぞ思《おも》ひ知《し》ら玉《たま》の露《つゆ》も氷《こほ》りて霜《しも》となり夜《よ》明《あ》け近《ちか》くに相成りました。好《こう》事《じ》門《もん》を出《い》でず悪《あく》事《じ》千里《り》を走《はし》るとは昔《むかし》から言《いひ》傳《つた》へることでございますが唯《たゞ》今《いま》述《の》べたる大坂吉が美《つゝ》人《もた》局《せ》をして百両の金《か》子《ね》を騙つたると、及《およ》びお松が濱《はま》田《だ》正《しやう》司《じ》をたぶらかして多《おほ》くの金《か》子《ね》を得《ゑ》たること等《とう》其《その》筋《すぢ》の役《やく》人《にん》が早《はや》くも聞《きゝ》知《し》ることゝなつて密《ひそ》かに是《これ》を召《めし》捕《と》らんといたす、悪《あく》事《じ》に賢《かしこ》きお千代は疾《はや》くも此《この》事《こと》を聞《きゝ》付《つ》けまして

鳥追お松

密《ひそ》かにお松と大坂吉の二人に向《むか》ひ

千代「聞《き》けば過《こな》日《いだ》の一件《けん》が其《その》筋《すぢ》の耳《みゝ》に這入《はい》つてお前達《まいたち》二人《ふたり》を召《めし》捕《こ》らんといたして居る今《いま》爰《こゝ》で喰《くら》ひ込《こ》むと役人《やくにん》の氣《き》が立《た》つて居るから何《ど》んなことをされるか知《し》れない、爰《こゝ》は一度《ひとたび》兩人《ふたり》共《とも》此《この》江《え》戸《ど》を跡《あと》にして吉さんお前の故《こ》郷《きやう》へでも連《つ》れて行《ゆ》き當《たう》分《ぶん》可《か》愛《わい》がつてやつてお呉《く》れ、一二年もほとぼりを醒《さま》したら晴《は》れて面《めん》會《かい》も出《で》來《き》ませう」と膝《ひざ》突《つき》合《あは》せ鼎《かなへ》になつて身《み》の上《うへ》を案《あん》ずるは惡《あく》人《にん》ながらも親《おや》の情《じやう》、爰《こゝ》に於《おい》て二人は江《え》戸《ど》を出《しゆつ》立《たつ》することに成《な》りまして假《かり》初《そめ》ながら浪《なに》花《は》津《づ》に咲《さ》くや今《こ》宵《よひ》が別《わか》れぞとかたみに送《おく》る旅《たび》路《ぢ》の門《かど》出《い》で、此《この》時《とき》は是《こ》れ明《めい》治《ぢ》二年《ねん》如《きさ》月《らぎ》初《しよ》旬《じゆん》のことでありますす、軒《のき》端《ば》の梅《むめ》ケ香《か》東《こ》風《ち》に吹《ふ》き送《おく》りていずくも春《はる》の賑《にぎ》はしく殊《こと》に其《その》頃《ころ》東《とう》京《けい》と久《ひさ》しき江《え》戸《ど》を改《あらた》められ百事《じ》維《ゐ》新《しん》の御《ご》新《しん》政《せい》に民《たみ》の困《こん》苦《く》を救《すく》はせられ、最《いと》も有《あり》難《がた》き御《み》代《よ》ながら廣《ひろ》き故《こ》郷《きやう》を惡《あく》事《じ》の爲《た》め世《よ》を擾《さは》めたる大坂吉と彼《か》の鳥《とり》追《おひ》のお松《まつ》の二人りは、其《その》身《み》の曇《くも》りに

鳥追お松

三十

鳥《とり》が啼《な》く吾《あづ》妻《ま》を跡《あと》に難《なに》波《は》津《づ》へ旅《たび》装《よそほ》ひもそて〳〵に、松《まつ》屋《や》の手《て》代《だい》忠藏より奪《うば》ひし金《か》子《ね》を路《ろ》用《よう》として先《ま》づ品《しな》川《がは》を出《で》はずれて、身《み》の廻《まは》りをも調《ととの》へんと古《ふる》半《はん》天《てん》に古《ふる》布《ぬの》子《こ》縞《しま》も三筋《すぢ》の命《いのち》毛《げ》は、取《とり》結《むす》び好《よ》き三尺《じやく》帶《おび》人《ひと》目《め》を包《つゝ》む手《て》拭《ぬぐひ》に、顔《かほ》は隠《かく》せど身《み》に溢《あふ》るゝ悪《あく》漢《かん》毒《どく》婦《ふ》が、首《かど》途《いで》は、千里《り》の藪《やぶ》に猛《まう》虎《こ》を放《はな》す彼《か》の諺《ことわざ》も斯《か》くならん、其《その》日《ひ》の黄《たそ》昏《がれ》、灯《ひ》ともし頃《ころ》に品《しな》川《がは》驛《じゆく》の裏《うら》手《て》なる東《とう》海《かい》禅《ぜん》寺《じ》の地《ち》中《ちう》には兼《かね》て知《し》るべの非《ひ》人《にん》仲《なか》間《ま》に安《やす》次《じ》郎《らう》といふ者がある、お松の父《ちゝ》定《さだ》五郎《らう》とは至《いた》つて懇《こん》意《い》にいたしまして義《ぎ》兄《きやう》弟《だい》の因《ちな》みを結《むす》んだ位《くらゐ》のこと　松「叔《お》父《じ》さん今《こん》晩《ばん》は……　安「ヤーコリヤア誰《だれ》かと思《おも》つたらお松《まつ》坊《ばう》か、此《こつ》方《ち》へお這《は》入《い》り　松「ハア　安「男《をとこ》じやアねへか……ウ未《ま》だ誰《だれ》か表《おもて》に居《い》るやうだがムーお松《まつ》坊《ばう》粋《いき》ごとだな、イヤ隠《かく》したつて無《だ》益《め》だ、早《はや》く此《こつ》方《ち》へ入《い》れるがいゝ……モシお前《まへ》さん遠慮《りよ》なく此《こつ》方《ち》へお這《は》入《い》んなさい　吉「ヘエ有《あり》難《がた》ふでございます」とのそ〳〵這《は》入《い》つて来《く》る　安「ヤア、吉《きち》じやア

鳥追お松

ねへか　吉「へイ　安「入エーじやアねへ世本當《ほんたう》に……マア何んでも好《い》い此方《こつち》へ上《あが》んなせへ何《な》んだつて今《いま》時《ち》分《ぶん》両人《ふたり》して來《き》たんだい」大坂吉は頭《あたま》を搖《ゆす》ながら　吉「イエモー面目《めんぼく》次第《しだい》もねへが實《じつ》は疾《こう》からお松とは好《い》い情交《なか》になつて居《ゐ》たんです　安「フムー旨《うま》くやつてる也、當時《たうじ》江戸《えど》……ヲットヽ東京《とうけい》に名《な》の高《たか》い小屋《こや》久米三《くめさ》といはれる女《をんな》を色《いろ》に持《も》つたア果報者《くわはうもの》だ　吉「イエ餘《あん》まり果報《くわはう》でもねへので就《つ》ちやア小哥も近頃《ちかごろ》は仲間《なかま》同士《どうし》の賭事《かけごと》に負債《おひめ》も重《かさ》んで詮方《しかた》なくお松《まつ》を玉《たま》に……」といふを引取《ひきと》り　松「然《さ》ふ打明《うちあ》けていふ時《とき》は私《わた》しばかりが敵役《かたきやく》、女《をんな》さかしく牛賣《うしうり》損《そこ》なう。譬《たと》へもあれど實《じつ》はねへ叔父《おぢ》さん斯《こ》ういふ理由《わけ》でありますす」と今《いま》までの物語《ものがた》りをして　松「サ斯《かく》の始末《しまつ》ゆへ江戸に居るのも海氣味《うすきみ》惡《わ》るく其故《それゆゑ》一トまづ吉さんの故《こ》郷《きやう》へ一度《ひとたび》身《み》を落付《おちつ》けやうと思《おも》ひまする」と一《いち》々く聞《きい》て安次郎　安「中《なか》々くお前《めへ》達《たち》は凄《すご》い腕前《うでめへ》、然《しか》しソウ打明《うちあ》けられて見《み》ると乃公《おれ》も一ト肩《かた》入《い》れたくなる、當《たう》分《ぶん》の別《わか》れを惜《をし》む其《その》積《つ》りで寄《よ》つて下ずつたのだらうからマア今《こん》夜《や》は悠《ゆつ》然《くり》飲《の》まうじやアねへか」と廣《ひろ》くはあらねど奥《おく》の一ト間《ま》へ二人を引《ひき》入《い》れ爰《こゝ》に酒《しゆ》宴《えん》を開《ひら》きましたが此《この》安《やす》次《じ》郎《らう》は善《ぜん》か惡《あく》か次《じ》席《せき》に委《くわ》しく……

第三席

東《とう》海《かい》寺《じ》の暮《くれ》の六ッ袖《そで》ケ浦《うら》の浪《なみ》にしびき、歩《か》行《ち》新《しん》宿《じく》の妓《ぎ》樓《らう》に醉《すい》客《きやく》の浮《う》かれ拍《べう》子《し》曳《ひ》く三《しや》味《み》線《せん》の音《おと》もさへて、風《かぜ》吹《ふき》送《おく》る騷《さわ》ぎ歌《うた》を佳《か》肴《こう》珍《ちん》味《み》と餞《せん》別《べつ》の酒《さけ》汲《くみ》交《か》はす樽《たる》酒《ざけ》を徳《とく》利《り》にうつす熱《あつ》燗《かん》に廻《まは》す茶《ちや》椀《わん》の蠣《かき》豆《どう》腐《ふ》、固《もと》よりお松《まつ》も吉《きち》五郎《らう》もなる口《くち》ゆへに醉《よい》もまはり身《み》の罪《つみ》科《とが》も打《うち》忘《わす》れて、お松は手《て》馴《なれ》し三《しや》味《み》線《せん》の調《てう》子《し》も浮《うい》た三《さん》さがり、吉《きち》は其《その》まゝ手《て》枕《まくら》に數《かぞ》へる鐘《かね》も七ッ八ッ、五更《こう》に近《ちか》き朧《おぼろ》月《づき》、さすがお松《まつ》も毒《どく》婦《ふ》とはいひながら今《こ》宵《よい》は生《うま》れし故《こ》郷《けう》をば放《はな》るゝ夜《よ》か」と考《かんが》ふれば、そゝろ

鳥追お松

名《な》殘《なごり》の惜《をし》まれて、いつ又《また》此《この》大《おほ》江《え》戸《ど》へ歸《かへ》り來《こ》ん高《たか》砂《さご》の松《まつ》に甲《か》斐《ひ》なき日《ひ》影《かげ》の身《み》の上《うへ》 松「吉さん道《みち》〳〵もいふ通《とほ》り此《こ》宵《よひ》は此《こつ》方《ち》へ御《ご》厄《やつ》介《かい》になつて明《あし》日《た》早《はや》く立《たゝ》うじやアないか 安「ツウ〳〵夫《それ》が好《い》い今《こん》夜《や》は家《うち》へ悠《ゆつ》然《くり》泊《とま》つて明《あ》日《す》からは知《し》らねへ宿《やど》屋《や》に旅《たび》枕《まくら》、何《ど》うしたつて落《おち》〳〵と眠《ねむ》られるものじやアねへ」吉五郎は是《これ》を聞《き》き渡《わた》りに船《ふね》の友《とも》綱《づな》に縋《すが》りて下《を》ろすいかり繩《なは》、酒《さけ》も程《ほど》好《よ》く飲《のみ》盡《つく》しましたから破《やぶ》れちやア居《い》るが隔《へだ》ての襖《ふすま》夜《よ》るの物《もの》さへ薄《うす》暗《くら》き臥《ふし》戸《ど》へ兩《ふた》人《り》は這《は》入《い》りました、跡《あと》を疾《とつ》くと見《み》送《おく》つて 安「ハヽヽ好《い》い鳥《とり》が舞《まい》込《こ》むものだ、此《こい》頭《つら》ア運《うん》惡《わ》るく打《ぶ》つたア取《と》られ張《は》るたア取《と》られ仙《せん》臺《だい》通《つう》寶《ほう》一文《もん》の都《つ》合《がふ》も付《つ》かねへ出《で》來《き》の惡《わ》るサ、那《あい》奴《つ》等《ら》二人を訴《そ》人《にん》に及《およ》べば明《めい》治《ぢ》の御《み》代《よ》の規《き》則《そく》として二兩《りやう》や三兩《りやう》の御《ご》褒《ほう》美《び》には有《あり》付《つ》くは知《し》れたこと、殊《こと》に由《よ》つたら兩《ふた》人《り》だから五兩《りやう》位《ぐれ》へにも成《な》るかも知《し》れねへ」と片《かた》頰《ほ》に笑《ゑみ》を含《ふく》みまして表《おもて》の方《かた》へと忍《しの》びゆきました。程《ほど》もあらせず月《つき》影《かげ》も冴《さや》けき

鳥追お松

三十四

海《うみ》に鐘《かね》冴《さへ》て星《ほし》もギラ〳〵漁火《いさりび》に紛《まぎ》ふ夜《よ》中《なか》の折《をり》こそあれ兼《かね》て此《この》家《か》の主《しゆ》人《じん》安次郎が取《とり》締《しまり》所《しよ》の分《ぶん》営《えい》へ密《ひそ》かに注《ちう》進《しん》なしたることを故《ゆゑ》お女つ吉五郎對《あい》手《て》の捕《とり》方《て》手《て》に〳〵得《え》物《もの》をたずさへて裏《うら》表《おもて》より臥《ふし》戸《ど》に込《こ》み入《い》り並《なら》べし枕《まくら》の二人りが襟《ゑり》髪《がみ》引《ひつ》立《た》てゝ　捕方「御《ご》用《やう》だ両《れう》人《にん》神《しん》妙《めう》にいたせツ」と大《だい》喝《かつ》一聲《せい》吉五郎は　吉「南《な》無《む》三失《し》策《ま》つた」と布《ふ》團《とん》を手《て》早《はや》く刎《はね》退《の》けて雨《あま》戸《ど》を蹴《け》破《やぶ》り忽《たちま》ちに庭《には》の方《かた》へ逃《に》げんといたす、兵《へい》隊《たい》は突《つく》棒、差《さす》又、或《あるい》は又《また》六尺《しやく》棒《ぼう》にて吉を目《め》掛《が》けて打《う》つて掛《か》り　一同「ソレ曲《くせ》者《もの》を逃《に》がすな」と續《つゞ》いて庭《には》に飛《とび》降《を》りて繁《しげ》る樹《こ》の間《ま》の月《つき》影《かげ》に垣《かき》を小《こ》楯《だて》に一往《わう》一來《らい》、忽《たちま》ち吉は利《き》腕《うで》をしたゝかに打《うち》据《す》へられ何《なに》かは以て堪《たま》るべき其《その》儘《まゝ》そこに平《ひれ》伏《ふ》せば夫《そ》れといふ間《ま》に折《をり》重《かさ》なり忽《たちま》ち、縄《なは》をグル〳〵巻《ま》き付《つ》け難《なん》なく縛《ばく》に就《つ》きましたが母《おも》屋《や》の方《かた》には鳥追お松が行《あん》燈《どう》の火《ひ》も打《うち》消《け》して家《か》内《ない》は眞《しん》の闇《やみ》討合《あい》ふとに女《をんな》のてとなれば油《ゆ》斷《だん》といふにはあらざれども皆《みな》庭《には》先《さき》の吉が方《かた》に一同《どう》

鳥追お松

向《むか》ひし跡《あと》であるから是れ幸《さいは》ひと身《み》仕《じ》度《たく》して壁《かべ》に寄《よ》り添《そ》ひ脊《せ》戸《ど》口《ぐち》より人《ひと》知《し》れず発《のが》れ出《い》で厠《かはや》に添《そ》ひて植《うゑ》込《こみ》の葉《は》蘭《らん》も繁《しげ》る鉢《はち》前《まへ》にうづくまり息《いき》を殺《ころ》して居《を》りましたが、今《いま》までは晴《は》れし月《つき》さへ雲《くも》脚《あし》早《はや》くさやけき月《つき》も雲《くも》覆《おほ》ひ隠《くま》なく見へし庭《には》面《おも》も闇《やみ》の梅《むめ》ヶ香《か》匂《にほ》ふらん、お松は是《これ》に力《ちから》を得《え》て猶《なほ》うづくまり居《を》りましたが討《うつ》手《て》の兵《へい》隊《たい》は高《たか》手《て》小《こ》手《て》に繩《なは》を掛《か》けたる大坂吉を傍《かた》への柱《はしら》にしばり置《を》きお松がありかをすみ〳〵まで残《のこ》らず探《さが》せど影《かげ》さへ見《み》へず　甲偖《さて》は彼《かれ》は風《かぜ》を喰《くら》つて戸《おも》外《て》の方《かた》へ遁《のが》れしかと二三名の兵《へい》隊《たい》は等《ひと》しく瀬《せ》戸《と》に下《お》り立《た》ちて彼《か》の突《つく》棒《ぼう》にて植《うゑ》込《こ》みの樹《こ》の間《ま》を突《つ》かれてお松は堪《たま》らず身《み》を翻《ひるがへ》して逃《に》げんとするに木《こ》の葉《は》はゆれて塒《ねぐら》の鳥《とり》の羽《は》音《おと》の如《ごと》くさら〳〵と聞《きこ》へたから此《こな》方《た》はさては此内ゐそ怪《あや》しいぞと猶《なほ》突《つき》掛《かゝ》る手《しゆ》錬《れん》の棒《ぼう》支《さゝ》へるお松も一生《しやう》懸《けん》命《めい》下《した》をくゝつて彼《かし》所《こ》に顕《あら》はれ或《あるい》は左《さ》右《ゆう》に身《み》を避《さ》けて暫《しば》時《し》は手《て》先《さ》きを逃《のが》れましたが相《あひ》憎《にく》月《つき》は雲《くも》晴《は》れ

鳥追お松

て眞《ま》晝《ひる》の如《ごと》き月《つき》夜《よ》ざしお松《まつ》が姿《すがた》あざやかに相《あい》見《み》へたることなれば捕《とり》手《て》の兵《へい》隊《たい》附《つけ》入《い》つて既《すで》に危《あやう》き其中にも固《もと》より大《だい》膽《たん》不《ふ》敵《てき》の毒《どく》婦《ふ》自《し》然《ぜん》に備《そな》はる早《はや》業《わざ》にするどきかこみの其《その》中《なか》を飛《ひ》鳥《てう》の如《ごと》く逃《にげ》廻《まわ》り後《うしろ》から一人「御《ご》用《よう》だお松神《しん》妙《めう》に……」といふを手《て》早《ばや》く振《ふり》もぎり傍《かたは》へなる柳《やなぎ》の枝《えだ》に飛《とび》付《つ》いて身《み》を躍《おど》らして幹《みき》を傳《つた》へ垣《かき》より表《おもて》に飛《とび》下《お》りんと枝《し》垂《だ》れし柳《やなぎ》の糸《いと》筋《すぢ》は風《かぜ》に揉《も》まるゝ風《ふ》情《ぜい》なり此《この》時《とき》捕《とり》手《て》の兵《へい》隊《たい》は是《こ》れ逃《の》がしては相成らんと三四人詰《つめ》寄《よ》つてお松が裾《すそ》に取《とり》附《つ》かんといふ手《て》を拂《はら》いて枝《えだ》より枝《えだ》へ自《じ》由《ゆう》自《じ》在《ざい》によぢ登《のぼ》るは宛《さなが》ら猿《えん》猴《こう》の梢《こづゑ》を渡《わた》るに彷彿たり折《をり》から又もや雲《くも》出《い》でゝ月《つき》は忽《たちま》ち眞《しん》の闇《やみ》お松はこゝぞ天《てん》の助《たす》けとへだての垣《かき》の枝《えだ》に其《その》身《み》を小《こ》楯《だて》といたしまして取《とり》附《つ》く幹《みき》を手《て》放《はな》せば身《み》もかる〳〵と裏《うら》手《て》の畦《あぜ》道《みち》運《うん》好《よ》くも去《きよ》年《ねん》取《とり》入《い》れし枯《かれ》稲《いね》の古《ふる》ばらを濘《ぬか》りし道へ折《をり》敷《し》きし其《その》上《うへ》に落《おち》ましたから幸《さいわ》ひにして怪《け》我《が》もなく身《から》体《だ》に少《すこ》しの痛《いた》み所も出《で》來《き》ず　松「

鳥追お松

這《こ》は有《あり》難《がた》や……」と立《たち》上《あが》る折《をり》しも塀《へい》の内《うち》には聲《こゑ》あつて　兵「匹《ひく》婦《ふ》は確《たし》かに落《お》延《の》びたり、女の道《みち》故《ゆゑ》跡《あと》追《おひ》掛《か》けて　一同「ハヽ心得《こゝろへ》たり」と五七人表《おもて》の方《かた》より馳《かけ》出《い》だしたる様《やう》子《す》であるから此《こ》所《ゝ》は尋《じん》常《じやう》に逃《にげ》出《だ》しては捕《つかま》ると頓《とん》智《ち》に長《た》けたお松のこと故《ゆへ》廻《まは》る際《すき》さへ東《とう》京《けう》を隔《へだ》てし後《うしろ》は天《てん》王《わう》の祉《やしろ》に續《つゞ》く山《やま》道《みち》に暫《しば》時《し》は時《とき》を移《うつ》せし故《ゆゑ》其《その》間《ま》にお松は辛《から》ふじて人《ひと》なき折《をり》の樹《こ》陰《かく》れに田《た》畠《はた》野《の》道《みち》の嫌《きら》ひなく闇《やみ》に乗《ぜう》じて山《やま》傳《つた》ひに終《つひ》に虎《こ》口《こう》を免《のが》れましたは悪《あく》運《うん》ながらも天《てん》命《めい》の未《いま》だ盡《つ》きざる所でありませうか。お話《はな》し變《かは》つて此《こち》方《ら》は捕《ほ》縛《ばく》となつた彼《か》の吉五郎、いましめの繩《なは》も其《その》身《み》の七重《へ》八重《へ》其《その》儘《まゝ》柱《はしら》につながれましたが捕《とり》手《て》の面《めん》々〳〵は鬪《たゝ》ひお松は取《とり》逃《に》がしても目《め》差《ざ》すは此《この》吉《きち》五郎、イザ屯《たむ》所《ろ》へ引《ひつ》行《ゆ》かんと繩《なは》尻《じり》を取《と》つて引《ひつ》立《た》てんといたした時《とき》此《この》家《や》の主《しゆ》人《じん》安次郎は恐《おそ》る〳〵役《やく》人《にん》の前《まへ》に出《で》て　安「へイ恐《おそ》れながら申上げます兼《かね》て嚴《きび》しい僉《せん》議《ぎ》の大坂吉が幸《さいは》ひにも宵《よひ》に私《わたくし》方《かた》へ參《まい》りましたから平生《へいせい》の交際《つきあい》は此《こ》りやア私《わたくし》でと、お上《かみ》の為《ため》に訴《うつた》へ出《い》でましたは一ッはお上《かみ》への御《ご》奉公《ほうこう》何《ど》うぞ御《ご》褒美《ほうび》の御《ご》沙汰《さた》をお願《ねが》ひ申《まを》します」役《やく》人《にん》是《これ》を聞《きい》て　甲「ウム能《よく》も訴《うつた》へ出《い》でたり何《いつ》れ近《きん》日《じつ》屯《たむ》所《ろ》から呼《よび》出《い》だすに由《よ》つて其《その》時《とき》罷《まか》り出《い》でろ御《ご》褒美《ほうび》は屹《きつ》度《と》下《くだ》さるであらう　安「へイ〳〵有《あり》難《がた》ふ存じます」此《この》時《とき》大坂吉は安次郎を尻《しり》目《め》に掛《か》けて怒《いか》りの際《さい》に身《み》を震《ふる》はし　吉「ヤイ安《やす》……汝《てめ》エは〳〵人《ひと》でなし如《い》何《か》に金《か》子《ね》が欲《ほし》いとても一ッ仲《なか》間《ま》の小《こ》屋《や》生《なま》れ營《たこ》ひ悪《あく》事《じ》でお縄《なは》にかゝりまきぞへせらるも夫《そ》れ迄《まで》だ一旦《たん》結《むす》んだ義《ぎ》兄《けう》弟《だい》、成《なる》ほど乃《な》公《れ》には縁《えん》もなし他《た》人《にん》ではあるがお松には父《ちゝ》定五郎が好《よし》誼《み》もあるに僅《わづ》かの金《かね》に目《め》が昏《く》れて人《ひと》を呪《のろ》はば穴《あな》二ッ是《これ》から乃《な》公《ら》ア地《ぢ》獄《ごく》へ行《ゆ》き呵《か》責《しやく》の攻《せ》めの其《その》上《うへ》に此《この》笠《かさ》の臺《だい》が飛《と》んだなら野《や》暮《ぼ》な文《もん》句《く》を並《なら》べるやうだが化《ばけ》物《もの》になつてもいつかは一度《ど》此《この》禮《れい》をする故《ゆゑ》能《よ》く肝《き》膽《も》へ彫《ほり》付《つ》けて覺《おぼ》へて居《ゐ》ろヱヽ面《つら》ア見《み》ても癪《しやく》に觸《さは》ると足《あし》を揚《あ》げてバッと安次

鳥追お松

郎の胸《むね》をボーンと蹴《け》ました其《その》權《けん》幕《まく》の鋭《する》どさに安次郎は身《み》を震《ふる》はして一言《ごん》半《はん》句《く》もいずればこそ齒《は》の根《ね》も合《あ》はず震《ふる》へて居たが吉は左《さ》右《ゆう》を見《み》返《かへ》つて　吉「イヤお捕《とり》方《かた》衆《しゆう》今《いま》更《さら》斯《こ》んな愚《ぐ》痴《ち》をいふもいはゆる曳《ひか》れ者の小《こ》唄《うた》とやら定《さだ》めし未《み》練《れん》な奴《やつ》と思《おぼ》召《しめ》すでございませうモー外《ほか》に申すこともございません、イザお曳《ひ》き下《くだ》されたい」と再《ふたゝ》び眼《まなこ》を閉《と》ぢて何《なに》事《こと》を予さぬは流《さす》石《が》惡《あく》事《じ》の沖《おき》を越《こ》へた大《だい》膽《たん》不《ふ》敵《てき》の者《もの》でございます捕《とり》方《かた》は吉五郎を繩《なは》付《つき》の儘《まゝ》引《ひき》立《た》つて一同《どう》意《い》氣《き》揚《やう》々と引《ひき》揚《あ》げましたが此《この》後《のち》大坂吉は繩《なは》付《つき》の儘《まゝ》市《し》政《せい》裁《さい》判《ばん》所《しよ》へ護《ご》送《そう》となり段《だん》々と吟《ぎん》味《み》に成りましたが何《なに》しろ天《てん》下《か》御《ご》維《い》新《しん》の間《ま》際《ぎわ》にて國《こく》事《じ》多《た》端《たん》、從《したが》つて上《かみ》のお役《やく》人《にん》も忙《いそが》はしく七八ヶ月の間《あい》だ御《ご》牢《らう》内《ない》にありましたが、明《めい》治《ぢ》御《ご》新《いつ》政《しん》の折《をり》からにて最《い》と刑《けい》罰《ばつ》も寛《くわん》大《だい》に専《もつぱ》ら民《たみ》に仁《じん》政《せい》を施《ほどこ》され積《せき》年《ねん》幕《ばく》府《ふ》に苦《くる》しめられた民《たみ》の疾《しつ》苦《く》を救《すく》はせられ、殊《こと》に刑《けい》法《ほう》は盡《ことごと》く改《かい》正《せい》の際《さい》でございましたから吉五郎の罪《ざい》惡《あく》も一

鳥追お松

二の騙《かた》りはあるもの丶人《ひと》を殺《ころ》したといふでもなく又《また》盗《がう》賊《ぞく》といふでもない唯《たゞ》今《いま》でいふと詐《さ》僞《ぎ》取《しゆ》財《ざい》及び脅《けう》喝《かつ》取《しゆ》財《ざい》……美《つゝ》人《もた》局《せ》は今《いま》の罪《つみ》にして見《み》ると恐《けう》喝《かつ》取《しゆ》財《ざい》でございます是《これ》に由《よ》つて其《その》罪《つみ》も至《いた》つて輕《かる》く翌《よく》年《ねん》の二月吉五郎は終《つひ》に賭《とば》博《く》罪《ざい》といふ名《な》の許《もと》に一年の流《る》罪《ざい》を申附《つ》けられ彼《か》の伊《い》豆《づ》七島《たう》の内《うち》の三《み》宅《やけ》島《じま》に配《はい》せられ波《なみ》風《かぜ》荒《あら》き岩《いは》根《ね》の松《まつ》に犯《をか》せる罪《つみ》のめぐり來《き》て、罪《つみ》なき身《み》にはあらねども傾《かたむ》く軒《のき》も夕《ゆう》しほに故《こ》郷《けう》の空《そら》のみなつかしく、食物《しよくもつ》とても米《こめ》はなく粟《あは》稗《ひへ》或は海《うみ》草《くさ》につなぐ命《いのち》も荒《あら》浪《なみ》か夜《よ》るは殊《こと》さら耳《みゝ》に付き寝《ね》られぬ儘《まゝ》にお松のあとなぞ思《おも》ひ出《だ》して千《ち》鳥《どり》啼《な》く配《はい》所《しよ》の月を友《とも》として面《おも》白《しろ》からぬ月《つき》日《ひ》を送《おく》つて居《い》たも皆《みな》是《こ》れ自《じ》業《ごう》自《じ》得《とく》でありますゝ大坂吉のお話《はな》しは暫《しばら》くお預《あづか》りと為《し》て彼《か》の松屋の番《ばん》頭《とう》白《しろ》鼠《ねずみ》の忠臧でございますが前《ぜん》席《せき》にも述《の》べたる通《とう》り白《しら》蜘《く》蛛《も》頭《あたま》の頃《ころ》から勤《つと》め上《あ》げ今《いま》では支《し》配《はい》人《にん》とまで云はれる身《み》分《ぶん》、此《この》儘《まゝ》勤《つと》めて居れば立《りつ》派《ぱ》な物であつた

鳥　追　お　松

のだが日毎に門《かど》へお松親《おや》子《こ》が新《しん》内《ない》節《ぶし》の此《この》糸《いと》蘭《らん》蝶《てう》、語《かた》る文《もん》句《く》に哀《あは》憐《れ》心《よし》、聲《こゑ》さへ最《いと》ど仇《あだ》めきて世《よ》に類《たぐ》ひなき美《うつ》くしさに前《ぜん》後《ご》を忘《わす》れて懸《け》想《さう》をなしいろ〳〵と心《こゝろ》を砕《くだ》いて玉《たま》章《づさ》を送《おく》つたのが身《み》の誤《あやま》り、橋場の大坂吉の家に至《いた》り忍《しの》び逢《あ》ふてヤレ嬉《うれ》しやと思ふはホンの束《つか》の間《ま》にて大坂吉とお千代の悪《あく》計《けい》に掛《かゝ》り百両といふ金《か》子《ね》を奪《うば》ひ取《と》られ橘《たちばな》町《てう》の大吉へ届《とゞ》けて呉《く》れろと主《しゆ》人《じん》から命《いひ》令《つ》けられた二百両其《その》中《なか》ばを失《うしな》つて見《み》れば今《いま》更《さら》悄《しほ》々〳〵と主《しう》家《か》へも立《たち》戻《もど》れぬ

忠「アー飛《と》んだことをして仕《し》舞《ま》つた、那《や》の様《やう》な悪《わる》虫《むし》が付《つ》いて居《ゐ》やうとは少《すこ》しも知《し》らず引《ひつ》掛《かゝ》つたが此《この》身《み》の不《ふ》運《うん》、何《ど》うマアしたらば好《よ》からんか」と涙《なみだ》に暮《く》れてスゴ〳〵と少《すこ》しの知《ち》己《き》を便《たよ》つて行《ゆ》き十日ばかりはとつをいつ考《かんが》ひて居《ゐ》りましたが彌《いよ》々〳〵歸《かへ》り憎《に》くなつて或《ある》晩《ばん》フラ〳〵と足《あし》に留《とめ》度《ど》もなくボンヤリと來《き》た品《しな》川《がは》浦《うら》

忠「ヲヽ此《こ》所《ゝ》は品川といふ所《ところ》、向《むか》ふに見《み》ゆるは江《え》戸《ど》の内《うち》海《うみ》、くたびれたとも思《おも》はず夢《ゆめ》路《ぢ》をた

どる心《こゝろ》持《もち》で此《こ》所《ゝ》まで来《き》たのも死《し》ねといふ辻《つじ》占《うら》か十日《か》ばかりは色々《いろ/\》と考《かんが》ひては見《み》たものゝ何《なに》の面《おもて》下《さ》げて主《しゆう》家《か》へは帰《かへ》れやう寧《いつ》そ此《こ》所《ゝ》で身《み》を投《な》げて死《し》んでお詫《わび》をいたさんか……とはいへ最《も》早《はや》夜《よ》明《あけ》にも程《ほど》あるまい、人《ひと》通《どほ》りさへチラホラとある様《やう》子《す》、死《し》する位《くら》いなれば少《すこ》しも故《こ》郷《きやう》へ近《ちか》い方《はう》繁《はん》華《くわ》な東《とう》京《けい》を放《はな》れて死《し》んでの後《のち》に餘《あま》り人《ひと》目《め》に触《ふ》れぬやう夫《をつと》が好《い》い／\と歩《あゆ》むともなく又《また》候《ぞろ》や己《おの》れの故《こ》郷《きやう》大《おほ》坂《さか》の方《かた》へ／\と足《あし》の向《む》く涙《なみだ》にしめる袖《そで》が浦《うら》、品《しな》川《がは》本《ほん》宿《じゆく》もハヤ過《す》ぎて主《しゆ》人《じん》の恩《おん》は大《おほ》井《ゐ》が原《はら》身《み》は白《しら》露《つゆ》の無《む》分《ふん》別《べつ》、稚《をさな》ごゝろなき罪《つみ》科《とが》は重《おも》き鹿《か》島《じま》の御《み》社《やしろ》をふし拝《をが》みて跪《ひざまづ》く七《なゝ》重《へ》の膝《ひざ》や八景《けい》坂《さか》、名《な》に負《お》ふ松《まつ》は色《いろ》変《かは》へぬ緑《みどり》は深《ふか》き葉《は》隠《がく》れに有《あり》明《あけ》の月《つき》は隈《くま》なく照《て》り渡《わた》れど、曇《くも》り勝《がち》なる忠蔵は、心《こゝろ》に決《けつ》せしことなれど流《さす》石《が》に命《いのち》惜《をし》まれて浪《なに》花《は》の父や母のことを思《おも》ひ出《い》だせば目《め》もうるむ袖《そで》にしぐれの濕《しめ》り勝《がち》、折《をり》から前《ぜん》後《ご》に人《ひと》もなし、忠蔵又《また》も立《たち》留《ど》まり

忠「アヽ思《おも》ひ出《い》だせば十一歳《さい》

鳥　追　お　松

の春《はる》の始《はじ》めに此《この》東《あづま》へ下《くだ》り来《き》て松屋の家《いへ》へ丁稚《でつち》奉公《ぼうこう》、背《せ》高《たけ》を延《のば》して二十五年の暁《あかつき》までの御《ご》高《かう》恩《おん》海《うみ》山《やま》よりも深《ふか》く、高《たか》きを打《うち》忘《わす》れお松の色《いろ》香《か》に一度《たび》迷《まよ》ひ巣が鷹《たか》に罠《わな》にかゝり百両といふ大金《たいきん》を奪《うば》はれて今《いま》更《さら》悔《くや》めど詮《せん》なきゑと、身《み》の言《いひ》譯《わけ》に命《いのち》を棄《す》て未《す》來《らい》でお詫《わび》をいたすより外《ほか》仕《し》方《かた》がないと涙《なみだ》を拭《ぬぐ》ひて懐《ふところ》中《ちう》より鼻《はな》紙《がみ》を取出だし矢《や》立《たて》を取《さ》つてサラ〳〵と主《しゆ》人《じん》に宛《あ》てゝ今《こん》回《かい》の始《し》末《まつ》を殘《のこ》らず書《かき》認《したた》め殘《のこ》りの金《か》子《ね》を財《さい》布《ふ》の儘《まゝ》彼《か》の書《かき》置《おき》と諸《もろ》共《とも》に傍《かた》への柳の枝《えだ》に縛《しば》り　忠「お詫《わび》は後《のち》の世《よ》で及《およ》ばずながらいたします又《また》お家《いへ》の繁《はん》盛《じやう》も草《くさ》葉《ば》の蔭《かげ》から祈《いの》ります不《ふ》忠《ちう》の罪《つみ》は偏《ひとへ》にお許《ゆる》し下されたしと主《しゆ》家《か》の方《かた》を伏《ふし》拜《をが》み帶《おび》解はどき右《みぎ》の柳《やなぎ》の古《ふる》枝《えだ》に引《ひつ》掛《か》けて是《これ》を輪《わ》となしイザ掛《かゝ》らんといたしたが、さて彌《いよ》〳〵となつて見《み》ると中《なか》〳〵決《けつ》心《しん》は附《つ》かないものでございます　忠「アヽー…………斯《か》る非《ひ》業《ごう》の最《さい》後《ご》を遂《と》げたことをば跡《あと》で阿《お》父《とう》さんや阿《おつ》母《か》さんがお聞《きゝ》なされた其《その》時《とき》は何《ど》んなにお歎《なげ》

四十四

きなさらうやら、モー一両年《りやうねん》で暖《の》簾《れん》を分《わ》けて貰《もら》ふまでに勤《つと》め上《あ》げたも水《みづ》の泡《あわ》女《をんな》に迷《まよ》つたばつかりで斯《こ》ふいふ變《へん》死《し》の身《み》の果《は》ても皆《みな》此《こ》れ前《ぜん》世《せ》の約《やく》束《そく》ごとであらうか、死《しに》遅《おく》れたら恥《はぢ》の恥《はぢ》モー歎《なげ》くまい〳〵人《ひと》目《め》にかゝらぬ其《その》内《うち》に……南《な》無《む》阿《あ》彌《み》陀《だ》佛《ぶつ》々々々々々々」と唱《とな》ふるこへさへ口《くち》の内《うち》眼《まなこ》を閉ぢて帶《おび》に手《て》を掛《か》け忠藏は既《すで》に縊《くび》れて死《し》なんとした、其《その》手《て》を後《うしろ》から確《しつ》乎《か》と押《おさ》へて「マア〳〵待《ま》つて……」といふ聲《こゑ》は思《おも》ひ掛《が》けなき女《をな》子《ご》の聲《こゑ》忠藏は今《いま》に至《いた》つては女《をんな》の聲《こゑ》も男《をとこ》の聲《こゑ》も其《その》樣《やう》なことには少《すこ》しも心に掛《か》けず　忠「死《し》なねばならぬ私《わたし》の身《み》の上《うへ》何《ど》うぞ見《み》逃《のが》して下《くだ》さいまし」「イエ〳〵……ではありませうがマア暫《しばら》く……」其《その》聲《こゑ》何《ど》所《こ》やら覺《おぼ》えがありますから有《あり》明《あけ》の月《つき》に隙《す》かえて大《たい》いに驚《おどろ》き　忠「ヤ、、、和《あな》女《た》はお松さん　松「然《さ》ふいふ貴《あな》郎《た》は松屋の忠《ちう》藏《ざう》さんと知《し》つてお留《と》め申しました、ほんに短《たん》氣《き》な忠藏さん、死《し》のうとまでのお覺《かく》悟《ご》はさら〳〵無《む》理《り》ではありませ

鳥追お松

せぬが斯ふした御《お》身にした罪《つみ》は皆《み》んな私《わた》しの一心《しん》に降《ふ》掛《か》りたる夜《よる》の霜《しも》お前《まい》ばかり殺《ころ》しはせぬ私しも共《とも》に死《し》にませう……と斯《こ》ふばかりではお分《わか》りになりますまい、定《さだ》めて悪《わる》い女《をんな》だと思《おぼ》召《しめ》しもありませうが道《みち》ならぬ悪《わる》巧《だく》み橋《はし》場《ば》の家《いへ》で百両のお金《か》子《ね》を騙《かた》り取《と》つたるは私《わた》しや少《すこ》しも知《し》らぬこと皆《み》んな大《おほ》坂《さか》吉《きち》と母さんが拵《こしら》へでとでありまして貴《あな》郎《た》と私《わた》しの逢《あ》ふ瀬《せ》をば何《ど》うして知《し》つたか那《あ》の夜《よ》の始《し》末《まつ》、譬《たと》へ假《かり》の枕《まくら》でも賤《いや》しい此《この》身《み》にお情《なさ》け受《う》けしは此《こ》上《よ》なき此《この》身《み》の果《くわ》報《ほう》故《ゆゑ》忘《わす》れかねてお跡《あと》を慕《した》ひ、歩《あゆ》み習《なら》はぬ道《みち》もせも今《け》日《う》で十日あゝかしあと塒《ねぐら》に迷《まよ》ふ旅《たび》烏《から》、折《すをり》好《よ》く先《さつ》刻《き》品川にて袖《そで》摺《すり》逢《あ》ふたは確《たし》かに貴《あな》郎《た》と其《その》儘《まゝ》お跡《あと》を慕《した》ふて是《これ》まで参《まい》りましたが最《さい》前《ぜん》からの御《ご》様《やう》子《す》は逐《ちく》一是《これ》にて知《し》つて居ります、貴《あな》郎《た》に逢《あ》ふて此《この》潔《けつ》白《ぱく》を守上げた其《その》以《い》上《じやう》は妾《わたし》も死《し》にたうございます、両《ふた》人《り》共《とも》々《ども》手《て》を取《と》つてせめて未《み》来《らい》は一蓮《れん》托《たく》生《しやう》……といつて此《この》木で両《ふた》人《り》が縊《くび》れて死《し》んだ其《その》時《とき》は取《とり》分《わ》け女子《をなご》は取《とり》亂《みだ》したる姿《すがた》をば人《ひと》に見《み》らるゝのが此《この》上《うへ》もない恥《はぢ》としてござりますから一度《たび》爰ゝを落《おち》延《の》びて程《ほど》遠《とう》からぬ六郷《ごう》川《かは》へ身《み》を投《な》げて憫《びん》死《し》するが最《さい》上《じやう》と斯《こ》ふ妾《わたし》は存《ぞん》じますが未《ま》だ忠《ちう》さん妾《わたし》を疑《うたぐ》つてゞござりますかと胸《むね》に刄《やいば》は含《ふく》むとも夜《よ》露《つゆ》に惱《なや》める其《その》風《ふ》情《ぜい》は又《また》憎《にく》からぬ㒵《かほ》世《よ》花《はな》涙《なみだ》交《まじ》りに搔《かき》口《く》說《ど》く心《こゝろ》の底《そこ》井《ゐ》汲《くみ》兼《か》ねて忠藏も始《はじ》めの程《ほど》は少《すこ》しく疑《うたぐ》つて居りましたが言《こと》葉《ば》に艶《つや》ある毒《どく》婦《ふ》の口《くち》先《さき》に包《くる》められ、固《もと》よりお松の色《いろ》香《か》に迷《まよ》つて爰ゝに立《たち》至《いた》つた忠藏再《ふたゝ》びゾッと身《み》に染《し》める戀《こひ》風《かぜ》に襟《えり》元《もと》より寒《さむ》氣《け》立《だ》ち死《しに》神《がみ》は誘《さそ》いて逃《にげ》去《さ》つて仕舞ました、忠藏漸《やうや》くに胸《むね》撫《なで》下《お》ろし　忠「アヽお松《まつ》さんお前《まへ》が夫《そ》れほどまでの心《しん》底《てい》とは少《すこ》しも知《し》らず今《いま》が今《いま》まで世《よ》に恐《おそ》ろしい婦《ふ》人《じん》があればあるものよとコー思《おも》つて居りましたが皆《みな》此《こ》りやア私《わたくし》の誤《あやま》り私しの跡《あと》を慕《した》つて家《いへ》出《で》をして十日あまり、今《いま》又《また》爰ゝで面《めん》會《くわい》をしやうとは世《よ》にいふ盡《つき》せぬ緣《えにし》といふものゝ殊《こと》に手《て》を取《と》

鳥追お松

り六郷《がう》の川《かは》へ身《み》を投《な》げ死《し》ぬとまで女《をな》子《ご》の操《みさを》正《ただ》しきは天《あつ》晴《ぱ》れ見《み》上《あ》げた和《あな》女《た》の心《しん》底《てい》忘《わす》れは置《お》かぬ辱《かたじ》けないお松さん」と忠蔵は嬉《うれ》し涙《なみだ》をポロリと落《おと》した實《み》に男《をとこ》といふものは罪《つみ》のない者《もの》、夫《それ》に反《はん》して女《をんな》は罪《つみ》の深《ふか》いといふは此《こ》所《ゝ》等《ら》があるからでもございませうか、お松は早《はや》くも見て取《と》つて猶《なほ》も忠蔵の傍《そば》に摺《すり》寄《よ》り　松「假《かり》の契《ちぎ》りを結《むす》びしより眞《まこ》實《と》の良《をつ》人《と》と思《おも》ふ故《ゆゑ》親《おや》をも身《み》をも振《ふり》棄《すて》て此《こ》所《ゝ》で折《をり》能《よ》く出《で》逢《あ》ひしに此《その》甲《か》斐《ひ》もなくお互《たが》ひに生《い》きて添《そは》れぬ因《いん》果《ぐわ》同《ど》士《し》、凡《およ》そ死《し》ぬのを恐《おそ》れねば此《この》上《うへ》何《ど》んな浮《うき》目《め》に逢《あ》ふとも怖《こは》いと思《おも》ふものはありますまい、死《し》んで花《はな》が咲《さ》くものかと小《こ》唄《うた》の文《もん》句《く》にもある通《とほ》り暫《しばら》く捨《す》てる命《いのち》をば存《いき》命《ながら》へて儔《たぐ》ひ一ト月二タ月なりと思《おも》ふたお方《かた》と世《せ》帶《たい》を持《も》ち添《そ》ひ遂《と》げた後《のち》死《し》ぬとても遲《おそ》いことではございますまい、ねへ忠蔵さん今《いま》ゝで濟《すむ》の濟《すま》ないのと死《し》んだ所《ところ》が詰《つま》らないじやアありませんか」と逃《にげ》口《こう》上《じやう》を持《もち》掛《か》けた、忠蔵は思《おも》ふ壺《つぼ》とホク／＼悦《よろこ》

び　忠「サア私《わた》しも今《いま》然《さ》ふ思《おも》つて居る所、私《わし》が斯《こ》ふいふことになつたも元《もと》はといへばお前《まい》故《ゆゑ》、其《その》思《おも》ふお前に再《さい》會《くわい》して直《す》ぐ又《また》死《し》ぬといふは詰《つま》らない、此所《こゝ》ア一番《ばん》義《ぎ》理《り》も恩《おん》義《ぎ》も捨《すて》て仕舞ひ譬《たと》ひ三月が四月でも一緒《しよ》になり…………では餘《あん》まり短《みぢか》かいが兩《りやう》人《にん》一緒《しよ》に世《せ》帶《たい》を持《も》ち死《し》んだと思《おも》つて働《はたら》いてお金《か》子《ね》を殘《のこ》した其《その》上《うへ》に私の主《しゆ》人《じん》の方《はう》へは何《なん》とか詫《わび》の手《て》術《だて》も出《で》來《き》やうと思ひます、實《じつ》はお松さん此《この》柳《やなぎ》の枝《えだ》にブラ、下《さ》げてある財《さい》布《ふ》の中《なか》には手《て》付《つ》かずに百兩の金《か》子《ね》がある是《これ》を資《し》本《ほん》に勝《かつ》手《て》知《し》つたる大坂へ行《ゆ》き一ト奮《ふん》發《ぱつ》して見《み》やうと思《おも》ふがお松さん其《その》量《りやう》見《けん》に成《な》つては呉《く》れまいか　松「エヽ／＼夫《そ》れは嬉《うれ》しいこと、お前《まい》と明《あけ》暮《く》れ一緒《しよ》なら何《ど》んな辛《しん》苦《く》も厭《いと》ひはない、夫《それ》では共《とも》に大坂とやらへ參《まい》りませう必《かなら》ず途《と》中《ちう》で愛《あい》想《そ》を盡《つ》かして下さるな」と何《ど》所《こ》までも處《おぼ》女《こ》を裝《よそを》ふ毒《どく》婦《ふ》の辨《べん》舌《ぜつ》。巧に兩《ふた》人《り》旅《たび》の用《よう》意《い》を整《とゝの》ひて手《て》に手《て》を取《と》つて初《はつ》旅《たび》も思《おも》ふ同《どう》士《し》の夫《ふう》婦《ふ》連《つ》れ、五十三次《つぎ》のむまや

鳥追お松

路も急《いそ》がぬ道《かい》の泊《とま》りへ着《つ》き、忠藏旅《たび》の宿《やど》りにて結《むす》ぶ契《ちぎ》りの其《その》嬉《うれ》しさは何《な》んに譬《たと》へん方《かた》もなし、讀者《どくしや》宜《よろ》しく察《さつ》し玉ひ、先《ま》づ斯《かく》の如《ごと》くにして小田原の宿《しく》までは何事《なにごと》もなく參《まい》りましたが翌日《よくじつ》は名《な》に負《お》ふ玉櫛笥《たまくしげ》箱根《はこね》の山《やま》を越《こ》さねばならぬあそゝなつた、此頃《このころ》は未《い》だ舊幕《きうばく》の脱走隊《だつそうたい》が彼山《かのやま》に立籠《たてこも》り要害《やうがい》を拒《ふせ》いて陣《ぢん》を張《は》ると早《はや》くも東京へ聞《きこ》へましたから諸藩《しよはん》の兵隊《へいたい》は同驛《どうえき》へ繰込《くりこ》み山間《さんかん》に於《おい》て一時戰爭《せんそう》のあつた跡《あと》故《ゆへ》至《いた》つて近頃《ちかごろ》物《もの》騷《さわ》がしく、お松忠藏の兩人の者《もの》は世《よ》を忍《しの》ぶ罪《つみ》ある身《み》ゆへ唯《たゞ》何《なに》となく怖《こわ》氣《け》立《だ》ちて錦《きん》切《ぎれ》を肩《かた》へ付《つ》けて義經《よしつね》袴《はかま》を穿《うが》つて居る人《ひと》と摺違《すれちが》う度《たび》毎《ごと》にゾッとするといふ、此《こ》りやア道《もつ》理《とも》な話《はな》し　松「忠《ちう》さん、若《わか》い女が眉《まゆ》毛《け》を付《つ》けて居ると何《ど》うも人目《ひとめ》立《だ》つて驅落者《かけおちもの》とでも見られては成りませんから眉毛《まゆげ》を落《おと》しても好《よ》うございませうか　忠「アヽ好《い》い所《ところ》ではないお前《まい》が眉毛《まゆげ》を落《おと》して呉《く》れゝば私《わし》ア安心《あんしん》餘《あん》まり女が好《い》いから若《も》し惡者《わるもの》にでも取《と》られや

鳥追お松

アしないかと心配《しんぱい》で〳〵為《し》やうがない　松「旨《うま》くいつてるよ本《ほん》當に……眉《まゆ》毛《げ》を落《おと》してふけたから嫌《いや》になつたなんて不《ふ》實《じつ》なことをいつちやア嫌《いや》ですよ　忠「然《さ》んなことをいふ奴《やつ》があるものか」此《こ》所《ゝ》で眉《まゆ》毛《げ》を落《おと》して髮《かみ》も結《ゆ》んで草《くさ》束《たば》ね、鳴《なる》海浴《ゆか》衣《た》の上《うは》着《ぎ》さへ馴《な》れぬ姿《すがた》も田《いな》舍《た》女《をんな》が伊《い》勢《せ》參《まゐ》詣《り》でもするといふやうな姿《すがた》に見《み》せ掛《か》け、箱《はこ》根《ね》の裏《うら》道《みち》矢《や》倉《くら》澤《さは》の山《やま》ずたへを三島《しま》へ出《で》やうと案《あん》内《ない》者《もの》を雇《やと》つて駕《か》籠《ご》を釣《つ》らせて行《ゆ》きましたが山《やま》又《また》山《やま》の嶮《けん》岨《そ》であるから忠藏も弱《よわ》つてしまつて僅《わづ》か二日路《ぢ》に底《そこ》豆《まめ》を蹈《ふみ》出《い》だし今《いま》は一ト足《あし》も歩《ある》けないと顏《かほ》をしかめて居《を》りますがお松は固《もと》より大《だい》膽《たん》不《ふ》敵《てき》、女《をんな》ながらも男まさり　松「何《な》んですねへ忠藏さん、然《そ》んな意《い》氣《く》地《じ》のないこつてどうするんでございますと頻《しき》りに是を勵《はげ》まして辛《から》ふして三島《しま》の宿《しく》へ着《つ》きました此《こ》所《ゝ》は街《かい》道《だう》で馬《うま》駕《か》籠《ご》共《ども》に充《じう》分《ぶん》でゲスから駕《か》籠《ご》を雇《やと》つて忠藏を助《たす》け載《の》せお松も駕《か》籠《ご》に打《うち》乘《の》つて原《はら》吉《よし》原《はら》の驛も過《す》ぎ西《にし》には

鳥追お松

富《ふ》士《じ》の高《たか》根《ね》を見《み》て頃《ころ》は十月のはじめ故《ゆへ》最《いと》ぞあはれを初《はつ》時《し》雨《ぐれ》、广の便《たよ》りも故《こ》郷《きやう》へは未《ま》だ十日路《じ》に足《た》らねどもお松と違《ちが》ひ忠藏は過《す》越《こし》方《かた》を思《おも》ひ出《だ》し兎《と》角《かく》に胸《むね》もつかへ勝《がち》、かてゝ加《くは》へて彼《か》の間《かん》道《だう》の山《やま》坂《さか》に旅《たび》の勞《つか》れを曳《ひき》出《だ》してか風《かぜ》の心《こゝ》地《ち》を思《おも》ふ内《うち》、駿《すん》河《が》蒲《かん》原《ばら》驛《えき》の正《まさ》木《き》といふ家《いへ》へ泊《とま》りましたが其《その》夜《よ》から俄《には》かに身《み》内《うち》發《はつ》熱《ねつ》して吐《と》瀉《しや》もはげしき苦《くる》しみにお松は棄《す》ても置《お》かれませんから宿《やど》屋《や》の者を頼《たの》んで近《きん》所《じよ》の醫《い》者《しや》を呼《よ》んで貰《もら》ひ診《み》て貰《もら》つた所が醫《い》者《しや》のいふには「是《これ》は旅《たび》の勞《つか》れの其上に濕《しつ》地《ち》を冒《おか》してお出《い》でなされたに由《よ》つて風《ふう》邪《じや》が本《もと》で陰《いん》症《しやう》の傷寒《しやうかん》でござる、餘《よ》程《ほど》お大《だい》事《じ》になさらなければ不《い》可《け》ませんと藥《くすり》を盛《も》つて歸《かへ》りましたお松は據《よんどこ》ろないから其《その》藥《くすり》を煎《せん》じて飲《の》ませましたが四五日立《た》つても少《すこ》しも驗《げん》が見《み》へない、今《いま》忠藏を捨《す》て行《い》くのは理《わ》由《け》はないが路《ろ》金《ぎん》は忠藏が肌《はだ》身《み》離《はな》さず持《も》つて居《い》て己《おの》れには一文もありません、といふのは要次郎の家《うち》で逃《に》げた時《とき》に路《ろ》用《よう》

鳥追お松

の金子《かね》は大坂吉が皆《みな》持《も》つて居て捕《つかま》つたのだからしやうがない、如何はせんと流石《さすが》の毒婦《どくふ》も看護《くわんご》に倦《うみ》果《は》て心《こゝろ》の内《うち》では早《はや》く死《し》んで仕舞つて呉《く》れりやア好《い》いと思《おも》ふが素《そ》振《ぶり》に夫《そ》れと少《すこ》しも見《み》せぬ、まめ〳〵しく看病《かんびやう》するから合宿《あいやど》の人々は「若《わか》い女だが那《あ》れは感心《かんしん》なものだ貞女《ていじよ》だ」と言《い》ひ合《あ》つて居たが飛《と》んだ貞女《ていじよ》だ、忠臓に隙《すき》があつたら路用《ろよう》の金《かね》を奪《うば》ひ取《と》つてと寝《ね》ても眼《まなこ》を注《つ》けて居《い》るが忠臓も去《さ》る者疑《うたぐ》る理《わ》由《け》じやアないが旅《たび》へ出《で》て斯《こう》やつて見《み》れば命《いのち》の綱《つな》と頼《たの》むのは金《か》子《ね》、其《それ》故《ゆゑ》肌《はだ》身《み》を離《はな》さず入《いり》用《やう》の金《か》子《ね》があれば夫《それ》だけをお松に與《あた》へる、今《いま》はモー忠臓の病《や》みほうけたる顔《かほ》付《つき》を見《み》るさへ心持《こゝろもち》が悪《わ》るいといふ有様《ありさま》うか〳〵と二十日ばかりを過《す》ごしました、然《しか》るに忠臓は少《すこ》しも醫療《いれう》の印《しるし》しなく次《し》第《だい》々々に重《ぢう》体《てい》に陥《おちい》る殊《こと》に發《はつ》熱《ねつ》に間《かん》断《だん》わつて誠《まこと》に熱《ねつ》は傳《う》染《つ》り易《やす》いと聞《きい》て居るから傍《そば》に看《み》護《まもり》のお松はろく〳〵に睡《ねむ》られず自《おの》ずと其《その》身《み》に痩《やせ》見《み》へていよ〳〵外《うわ》見《べ》は看《かん》病《びやう》

五十二

鳥追お松

にて最も勞《つか》れし樣子ゆへ合宿の人々もお松の身の上を不愍《ふびん》に思ひ、日《にち》々《く》病人の口《くち》に逢《あ》う者なぞ菓物《くだもの》或は肴《さかな》なぞ何《なに》暮《くれ》となく惠《めぐ》んで呉《く》れます、忠藏は世《せ》間《けん》には人《ひと》鬼《おに》はないものと嬉《うれし》涙《なみだ》に暮《くれ》てあります或《ある》夜《よ》のこと、其《その》夜《よ》も更《ふ》けて丑《うし》三ッの山《やま》寺《てら》の鐘《かね》海《うみ》に響《ひゞ》いて合宿の人々も皆《みんな》の勞《つか》れに寢《ね》鎭《しづ》まつて最も淋《さび》しき其折からお松は一人此《この》先《さき》のことを思《おも》へば睡《ねむ》られぬ、うつら〳〵と枕《まくら》に着《つい》て居《を》りましたが其《その》夜《よ》は殊《こと》に北《きた》窓《まど》より吹《ふき》込《こ》む風《かぜ》に有《あり》明《あけ》の、行《あん》燈《どう》の火《ひ》もたへ〳〵にてシイン…………といたして居《ゐ》る、スルとガサリ〳〵…………と廊《らう》下《か》に物《もの》音《おと》

松「ハテナア何《な》んであらう」と不《ふ》審《しん》晴《は》れず、其《その》儘《まゝ》夜《よ》着《ぎ》引《ひつ》被《かぶ》つて樣《やう》子《す》を伺《うかゞ》ふとは知《し》らぬ一人の男、スーツと障子《しやうじ》を明《あ》けてお松忠藏の部《へ》屋《や》へ忍《しの》び足《あし》、勞《つか》れてスヤ〳〵寢《ね》入《い》つたる忠藏の枕邊《まくらべ》に進《すゝ》み寄《よ》りました

松「ハヽア曲《くせ》者《もの》であるか、テモ油《ゆ》斷《だん》のならぬことにてある」とエヘン〳〵と二ッばかり咳《せき》拂《ばら》ひをいたしました、曲《くせ》者《もの》は驚《おどろ》いて逃《にげ》去《さ》

鳥追お松

らんとしたか俄《にわ》かに左《さ》あらぬ躰《てい》　男「ヲヤ〳〵此《こ》りやア飛《と》んだことをいたしました同じ廊下に並《なら》んで居《ゐ》る座《ざ》敷《しき》だものだから終《つい》間《ま》違《ちが》ひて此《こ》方《ち》へ飛《とび》込《こ》み能《よ》く〳〵見《み》れば座敷が違《ちが》う、眞《ま》夜《よ》中《なか》頃《ごろ》に斯《か》様《やう》な眞《ま》似《ね》をいたしまして嘸《さぞ》怪《あや》しい者と思召しませうが全《まつた》く座敷を間《ま》違《ちが》ひたんでゲスからお許《ゆる》しなすつて下さい」と問はず語りに是《これ》だけのことを述《の》べてスタ〳〵元の方へ行《ゆ》く様子、お松は何《ど》うも怪《あや》しい奴《やつ》とは思ひましたが夜《よ》もいたく更《ふ》けて居《ゐ》ること故《ゆゑ》に唯《たゞ》油《ゆ》断《だん》のならぬことであると斯《こ》ふ思《おも》つて床《とこ》の中で、クヨ〳〵考《かんが》ひて居る、然《しか》るに其夜明方に至《いた》つて始《はじ》めて睡《ねむ》氣《り》が差《さ》しトロ〳〵と一ト寢《ね》入《い》り、驛路《ぢ》の鈴《すゞ》の音《ね》、宿《やど》の女《ぢよ》中《ちう》が早《はや》立《だち》の客《きやく》に運《はこ》ぶ膳《ぜん》の音《ね》も物《もの》騷《さわ》がしく、是《これ》に由《よ》つてお松は目《め》を覺《さま》して見《み》ればハヤ太《たい》陽《やう》は三《さん》竿《かん》を離《はな》れ、普《ふ》通《つう》の家《いへ》としては早《はや》い方《ほう》だが宿《やど》屋《や》ではモー遲《おそ》い方《ほう》でございます、猶《なほさら》い
て起《おき》上《あ》がり　松「ヲヽスツパリ寢《ね》忘《わす》れて仕舞ふたが飛《さ》んだるとを

鳥追お松

して仕《し》舞《ま》つたと臺所へ往《い》つ、て顔《かほ》を洗《あら》ひ座《ざ》敷《しき》へ戻《もど》つて來《き》て見《み》ると病《やみ》ぼうけたる忠藏が床《とこ》の上《うへ》に起上つて居ります　松「ヲヤ忠さんお目《め》覺《さ》めかい、大《たい》層《そう》能《よ》く寢《ね》たやうですが今《け》朝《さ》は心《こゝろ》持《もち》は何《ど》うでありますます　忠「イヤお松、お前《まい》にスコーシ開《き》かなけりやア成らんがねへ……お前は私の胴卷を出《だ》したかい　松「イヽエ、何《な》んで私しが出すものではありません、肌《はだ》身《み》放《はな》さずお前《まい》が持《も》つて居る胴卷を魔《ま》法《ほう》でも使《つか》やアしまいしお前《まい》の知《し》らない間《ま》に出《だ》せるものぢやアありません　忠「エヽ……夫《そ》りやア大《たい》變《へん》だ實《じつ》は胴《どう》卷《まき》が見《み》へない、昨《ゆう》夜《べ》確《たし》かに腹《はら》へ卷《ま》いて置《おい》た胴卷、お前に渡《わた》さないで嘸《さぞ》水《みづ》臭《くさ》いと思《おも》ふであらうが旅《たび》へ出《で》ては金《か》子《ね》が便《たよ》り、女《をんな》の手《て》へ渡《わた》して置《おい》ては盜《とう》賊《ぞく》抔《など》の心《しん》配《ぱい》もやと私《わし》が預《あづ》かつて居《ゐ》たのだが夫《それ》が見《み》へない、お松、其《そ》所《こ》等《ら》にありやアしないかね」お松も是《これ》には毒《どく》婦《ふ》ながらも驚《おどろ》いた　松「夫《そ》りやア忠さん大《たい》變《へん》なこと……アヽー夫にて思《おも》ひ當りました、昨《ゆう》夜《べ》夜《よ》中《なか》に

鳥追お松

五十六

是《こ》れ〳〵のことがあり、ましたが偖《さて》は那《あ》の男は胡《ご》麻《ま》の蠅《はい》、宵《よい》には何《なに》氣《げ》なく立《たち》去《さ》つたが私しの寢《ね》息《いき》を考《かんが》ひて再《ふたゝ》び這《は》入《い》つて來《き》たものと見《み》へます、多《た》分《ぶん》は其《その》者《もの》の爲《ため》に脱《ぬす》取《と》られたのでありませう　忠「グーッ………コリやア何《ど》うだ」と忠藏は羅《くや》みし兩《りやう》眼《がん》に涙《なみだ》をためて潸《さめ》然《〴〵》と泣《なき》出《い》だす、お松は一應《をう》邊《あた》りを探《さが》したが固《もと》よりあるべき道《だう》理《り》はありません、爰《こゝ》に於て宿《やど》の亭《てい》主《しゆ》を呼《よ》び此《こう》始《し》末《まつ》を物語ると正木屋の主人も驚き　主人「惜《をし》いことをいたしました、モー是《これ》が二タ時早いと品物は無《ぶ》事《じ》に立《たち》戻《もど》りましたらうが今《け》朝《さ》早《はや》立《だ》ちの一《ひと》人《り》のお客様、昨夜始《はじ》めてお泊《とま》んなすつた人ですが一《ひと》人《り》旅《たび》は泊《と》めぬが宿《やど》の法《はふ》でありますが夫《それ》では實《じつ》に困《こま》ります切《ほう》望《か》は主人と手《て》を合《あは》さんばかりのお頼《たの》み、其《それ》故《ゆへ》據《よんどこ》ろなくお泊《と》め申したのでありますが多《た》分《ぶん》は那《あ》の人《ひと》の仕《し》業《わざ》でありませう、然《さ》ふしてお金《か》子《ね》は如《い》何《く》程《ら》ばかり　忠「ハイ委《くは》しくは勘《かん》定《ぢやう》はしませんが六拾三兩《りやう》ばかりありましたらう　主人「ヤ

鳥追お松

レ〳〵夫《それ》は何《ど》うもお氣《き》の毒《どく》様《さま》、取《と》られたのは貴《あな》郎《た》方《がた》の手《て》落《おち》とはナしながら其《その》様《やう》な方《かた》をお泊《と》めナしましたは私《わたし》の方《ほう》の手《て》落《おち》でございます誠《まこと》にハヤ相《あい》濟《す》みません次《し》第《だい》で……」と只《ひた》管《すら》詫《わび》るばかりにして別《べつ》に金《きん》子《す》の戻《もど》りやうもございません、忠藏は床《とこ》の上《うへ》にドッカと細《ほそ》き足《あし》にてかしこまり腕《うで》拱《こまぬ》いて首《くび》をうた垂《た》れ　忠「アヽヒロンなことに成《なり》行《い》つた神《かみ》にも佛《ほとけ》にも見《み》放《はな》され、旅《たび》に出でゝ此《この》病《びやう》氣《き》搗《かて》て加《くは》へて命《いのち》と頼《たの》む路《ろ》金《きん》をば盗《ぬす》み取《と》られ、此上は何《ど》うマアいたして好《よ》からんか、ブツ……」とばかりに男《をとこ》泣《な》き、お松も共《とも》に涙《なみだ》に暮《く》れ　松「ホンに大《たい》變《へん》なることに成りました、嬉《うれ》しい旅《たび》と思《おも》つたのは僅《わづ》かに十里か其《そ》所《こ》等《ら》の間《あいだ》だ、箱《はこ》根《ね》の關《せき》の旅《たび》路《ぢ》から何《ど》うも變《へん》だと云つたが病の源《もと》困《さ》、夫《それ》から漸《やうや》う此《この》宿《やど》へ着《つ》いたばかりでドッとの病《びやう》氣《き》、是《これ》までさへも心《こゝろぼそ》細く行《ゆ》く末《すゑ》越《こし》方《かた》を考《かんが》ひでは夜《よ》るさへ碌《ろく》々睡《ねむ》られず、クヨ〳〵〳〵〳〵物《もの》思《おも》ひ、今《いま》大《たい》切《せつ》の〳〵の路《ろ》金《きん》をば盗《ぬす》まれてしまつては忠さん是《これ》から先《さき》は何《ど》うしたらば宜《よろ》しうございませう」と心《こゝろ》の内《うち》はイザ知《し》らず涙《なみだ》を流《なが》して歎《なげ》きました、忠藏は涙《なみだ》を拂《はら》ひ　忠「イヤ〳〵お松、決《けつ》してモー今《いま》更《さら》歎《なげ》いても仕《し》方《かた》がない必《かなら》ず歎《なげ》かしやるな、是《これ》といふのも不《ふ》忠《ちう》の罰《ばち》、又《また》お前は親を棄《す》てたる罰《ばち》、先《さき》頃《ごろ》品《しな》川《がは》で逢《あ》ふた時六郷《がう》川《がは》で情《しん》死《じう》しやうと約《やく》束《そく》をしたのだが死《し》んだ積《つも》りで稼《かせ》でうと思ひ直して手《て》に手《て》を取《と》り是《こ》れまでやつと來《き》たのだが、那《あ》の時死《し》んだと締《あきら》めたら別《べつ》に歎《なげ》くには及ばない、卑《ひ》怯《けう》なやうだが約《やく》束《そく》を元《もと》へ戻《もど》して此《この》宿《やど》でお前と一《いつ》緒《しよ》に死《し》にませう、何《ど》うだお前《まい》、一《いつ》緒《しよ》に死《し》んで呉《く》れる氣《き》はないか」と病《やまい》に最《いと》ぞ衰《おとろ》へた勞《つか》れを忘《わす》れて膝《ひざ》進《すゝ》ませる　松「イエモー成《な》程道《どう》理《り》でございます、那《あ》の時お留《とゞ》め申《まを》さずに一《いつ》緒《しよ》に死《し》んで仕舞ふたら斯《か》ふした歎《なげ》きはありますまい、夫《それ》じやア忠さん折《をり》を見てお前《まい》と一《いつ》緒《しよ》に死《し》にませう、ア、ーモー辛《しん》氣《き》臭《くさ》い世《よ》の中《なか》ではある」と夫《をつと》婦《ふ》手《て》に手《て》を取《と》つて歎《なげ》いてある、時《こゝ》に廊《らう》下《か》に聲《こゑ》あつて」イヤお兩《ふた》人《り》さ

鳥追お松

ん死《し》ぬにやア決《けつ》して及《およ》ばねこと、ヤア少《すこ》し短《たん》氣《き》を待《ま》ちなさい」と障《しやう》子《ぢ》を明《あ》けて這《は》入《い》つて來《き》た、夫《ふう》婦《ふ》は共《とも》に見《み》顧《かへ》つたが是《こ》れ善《ぜん》か惡《わく》か勝《は》た何《なに》者《もの》か次《ぢ》席《せき》に委《くわ》しく述《の》べませう…………

第四席

新《しん》年《ねん》告《つ》ぐる鶯《うぐひす》の先《さ》きを拂《はら》ひし鳥《とり》追《おひ》も今《いま》は昔《むか》しの春《はる》となり唯《たゞ》今《いま》は左《さ》様《やう》なものは、なくなりましたが維《い》新《しん》前《ぜん》後《ご》の狂《きやう》詩《し》に

勸《くわん》番《ばん》の唾《すい》涎《ぜん》は髭《ひげ》を傳《つた》ふて長《なが》く海《かい》上《じやう》遙《はる》かの音《ね》は三《さ》味《み》線《せん》の糸《いと》纖し

拔《ぬ》け裏《うら》を廻《まは》りて新《しん》道《みち》に至《いた》り多《た》錢《せん》を貰《もら》ひ得《え》たり

とございます是《これ》は鳥《とり》追《おひ》を吟《ぎん》じた詩《し》で以《もつ》て其《その》頃《ころ》鳥《とり》追《おひ》が如《い》何《か》に歡《くわん》迎《げい》されたかを豫《よ》想《さう》いたすべきであります、扨《さ》說《て》も中續《つゞ》きました鳥《とり》追《おひ》情《じやう》史《し》お松《まつ》の傳《でん》でありますが、忠臓お松は奪《うば》はれた金《きん》子《す》に心《こゝろ》も乱《みだ》れ髮《かみ》、薄《うす》き緣《にし》と歎《なげ》きの場《ば》へ死《し》ぬのは留《とゞ》まり玉《たま》へ」俘《さ》夫《ちう》婦《ふ》……」と這《は》入《い》つ

鳥追お松

て來《き》たは是《これ》ぞ合宿《あいやど》の甲州屋《こうしうや》定次郎といふお松は度々《たび〳〵》廊下《らうか》にてお早《はや》うとか結構《けつこう》なお天氣《てんき》でございます位《くらゐ》の挨拶《あいさつ》はいたしたあとのある男《をとこ》、年《とし》の頃《ころ》は四十二三デップリ肥《ふと》つた男《をとこ》にして一ト癖《くせ》あるべき面《つら》たましい、お松は早《はや》くも聲《こゑ》を掛《か》け　松「オヤ貴郎《あなた》は甲州屋さんとやら仰《おつ》しやる當家《たうけ》に長《なが》く御《ご》逗留《とうりう》のお客《きやく》さま……　定「ハイ如《い》何《か》さま私ア甲州屋《こうしうや》定次郎、さて要《い》らざる御《ご》夫婦《ふうふ》の愁歎場《しうたんば》へ飛込《とびこ》んで來《き》たといふのも外《ほか》のこつちやアありません、今朝《けさ》宿《やど》の女中《ぢよちう》から貴郎方《あなたがた》御《ご》夫婦《ふうふ》の御《ご》災難《さいなん》の一件を聞《き》まして、アヽ夫《それ》はお氣《き》の毒《どく》なこと、嘸《さぞ》お困《こま》りなさるだらうと人《ひと》の事《こと》とは思《おも》ひません、今《いま》小便《しやうべん》に往《い》つた歸《かへ》り掛《が》けお座敷《ざしき》の表《おもて》を通《とう》るとしめり勝《がち》なる御《ご》相談《さうだん》、罪《つみ》なことだかスッパリと立聞《たちぎ》をいたしましたが思《おも》ふに増《ま》した御《ご》難澁《なんじう》、餘《あま》り見《み》兼《か》ねましたから思《おも》はず聲《こゑ》を掛《か》けましたが、旅《たび》は路用《ろよう》が力《ちから》故《ゆゑ》杖《つゑ》に離《はな》れたやうに思召《おぼしめ》すのは御道理《ごもつとも》聞《き》くさへ涙《なみだ》の貰《もら》ひ泣《な》き、平生《ふだん》でさ

鳥追お松

へもお困《こま》りだらうにまして御《ご》病中《びやうちう》の事《こと》なれば定《さだ》めしお心《こゝろ》浮《う》きてとにて死《し》ぬるとまでの御《ご》決《けつ》心《しん》は無《む》理《り》ならぬことでありますが、私も御《ご》存《ぞん》じ知《し》らるゝ通り此《この》正《まさ》木《き》屋《や》にはモー半《はん》月《つき》余《あま》り逗《とう》留《りう》をして居ります、雨《あめ》のつれ〳〵夜《よ》話《ばな》しにお松さんとは御《ご》懇《こん》意《い》にいたしましたから近《ちか》頃《ごろ》甚《はなは》だ失《しつ》禮《れい》なやうではあるが世《よ》の諺《ことわざ》にも申す通り旅《たび》は道《みち》連《づ》れ世《よ》は情《なさ》け、袖《そで》振《ふり》合《あ》うも多《た》少《しやう》の縁《えん》、是《これ》は誠《まこと》に軽《けい》少《しやう》ではございますが唯《たゞ》おまつさんの色《いろ》替《が》へぬ操《みさを》に接《つぎ》木《き》の心《こゝろ》ばかり、是《これ》で當《とう》座《ざ》を何《ど》うなりとなすつて居《ゐ》て下《くだ》さいまし、今《け》日《ふ》は今《け》日《ふ》明《あ》日《す》は明《あ》日《す》の風《かぜ》が吹《ふ》けば悪《わる》い跡《あと》は好《い》いといふ、涙《なみだ》に潤《しめ》る話《はな》しばかりもありますまい、何《ど》うぞ御《ご》受《じゆ》納《のう》なすつてと紙《かみ》に包《つゝ》んだ如《い》何《く》程《ら》かの金《かね》を夫《それ》へ差《さし》出《だ》しました、忠蔵は節々《をり〳〵》の出《で》た手《て》を突《つい》て

忠「ハイ……有《あり》難《がた》ふ存じます る、同《おな》じ此《この》家《や》に居《ゐ》ながらもお顔《かほ》を合《あは》すは今《け》日《ふ》がはじめて、お恵《めぐ》み受《う》くるは有《あり》難《がた》いが覚《つい》ぞ見《み》知《し》らぬ貴《あな》郎《た》様《さま》に斯《か》様《やう》なものを頂《いたゞ》いては……

六十二

定「イヤ〳〵忠蔵さんとやら、貴郎《あなた》はお物《もの》堅《がた》い故《ゆへ》然《そ》んな野《や》暮《ぼ》を仰《おつしや》しやるが其《あの》辞《じ》退《たい》は平《ふ》生《だん》の時《とき》でございます、お前《まへ》さんとは成《なる》程《ほど》始《はじ》めていあるがお松《まつ》さんとは兼《かね》てよりの見《み》知《し》り越《ご》し、殊《こと》に今《いま》の御《ご》難《なん》をば何《ど》うがなお救《すく》ひ申したくは存じますが、旅《たび》のことでありますから、夫《それ》とても多《おほ》くの貯《たくわ》ひとてはありませんに由《よ》つて心《こゝろ》に思《おも》ふばかりにて些にもならず、然《しか》し爰《こゝ》に一ツの御《ご》相《さう》談《だん》と申しますは、誠《まこと》に失《しつ》禮《れい》なことであつてお腹《はら》立《だ》ちもあらんかとは思《おも》ひますがいはねば猶《なほ》更《さら》分《わか》りません」といはれてお松《まつ》は摺《すり》寄《よ》つてシテ其《あの》お話《はなし》を御《ご》遠《ゑん》慮《りよ》なく、私しがいたしませうが此《こ》りやア悪《わる》く思召《おぼしめ》しちやア不《い》可《け》ません」と聞《き》いてお松は摺《すり》寄《よ》つて　松「シテ〳〵其《その》お話《はな》しは何《ど》ういふことでありますか御《ご》遠《ゑん》慮《りよ》なく私《わたし》し等《ら》両《ふた》人《り》の者《もの》共《ども》へ何《ど》うぞお聞《き》かせなすつて下《くだ》さいまし」定次郎は膝《ひざ》を進《すゝ》ませ　定「然《そ》んなら私しが思ひ切つて申し上げませう、忠蔵さんは兎《と》も角もお前《まへ》はいずれも夫《それ》者《しや》

鳥追お松

の果《は》て、ナ人《ひと》並《なみ》に勝《まさ》れし容《き》色《りやう》、殊《こと》に端《は》唄《うた》や新《しん》内《ない》節《ぶし》は意《い》氣《き》を表《おもて》の仕《し》入《い》れ、お前《まへ》の腕《うで》で一ト稼《かせ》ぎ、藝《げい》者《しや》をしたらば五十両《りやう》や三十両《りやう》は誰《だれ》でも貸《か》さう是《これ》まで私の商《しやう》賣《ばい》も人《ひと》にいわねど其《その》實《じつ》は私《わし》は駿《すん》州《しう》府《ふ》中《ちう》の藝《げい》者《しや》屋《や》家《か》業《ぎやう》斯《こ》ふいふ時《とき》は六段《だん》目《め》の一文《もん》字《じ》屋《や》の臺《せり》詞《ふ》のやうだが女《によ》護《ご》の嶋《しま》程《ほど》抱《かゝ》へもあるが、今《こん》度《ど》駿《すん》府《ぷ》は徳《とく》川《がは》さまの御《ご》領《れう》地《ち》に成《な》つたので東《とう》京《けい》好《ず》きと目《め》的《あて》を付《つ》け、切《せう》盤《か》せめて東《とう》京《けい》で仕《し》込《こ》んだ子《こ》供《ども》を抱《かゝ》へやうと、此《この》家《うち》に宿《やど》を鳥《とり》が啼《な》く時《ぢ》分《ぶん》から宿《しゆく》々《〳〵》を驅《かけ》廻《まは》り探《さが》せどこゝらは田《ゐ》舎《なか》故《ゆへ》好《い》い玉《たま》も見《み》付《つ》からず、所《しよ》詮《せん》空《むな》しく歸《かへ》ることかと思《おも》ふ所《ところ》へお前《まへ》の姿《すがた》を垣《かい》間《ま》に見《み》てといふと、何《なに》やら色《いろ》氣《け》のやうですが然《さ》ふじやアないので、實《じつ》は慾《よく》氣《け》の出《で》來《き》ない相《さう》談《だん》、夫《そ》れとも腹《はら》に落《おち》入《い》つたら何《ど》うですか、一ッ私《わた》しの相《さう》談《だん》に乗《の》つちやア下《くだ》さいませんか」と言《こと》葉《ば》は清《きよ》く見《み》ゆれども奥《おく》の知《し》れざる濁《にご》り江《え》とお松は推《すい》せど忠藏を棄《す》てるには是《こ》れ屈《くつ》覺《きやう》とコー思《おも》ひましたから涙《なみだ》に目《め》をしばたゝき松

鳥追お松

御《ご》深《しん》切《せつ》の其《その》お言《こと》葉《は》、足《た》らはぬ私しを夫《さ》れ程《ほど》までに仰《おう》しやつて下《くだ》さるはホンに地《ち》獄《ごく》で佛《ほとけ》とは此《この》事《こと》か、旅《たび》へ出《で》て杖《つゑ》とも柱《はしら》とも頼《たの》むは路《ろ》金《ぎん》其《その》路《ろ》金《ぎん》をば盗《ぬす》まれて何《ど》うマア此《この》行《ゆく》末《すゑ》をいたしませう、直《す》ぐ明《あし》日《た》から困《こま》ります、背《せ》に腹《はら》は替《か》へられぬ道《だう》理《り》、御《ご》深《しん》切《せつ》に然《そ》ふ仰《おう》しやつて下《くだ》さるので思《おも》ひ付《つ》きましたが成《なる》ほど寧《いつ》そ此《この》身《み》をば、土《どろ》水《みづ》の濁《にご》り江《え》に沈《しづ》め良《をつ》人《と》の病《びやう》苦《く》を救《すく》ひたく……とは申しながら此《この》病《びやう》人《にん》を跡《あと》へ殘《のこ》すは如《い》何《か》にも心掛《こゝろがゝ》りでありまする

定「サア、其《その》事《こと》なら決《けつ》して御《ご》心《しん》配《ぱい》をなさいますな、成《なる》ほど一寸開《き》く時《とき》は忠藏さんをこゝへ殘《のこ》し、お前《まへ》ばかりを連《つ》れて行《い》く事《こと》と思《おも》ふは無《む》理《り》ではないが然《そ》んな無《む》慈《じ》悲《ひ》なことはしない、お前《まへ》が稼《かせ》ぎに行《い》くとさへいへば膝《ひざ》とも談《だん》行《こう》、何《ど》うですへ直《す》ぐ前《まへ》貸《がし》の金《か》子《ね》を與《あた》へ駿《すん》府《ぷ》へお前《まへ》を連《つ》れて行けば四五日の其《その》內《うち》に忠どのをば廓《くるわ》へ引《ひき》取《と》り、朝《あさ》夕《ゆう》看《かん》病《びやう》の出《で》來《き》る樣《やう》世《せ》帶《たい》も持《も》たして進《しん》上《じやう》しやう」と木に餅《もち》の成《な》るやうな旨《うま》い話《はな》し、お松《まつ》は

松「ウフ

鳥追お松

ン肯くいやアがる、何《なに》をいふか知《し》れたものじやアない」とは思つたのだが然《しか》し忠《ちう》藏《ぞう》を棄《す》てるのは能《よ》き機と思《おも》ひましたから好《い》い加《か》減《げん》に忠藏をだまくらかして一《いち》度《ど》此《こ》所《ゝ》を立《たち》退《の》かんと　松「ねへ忠藏さん、今《いま》定次郎さんが徒《と》深《しん》切《せつ》に仰《おつ》しやつて下さるのですから、何《ど》うも此《この》儘《まゝ》にして置《おい》ては手《て》を拱《こま》ねては饑《うゑ》て死《し》ぬより外《ほか》はない、お前《まい》さんが篤《と》承《しよう》知《ち》なら私しは云《い》つて好《この》むこどではありませんが藝《げい》者《しや》家《か》業《ぎやう》を一ト稼《かせ》ぎしてお金《か》子《ね》を借《か》り、然《そ》ふしてお金《かね》を掛《か》けて好《い》いお醫《い》者《しや》様《さま》にでも見《み》て貰《もら》つたら何《さ》うしても病氣も早《はや》く直《なほ》りませう、然《しか》し女《をんな》は良《をつ》人《と》に従《したが》うのが當《あた》り前《まい》、何《ど》うぞ承《しよう》知《ち》をして下さい」其《その》尾《を》に付《つ》いて定次郎も　定「今《いま》もお松さんのいふ通り忠藏さんソレと承《しよう》知《ち》をしておやんなさい此《この》娘《こ》が折《せつ》角《かく》自《じ》分《ぶん》の身《み》を落《おと》してまでもお前《まい》さんを貢《みつ》きたいといふ量《れう》見《けん》、アヽー貞《てい》女《じよ》の龜鑑《み》といふは此《こ》婦《をん》人《な》のことか、然《しか》し又《また》徒《と》夫《ふう》婦《ふ》で徒相《さう》談《だん》もありませうから急《いそ》ぎはじない好《い》いお返《へん》事《じ》を聞《き》かしたれ下《くだ》されしと何《なに》か心《こゝろ》に一ト思《し》案《あん》　定「大きにお邪《じや》魔《ま》をいたしましたと出《で》て参《まい》る。跡《あと》にお松《まつ》は忠《ちう》藏《ぞう》をいろ〳〵に言《い》拵《こしら》へ一度《いちど》駿《すん》府《ぷ》に行《い》くことに相《さう》談《だん》もやゝ調《とゝの》ひましたから彼《か》の定次郎にも此《この》由《よし》を早《さう》速《そく》にはなしをいたしましたから其《そ》所《こ》で金子《かね》三十両は直《す》ぐに渡《わた》すことになつてお松を駿《すん》府《ぷ》へ連《つれ》行《ゆ》かんと話《はな》しは頓《にわか》に整《とゝの》ひました、胸《むね》には落《お》ちぬ忠藏が重《おも》き枕《まくら》の頭《かしら》を揚《あ》げ　忠「今《いま》さらいふも愚《ぐ》痴《ち》ではあるが、外《いつ》日《ぞや》主《しゆ》人《じん》の言《い》付《つ》けに問《とひ》屋《や》へ渡《わた》す二、百両を懐《ふと》中《ころ》へ押《おし》込《こ》んで橋《はし》場《ば》なる汐《しほ》入《いり》堤《つゝみ》へ忍《しの》び行《ゆ》き始《はじ》めて其《その》方《ほう》に逢《あ》ひし時《とき》に密《みつ》夫《ぷ》なりと見《み》咎《とが》められ、既《すで》に命《いのち》も取られんと思《おも》ひし所《ところ》へお前《まい》の阿《おつ》母《か》さんのお千《ち》代《よ》といふ人《ひと》が出《で》て呉《く》れて丸《まる》く納《をさ》めて首《くび》代《だい》と取られし金《か》子《ね》の百両に、數《すう》年《ねん》勤《つと》め主《しう》家《か》へも歸《かい》れぬ、言《い》譯《わけ》なさに縊《くび》れんと覺《かく》悟《ご》極《きは》めし折《をり》からに思《おも》ひ掛《か》けなく其《そ》方《ち》に出《で》逢《あ》ひ、互《たが》ひに心《こゝろ》も同《おな》じ日《ひ》に迷《まよ》ひ出《い》でしといふ言《こと》葉《ば》に終《つい》ほだされてふるさとへ身《み》を隠《かく》さんと

鳥　追　お　松

せしが過《あやま》り、斯《かゝ》る病苦《びやうく》に取結《むす》ばれ、永《なが》き苦《く》痛《つう》もお主《しう》の浮罰《ばつ》、爰《ここ》に路《ろ》用《よう》の金《か》子《ね》までも、取られて今《いま》は乞《こつ》食《じき》同《どう》様《やう》、今《いま》又《また》其《そ》方に生《いき》別《わか》れと思《おも》へば此《この》世《よ》に有《あり》甲《か》斐《ひ》なき運《うん》命《めい》尽《つ》きし我《わが》身《み》の上《うへ》、寧《いつ》そ死《し》んだか増《ま》しならん、とホロリと落《おと》す一ト雫《しづく》、聞ておお松は涙《なみだ》を拭《ぬぐ》ひ　松「又《また》しても然《さ》んな弱《よわ》いことをいふ、男《をとこ》の癖《くせ》に何《な》んであります同《おな》じ心《こゝろ》の妾《わたし》の苦《くる》しさ、少《すこ》しは推《すい》量《れう》して下され、妾《わた》しが涙《なみだ》を流《なが》されたらお前《まへ》か傍《そば》から慰《なぐ》さめる位《くら》いでなければ不《い》可《け》ません、是《これ》が百里《り》も二百里《り》と遠《とう》く離《はな》れて居《ゐ》るではなし、僅《わづ》か十里《り》か十一二里《り》、東《とう》海《かい》道《だう》の道《みち》つゝき、抱《かゝ》へた主《ぬし》もいふ通《とう》り妾《わた》しが彼《あの》地《ち》へ着《つい》たなら直《す》ぐにお前《まへ》を迎《むか》ひによこし浮《うい》た勤《つと》めの憂《う》さ晴《は》らしお傍《そば》で看病《かんびやう》するが路《ぢ》に、足《あし》を留《とゞ》むるも少《すこ》しの内《うち》必《かなら》ずともに氣《き》丈夫《ぢやうぶ》にくよ〳〵思《おも》ふて下《くだ》さいますなと出《で》もせぬ涙《なみだ》を無《む》理《り》槍《やり》に指《ゆび》に唾《つば》付《つ》け目《め》になすり付《つ》けサメ〳〵と泣《な》く躰《てい》はなか〳〵馴《な》れたものであります。神《かみ》ならぬ身《み》の忠蔵はおまつが心《こゝろ》の巧《たく》みの

鳥追お松

六十八

ことは夢《ゆめ》さら少《すこ》しも存じませんから貰《もら》ひ泣《な》きに猶《なほ》涙《なみだ》を流《なが》し、おまつの袖《そで》に縋《すが》り付《つ》きヂツト凝《み》視《つむ》るいぢらしさ、放《はな》れともなき蔦《つた》かつら、ゴホン〳〵と咳《せき》揚《あぐ》る聲《こゑ》に驚《おどろ》き其《その》胸《むね》を白《しら》魚《を》の如《ごと》き手《て》を持《も》つて撫《な》でさすり、一見《けん》貞《てい》女《じよ》のやうではあるが胸《むね》は茨《いばら》のつるいちご、とげは見《み》へねど怖《おそ》ろしく折《をり》から此《こ》所《ゝ》へ定次郎

定「ヤお両《ふた》人《り》さん然《さ》ふ泣《な》て居《ゐ》ちやア不《い》可《け》ない、直《す》ぐ一日二日我《が》慢《まん》をすれば逢《あ》へること、是《これ》が死《しに》別《わか》れといふではなし忠藏さん然《さ》ふ歎《なげ》いちやア病《やまい》にさはる、サアお松さん明《あし》日《た》の夕《ゆう》方《がた》立《た》ちますから其《その》仕《し》度《たく》をして置《お》きなさい」と深《しん》切《せつ》ゐかしに両《りやう》人《にん》を慰《なぐさ》め、其《その》翌《よく》朝《ちやう》旅《たび》の用《やう》意《い》もそこ〳〵に仕《し》度《たく》をいたして入《いり》来《き》たり

定「彌《いよ》〳〵今《こん》夕《ゆう》出《しゆつ》立《たつ》します、モシ忠藏さん、若《わか》気《げ》の至《いた》りに一《いつ》生《しやう》をあやまつ者《もの》は如《い》何《く》程《ら》もあります、たゞ徒《と》主《しゆ》人《じん》の罰《ばち》なりと其《そ》所《こ》へ心《こゝろ》が注《つ》きさへすれば又《また》好《い》いことも来《き》たりませう此《この》金《か》子《ね》はおまつさんの身《み》の代《しろ》といふではないが約《やく》束《そく》でありますから忠藏

鳥追お松

殿へお渡《わた》しヤして置《お》きますと封《ふう》の緘に差出《さしい》だしましたからお松が取次《とりつ》ぎ、忠藏に手《て》渡《わた》しをして法《かた》の如《ごと》く證書《しようしよ》を認《した》め、調印《ちやういん》もそこゝろにおまつを急《いそ》がせ定次郎が隔《へだ》てる屏風《びやうぶ》に忠藏は延《のび》上《あ》がるをお松はうしろに抱《だき》かゝへ　松「冷《ひ》へては矢《や》ッ張《ぱり》病《やまひ》に觸《さわ》りまする、長《なが》き別《わか》れといふではなし、直《ぢ》き二三日の其《その》内《うち》に又《また》逢《あ》ふてとも有《あり》馬《ま》紙《がみ》、ツア〳〵心丈夫《こゝろぢやうぶ》に迎《むか》ひの來《く》るを待《ま》つて居《ゐ》て下《くだ》され」とベロリと舌《した》を出《だ》して立《たち》出《で》たが、立《たて》切《き》る襖《ふすま》は桐《き》生《りう》の松《まつ》の墨《すみ》畫も薄《うす》墨《ずみ》に、是《これ》ぞ惡《あく》魔《ま》の糊《のり》ばなれ、やぶれて元《もと》へ歸《かへ》りてん身《み》は白《しら》浪《なみ》の襖形《ふすまがた》、おまつは廊《らう》下《か》でホッといふ一ト息《いき》　松「アヽーモー男《をとこ》はい世《よ》の中《なか》に欺《だま》し易《やす》いものはないが狂言《きやうげん》もなか〳〵是《これ》で骨《ほね》が、折《を》れる愁《しう》歎《たん》場《ば》も中《なか》幕《まく》も大切《ぎり》まで一《ひと》人《り》役《やく》者《しや》、イヨー成《なり》田《た》屋《や》と褒《ほ》めて呉《く》れてもありやアしない、エヽモー焦燥《じれつ》てエ世《よ》の中《なか》だよと何《なに》やら一人《ひとり》つぶやいてニッコリ笑つて立《たち》出《い》でましたが實《げ》に恐《おそ》るべきは女《をんな》の心《こゝろ》、大蛇《だいじや》を見《み》るとも女《をんな》を見《み》るなどいふ釋《しや》迦《か》尊《そん》の戒《いまし》めもこゝらからヤしたのでありませうか是《これ》から此《この》定次郎が何《どの》樣《やう》のことをいたすか次《ち》席《せき》に委《くは》しく……

第五席

漁《いさ》り船《び》の火《ひ》の影《かげ》は夜《よ》る浪《なみ》を燒《や》くと旅中《りよちう》の名吟《めいぎん》もありますが頃《ころ》は時《ぢ》候《こう》もはつしぐれ、雲《くも》の行《ゆく》衛《ゑ》も白《しら》砂《すな》に光《ひか》る濱《はま》邊《べ》の浪《なみ》打《うち》際《ぎは》、右《みぎ》は峨《が》々たる崖《がけ》ずくり、磯《そ》馴《な》れの松《まつ》のまばらに繁《しげ》り、よせては返《かへ》す浪《なみ》の花《はな》、空《そら》も曇《くも》りて幻《まぼろ》げに「風《かぜ》さへなぎて薄《うす》暗《くら》く後《うしろ》に見《み》ゆる富《ふ》士《じ》が根《ね》も雪《ゆき》のつもりてしろ〴〵と墨《すみ》繪《ゑ》にうつす夜《よ》るの景《けい》、折《をり》しも北《きた》の崖《かけ》傳《つた》ひに砂《すな》を蹴《け》立《た》つて三枚《まい》肩《かた》でいそがせ來《き》たる旅《たび》駕《か》籠《ご》は、蒲《かん》原《はら》驛《えき》をしるしたる灯《あか》りも消《き》へ〳〵に中《なか》には夫《それ》といは猿《ざる》が庚《こう》申《しん》塚《つか》も打《うち》越《こ》えて見《み》猿《さる》もみのを乾《ほ》し氣《げ》なる松《まつ》の梢《こづゑ》にふくらうの聲も聞《き》かざる小《さ》夜《よ》嵐《あらし》軒《のき》端《ばた》傾《かたむ》く掛《か》け額《がく》に圓《ゑん》通《つう》閣《かく》の文《もん》字《じ》は見《み》ゆれど今《いま》ははや煤《すゝ》けてさ

鳥追お松

ゝがにの糸《いと》にからみし観《くわん》音《をん》堂《だう》の片《かた》側《かは》へ下《おろ》して汗《あせ》を押《お》拭《ぬぐ》ひ、彼《か》の三人の人《にん》足《そく》はいずれも宿《しく》で名《な》うての悪《わる》者《もの》下《げ》駄《た》を並《なら》べて垂《た》れを上《あ》げ、一《ひと》人《り》の駕《か》籠《ご》舁《かき》進《すゝ》み出《い》て

甲「サア姐《あね》さん嘸《さぞ》窮《きう》屈《くつ》でございましたらう」といへば此《この》人《ひと》の人《にん》足《そく》が

乙「親方の命《い》、付《つ》けで大《たい》層《そう》道《みち》を急《いそ》いだので、中《なか》も定《さだ》めし揺《ゆ》れましたらう此《こ》所《ゝ》は濱《はま》邊《べ》で風《かぜ》もあり、ヒヤリとするのが身《から》躰《だ》の薬《くすり》急いで来《き》たから約《やく》束《そく》の此《こ》所《ゝ》が興《おき》津《つ》の宿《しく》の棒《ぼう》ばな、サアお上《あが》りなせへましお腰《こし》が痛《いた》うございましたらうねへ姐《ねへ》さん…………」

いはれてお松《まつ》は駕《か》籠《ご》から立《たち》出《い》で、草《ざう》履《り》を穿《はい》てあたりを見《み》廻《まは》し、心《こゝろ》に落《お》ちぬか不《ふ》審《しん》な面《かほ》持《もち》をいたし

松「若《わか》衆《いしゆ》さん御《ご》苦《く》労《らう》様《さま》でございました、駕《か》籠《ご》にゆられて好《い》い心持《こゝろもち》になり終《つい》とろ〳〵と労《つか》れが出《で》て夢《ゆめ》を破《やぶ》つた浪《なみ》の音《おと》、落《おち》々くねむりはしないけれどもモウ約《やく》束《そく》の奥《おき》津《つ》とは話《はな》しに聞《きい》たは軒《のき》ならびで大《たい》層《そう》賑《にぎや》かな所《ところ》であるといはれましたが、思《おも》つたよりは磯《いそ》ばたで大《たい》層《そう》淋《さび》しい所《ところ》だねへといへば一人が

鳥追お松

前《まい》へ出《で》て　甲「姐《ねへ》さん、其《その》物《もの》淋《さび》しいが此《こう》方《ち》の附《つけ》目《め》、人《ひと》里《ざと》離《はな》れた浪《なみ》打《うち》際《ぎわ》、沖《おき》にちら付《つ》く漁舟《いさりび》より外《ほか》に聞《き》人《て》はない所《ところ》、マア安《あん》心《しん》してお出《い》でなせへ」と味《あじ》に搦《から》んだ言《こと》詞《ば》のはし〳〵、お松は彌《いよ》々く不《ふ》審《しん》晴《は》れず　松「ヲヤマア若《わかい》衆《しゆ》さん妙《めう》なことをお云《い》ひだが淋《さび》しい所《ところ》が此《こつ》方《ち》の附《つけ》目《め》とは何《な》んの事《こと》でありまする、第《だい》一此《この》かどを磯《いそ》端《ばた》へ下《おろ》し外《ほか》に聞《き》人《て》がないとやら……私しには何《な》んだかチットも理《わ》由《け》が分《わか》らない　甲「へゝゝゝ今《こん》夜《や》の仕《し》事《ごと》を知《し》らぬ故《ゆへ》ピックリするのは尤《もつと》もだがお前《まい》を此《こ》所《ゝ》まで連《つれ》出《だ》したは皆《みな》親《おや》方《かた》の吩《い》附《つ》けだ、マアヂタバタせずに観《かん》念《ねん》はするが好《い》い」聞《きい》てお松は三人に向《むか》ひ　松「然《さ》ふして見《み》れば親《おや》方《かた》とお前《まい》達《たち》がお云《い》ひのは…………　男「イヤ誰《だれ》でもねへ定次郎さまだ」と観《かん》音《をん》堂《どう》の扉《とびら》を明《あ》け立《たち》出《い》ずる一《ひと》人《り》の男《をとこ》あり、何《なに》者《もの》なるかと其《その》男《をとこ》を屹《きつ》度《と》見《み》てあれば別《べつ》人《じん》ならぬ甲《こう》州《しう》屋《や》定次郎、あたりを見《み》廻《まわ》して椽《ゑん》ばなに腰《こし》打《うち》掛《か》けてお松《まつ》に向《むか》ひ　定「藪《やぶ》から棒《ぼう》に人《ひと》里《ざと》の離《はな》れた所《ところ》へ連《つ》れて

鳥　追　お　松

來《き》て富《ふ》士《じ》が根《ね》下《おろ》しに吹《ふき》込《こ》まれ冷《ひへ》た身《から》躰《だ》の其《その》上《う》に斯《こ》ふいふ仕《し》組《くん》んだ狂《きやう》言《げん》と知《し》らねば不《ふ》審《しん》ももつともだが常《つね》の女《をんな》は知《し》らねへけれど度《ど》胸《きやう》のすわつた不《ふ》貞《て》腐《くさ》れ、餘《あん》まり驚《おどろ》く風《ふう》でもあるめへ」と空《そら》嘯《うそぶ》いて腰《こし》から煙《たば》草《こ》入《い》れを取《と》出《い》だし火《ひ》打《うち》道《どう》具《ぐ》を取《とり》出《い》だしてプカリ〳〵と煙《たば》草《こ》輪《わ》に吹《ふ》く憎《にく》躰《てい》面《づら》、お松《まつ》はさてはと心《こゝろ》に驚《おどろ》き　松「然《そ》ふいふ貴郎は駿《すん》府《ぷ》から渡《わた》しを抱《かゝ》へに來《き》たといふ確《たし》か甲州屋定次郎さん……　定「ヲヽ半月餘《あま》り資《もと》本《で》を下《お》ろし手《て》前《まへ》を此《こ》方《ち》へ引《ひき》上《あ》げやうと思《おも》つた壺《つぼ》へスツパリ篏《はま》り深《しん》切《せつ》でかしの六段《だん》目《め》、飛《こ》んだ身《み》賣《うり》も三十兩おかるさんが引《ひき》がねの覘《ねら》ひははずれぬ鐵《てつ》砲《ぽう》玉《たま》、ズドンと胸《むね》に答《こた》へたらう」と次《じ》前《せん》に變《かは》る物《もの》指《さし》へ伊《だ》達《て》姿《すがた》に長《なが》脇《わき》差《ざし》はいはずと知《し》れた肩《かた》書《がき》附《つ》に仇《あだ》名《な》のわからん面《つら》たましい、やがて財《さい》布《ふ》に手《て》を入《い》れて紙《かみ》に包《つゝ》みし酒《さか》手《て》の粒《つぶ》金《がね》　定「サア骨《ほね》折《をり》だ」と人《にん》足《そく》に渡《わた》せば等《ひと》しく三人は禮《れい》もそこ〳〵昇《かき》出《い》だす駕《か》籠《ご》は空《から》にて輕《かる》くともいずれも罪《つみ》は重《おも》たげに

鳥追お松

七十四

元來《もとき》し道《みち》へと立歸《たちかへ》り行《ゆ》きました。次第《しだい》に其夜《そのよ》も更渡《ふけわた》り、彌々《いよ〳〵》海面《うみづら》は光《ひか》りを増《ま》しましてギラ〳〵と風《かぜ》にきらめき肌《はだ》へを通《とう》す汐風《しほかぜ》は松《まつ》の梢に置《お》く露《つゆ》に身内《みうち》もしめるばかりであります、定次郎は人《にん》足《そく》共《ども》がスタ〳〵と戻《もど》つて參《まい》る後姿《うしろすがた》を見送《みおく》つて、落散《おちち》りまし、た松《まつ》の葉《は》を集《あつ》め火《ひ》を付《つ》けましたからパッとばかりに燃上《もえあ》がりお松の顏《かほ》は明《あきら》かに見《み》へまする、定次郎傍《そば》に摺寄《すりよ》り

定「ナイお松さん、斯《こ》ふいひだすと芝居《しばゐ》でする敵役《かたきやく》の臺詞《せりふ》のやうだが實《じつ》は先月《せんげつ》中旬《ちうじゆん》頃《ごろ》三嶋の宿《しゆく》の棒鼻《ぼうばな》で美華《はで》な浴衣《ゆかた》の上《うは》ッ張《ぱ》り髮《かみ》も亂《みだ》れて横《よこ》ぐしにやつれた顏《かほ》は旅《たび》やせの姿《すがた》が不意《ふい》と目《め》に留《と》まり、夫婦《ふうふ》の旅《たび》と思《おも》つたが其所《そこ》は此方《こちら》も蛇《じや》の道《みち》故《ゆへ》馳落《かけおち》者《もの》と目《め》を注《つ》けて、何《ど》うか手《て》に入《い》れシッポりと抱《だい》て寢《ね》やうと思ひ初《そ》め、のろい奴《やつ》だが跡《あと》になり又先きになり二宿《しゆく》三宿《しゆく》私《わたし》が小分《こぶん》を旅人に仕立《した》て蒲原《かんばら》まで付《つ》けさしたが夫《それ》から先《さ》きは忠藏が病《やま》ひの爲《ため》に正木屋《まさきや》へ尻《しり》を押付《おしつ》け長《なが》の逗留《とうりう》未《ま》だ夫《それ》よ

鳥追お松

りは憖《なまじ》くだらうがいつぞや夜《よ》更《ふ》けに合《あひ》宿《しゆく》の客《きやく》が寝《ね》迷《まよ》ひ座《ざ》敷《しき》に踏《ふみ》込《こ》み胸《むね》に巻《ま》いたる胴《どう》巻《まき》を首《しゆ》尾《び》能《よ》く引《ひき》出《だ》し奪《うば》つたも皆《みん》な此《この》乃《お》公《れ》様《さま》が差《さし》金《がね》だ何《な》んと膽《きも》が潰《つぶ》れたらう、同《おな》じ宿《やど》屋《や》で両三度恵《めぐ》んでやつたを恩《おん》に着《き》せ路《ろ》金《ぎん》のないのを附《つけ》込《こ》んでトウ〳〵和《そ》女《なた》を藝《げい》者《しや》に抱《かゝ》へ人《ひと》質《じち》同《どう》様《やう》連《つれ》出《だ》したが先《さつ》刻《き》渡《わた》した三十両《りやう》は那《あ》れも此《この》節《せつ》チン〳〵と世《せ》上《じやう》で嫌《きら》ふ會《あい》津《づ》の二《に》分《ぶ》判《はん》何《ど》うせくたばる忠臧ゆへ金《か》子《ね》があつても用《よう》には立《た》つまい又《また》汝《おめ》エば傍《そば》へ置《おい》てからがをそかれ早かれ忠臧を置《おき》去《ざ》りにして逃《にげ》出《い》だすはチャーンと乃《お》公《れ》が知《し》つて居《ゐ》る、殊《こと》に由《よ》つて忠臧を殺《ころ》し兼《か》ねねへ汝《おめ》エも女《をんな》顔の好《い》いのに似《にや》合《わ》ずして度《ど》胸《きやう》の好《い》い不《ふ》貞《て》腐《くさ》されの其《その》心《こゝろ》持《もち》にゾッ、コン惚《ほれ》込《こ》み憂《うき》身《み》をやつす乃《お》公《れ》の深《しん》切《せつ》、世《せ》の譬《たと》ひにも鬼《おに》の女《にやう》房《ぼ》に鬼《き》神《じん》とやら、乃《お》公《れ》も頭《づ》巾《きん》を剝《ぬ》ぐ日《ひ》にはいはずと知《し》れた兇《きやう》状《じやう》持《もち》、甲《かう》府《ふ》無《む》宿《しゆく》の根《ね》方《がた》の作蔵、コー見《み》込《こ》まれたら百年《ねん》目《め》、いやといつても抱《だい》て寝《ね》る、此《この》守《まも》りは忠臧から取《と》つた

鳥追お松

七十六

胴巻《どうまき》に這《は》入《い》つて居《ゐ》たが金《かね》せヱ取《と》れば守《まも》りなぞを此方《こつち》へ置《おい》ても用《よう》はねへから大事《だいじ》にしまつて置《おい》くが好《い》い」と放《はう》つてやればお松は手に取《と》り先《ま》づ懐中《くわいちう》へ確《しつか》と仕《し》舞《ま》ひ、定次郎が掛《か》くる手《て》をば振《ふり》拂《はら》つて

松「ソーいふ人《ひと》とは露《つゆ》知《し》らず欺《だま》されたのが口《くち》惜《をし》い、お前《まい》が今《いま》の言《こと》葉《ば》の通《とう》り元《もと》を明《あ》かせば私しとて、唯《たゞ》の女《をな》子《ご》のお嬢《じやう》さん箱《はこ》入《い》りでもない身躰《からだ》ゆへ誰《だれ》に抱《だ》かれて寢《ね》やうと一向《こう》構《かま》はぬ妾《わたし》の身《み》の上《うへ》、其《それ》故《ゆへ》ツンと返《へん》事《じ》をばすぐ温《すな》順《を》にしそうなものでありまするが、つむじの曲《まが》つた妾《わたし》の生《うま》れ、白《ば》痴《か》をどかしに脅《おど》されちやア何《ど》うも返《へん》事《じ》は出《で》來《き》ません、何《ど》んなことをして來《こ》やうがお前《まい》方《がた》の手《て》籠《ごめ》になつて堪《たま》るものか、何《ど》うでもするなら勝《かつ》手《て》にしてお呉《く》んなさい」とスツクとばかり立《たち》上《あ》がり逸《いち》足《あし》出《い》だして逃《に》げんとした、彼《か》の定次郎の作藏は其裾《すそ》をシツカと押《おさ》へ付《つ》けて大《だい》音《おん》揚《あ》げ

作「手《て》籠《ごめ》じやいかぬ戀《こい》の道と下《した》から出《で》れば尾《つけ》上《あ》がるいやの應《をう》のと四の五の吐《ぬ》かせば荒《あら》立《だ》つて

鳥追お松

も抱《だい》て寝《ね》る」と既《すで》にお松を引《ひき》附《つ》けて挪《はら》ふ其手《て》を捻《ねぢ》伏《ふ》せんと互《たが》ひに爭《あらそ》ふ夜《よ》嵐《あら》しに、鼓《つゞみ》の調《しら》べ浪《なみ》の音《をと》、吹《ふき》散《ち》る砂《すな》子《ご》を蹴《け》立《だ》てつゝ観音《くわんをん》堂《だう》を左《さ》右《ゆう》に廻《まわ》りお松は傍《かた》への磯馴《な》れ松《まつ》へ身《しん》躰《たい》こゝに極《きわ》まれば小《こ》枝《えだ》縋《すが》り木《こ》末《ずゑ》をはたりて逃《に》げんとするを附《つけ》入《い》る作戦、固《もと》より大《だい》力《りき》無《む》双《さう》なれば太《ふと》くもあらぬ松《まつ》の木《き》故《ゆへ》幹《みき》に手《て》を掛《か》け根《ね》こぎにせんと近《ちか》寄《よ》る手《て》先《さき》をしたゝかにお松は一《いつ》生《しやう》懸《けん》命《めい》に喰《くい》付《つ》く力《ちか》らや我《わが》身《み》に入《い》りけん身《み》を寄《よ》せ掛《か》けたる松《まつ》の枝、ブッヽリ折《を》れて崖《がけ》際《ぎは》よりおまつは前《まへ》なる海《うみ》の中《なか》へ眞《ま》ッ逆《さか》様《さま》に落入《い》りましたは、悪《あく》の報《むく》ひか名《な》に因《ちな》む松《まつ》の十《と》かへり波《なみ》の間《ま》に〱絶《つい》に姿《すがた》は引《ひき》汐《しほ》に見《み》る〱見《み》へづ相《あひ》成《なり》ましたが生死《しやうし》の程《ほど》は次《ぢ》席《せき》に述《の》べます、チヨロット一ッ服《ぷく》………

第六席

此《この》日《ひ》は明《めい》治《ぢ》二年《ねん》十月《ぐわつ》廿《はつ》日《か》の事《こと》でありますがお松はドブーリ落《おち》込《こ》

鳥追お松

むとあはれや引《ひ》く潮《しほ》と共《とも》にお松《まつ》は沖《おき》に身躰《からだ》をだん〳〵持《もつ》て行《ゆ》かれました然《しか》し握《にぎ》つて居《ゐ》た枝《えだ》と共《とも》に落《お》ちたのだから幾《いく》分《ぶん》かいかだの代《かは》りとなつて沈《しづ》むやうなことはありません、松「アレヨ〳〵」といふ間《あひ》だに山《やま》なす大《だい》海《くわい》に忽《たちま》ち五六町の沖《おき》へ持《も》つて行《い》かれました松「誰《だれ》か助《たす》けて……助《たす》けて」と大《たい》聲《せい》揚《あ》げ呼《よ》べど叫《さけ》べど只《たゞ》耳《みゝ》に入《い》るはゴヽヽヽザブーリといふ岸《きし》を洗《あら》ふ音《をと》のみ物《もの》凄《すご》く、折《をり》しも廿《はつ》日《か》亥《い》中《なか》の月《つき》影《かげ》は東《ひがし》の方《かた》に差《さし》昇《のぼ》り、今《いま》までの闇《やみ》に引《ひき》返《か》へ邊《あた》りはギラ〳〵〳〵と金《きん》波《ぱ》銀《ぎん》波《ぱ》のきらめへて引《ひい》ては返《かへ》す大《だい》海《くわい》に唯《たゞ》一本《ぽん》の枝《えだ》を便《たよ》りに聲《こゑ》を揚《あ》げ助《たす》けを呼《よ》んで居《ゐ》りました、然《しか》る所《ところ》へくはう〳〵と矢を射る如《ごと》くに走《はし》り來《きた》りましたるは東《とう》京《けい》京《けう》橋《ばし》越前《ぜん》堀《ぼり》九《つ》十《く》九《も》商《しやう》會《くわい》の持《もち》船《ぶね》廻《くわい》漕《さう》丸《まる》といふ蒸《じやう》氣《き》船《せん》、神《こう》戸《べ》まで荷《に》を積《つ》んで參る爲《ため》、唯《たゞ》今《いま》東《とう》京《けう》を發《はつ》して此《こ》所《ゝ》まで進《しん》行《こう》して來《き》たのであります、船《せん》頭《どう》の喜《き》助《すけ》といふ者《もの》が甲《かん》板《ぱん》の上《うへ》に居《ゐ》て東《ひがし》に上《のぼ》つた月《つき》を眺《なが》め

喜「アヽー何《ど》うでエ好《い》い月《つき》だ

鳥追お松

なア船《せん》頭《どう》をして居《ゐ》ると賑《にぎや》かな都《みやこ》に往《い》つて面《おも》白《しろ》いことをするてとは出《で》來《き》ねへが又《また》人《ひと》の知《し》らねへ斯《こ》ふいふ樂《たのし》みがある、賤《いや》しい家《か》業《ぎやう》はしても風《ふう》流《りう》は又《また》別《べつ》なもの」と餘《よ》念《ねん》もなく月《つき》と白《にら》睨《み》つこをして居《ゐ》ると後《うしろ》の方《かた》で　女「アレー誰《だれ》か助《たす》けて……」といふ聲《こゑ》◎喜「ハーテナ此《こゝ》奴《やつ》ア妙《めう》だ何《な》んだらうか知《し》らん」と海《かい》面《めん》をヂッと眺《なが》めて居《ゐ》ると能《よ》くは分《わか》らないが十間《けん》ばかり先《さき》に確《たし》かに人《ひと》影《かげ》が見《み》へる然《しか》も女《をんな》らしい　喜「ヤー身《み》投《なげ》だ……イヤ〳〵身《み》投《なげ》で助《たす》けて呉《く》れろといふのは可《を》笑《かし》ひ何《なに》か間《ま》違《ちが》ひがあつて海《うみ》の中《なか》へ陷《おちい》つたものと見へる……ヲイ八助權《ごん》次《ぢ》熊《くま》ア皆《みん》な來《き》て呉《く》れ　一同「ヲー何《な》んだ〳〵　喜「アレ見《み》さつしやい那《あ》方《ち》に人《ひと》が流《なが》れて居《ゐ》る助《たす》けて呉《く》れろと呼《よ》ぶ聲《こゑ》が段《だん》々細《ほそ》つて來《く》るやうだが何《ど》うだい一ッ助《たす》けてやらうじやアねへか　熊「止《よ》せ〳〵喜《き》助《すけ》助《たす》けてやつた所《ところ》が關《くわん》係《けい》になつちやア詰《つま》らねへ綱らぬ神《かみ》に祟《たゝ》りなしといふから打《うつ》擲《ちや》つて置《お》け　喜「然《さ》んな不《ふ》實《じつ》なてとをいふな何《な》んでも年《とし》の頃《ころ》は二十二三の女《をんな》だと思《おも》ふ　熊「エヽ女だ………若《わか》エ女《をんな》、夫《をつと》とやア助《たす》けてやらう」と現《げん》金《きん》千《せん》万《まん》な男《をとこ》、皆《みんな》等《ひと》しく裸《はだか》躰《か》になり、少《すこ》しモー寒《さむ》いが血《けつ》氣《き》盛《さか》んの若《わか》者《もの》ばかり、然《そん》なことは少《すこ》しも頓《とん》着《ちやく》しない、ドブーリ〳〵と飛《とび》込《こ》んでお松の傍《そば》へ泳《およ》ぎ寄《よ》り　甲「占《し》めた〳〵早《はや》くはしけを下《を》ろせ　乙「ヲヽ心得《こゝろへ》た」と小《こ》船《ぶね》を寄《よ》せて難《なん》なくお松を助《たす》け乗《の》せ、是《これ》を元《もと》船《ぶね》へ下《を》ろし船《せん》長《ちやう》も出《で》て來《き》て是《これ》を見《み》ると夜《よ》目《め》にも目《め》立《だ》つ一《いつ》個《こ》の美《び》人《じん》、絶《ぜつ》氣《き》しちやア居《ゐ》ないが氣《き》が遠《とう》くなつて居《ゐ》る様《やう》子《す》、　船頭「コレ〳〵皆《み》んな、女《をんな》の顔《かほ》ばかり眺《なが》めて居《ゐ》ちやア爲《し》やうがねへ乃《を》公《れ》の部《へ》屋《や》へ連《つ》れて行《ゆ》き薬《くすり》でも飲《の》ませ衣《き》類《るゐ》でも着《き》替《が》へさしてやるが好《い》い　甲「ヘイ好《や》うございますサア姐《ねへ》さんモー大丈《だいぢやう》夫《ぶ》だ、安《あん》心《しん》しなせへ」と船《せん》長《ちやう》の部《へ》屋《や》へ連《つ》れて行《ゆ》き何《なに》暮《くれ》となく深《しん》切《せつ》に世《せ》話《わ》をいたして呉《く》れました、お松は心《こゝろ》漸《やうや》く吾《われ》に返《かへ》り　松「誠《まこと》に御《ご》深《しん》切《せつ》有《あり》難《がた》ふ存じまする、御《お》蔭《かげ》を持《も》ちまして死《し》ぬる命《いのち》を助《たす》か

鳥追お松

りました再《さい》生《せい》の御《ご》恩《おん》とやらいふのは此《あ》事《こと》か、お禮《れい》は言《こと》葉《ば》には盡《つく》されませぬ　船長「イヤ〳〵其《その》禮《れい》には及《およ》ばぬゑと、お前《まい》は全《ぜん》躰《たい》何《ど》所《こ》のお人《ひと》、又《また》何《ど》ういふ理《わ》由《け》で斯《こ》ふいふことに成《なり》往《い》つたか包《つゝ》まず仔《し》細《さい》を物《もの》語《がた》つて聞《き》かせなさい　松「ハイ御《ご》深《しん》切《せつ》のお言《こと》葉《ば》有《あり》難《がた》ふ存じます、左《さ》様《やう》なれは私《わたく》しの身《み》の上《うへ》包《つゝ》まず申上げますから一應《おう》お聞《きゝ》取《と》り下《くだ》さいまし」と落《おつ》る涙《なみだ》を振《ふり》拂《はら》つて膝《ひざ》を進《すゝ》ませ　松「抑《そ》も私《わたし》しの生《うま》れと申しますは大《おほ》坂《さか》曾《そ》根《ね》崎《さき》の者《もの》でございまして早《はや》く両《りやう》親《しん》に別《わか》れ便《たよ》る所《ところ》もございませんから叔《を》父《じ》の家《いへ》に厄《やく》介《かい》になり是《こ》れまで足《あし》手《て》を延《のば》して貰《もら》ひましたが、私《わたく》しに僅《たつ》た一《ひと》人《り》の兄《あに》がございまして是《これ》は幼《やう》少《せう》の折《をり》家《いへ》出《で》をなし、近《ちか》頃《ごろ》噂《うはさ》を聞《き》けば江《え》戸《ど》の地《ち》にて可《か》成《なり》の身《しん》代《だい》となり雇人《やとひにん》の三四人《にん》も使《つか》つて相《さう》應《おう》にやつて居《を》りますといふこと、貧《まづ》しい叔《を》父《じ》の厄《やつ》介《かい》に成《な》りますよりは一ッ腹《はら》から出《で》ましたる兄《あに》の厄《やつ》介《かい》に成《な》るこそ妹《いもうと》の常《つね》であらうと叔《を》父《じ》に其《その》理《わ》由《け》を明《あ》かして江《え》戸《ど》へ

八十二

参《まい》りたいと申しました所《ところ》、叔父《をぢ》の申すには夫《それ》は誠《まこと》に結構《けつこう》だが年頃《としごろ》の娘《むすめ》一人《ひとり》で長《なが》道中《だうちう》途中《とちう》、に何《ど》んな間違《まちが》ひがあるまいものでもないから先《ま》づ〳〵當分《たうぶん》は止《よ》すが好《い》い、折《をり》もあつたら連《つ》れて往《い》つてやる程《ほど》に夫《そ》れまで待《ま》つて居《ゐ》なさいよと云《い》はれましたは昨年《さくねん》の春《はる》のこと、夫《それ》から暫《しばら》く待《ま》ちましてモー江戸《えど》へ連《つ》れて往《い》つて下《くだ》さるかと待てども〳〵何《な》んとも申して呉《く》れません、たまに問《と》ひますれば未だ折《をり》がないと申すのみ、據《よんどころ》ろなく親《おや》の遺品《いひん》の金子《かね》五両《りやう》を持《も》ちまして兄《あに》を慕《した》ふの餘《あま》り家《いへ》をフイと飛《とび》出《い》だしたは昨年《さくねん》の暮《くれ》のこと、いろ〳〵艱難《かんなん》苦勞《くらう》をいたしまして漸《やうや》う江戸《えど》へ尋《たづ》ねて來《き》たり始《はじ》めて氣《き》が注《つ》きましたには江戸《えど》の何町《なにまち》何番地《なんばんち》と夫《それ》も知《し》らずに尋《たづ》ねて参《まゐ》り尤《もつと》も大坂《おほさか》に居《ゐ》ります頃《ころ》夫《それ》を思《おも》はぬではありませぬがナニ狭《せま》い東京《とうけい》、大坂《おほさか》も同《おな》じみとであらうと尋《たづ》ねて見《み》れば八百《ぴやく》八《や》町《ちやう》、下女《じよ》奉公《ほうこう》をいたしながら探《さが》して居《ゐ》りましたが何《ど》うしても知《し》れません、モー仕方《しかた》

鳥追お松

がないと思《おも》つて居《ゐ》る所《ところ》へ或《あ》る深《しん》切《せつ》な方《かた》が今《こん》度《ど》大《をツ》坂《さか》へ歸《かへ》るのだが一《いつ》緒《しよ》に連《つ》れて往《い》つて上《あ》げやうと斯《こ》ふいつて呉《く》れましたから渡《わた》りに船《ふね》と其《その》人《ひと》と共《とも》に江《え》戸《ど》を立《た》ちましたが親《しん》切《せつ》といふは表《おもて》向《む》き此《この》向《むこ》ふ岸《きし》まで參《まゐ》りますと思《おも》ひの外《ほか》なる人《ひと》でありまして私《わたし》へ對《たい》して無《む》理《り》無《む》躰《たい》の横《よこ》戀《れん》慕《ぼ》嫌《いや》だと思《おも》ふ其《その》爲《ため》に逃《に》ぐる機《はづ》みに海《うみ》に陷《おちい》りトゥゝゝ最《さい》前《ぜん》の始《し》末《まつ》でありますと誠《まこと》に有《あり》難《がた》ふ存《ぞん》じました」一同《どう》は是《これ》を聞《き》いて居《ゐ》りましたが船長「ウムー聞《き》けば聞《き》く程《ほど》憐《あは》れな話《はなし》、イヤ幸《さいわ》ひ此《この》船《ふね》は神《かう》戸《べ》へ着《つ》くことゆへ二三日《にち》を經《へ》れば大《をう》坂《さか》へ着《ちやく》船《せん》します、心《こゝろ》丈《ぢやう》夫《ぶ》に私《わたし》が送《おく》り届《とゞ》ける程《ほど》に大《をう》坂《さか》の叔《を》父《じ》さんの家《いへ》へ歸《かへ》るが好《い》い

松「ハイ有《あり》難《がた》ふ存《ぞん》じます、地《ぢ》獄《ごく》で佛《ほとけ》盲《もう》龜《き》の浮《ふ》木《ぼく》とは此《この》事《こと》でありませう宜《よろ》しく何《ど》うかお願《ねが》ひ申しますでございます」と口《くち》にはいへど心《こゝろ》の内《うち》に

松「モウ東《とう》京《けい》へ歸《かへ》つた所《ところ》が少《すこ》し身《か》躰《らだ》がやばいから寧《いつ》そ此《こ》りやア大《をう》坂《さか》へでも連《つ》れて行《ゆ》かれ知《し》らぬ都《みやこ》で暮《くら》すも一興《きやう》幸《さいわ》ひ此《こ》所《ゝ》

鳥追お松

に持《も》つて居《ゐ》る那《あ》の忠さんの臍《ほぞ》の緒《を》には大《おう》坂《さか》心《しん》齋《さい》橋《ばし》博《ばく》勞《ろう》町《ちやう》の足《た》袋屋《や》桝《ます》屋《や》忠兵衛の倅《せがれ》としてあるのを幸《さひわ》ひに、兎《と》に角《かく》此《こい》奴《つ》を種《たね》に爲《し》て桝《ます》屋《や》の家《いへ》へ乘《のり》込《こ》んで當《とう》分《ぶん》氣《き》樂《らく》に世《よ》を送《おく》らんと早《はや》くも斯《こ》ふ考《かんが》ひましたから、をとなしく大《おう》坂《さか》へ着船《ちやくせん》を待《ま》つて居《ゐ》る四日目に風《かぜ》の日《ひ》なみ好《よ》く大《おう》坂《さか》へ着《ちやく》して、万《まん》々《〳〵》の禮《れい》を述《の》べはしけで送《おく》られて川《かは》口《ぐち》から上《あ》がり、送《をく》り届《とゞ》けてやらうといふ船《せん》頭《どう》を旨《うま》くまいて仕《し》舞《ま》つて博《ばく》勞《ろう》町《ちやう》の足《た》袋《び》屋《や》まず屋《や》方《かた》へ尋《たづ》ね來《きた》りましたが是《これ》ぞ忠藏の實《じつ》家《か》でございます、大《たい》した身《しん》上《しやう》といふじやアないが先《ま》づ其《その》日《ひ》に不《ふ》足《そく》もなくやつて居《ゐ》る樣《やう》子《す》　松「御《ご》免《めん》下《くだ》さいまし」小《こ》僧《ぞう》が「へイお出《いで》なさいまし、誰《どな》方《た》でございます　松「私《わたく》しは東《とう》京《けう》淺《あさ》草《くさ》の生《うま》れでございまして松《まつ》と申します者《もの》、此《こち》方《ら》の御《ご》主《しゆ》人《じん》忠兵衛樣に少《すこ》しお目《め》に掛《かゝ》りたいことがあつて參《まい》りました　小僧「ハア左《さ》樣《やう》でございますか」奥《おく》へ來《き》て小《こ》僧《ぞう》が　子「旦《だん》那《な》　忠「何《な》んだい　小僧「江《え》戸《ど》…………じやアない東《とう》京《けう》淺《あさ》

鳥追お松

草《くさ》の生《うま》れの方《かた》でお松さんといふ美《うつく》しい女《をんな》の人《ひと》が尋《たづ》ねて參《まい》りまして、貴郎《あなた》にお目《め》に掛《かゝ》りたいと斯《こ》ふ申しますんでございますが如何《いかゞ》いたしませう　忠「ハテナ、東《とう》京《けい》から私《わたくし》の所《ところ》へ女《をんな》の尋《たづ》ねて來《く》る理《わ》由《け》はないが……　婆《ば》アさん何《な》んだらう　婆「左《さ》樣《やう》ですねへ、お前《まい》さんが東《とう》京《けい》へ仕《し》入《い》れにでも行《い》けば其《そ》序《つい》でに拵《こしら》へた婦《をん》人《な》といふこともありますが東《とう》京《けい》へはいつたことはなし、悴《せがれ》は松屋さんへ御《ご》厄《やく》介《くわい》になつて居《ゐ》るし女《をんな》の尋《たづ》ねて來《く》るといふはチト受《うけ》取《と》り難《がた》いが何《な》んでありませう　忠「マア兎《と》に角《かく》此《こち》方《ら》へお通《とう》し申して見《み》るが好《い》い　小僧「へイ〳〵畏《かしこま》りました……」と見《み》世《せ》へ出《で》て來《き》て　小僧「サアお客《きやく》様《さま》此《こち》方《ら》へお通《とう》んなさいまし　松「有《あり》難《がた》ふ存じまする」とお松《まつ》はしとやかに禮《れい》儀《ぎ》を述《の》べて旅《たび》の仕《し》度《たく》を見《み》世《せ》の隅《すみ》へ置《お》き案《あん》内《ない》に從《したが》つて奥《おく》へ通りましたが忠兵衛といふは年《と》齢《し》六十才ばかりの人《ぢん》品《ぴん》の好《い》い爺《ぢい》さん、婆《ば》アさんとても五十五六是《これ》も人《ぢん》品《ぴん》の好《い》い女《をんな》であります、お松《まつ》は恐

る〱夫《それ》へ這《は》入《い》つて參《まゐ》りましたが兩《りやう》手《て》を突《つか》へて扣《ひか》へて居《を》ります

忠「サア貴女《あなた》此方《こちら》へお進《すゝ》みなさいまし、私《わた》しがお尋《たづ》ねに預《あづか》りました忠兵衛でございますが未《ま》だお目《め》に掛《か》つたこともないお娘《むすめ》御《ご》全《ぜん》躰《たい》何《な》んの御《ご》用《よう》でございます

松「ハイお初《はつ》にお目《め》に掛《かゝ》ります、私《わた》しは……」と云《い》ひましたが何《な》んと話《はな》しをいたさんかと心《こゝろ》の内《うち》は穏《おだや》かならず……といふは蒲《かん》原《ばら》驛《ゑき》で別《わか》れたる忠藏が生《しやう》死《し》の程《ほど》も定《さだ》かならず万《も》一《し》又《また》こゝへ便《たよ》りがあれば殊《こと》に好《い》い加《か》減《げん》なことをいへば其《その》巧《たく》みは殘《のこ》らず顯《あらは》れて危《あやう》いことになる然《しか》らば身《み》の一大《だい》事《じ》である這《こ》は何《な》んと答《こた》へて好《よ》からんか」と止《と》つ追つ思《し》案《あん》に暮《く》れてありましたが良《やゝ》あつて少《すこ》しく膝《ひざ》を進《すゝ》ませ

松「二百里《り》からある此《この》大《おほ》坂《さか》へ東《とう》京《けい》から唯《たゞ》一《ひと》人《り》で尋《たづ》ねて參《まゐ》つた私《わた》し故《ゆゑ》怪《あや》しい者《もの》と思召《おぼしめ》しもありませうが何《なに》をお隱《かく》し申しませう、私《わたくし》は江《え》戸《ど》淺《あさ》草《くさ》橋《はし》場《ば》と申す所《ところ》の酒《さか》渡《み》世《せ》伊《い》勢《せ》屋《や》定次郎と申す者《もの》の娘《むすめ》でありますが御《ご》當《たう》家《け》様《さま》の御《ご》子《し》息《そく》さん

鳥追お松

松《まつ》屋《や》にお出でなさる忠臓さまと人目《ひとめ》の關《せき》を兼《か》ねまして終《つい》淫《いた》奔《づら》事《ごと》をいたし、私《わたし》の親《おや》と申すは世《せ》間《けん》に稀《まれ》な頑《がん》固《こ》にて是《これ》を知《し》ると大《だい》層《そう》に怒《いか》り娘《むすめ》と雖《いへど》も勘《かん》當《だう》をするから其《その》積《つも》りで居《ゐ》るが好《い》いと、あらうことかあるまいことか伊《い》勢《せ》屋《や》の家《うち》を追《おい》出《だ》されました、親《しん》類《るい》縁《ゑん》者《じや》がいろ〱と詫《わび》を入《い》れたが聞《き》容《い》れなく何《ど》う為《し》ても家《うち》へ戻《もど》して呉《く》れません、内《うち》に忠臓さんの方《かた》も此《この》事《こと》が浮《さ》主《しゆ》人《じん》様《さま》の耳《みゝ》に入《い》り、然《そ》ふいふ不《ふ》都《つ》合なことをする奉《ほう》公《こう》人《にん》は家《うち》へは置《お》けぬと是《これ》もお暇《いとま》、私しは家《うち》は追《を》はれましたとて故《こ》郷《けう》の江《え》戸《ど》のことゆへに親《しん》類《るい》縁《ゑん》者《じや》も澤《たく》山《さん》あり別《べつ》に不《ふ》自《じ》由《ゆう》はありませんが忠臓さんは夫《それ》に引《ひき》返《か》へ心《こゝろ》がらとは云《い》ひながら主《しう》家《か》を追《を》はれて知《ち》己《き》の許《もと》に假《かり》住《ずま》ひ、湯《ゆ》錢《せん》髪《かみ》結《ゆひ》錢《せん》さへ心《こゝろ》に任《まか》せず、去《さ》りとて私《わたし》しが夫《それ》を仕《し》送《をく》ることもなりませんから、寧《いつ》そのこと是《これ》は我《わが》身《み》を浮《うき》川《かは》竹《たけ》の流《なが》れに沈《しづ》め藝《げい》者《しや》家《が》業《げふ》をしてなりと忠臓さんをお貢《みつ》ぎ申さんと阿《おふ》母《くろ》が父《ちゝ》に内《ない》緒《しよ》で仕《し》込《こ》んで呉《く》れました少《すこ》しの遊《ゆう》藝《げい》あるを幸《さいは》ひ、或人《あるひと》に頼《たの》んで藝《げい》者《しゃ》となり、稼《かせ》へでは忠藏さんに日《ひ》逐つて折《をり》々結《むす》ぶ仮枕《かりまくら》、互《たが》ひに末《すへ》の約《やく》束《そく》まで堅《かた》く誓《ちか》ひし中《なか》なれど、私《わたし》もの抱《かゝ》へられたる主《しゅ》人《じん》といふが中《なか》々の八釜《かま》しや、終《つい》に逢《あ》ふ夜《よ》もせきせかれ、逢《あ》はれぬやうになつたので、若《わか》氣《げ》の狹《せま》い心《こゝろ》から鬱《いわ》そ故《こ》郷《けう》の大《おほ》坂《さか》へ欠《かけ》落《おち》なさんと思《おも》ひ立《た》ち、私《わたし》しは固《もと》より双《すご》六《ろく》で見《み》たより外《ほか》に知《し》らぬ旅《たび》、親《おや》をも主《しゅう》をも振《ふり》棄《すて》て僅《わづ》かの路《ろ》金《ぎん》に永《なが》の旅《たび》漸《やうや》う東《とう》海《かい》道《だう》の蒲《かん》原《ばら》といふ所《ところ》まで參《まゐ》りますと旅《たび》の勞《つか》れか忠藏さんが不《ふ》圖《と》風《かぜ》の心《こゝ》地《ち》と打《うち》臥《ふ》しましたのが元《もと》となり、私《わたし》しは頼《たの》みに思《おも》ふ其《その》人《ひと》の病《びやう》氣《き》と見《み》ては身《み》も世《よ》もあられぬ一ト月《つき》餘《あま》り看《くわん》病《びやう》も寝《ね》る目《め》も寝《ね》ないで一《いつ》生《しやう》懸《けん》命《めい》醫《い》者《しゃ》よ薬《くすり》といろ〳〵に手《て》に手《て》を盡《つく》して見《み》ましたが……

……」と一《いつ》層《そう》聲《こゑ》を曇《くも》らせて　松「忠藏さんは其《その》甲《か》斐《ひ》なく終《つい》に亡《な》き人《ひと》の數《かず》に入《い》りましたワッ…………」とばかり聲《こゑ》を揚《あ》げて泣《なき》入《いつ》た、忠兵衛夫《ふう》婦《ふ》は大《をう》いに驚《をどろ》き　忠「ヤヽ偖《さて》はお前《まい》は悴《せがれ》の情《じやう》婦《ふ》…………アヽー悴《せがれ》は死《し》にましたか……婆《ば》アさん聞《きい》たか　婆「モウ最《さい》前《せん》から此《この》娘《こ》の語《かた》る一《いち》伍《ぶ》一《し》什《ぢう》委《くは》しく聞《きい》て居《お》りましたが何《ど》うして此《この》頭《ごろ》は便《たよ》りをせぬかと思《おも》つて居《ゐ》たが、夫《それ》では悴《せがれ》は死《し》んだのでありますか　忠「イヤ〳〵然《そ》ふ歎《なげ》へても仕《し》方《かた》がない、私《わたし》共《ども》よりは此《この》娘《こ》の歎《なげ》きは何《ど》んなであらう……夫モシお娘子《むすめご》夫《そ》りやアモー若《わか》い内《うち》には一遍《ぺん》は過《あやま》ちはあります者でも忠藏が渉主《しゆ》人《ぢん》様《さま》を尻《しく》縮《ぢ》つたのを能《よ》くマア藝《げい》者《しや》にまでなつて貢《みつ》いでお呉《く》んなさいました辱《かたじ》けない澆季《ぎやうき》の、世《よ》には珍《めづ》らしいお前《まい》の心底《しんてい》……婆《ば》アさんお前《まい》泣《ない》てばかり居《ゐ》ては仕《し》方《かた》がない此《この》娘《むすめ》に禮を云《い》ひなさい　松「イエ〳〵モー其《その》様《やう》なこと仰《おつ》せられては恐《おそ》れ入《いり》ります、夫《それ》から先《ま》ずお聞《き》下《くだ》さいまし、蒲《かん》原《ばら》の驛《ゑき》で忠藏さんには死なれ少《すこ》しばかりの路《ろ》用《よう》は醫《い》藥《やく》の代《しろ》に使《つか》ひ果《はた》し忠さんの野《の》邊《べ》の送《おく》りさへ出《で》來《き》ませんのを漸《やうや》う着《き》て居《ゐ》る者《もの》を剝《は》ぎまして僅《わづ》かばかりの金《か》子《ね》に替《か》へ法《かた》ばかりの野《の》邊《べ》の送《おく》りを濟《すま》せましたが今《いま》更《さら》東《とう》京《けい》へ歸《かへ》

鳥追お松

るゐとは出《で》來《き》ません據《よんどこ》ろなく湍《まん》原《ばら》を立《た》つて心細《こゝろぼそ》くも一人《ひとり》にて宅食同様《やう》の有《あり》様《さま》をいたして參《まゐ》りましたのだが外《ほか》に便《たよ》る所《ところ》もわりませんから、つながる縁《えん》の淨當家を態《わざ》々お尋《たづ》ねやしましたと眞《ま》實《こと》空《そら》でと打《うち》据せて最も憐《あは》れに二《ふ》人《たり》が前《まへ》にて物《もの》語《がた》りましたから、流《さす》石《が》血《ち》筋《すぢ》のことなれば唯《たゞ》先《さき》立《だ》つは涙《なみだ》ばかり、暫《しばら》く立《だ》つてお松ははふり落《おつ》る涙《なみだ》を拂《はら》ひ、守《まも》りの紐《ひも》をとく〳〵中《なか》より取《とり》出《い》だしたる臍《ほぞ》の緒《を》書《が》き、夫《ふう》婦《ふ》の前《まへ》へ押《おし》直《なほ》して又《また》言《こと》葉《ば》を續《つゞ》け　松「此《この》お守《まも》りを證《しやう》據《こ》とばかりお話《はな》しやすもしうとでへお目《め》に掛《かゝ》るは始《はじ》めて故《ゆへ》何《なに》をいふかとお胸《むね》には落《を》ちぬこともあらんかと女《をな》子《ご》の愚《ぐ》知《ち》な心《こゝろ》には何《なに》とやら疑《うたが》ひ解《と》けねば……ヲヽ夫《そ》れ〳〵私《わた》しが心《こゝろ》の潔《けつ》白《ぱく》を是《これ》にてお晴《は》らし下《くだ》さりまし」と有《あり》合《あ》ふ傍《かた》への掛《かけ》硯《すゞり》より手《て》ばやく取《とり》出《だ》す小《こ》刀《がたな》にて吾《われ》と我《わが》手《て》に緑《みどり》なす丈《たけ》の黒《くろ》髪《かみ》、根《ね》元《もと》よりブツヽと切《きつ》つて其《その》儘《まゝ》に手《て》の平《ひら》へ乗《の》せ差《さし》出《い》だし重《かさ》ねていふやう　松「始《はじ》めてお目《め》に掛《かゝ》りし事《こと》故《ゆへ》、

鳥追お松

何《なに》をいふかと浮《ね》心《こゝろ》で定《さだ》めてお疑《うたが》ひもあらんかと思《おも》ふて見《み》ても女《をな》子《こ》のこと、身《み》の潔《けつ》白《ぱく》を立《た》てんにも便《たよ》りと思ふ忠藏さんには旅《たび》の宿《やど》にて死《し》に別《わか》れ搗《かて》て加《くわ》へて旅《りよ》費《ひ》は乏《とぼ》しく、夫《それ》でも漸《やうや》う斯《こ》ふやつて親《おや》子《こ》に對《たい》面《めん》、是《これ》も大《おう》方《かた》亡《なき》夫《をつと》の草《くさ》葉《ば》の影《かげ》の御《お》引《ひき》合《あは》せと思《おも》へど證《しやう》據《こ》は此《この》お守《まも》りばかり、殊《こと》に此《この》身《み》の素《す》姓《じやう》を明《あ》かせば浮《うわ》氣《き》家《か》業《げふ》の藝《げい》妓の勤《つと》め、何《なた》をいふかと物《もの》堅《がた》い舅姑《しうとしうとの》は御ぼしめされん兎《と》にも角《かく》にも亡《なき》夫《をつと》の儚《はか》なき旅《たび》に露《つゆ》と消《き》へ玉《たま》ひしことをお傳《つた》ひ申せし上はモー此《この》後《のち》に望《のぞ》みとてはありません、せめて姿《すがた》の仇《あだ》めきし心《こゝろ》と共《とも》に黒《くろ》髪《かみ》を切《き》つて尼《あま》ともなり果《はて》て良《おつ》人《と》の菩《ぼ》提《だい》二ッには嫁《よめ》よ姑《しうとめ》と名《な》乘《の》り合《あ》ひ晴《は》れて親《おや》子《こ》と疑《うたが》ひ晴《は》らし、此《この》先《さき》共《とも》に可《か》愛《あい》がつて便《たよ》りになつて下《くだ》さりまし」と虚《う》言《そ》を誠《まこと》と包《つゝ》みたるおまつが富《ふ》婁《る》那《な》の辨《べん》舌《ぜつ》に人《ひと》の命《いのち》もたつといふ口《くち》先《さき》に迷《まよ》はされ忠兵衛夫《ふう》婦《ふ》も始《し》終《じう》を聞《き》き、ツッと涙《なみだ》に泣《な》き伏《ふ》して暫《しばら》く両《ふた》人《り》は言《こと》葉《ば》とてもありません、良《やゝ》あつて忠兵衛は

鳥追お松

おまつが背《せな》をなで撫《さす》つて　忠「何《なに》から詫《わび》て好から うやら實《じつ》はいはぬも罪《つみ》だからいふに彌《いや》ます夫婦《ふうふ》が心《こゝろ》、我《わが》子《こ》ながらも仔細《しさい》あつて幼《えう》少《せう》の時《とき》江戸《えど》へやり、今《いま》淺草《あさくさ》の松屋《まつや》とやらに奉公《ほうこう》して居《ゐ》ることは送《おく》つて遣《よこ》す手紙《てがみ》にて又《また》此方《こなた》よりも返書《へんしよ》をやり、互《たが》ひに安否《あんぴ》は信《おと》音《づ》れても終《つひ》に其《そ》和《なた》のことを聞《き》かず、殊《こと》に仇《あだ》なるなり風俗《ふうぞく》、證據《しやうこ》といふは此《この》忠兵衛が自筆《ぢひつ》で書《か》きし守《まも》りの臍《ほぞ》の緒《を》、一度《ど》も逢《あ》はぬ其方《そなた》故《ゆへ》、始《はじ》めて逢《あ》つた其時《そのとき》は何《ど》ういふ理由《わけ》かと怪《あや》しんだが仔細《しさい》を聞《き》くは始《はじ》めてといふを母親《はゝおや》言葉《ことば》を次《つ》ぎ　母「女子《をなご》は常《つね》に何《なに》よりか大事《だいじ》に思《おも》ふ黑髮《くろかみ》を惜《をし》氣《げ》もなく根元《ねもと》から切《き》つて疑《うたが》ひ晴《は》らせよと女《をんな》に稀《まれ》なる身《み》の潔白《けつぱく》、譬《たと》ひ賤《いや》しい勤《つと》めをしても心《こゝろ》は染《そ》まぬはちす葉《は》の潔《いさぎよ》い和女《そなた》の氣質《きしつ》、ホシに悴《せがれ》は好《い》い嫁《よめ》を……」と云《い》ひつゝ又《また》もワツ……と泣《な》く親子《おやこ》の情《じやう》は最《もつと》も至極《しごく》のことでおります。お松《まつ》は心《こゝろ》にしすましたりと思《おも》へど猶《なほ》も涙《なみだ》を浮《うか》めて申《まを》すには　松「今《いま》更《さら》いふも愚痴《ぐち》ながら此《この》

鳥追お松

お名《な》残《ご》りがなき夫《おつと》の忠臓どんと諸《もろ》共《とも》ならさぞや嬉《うれ》しいことでおりませうが夫《それ》も叶《かな》はぬ草《くさ》の露《つゆ》墓《はか》なく消《き》へしは先《さき》の世《よ》の皆《みな》約《やく》束《そく》の因《いん》果《くわ》同《どう》士《し》、夫《をと》なら舅《しうと》姑《しうとめ》には私しの素《す》姓《じやう》がお胸《むね》に落《お》ちお疑《うたが》ひは晴れましたか◎両人「ナ、是《これ》が晴《は》れいで何《ど》うしやう　松「夫《そ》りや御《ご》疑《ぎ》念《ねん》が晴《は》れましたか　両人「日《につ》本《ぽん》晴《ば》れがした上《うへ》は譬《たと》ひ倅《せがれ》は居《ゐ》なくとも今《いま》改《あらた》めて親《おや》子《こ》の縁《えん》結《むす》んで此《この》後《のち》私し共《ども》へ孝《かう》行《〱》盡《つく》して下《くだ》されと我《わが》身《み》の心《こゝろ》に引《ひき》競《くら》べ虚《うそ》と知《し》らねばいそ〳〵と夫《ふう》婦《ふ》は有《あり》合《あ》ふ鉄《てつ》瓶《びん》の白《さ》湯《ゆ》を茶《ちや》碗《わん》に汲《くみ》移《うつ》し、忠兵衛は倅《せがれ》が病《びやう》死《し》に沸《にへ》返《かへ》る胸《むね》も涙《なみだ》の玉《たま》はゝき酒《さけ》にはおらねど此《この》茶《ちや》碗《わん》是《これ》が親《おや》子《こ》の盃《さかづき》と一ト口《くち》飲《の》んで差《さ》出《い》だす、白《さ》湯《ゆ》は清《しみ》水《づ》の清《きよ》くとも心《こゝろ》の濁《にご》り押《おし》包《つゝ》むお松が胸《むね》には熱《ねつ》湯《たう》も固《もと》より不《ふ》敵《てき》の女《じよ》丈《ぢやう》夫《ふ》ゆへ茶《ちや》碗《わん》を取《とり》上《あ》げ呑《のま》んとする、折《をり》しも彼《かし》所《こ》の障《しやう》子《ぢ》の内《うち》に思《おも》ひ掛《が》けなき男《をとこ》の聲《こゑ》にて　男「ヤイ大騙《かた》術《り》の女《あま》待《ま》てッ」と大《だい》喝《くわつ》一聲《せい》呼《よ》ぶ者《もの》あり、聲《こゑ》掛《か》けられて胸《むね》にギックリお松は思《おも》はず取《とり》落《おと》す茶《ちや》椀《わん》の湯《ゆ》、忠兵衛夫《ふう》婦《ふ》も驚《おどろ》いて三人等《ひと》しく顔《かほ》見《み》合《あは》せ暫《しば》時《し》言《こと》葉《ば》もありませんでしたが畢《ひつ》竟《きやう》是《これ》は何《なに》者《もの》ぞ…………

第七席

さても鳥《とり》追《おひ》お松《まつ》は忠兵衛夫《ふう》婦《ふ》をたばかつて既《すで》に親《おや》子《こ》の盃代《さかづきがわり》り、白《さ》湯《ゆ》を茶《ちや》椀《わん》に扱《くみ》取《と》つて一ト口《くち》飲《の》んで忠兵衛がお松《まつ》にさしゝを受《うけ》取《と》つて唯《たゞ》今《いま》呑《の》まんといたせし所《ところ》に一ト間《ま》の内《うち》に聲《こゑ》あつて大《おう》騙《かた》りの女《をんな》待《ま》てッ」とある何《ど》うやら芝《しば》居《ゐ》掛《がゝ》りのやうではあるが聲《こゑ》掛《か》けられて大《おう》いに驚《おどろ》き三人《にん》共《とも》に暫《しばら》く言《こと》葉《ば》もありませんでしたが此《こな》方《た》は障《しやう》子《ぢ》押《おし》明《あ》けて靜《しづ》々《〳〵》と立《たち》出《い》で再《ふたゝ》び聲《こゑ》掛《か》け　男「大《おう》騙《かた》りの鳥《とり》追《おひ》お松其《そ》所《こ》一寸《ちよつと》も動《うご》くな」と大《だい》地《ち》に響《ひゞ》く大《だい》音《おん》に又《また》もや驚《おどろ》く此《こ》方《なた》の人《ひと》々《〴〵》、彼《か》の侍《さむらい》は上《かみ》くらに座《ざ》を占《し》めてお松をハッタと白《に》眼《め》付《つ》けましたから思《おも》はずお松は其《その》顔《かほ》を見《み》て　松「ヤアあなたは濱《はま》田《だ》正《しやう》司《じ》様《さま》…………」といふを

鳥追お松

打《うち》消《け》し呟《つぶや》に紛《まぎ》らし形《かた》ちを改《あらた》めさていふやう

庄「大《だい》膽《たん》不《ふ》敵《てき》の鳥《とり》追《おひ》お松《まつ》、汝《なんぢ》東《とう》京《きやう》にありし頃《ころ》人《ひと》交《まじは》りもならぬ身《み》にて多《おほ》くの人《ひと》を色《いろ》に事《こと》寄《よ》せ金《きん》銀《ぎん》を掠《かす》めしのみか、大《おほ》坂《さか》無《む》宿《しゆく》の吉《きち》藏《ざう》と密《ひそ》かに通《つう》じて渠《かれ》が惡《あく》計《けい》母《ぼ》、のお千《ち》代《よ》と諸《もろ》共《とも》に種《しゆ》々《じゆ》の巧《たく》みも探《たん》偵《てい》にて逐《ちく》一《いち》公《おほや》けに聞《きこ》へし故《ゆゑ》、既《すで》に今年二月某《それ》の日《ひ》品《しな》川《がは》にて召《めし》捕《と》らんと討《うつ》手《て》の兵《へい》隊《たい》を差《さし》向《む》けしに吉藏は捕《ほ》縛《ばく》とは相成つたが汝《なんぢ》は其《その》場《ば》に風《かぜ》を喰《くら》ひ辛《かろ》ふして逃《に》延《の》びたりと其《その》頃《ころ》市《し》政《せい》に沙《さ》汰《た》あつたが今《いま》小《こ》影《かげ》にて忠兵衛夫《ふう》婦《ふ》に間《ま》は徒語《がた》りの壁《かべ》訴《そ》訟《せう》、眞《ま》實《こと》空《そら》事《ごと》変《まじ》へたりと雖《いへど》も粗《ほゞ》聞《き》取《と》りし其《その》方《ほう》が惡《あく》計《けい》、松屋の手《て》代《だい》忠藏を又《また》もや釣《つり》出《だ》し駿《する》河《が》路《ぢ》にて旅《たび》寝《ね》の宿《やど》に病《びやう》氣《き》附《つ》き身《み》まかりしと口《くち》にはいへど分《ぶん》明《めう》ならならぬ前《ぜん》後《ご》不《ふ》揃《そろ》ひ、定《さだ》めし是《これ》も巧《たく》みの罠《わな》、最《も》早《はや》如《い》何《か》やうに陳《ちん》ずるとも所《しよ》詮《せん》叶《かな》はぬ舊《きう》惡《あく》露《ろ》顯《けん》、夫《それ》とも其《その》場《ば》で言《い》、譯《わけ》ありや如《い》何《か》に〳〵……」と一々に星《ほし》を差《さ》されたー言《ごん》に今《いま》更《さら》何《な》んと言《い》譯《わけ》もいたすべきやうがない傍《かた》へに聞《き》いて居た忠

鳥追お松

兵衛夫《ふう》婦《ふ》は夢《ゆめ》に夢《ゆめ》見《み》し心《こゝ》地《ち》をいたして唯《たゞ》呆《あき》れ果《は》て居《お》りました、お松は腹《はら》の中《なか》で　松「コリヤア飛《こ》んでもない奴《やつ》に来《こ》られて仕《し》舞《ま》つた、シテ又《また》何《ど》うして此《この》人《ひと》が斯《こ》んな家《うち》に居《ゐ》るか、さて〳〵厄《やつ》介《くわい》な家《うち》へ飛《とび》込《こ》んで仕《し》舞《ま》つたと爰《こゝ》に至《いた》つては如《い》何《か》とも仕《し》方《かた》がない、どこうの答《こた》へもなくお松は差《さし》俯《うつ》向《む》きホッと太《た》息《いき》を吐《つ》いて居《お》りましたが漸《やうや》う面《おもて》を揚《あ》げて　松「いつまで知《し》れぬと思《おも》ひの外《ほか》釘《くぎ》をさゝれた其お言《こと》葉《ば》斯《こ》ふ顯《あらは》はれる上《うへ》からは今《いま》更《さら》包《つゝ》むも詮《せん》なきヿと、此《この》身《み》の素《す》性《じやう》を打《うち》明《あ》かせば羽《は》にうの小《こ》屋《や》の賤《いや》しい身《み》の上《うへ》、少《ちい》さい時《とき》から阿《おつ》母《か》アが教《をし》へた鶴《つる》賀《が》の新《しん》内《ない》節《ぶし》弾《ひ》く三《さ》味《み》線《せん》が調《ちやう》子《し》付《つ》き采《うね》女《め》ケ原《はら》の葭《よし》簀《す》張《はり》で粂《くめ》三《さう》お松といはれた身《から》躰《だ》女《をんな》だてらに素《しろ》人《うと》衆《しう》が何《な》んの彼《か》んのと仰《おつ》しやつて下《くだ》さるので一《ひ》人《とり》や二《ふ》人《たり》は家《うち》へ泊《と》め色《いろ》に此《この》身《み》を切《きり》賣《う》りも段《だん》々越《こ》へた遠《ゑん》州《しう》灘《なだ》沖《おき》に漂《たゞよ》ふ大《たい》難《なん》は七十五里《り》の海《かい》上《じやう》に不《ふ》思《し》儀《ぎ》に助《たす》かる此《この》命《いのち》、髪《かみ》まで切《き》つてしばしの内《うち》此《こ》所《ゝ》へ足《あし》を留《と》めやうと嫌《いや》な蓋

鳥追お松

詞《ふ》を並《なら》べ立《た》て茶碗《ちやわん》の水《みづ》の空涙《そらなみだ》今更《いまさら》露顕《ろけん》して見《み》ると後《うしろ》を見《み》らるゝ恥《はづ》かしさ、飛《と》んだ女《をんな》と物《もの》がたいお二人り故《ゆへ》にさぞビックリおしであらねへ」と少《すこ》しも驚《おどろ》いた様子《やうす》はない、濱田《はまだ》正司《しようぢ》は膝《ひざ》を進《すゝ》め　庄「流《さ》石《が》は悪事《あくじ》に抜目《ぬけめ》のなき毒婦《どくふ》が覚悟《かくご》は感心《くわんしん》せり、忠兵衛夫婦《ふうふ》の者共《ものども》ふ此婦人《このふじん》は唯今《たゞいま》述《の》べたる兇状持《きうじやうもち》江戸《えど》でも其行衛《そのゆくゑ》を厳《きび》しく詮議中《せんぎちう》の女《をんな》故《ゆへ》決《けし》て彼《かれ》の申《まう》すことをば眞《ま》に受《う》けては相成《あひな》らん既《すで》に謀《はか》られんといたした所《ところ》吾等《われら》が見破《みやぶ》り先《まづ》は重畳《てうちやう》であった」　忠「誠《まこと》に何《ど》うもお役人様《やくにんさま》有難《ありがた》ふ存じます始《はじ》めの程《ほど》は何《なに》をいふかと思《おも》って居《お》りましたが赤心《まごころ》面《おもて》に顕《あら》はれた此婦人《このふじん》の申條《でう》、終《つい》ウカ〳〵と口《くち》に乗《の》りましたが然《た》ふいふ女《をんな》でありましたか、アヽーマア斯《こ》んな美くしい顔《かほ》をして油断《ゆだん》のならないことである、ノウ婆《ば》アさん　婆「サア、私《わた》しも女子《をなご》には感心《くわんしん》なもの悴《せがれ》は好《い》い女《をんな》を見立《みた》って情婦《いろ》に持《も》ったと感心《くわんしん》して居《お》りましたが小屋者《こやもの》といへば穢多非人《ゑたひにん》、大坂《おほさか》にも大分《だいぶ》あるが

鳥追お松

煙《たば》草《こ》の火《ひ》さへも素人《しろうと》衆《しゆう》からは借《か》りられぬ賤《いや》しい身《み》分《ぶん》の者《もの》、夫《それ》に何《ど》うして悴《せがれ》奴《め》が引《ひつ》掛《か》つたか、テモマア恐《おそ》ろしい娘《むすめ》ですねへ、然《そ》ふして見《み》ると悴《せがれ》の忠蔵は此《この》女《をんな》のいふ通《とほ》り死《し》んでしまつたのやら又《また》生《い》きて居《ゐ》るのやら分《わか》りません　忠「然《さ》ふサ、私《わし》も今《いま》然《そ》ふ思《おも》つて居《ゐ》るんだ、お役《やく》人《にん》様《さま》コリヤア全《ぜん》躰《たい》何《ど》ういたしたらば宜《よろ》しうございませう　正「少《すこ》しも驚《おどろ》くことはない、此《この》者《もの》は私《わたくし》が引《ひつ》取《と》つて繩《なは》を掛《か》け自《みづか》ら其《その》筋《すじ》へ引《ひき》渡《わた》す、實《じつ》は今《こん》日《にち》御《ご》用《やう》の筋《すじ》で天《てん》滿《ま》まで參《まい》つたる歸《かへ》り道《みち》、怪《あや》しげなる婦《ふ》人《じん》が向《むこ》ふから來《く》るワイと能《よ》く〳〵其《その》面《つら》を見《み》れば江《え》戸《ど》で行《ゆく》衛《ゑ》を探《さが》して居《ゐ》る鳥《とり》追《おひ》お松、彼《かれ》は何《いづ》れへ參《まい》るかと跡《あと》を、尾《つ》ければ當《とう》家《け》に這《は》入《い》つた様《やう》子《す》だから如《い》何《か》なることをいふやらんと裏《うら》口《ぐち》より忍《しの》び入《い》り始《し》終《じう》を聞《き》けば又《また》しても何《なに》か深《ふか》く巧《たく》んだ仕《し》事《ごと》、お前《まい》方《かた》の所《ところ》へ迷《めい》惑《わく》の掛《か》からなかつたは仕《し》合《あは》せといふ者《もの》、イザ引《ひつ》立《た》てゝ參《まい》らん」と門《かど》口《ぐち》に居《をり》立《た》ちて用《やう》意《い》の呼《よぶ》子《こ》をピユーと吹《ふき》鳴《な》らせば兼《かね》て四方《はう》を見《み》張《は》り

鳥追お松

し兵隊《へいたい》忍《しの》び廻《まは》りの丸《がん》どう提《てふ》灯《ちん》、三尺棒《じやくぼう》を手《て》に携《たづさ》へ皆《みな》一同《どう》に此《この》家《いへ》の門《かど》へ駕《か》籠《ご》を吊《つら》せて居《ゐ》並《なら》びました、此《この》時《とき》彼《か》の侍《さむらひ》は一同《どう》へ會《ゑ》釋《しやく》をしましてお松を用《やう》意《い》の早《はや》繩《なは》にて、忽《たちま》ちに括《くゝ》し上《あ》げ、て又《また》いふ、やう　庄「是《これ》より直《す》ぐと囚人《めしうど》は繩《なは》附《つき》の儘《まゝ》屯《た》所《むろ》へ拘《こう》引《いん》いたす、其《その》方《はう》共《ども》へは追《お》つて沙《さ》汰《た》いたす左《さ》様《やう》心得《こゝろえ》るやうに」と意《い》氣《き》揚《やう》々くと立《たち》上《あ》がり、おまつを駕《か》籠《ご》へ乘《の》せて一同《どう》に目《め》配《くば》せなし兵《へい》隊《たい》は東《ひがし》の方《かた》へ馳《はせ》行《ゆ》きました。其《その》夜《よ》は空《そら》も晴《はれ》渡《わた》つて月《つき》さへ樹《き》々《ぎ》の梢《こずへ》を照《て》らし左《ひだ》りにつゝく茶《ちや》臼《うす》山《やま》、麓《ふもと》間《ま》近《ちか》き住《すみ》吉《よし》街《かい》道《だう》、殿《でん》下《が》茶《ちや》屋《や》の里《さと》外《はづ》れに草《くさ》の軒《のき》端《ば》の辻《つぢ》堂《だう》は衆《しゆ》生《じやう》を照《てら》す佛《ほとけ》にはあらで呵《か》嘖《しやく》の罪《つみ》の阿《あ》修《しゆ》羅《ら》道《だう》未《み》來《らい》惡《あく》業《ぎやう》淨《じやう》波《は》離《り》の鏡《かゞみ》に照《て》らす八大《だい》地《ぢ》獄《ごく》に作《つく》りし閻《えん》魔《ま》王《わう》備《そな》へし花《はな》も冬《ふゆ》竹《だけ》に花《はな》はしぼみて物《もの》淋《さび》し、折《をり》柄《から》以《い》前《ぜん》の兵《へい》隊《たい》は囚人《めしうど》駕《か》籠《ご》を舁《かき》荷《にな》はせ弓《ゆみ》張《はり》提《てふ》灯《ちん》照《て》らさせてかたへの空《あき》家《や》の裏《うら》口《ぐち》はたんぼへつゝく人《ひと》里《ざと》を離《はな》れし所《ところ》に駕《か》籠《ご》を置《お》き互《たが》ひに何《なに》かさゝやき合《あ》ひ、其《その》儘《まゝ》棄《すて》置《お》き皆《みな》々くは元《もと》來《き》し道《みち》へと歸《かへ》つ

鳥追お松

て行《い》く。猶《なほ》更《ふ》け渡《わた》る眞《ま》夜《よ》中《なか》に山《やま》寺《でら》の鐘《かね》コウ〳〵と海《うみ》に響《ひゞ》きいと物《もの》凄《すご》き丑《うし》三ッ頃《ごろ》、傍《かた》への芦《あし》間《ま》を押《おし》明《あ》けてヌッと出《い》でたる一人の侍《さむらい》丸燈持《も》つてゐたまを伺《うかゞ》ひ、何《なに》思《おも》ひけんお松の乘《の》つた囚人《めしうど》駕《か》籠《ご》の垂《た》れを上《あ》げてお松を引《ひき》出《だ》し、一刀《たう》引《ひき》拔《ぬ》きいましめの繩《なは》をプツリ〳〵と切《き》り解けばお松はふしん晴《はれ》やらず、只《たゞ》其《その》人《ひと》の面《おもて》をば月《つき》に透《す》かせど韮《にら》山《やま》笠《がさ》にて深《ふか》く隱《かく》せば見《み》るに便《びん》なく只《たゞ》茫《ばう》然《ぜん》として夢《ゆめ》の心《こゝ》地《ち》で居《を》りました、時《とき》に侍《さむらい》は被《かむ》りし笠《かさ》を傍《かた》へに投《な》げお松の傍《そば》へ摺《すり》寄《よ》りましていふ聲《こゑ》さいも邊《あた》りを兼《か》ね　武士「コレ見《み》忘《わす》れたか、おまつ　まつ「ハイ誰《どな》方《た》でございます、か夜《よ》目《め》に確《たし》かに分《わか》り兼《か》ね……　侍士「分《わか》り兼《かね》るとは情《なさ》けない、濱《はま》田《だ》正《しやう》司《じ》であるワイ　松「ヲヽ濱《はま》田《だ》の旦《だん》那《な》……多《た》分《ぶん》は然《さ》ふだとは存じましたが若《も》し餘《よ》の方《かた》に然《さ》んなことを申して貴《あな》郎《た》の御《ご》迷《めい》惑《わく》となつてはと差《さし》扣《ひか》へて居《お》りました、最《さい》前《ぜん》桝《ます》屋《や》忠《ちう》兵《べ》衛《ゑ》方《かた》で思《おも》はず貴《あな》郎《た》に見《み》咎《とが》められ濱田さまといふ聲《こゑ》をあなたは嗅

鳥追お松

に紛《まぎ》らはしてお仕舞《しまい》なさいましたから、委《くわ》しいことを申しては傍都合《つがふ》が悪《わ》るいのかと黙《だま》つて居《ゐ》たる、此《この》末《すゑ》は何《ど》うなることかと思《おも》つても身《み》に覚《おぼ》へ、ある悪《あく》事《じ》の罪《ざい》科《くわ》、重《おも》い私《わたく》しを其《その》儘《まゝ》に縄《なは》も切《きら》棄《す》てなされたは何《ど》ういふ理《わ》由《け》でございます」と膝《ひざ》を進《すゝ》めて問《と》はれた時《とき》正司は打《うち》笑《わら》み

正「何《ど》うしてとは知《し》れたこと、先《せん》年《ねん》吾《わ》れ東《とう》京《けい》へ官《くわん》軍《ぐん》御《ご》發《はつ》向《かう》の其《その》砌《みぎり》先《せん》鋒《ぽう》となり出《しゆつ》府《ぷ》せしが、大《だい》名《みやう》小《こう》路《ぢ》の屯《とん》所《しよ》より見《み》初《そ》めた其《その》方《はう》があてやかさ、同《どう》僚《れう》と共《とも》に錢《ぜに》を取《と》らせ、彈《ひ》かした三筋《すぢ》の曰窓《いはくまど》、其《その》白《しろ》壁《かべ》か白《しろ》ばけの素《す》姓《じやう》は賤《いや》しき非《ひ》人《にん》と聞《き》けど固《もと》より四海《かい》兄《けい》弟《てい》にて貴《き》賤《せん》の分《わか》ちは其《その》身《み》の果《くわ》報《ほう》、開《かい》明《めい》新《しん》歩《ぽ》に頑《がん》固《こ》を棄《す》て、其《その》方《はう》の倅が手《て》引《びき》して折《をり》々其《そ》方《た》が小《こ》屋《や》へ行《ゆ》き、比《ひ》翼《よく》連《れん》理《り》と末《すゑ》掛《か》けて契《ちぎ》つたあとを忘《わす》れ兼《か》ね、ます〳〵馬《ば》鹿《か》に取《と》らるゝと思《おも》ひながらも多《おほ》くの金《か》子《ね》を其《その》方《はう》が為《ため》に遣《つか》ひ捨《す》て殊《こと》に軍《ぐん》律《りつ》に背《そむ》きし罪《つみ》にて一旦《たん》禁《きん》錮《こ》の身《み》となつたが、幾《いく》程《ほど》もなく奥《おう》州《しう》の役《えき》に罪《つみ》をば許《ゆる》されて出《しゆつ》陣《ぢん》したが出《しゆつ》精《せい》の輩《つは》

今《いま》では此《この》浪《なに》花《は》へ轉《てん》任《にん》して重《おも》き役《やく》をば勤《つと》むる身《み》の上《うへ》、本《ほん》國《ごく》より妻《つま》を呼《よび》寄《よ》せ上《じやう》馬《め》を飼《か》つで榮《えい》曜《よう》に暮《くら》し、人《ひと》もうらやむ今《いま》の身《み》の上《うへ》、何《なに》不《ふ》足《そく》なき我《わが》身《み》なれど何《な》んの因《いん》果《くわ》か其《その》方《ほう》の事《こと》は片《へん》時《じ》の間《あいだ》も忘《わす》れ兼《か》ね、家《け》來《らい》を密《ひそか》に東《とう》京《けう》へ廻《まは》して行《ゆく》衛《ゑ》を尋《たづ》ねしが品《しな》川《がは》驛にて大《おほ》坂《さか》吉《きち》と同《おな》じ非《ひ》人《にん》の家《いへ》に於《おい》て召《めし》捕《と》られしと聞《きゝ》傳《つた》へ、猶《なほ》寄《よ》り〳〵に探《さぐ》らせしに其《その》夜《よ》其《その》方《ほう》だけ虎《こ》口《う》を免《のが》れ、行《ゆく》衛《ゑ》知《し》れずと聞《きゝ》たりしが必《ひつ》定《ぢやう》其《その》方《ほう》は此《この》浪《なに》花《は》へ流《なが》れ〳〵て來《く》るであらうと網《あみ》を張《は》り待《ま》つ甲《か》斐《ひ》ありて此《こ》宵《よひ》の出《で》逢《あ》ひ、重《かさ》なる罪《つみ》も合《が》点《てん》にて惚《ほ》れたは士《し》族《ぞく》の身《み》にあるまじき濱田正司が誤《あやま》りなれど戀《こひ》が世《よ》にいふ思《し》案《あん》の外《ほか》、何《な》んと憎《にく》くはあるまいな」と手《て》を取《と》る正司にお松は悦《よろこ》び

松「いつに變《かは》らぬ貴《あな》郎《た》のお心《こゝろ》冥《みやう》賀《が》に餘《あま》る其《その》お言《こと》葉《ば》、穢《けが》れし身《から》躰《だ》の此《この》錆《さび》もスッパリ淨承《しやう》知《ち》の上《うへ》からば何《ど》うなりとお心《こゝろ》任《まか》せ、死《し》ぬるも生《い》きるも貴《あな》郎《た》次《し》第《だい》、譬《たと》ひ命《いのち》を取《と》らるゝ共《とも》決《けつ》して否《いな》とは申しません」と聞《きい》て正司はホク〳〵悦《よろこ》び

鳥追お松

庄「流石《さすが》度胸《どきやう》も人並《ひとなみ》よりすはつた其方《そち》が生根魂《いけだましひ》、其口先《そのくちさき》に殺《ころ》されるが武士《ぶし》を捨《すて》ても惚《ほ》れた吾等《われら》、承知《しやうち》とあれば折《をり》を見て屋敷《やしき》へ改《あらた》め引取《ひきと》つて妾《めかけ》にいたして置《お》く心《こゝろ》、夫《それ》ほどまでに背《そむ》かねば罪《つみ》をゆるして姿《すがた》を變《か》へさせ、手《て》活《いけ》の花《はな》と眺《なが》めんと猛《たけ》き正司も戀《こひ》の道《みち》、暗《くら》きに迷《まよ》ふにわたづみ、霜《しも》にぬかりし畔道《あぜみち》も野火《のび》の煙《けむ》りかをぼろげにお松は固《もと》より溌婦《ぱ》の性《さが》、口《くち》にやさしき仇《あだ》嵐《あらし》、風《かぜ》はざわ〳〵竹藪《たけやぶ》の内《うち》に幽《かす》かな一ツ屋《や》あれば是《こ》れ屈強《くつきやう》の家《いへ》であると正司が袂《たもと》を引留《ひきと》めて

正「コレお松、那家《あそこ》に見《み》へるあばら屋《や》は軒《のき》傾《かたむ》けど一《ひ》ト年《とせ》も程《ほど》へしまゝの此《この》再會《さいくわい》、殊《こと》に夜明《よあけ》に近《ちか》かければ今夜《こんや》は那《あ》れにて……

松「イエモウ私《わた》しも今《いま》然《さ》ふ思《おも》つて居《ゐ》た所《ところ》、寒《さむ》いのをお厭《いと》いなくば那《あ》れへ參《まゐ》つて積《つも》るお話《はなし》し細《こま》々〳と……

正「ハテ面白《おもしろ》いことになつた」と頓《やが》て夫《それ》へやつて參《まゐ》りましたが固《もと》より人《ひと》も住《すま》はぬいぶせき一ツ屋《や》、兩人《ふたり》が爲《ため》には大廈《たいか》高樓《かうろう》とも見受《みう》けましたが終《つひ》に是《これ》へ兩人《ふたり》は這入《はい》り、怪《あや》

しき夢《ゆめ》を結《むす》びましたは實《げ》に情《なさ》けなきこと、不《ふ》義《ぎ》の情慾《じやうよく》に制《せい》せられ其《その》身《み》を誤《あやま》る者は世間《せけん》に澤山《たくさん》でございますが其等《それら》には好《い》い手本《てほん》でありますカア〳〵と告《つ》げ渡《わた》る明《あ》けの烏《からす》　松「サア旦那《だんな》、モー夜《よ》が明《あ》けます、是《これ》からは何《ど》うなさるんでありますす　庄「正逆《まさか》に夜《よ》が明《あ》けてから韮山《にらやま》笠《がさ》を被《かむ》つた者《もの》が女《をんな》を連《つ》れても歩《ある》かれない、お前《まへ》は此所《こゝ》に待《ま》つて居《ゐ》るが好《い》い、乃公《おれ》が一人《ひとり》で先《ま》づ當時《たうじ》沈着《おちつ》く家《いへ》を拵《こしら》へて來《く》るから　松「ハア、然《さ》ふですか、じやア此所《こゝ》に待《ま》つて居《を》りませう　庄「逃《に》げちやア不可《いか》んせ　松「何《な》んの逃《に》げるものでありますか、身《み》の寄《よ》せ所《どころ》がないばかりか昨夜《ゆんべ》のやうな苦《くる》しい狂言《きやうげん》もするのでありますす　正「夫《それ》も然《さ》ふだ、では直《ぢ》きに歸《かへ》つて來《く》るから待《ま》つて居《ゐ》て呉《く》れ玉よ」と濱田正司は確《かた》く約《やく》して此所《こゝ》を立出《たちい》で、大坂天王横町に越後屋《ゑちごや》といふ一軒《けん》の下宿屋《げしゆくや》がある、此所《こゝ》の亭主《ていしゆ》は自分《じぶん》と同國《どうこく》の者《もの》で常《つね》に兄弟《けうだい》の如《ごと》く交《まじは》りをして居るから是《これ》へやつて來《き》た　正「お早《はや》う　亭

鳥追お松

圭「ヲヤ濱田さん大《たい》尉《ゐ》お早《はや》うございますなア何《ど》うも……昨《ゆん》夜《べ》は……ア、ー分《わか》りました灘《なん》波《ば》新《しん》地《ち》へ御《ご》同《どう》役《やく》と共《とも》にお浮《う》かれで御《ご》妻《さい》君《くん》のチン〳〵が怖《こは》いといふのでグレと此《こ》所《ゝ》へお出《い》でになつたんでげせう　正「然《さ》んなノンキな沙《さ》汰《た》じやアないがマア〳〵少《すこ》し夫《それ》に類《るゐ》したことサ、時《とき》に君《きみ》の所《ところ》に明《あき》間《ま》があるか　亭圭「エ、二階《かい》の六疊《ぢやう》が明《あい》て居ます、貴《あな》郎《た》が下《げ》宿《しゆく》をなさるんじやアありますまい　正「然《さ》ふじやアない、少《すこ》しお頼《たの》みがあるんだ、實《じつ》はね僕《ぼく》が官《くわん》軍《ぐん》に附《つき》從《したが》つて江《え》戸《ど》へ往《い》つた頃《ころ》不《ふ》圖《と》買《な》馴《じ》んだ藝《げい》者《しや》があるんだ　亭圭「へエー　正「其《その》藝《げい》者《しや》が拙《せつ》者《しや》を慕《した》つて今《こん》度《ど》此《こ》方《ち》へ態《わざ》々《〳〵》來《き》たのす　亭圭「へエー、非《ひ》道《ど》うございますなア濱田さん朝《あさ》ッ腹《はら》から素《す》惚《のろ》氣《け》は恐《おそ》れ入《い》りました　正「イヤ〳〵惚《のろ》氣《け》じやアない、就《つい》て尋《たづ》ねて來《こ》られて見《み》ると放《ほつ》擲《ちや》つて置《お》く理《わ》由《け》には不《い》可《か》ないといつて家《うち》へ連《つ》れて行《い》くもならず、何《ど》うだい當《たう》分《ぶん》家《うち》へ預《あづ》かつちやア呉《く》れまいか　亭圭「へエー成《なる》程……好《よ》

うございます、早速《さつそく》連《つ》れてお出《い》でなさいまし　正「下《げ》宿料《しゆくれう》は私《わたし》の方
で支《し》拂《はら》ふから……　亭主「ナーニ別人《べつじん》ならぬ貴郎《あなた》のこと然《さ》んな他《た》人《にん》行儀《ぎやうぎ》なることは要《い》りません、早速《さつそく》お連《つ》れなさいまし　正「じやア頼《たの》む。其所《そこ》で此《こう》越後屋《ゑちごや》へ移《うつ》してお松は二階《かい》の六畳《じやう》といふのへ這入《はい》つて濟用から何《なに》暮《く》れとなく小《こ》遣《づかひ》調度《ちやうど》は整つて貰《もら》つて居るから別《べつ》に不《ふ》自由《じゆう》といふことは少《すこ》しも知《し》らない、内《うち》に何《ど》うか都合《つがふ》が付《つ》いたらお松を屋敷《やしき》へ入《い》れやうとは思《おも》ふが此人《このひと》の本妻《ほんさい》を安子《やすこ》と申して濟田正司には似《に》もやらず貞操《ていさう》篤實《とくじつ》の女《をんな》でありまして、實家《じつか》は北越《ほくゑつ》の或《あ》る大藩《たいはん》の武士《さむらい》、筋目《すぢめ》正《ただ》しき人《ひと》でございますから流石《さすが》の正司も妻《つま》の手前《てまへ》いかゞあらんと考《かんが》へてはなか〳〵に家《うち》へ入《い》れることも出《で》來《き》ませんから、長町裏に妾宅《しやうたく》を搆《かま》へさせ、下女《げぢよ》一人《にん》を附《つけ》置《お》いて何《なに》不《ふ》足《そく》なく暮《くら》して居りましたが、爰《ここ》に光《こう》陰《いん》に關守《せきもり》なく半年《はんとし》を過《すご》しまして早《はや》くも明治三年の如月《きさらぎ》の頃《ころ》と成《な》りましたが兼《かね》て正司は我《わが》妻《つま》の

鳥　追　お　松

性質正しきを嫌《きら》ひ、己《おの》れが邪道《じやだう》の類《るゐ》は友《とも》とおまつが淫婦《いんぷ》と悪事《あくじ》には拔《ぬけ》目《め》のないのを盡《ことごと》く愛《あい》し、毎日《まいにち》々々妾宅《しやうたく》へのみ寝泊《ねとま》りをして自《じ》分《ぶん》の屋《や》敷《しき》へとては少《すこ》しも戻《もど》らない、爰《こゝ》に至《いた》つて安《やす》子《こ》も不《ふ》審《しん》を起《おこ》し正司が氣《き》に入《い》りの下《げ》僕《ぼく》佐《さ》助《すけ》といふ者《もの》を呼《よ》んで　安子「佐《さ》助《すけ》少《すこ》しお前《まへ》に聞《きゝ》たいことがあるがね　佐「ハイ　安子「お前《まへ》正直《しやうぢき》にいつて奥《おく》れないと困《こま》るよ、決《けし》てお前《まい》の迷《めい》惑《わく》になるやうなことはしないから　佐「ハイ　安子「知《し》つての通《とほ》り旦《だん》那《な》は此《この》頃《ころ》家《うち》を外《そと》にして少《すこ》しも屋《や》敷《しき》へお帰《かへ》りがないが、何《ど》ういふ所《ところ》へお遊《あそ》びにお出《い》でなさるかお前《まへ》は知《し》つて居やうと思《おも》ふが　佐「夫《そ》りやア知《し》つて居りますが旦《だん》那《な》から暮《く》れ〳〵も口《くち》留《ど》めをなさいまして、此《この》事《こと》を奥《おく》にいふと其《その》方《ほう》は屋《や》しきへは置《お》かない、暇《いとま》を取《と》らせるから其《その》積《つも》りで居れとのお言《こと》葉《ば》　安子「イエ〳〵隠《かく》すには及《およ》ばない、妾《わたし》が何《ど》んなことがあらうとも焼《やき》餅《もち》を焼《や》いて其《そ》所《こ》へ捻《ねぢ》込《こ》むなぞといふ端《はし》たない真《ま》似《ね》はしませんから何《なに》うぞ明《あか》して下《くだ》さい、何《な》んだい、藝《げい》子《こ》買《かひ》かい、女《おや》郎《ま》買《かひ》かね　佐「イエ〳〵然《さ》んなものではございません　安子「何《ど》所《こ》だい　佐「長《なが》町《まち》裏《うら》でございます　安子「長《なが》町《まち》裏《うら》……ハテ長《なが》町《まち》裏《うら》といふ所《ところ》には別《べつ》に男《だん》子《し》が樂《たのし》みの場《ば》所《しよ》はない筈《はづ》だが………　佐「妾《しやう》宅《たく》がございます、ヘエ、旦《だん》那《な》が先《さき》頃《ごろ》お召《めし》抱《かゝ》へになつたお松《まつ》さんといふ大《たい》層《そう》もない好《い》い女《おんな》、夫《それ》を妾《めかけ》として妾《しやう》宅《たく》を構《かま》へたんでございます　安子「アヽー然《さ》ふかい、夫《それ》でスツパリ分《わか》つた、大《おほ》きに有《あり》難《がと》ふ能《よ》くいつてお呉《く》れだ」とお金《か》子《ね》を一兩《れう》呉《く》れた　佐「コリや何《ど》うも有《あり》難《がた》ふ存じます」安子「熟《つく》々《〳〵》思《おも》ふやう　安子「偖《さて》は其《その》お松《まつ》とやらいふ妾《めかけ》の許《もと》へのみしけ込《こ》んでお歸《かへ》りがないものと見《み》へる、斯《こ》ふ役《やく》向《むき》不《ふ》勤《つと》めでは自《し》然《ぜん》とお上《かみ》の首《しゆ》尾《び》あしく遂《つい》には免《めん》官《くわん》にも成《な》るかも知《し》れない、コリや何《ど》うしたら好《よ》からう、寧《いつ》そ其《その》お松《まつ》といふ女《をんな》を此《こ》屋《や》しきへ引《ひき》取《と》つて一ツに置《おい》たなら御《おん》身《み》の爲《ため》に成《な》るかも知《し》れぬ、此《この》頃《ごろ》世《せ》上《じやう》も開《くわい》化《くわ》に進《すゝ》み正《せい》權《けん》の二《ふ》人《た》りのつまゐ

鳥追お松

るは權家《けんか》の習《なら》ひと人《ひと》も咎《とが》めず、是《これ》は本夫《おつと》に話《はな》しをして一ッ所《ところ》に置《おい》た方《はう》が身《み》のお爲《ため》でありつらん」と思案《しあん》に暮《く》れて居《ゐ》る所《ところ》へ　正「エーイ、アヽー好《い》い心持《こゝろもち》だ、奥《おく》今《いま》、歸《かへ》つたぞ」と酒機嫌《さゝきげん》の四度《ど》路《ろ》もどろ、安子は厚《あつ》く禮《れい》をして　安子「お歸《かへ》り遊《あそ》ばせ　正「大《おほ》きに無沙汰《ぶさた》をして相濟《あいす》まん　安子「イエ何《ど》ういたしまして譬《たと》ひ幾日《いくにち》何《なん》十日《か》お遊《あそ》びにならうども夫《それ》は男《をとこ》の働《はたら》きでございますから構《かま》ひませんが今朝《こんちやう》もお上《かみ》からお迎《むか》ひが來《き》て、未《ま》だ濱田は出勤《しゆつきん》せぬかと渉《さ》催促《さいそく》、私《わた》しもモー嘘言《うそ》も申上げては居られませんが只管《ひたすら》お詫《わび》を申して置《お》きましたが何《ど》うぞ明日《みやうにち》から渉《と》出勤《しゆつきん》を遊《あそ》ばして下さいまし　正「然《そ》ふか、イヤモウ忘《わす》れても勤《つと》め人《にん》にはなるものではない、五月蠅《うるさ》いてつた、免職《しよく》になれば夫《そ》れまでだ　安子「万一《もし》免《めん》職《しよく》になりましたら貴郎《あなた》は何《ど》う遊《あそ》ばします　正「知《し》れたこと、免《めん》職《しよく》になればなつたで氣樂《きらく》な事《こと》を始《はじ》めるワ、モウ默《だま》つて居《ゐ》ろ、何《なに》もいふには及《およ》ばん」と誠《まこと》の心《こゝろ》は露《つゆ》ばか是もなく唯《たゞ》モッお松の色《いろ》香《か》に溺《おぼ》れたる体《てい》、日《にち》々《〳〵》酒《しゆ》色《しよく》にのみ耽《ふけ》つて居《ゐ》るから安子が　安子「如《い》何《か》でございませう旦《だん》那《な》此《この》頃《ごろ》聞《き》けば貴《あな》郎《た》は長《なが》町《まち》裏《うら》にお松といふ婦《ふ》人《じん》をばお搆《かま》ひなすつてお出《い》でなさる由《よし》其《あの》者《もの》を屋《や》しきへ引《ひき》取《と》つては寵《ちやう》愛《あい》に成《な》ることは出《で》来《き》ますまいか」正司は渡《わた》りに船《ふね》と悦《よろこ》んで　正「イヤお前《まい》が然《そ》ふ別《わ》けて呉《く》れゝば私《わし》も誠《まこと》に辱《かたじ》けない、實《じつ》をいへば其《その》女《をんな》の所《ところ》へのみ參《まゐ》つて居るから終《つい》勤《つと》めもをろそかになつたのだ、じやア屋《や》敷《しき》へ引《ひき》取《と》つても大《だい》事《じ》ないか　安子「宜《よろ》しい所《ところ》ではございません、正《せい》妻《さい》權《こん》妻《さい》を置《お》くは當《たう》時《じ》の習《なら》ひであります、勤《つと》め向《む》きさへ怠《おこた》りなくお勤《つと》めなすつて下されば何《な》んの苦《く》情《じやう》をいふ所《ところ》がありませう　正「ウム、流《さす》石《が》は拙《せつ》者《しや》の妻《つま》、實《じつ》其《あの》女《をんな》といふは斯《こ》ふなつたから明《あか》して仕《し》舞《ま》うが先《せん》年《ねん》東《とう》京《きやう》へ在《ざい》勤《きん》の節《せつ》深《ふか》く馴《な》染《じ》みし柳《やなぎ》ばしの藝《げい》者《しや》に爲《し》て此《この》度《たび》當《とう》地《ち》へ參《まゐ》りしを再《ふたゝ》び馴《な》染《じみ》を重《かさ》ねた者、夫《それ》では承《しやう》知《ち》して呉《く》れろ」と爰《こゝ》に改《あらた》めて安《やす》子《こ》にもひき合《あは》せ、互《たが》ひ

鳥追お松

に往《わう》來《らい》をして居りましたが其《その》後《ご》安子はお松をば我《わが》屋《や》しきに引《ひき》取《と》つて昔《むか》しに變《かは》る權《ごん》妻《さい》風《ふう》、最《いと》ぞ美《び》麗《れい》の顔《かんばせ》も都《みやこ》に近《ちか》き浪《なに》花《は》形《がた》、やさしき水《みづ》に洗《あら》ひ上《あ》げ猶《なほ》一層《そう》の容《き》量《りやう》を上《あ》げ、心《こゝろ》の底《そこ》は知《し》らねども面《おもて》は出しも殺《ころ》さゝる彼《か》の殷《いん》の紂《ちう》王《わう》が寵愛《ちようあい》して國《こつ》家《か》を滅《ほろ》ぼす妲《だつ》妃《き》の妖《こ》狐《り》に異《ことな》らず、日《にち》夜《や》唄《うた》ひつ舞《まひ》なぞして酒《しゆ》地《ち》肉《にく》林《りん》の觀《くわん》樂《らく》は誠《まこと》にうたてき限《かぎ》りでございます

第八席

爰《こゝ》に事《こと》なく二年《ねん》の星《せい》霜《さう》を經《へ》て是《これ》といふお話《はな》しもございませんが近《ちか》頃《ごろ》濱《はま》田《だ》の屋《や》敷《しき》へ馬《べつ》丁《とう》と爲《し》て抱《かゝ》へたる一人の男《をとこ》があります、是れ何《なに》者《もの》なるかといふと是《これ》ぞ前《ぜん》述《の》べましたお松の情《じやう》夫《ふ》大坂吉八丈《じやう》へ流《る》罪《ざい》になつて一年《ねん》の刑《けい》滿《み》ち、無《ぶ》事《じ》出《しゆつ》獄《ごく》をいたしましたが、是《これ》までも好《よ》からぬ行《おこな》ひあり人《ひと》には爪《つま》彈《はじ》きをされ流《さす》石《が》に東《とう》京《けい》にも止《とゞ》まり難《がた》

鳥追お松

く故《こ》郷《けう》の浪《なに》花《は》津《づ》へ逃《のが》れ來《き》て相《あい》も變《かは》らず不良《から》ぬゐとのみいたして居《を》りましたが濱《はま》田《だ》の屋《や》しきにお松の居《ゐ》るとは露《つゆ》知《し》らず馬《ば》丁《てい》に住《すま》込《こ》んだのでございます、然《しか》しながら一方《はう》は馬《べつ》丁《とう》一方《はう》は檀《だん》妻《さい》のこと故《かへ》相《あい》見《み》ることも成《な》らず、唯《たゞ》此《この》家《いへ》には美《うつく》しき檀《だん》妻《さい》が居《ゐ》るといふ噂《うわ》さだけは聞《き》いて知《し》つて居《ゐ》たのだ、或《ある》日《ひ》主《しゆ》人《じん》の居《ゐ》間《ま》の庭《には》先《さき》に掃《さう》除《じ》をなして居《を》りましたが、主《しゆ》人《じん》の傍《かたは》らに扣《ひか》へて居《を》つた美《び》形《けい》の面《おもて》を不《ふ》圖《づ》見《み》れば這《こ》は抑《そ》も如《い》何《か》に數《すう》年《ねん》前《ぜん》品《しな》川《がは》驛《やど》にて別《わか》れたる束《つか》の間《ま》も忘《わす》れたことのないお松でゲスからアッ……と驚《おどろ》いて何《ど》うして此《こ》所《ゝ》へと聲《こゑ》を掛《か》けやうとしたが我《が》慢《まん》をして居《を》りました、思《おも》ひは同《おな》じ鳥追お松、しばし轟《とゞろ》く胸《むね》を押《おし》靜《しづ》め晴《は》れて夫《をつと》とは言《い》ひ兼《か》ねる二《ふ》人《たり》が中《なか》故《ゆへ》能《よ》き首《しゆ》尾《び》あれば互《たが》ひの身《み》の上《うへ》語《かた》りもし聞《き》きもせんと其《その》儘《まゝ》無《む》言《ごん》で別《わか》れました、さて爰《こゝ》にお松は吉五郎と如《い》何《か》なる御《み》世《よ》に産《うま》れ合《あは》せ果《くわ》報《はう》は棚《たな》から落《お》ちて來《く》ると下《げ》世《せ》話《わ》の譬《たと》ひと同《おな》じゐとにて昔《むか》しが今《いま》に磯《わ》

鳥追お松

多《た》非《ひ》人《にん》と蔑《べつ》如《じよ》せられた身《み》分《ぶん》であつたが、其《その》頃《ころ》天《てん》下《か》に布《ふ》告《こく》せられた法《はう》律《りつ》に

穢《ゑ》多《た》非《ひ》人《にん》の称《しやう》を廃《はい》し新《しん》平《へい》民《みん》となす

新《しん》平《へい》民《みん》と雖《いへど》も華《くわ》士《し》族《ぞく》平《へい》民《みん》と婚《こん》嫁《か》する事《こと》を得《う》

といふ規《き》則《そく》に改《あらた》りました、サア穢《ゑ》多《た》非《ひ》人《にん》と賤《いやし》められて居《ゐ》た人《ひと》々《〴〵》の悦《よろこ》びは譬《たと》ふるに者《もの》なく中《なか》にもお松は是《これ》を聞《きゝ》知《し》り松「今《いま》までは何《なに》事《こと》にも穢《ゑ》多《た》の娘《むすめ》非《ひ》人《にん》の娘《むすめ》と卑《ひ》下《げ》して居《ゐ》たがモー斯《こ》ふなれば少しも憚《はゞ》かるてとはない、此《この》上《うへ》は定《やす》子《こ》を追《おひ》退《しりぞ》けて己《おの》れ濱《はま》田《だ》の正《せい》妻《さい》となならんか然《しか》らば栄《ゑい》耀《よう》栄《ゑい》華《ぐわ》は心《こゝろ》の儘《まゝ》……」と慾《よく》に目《め》のなき盲《めく》目《ら》蛇《へび》、いろ〳〵と事《こと》の成《じやう》就《じゆ》を考《かんが》ひたが自《ぢ》分《ぶん》一《ひ》人《とり》では何《なん》うも不《ふ》可《け》ない味《み》方《かた》がなければ旨《うま》く参《まい》りませんから奉《ほう》公《こう》人《にん》の中《なか》をズーッと見《み》渡《わた》すとおさよといふ女中、此《こい》奴《つ》はなか〳〵悪《わる》い奴《やつ》で慾《よく》の為《ため》には主《しゆ》従《じう》の見《み》界《さか》ひもなく金《か》子《ね》故《ゆゑ》、なら火《ひ》の中《なか》水《みづ》の中《なか》をもいとはんといふ奴、此《こ》れを

鳥追お松

早《はや》くも見《み》て取《と》りましたからお松は其《その》性質《せいしつ》を見《み》て取《と》つて　松「おさよや　さよ「ハイ　松「お前の頭《つむり》に差《さ》してある其《その》簪《かんざし》はふけて見《み》へるからお止《よ》し是《これ》を上《あ》げるから　さよ「是《これ》は何《ど》うも有難《ありがた》ふ存じます、私しなぞには勿体《もつたい》ない…………　松「何《なん》の勿体《もつたい》ないことがあるかね、襦《じゆ》袢《ばん》の半《はん》襟《えり》は夫《それ》つ切《き》りかい　さよ「ハイお正月のを平《ふ》生《だん》に下《おろ》して仕《し》舞《まひ》ましたから又《また》買《か》ひたいと思《おも》ひまして　松「買《か》うには及《およ》ばないよ私《わた》しの縮《ちり》緬《めん》の半《はん》襟《えり》を一ッ上《あ》げるから　さよ「ヲャ然《そ》ふでございますか、是《これ》は何《ど》うも…………　松「那《あ》の御《ご》新《しん》造《ぞ》はお前《まへ》に何《なに》か呉《く》れるかい　さよ「イヽエ、モウ、御《ご》主《しゆ》人《じん》のことを斯《こ》ふ申《まを》しちやア恐《おそ》れ入《い》りますが那《あ》んな分《わか》らない御《ご》新《しん》さんはございませんよ私《わた》しは此方《こちら》へ來《き》て四年《ねん》になりますが未《ま》だ何《なに》一ッ頂《いた》いたものはありやアしません、ホンに吝《けち》な御《ご》新《しん》造《ぞ》さんですワ　松「然《そ》ふかい、然《そ》んなことをいふものじやアないよ慾《ほし》い者《もの》があつたら私《わた》しが上《あ》げるから遠《ゑん》慮《りよ》なくお云《い》ひ」

鳥追お松

抔《なぞ》と何《なに》暮《く》れとなく心注《こゝろづ》けますからおさよは二《に》なき者《もの》に思《おも》ひ御《ご》新《しん》造《ぞ》を糞《くそ》の様《やう》に叩《たゝ》いてお松を褒《ほ》めちぎつて居《ゐ》るのは小人《しやうじん》の常《つね》、お松はモー好《い》い頭《え》と思《おも》ひましたが先《ま》づ吉五郎に面《めん》會《くわい》をする手《て》段をなせやうと思《おも》ひ　松「おさよ、お前は私《わた》しが頼《たの》みがあるが何《ど》んなことでも聞《きい》て呉《く》れるかい　さよ「エヽ〳〵御《ご》新《しん》さんのお頼《たの》みなら何んなことでもいたします　松「必《かなら》ず人《ひと》に饒《しや》舌《べ》つちやア呉《く》れまいねへ　さよ「なんぼ女《をんな》は口《くち》が多《おほ》いからとは申しながら御《ご》恩《おん》になつて居る貴《あな》女《た》のことを人《ひと》にいふなんてへことはありません　松「じやアいふがねアノ別《べつ》當《たう》の吉五郎ねへ　さよ「此《この》頃《ごろ》來《き》た……　松「然《そ》ふさ　さよ「本《ほん》當《たう》に那《あ》の人《ひと》は氣《き》の利《き》いた男《をとこ》ですよ苦《にが》み走《はし》つて男《をとこ》が好《よ》くつてチヨイと角《かど》の芝《しば》居《ゐ》で此《この》頃《ごろ》やつて居る大《だい》工《く》の六三に髣髴でござい ますねへ　松「然《そ》んなに褒《ほ》めてお呉《く》れでない、實《じつ》ア那《あ》れは私《わた》しの色《いろ》なのサ　さよ「ヘエー、夫《そ》りやアマアお早《はや》いゐと、いつ色《いろ》にお成《な》んなすつたの……私《わた》しがモーチットト好《い》い女《をんな》だと唯《たゞ》捨《す》てゝ置《お》くんじやアありませんが生《あい》憎《にく》菊《あば》石《た》で……松「イエ〳〵大《おほ》坂《さか》で情《い》交《ろ》になつたのじやアない東《とう》京《けい》に居《ゐ》て藝《げい》者《しや》をして居《ゐ》た頃《ころ》情《い》婦《ろ》にして居《ゐ》た者《もの》、就《つい》ては少し逢《あ》つて話《はな》しが爲《し》たいと思《おも》ふがお前《まへ》手《て》曳《びき》を爲《し》て逢《あは》しちやア呉《く》れまいか　さよ「好《よ》うございますとも、じやア斯《こ》ふ遊《あそ》ばせ、今《こん》晩《ばん》は旦《だん》那《な》はお役《やく》所《しよ》へお泊《とま》り番《ばん》貴《あな》女《た》のお部《へ》屋《や》へは誰《だれ》もお出でなさいませんから吉さんに其《その》由《よし》を申して晩《ばん》の四ツを合《あい》圖《づ》にお庭《には》の切《きり》戸《こ》口《ぐち》からお連《つ》れ申して參《まゐ》りませう　松「然《そ》ふかい、然《そ》ふできるなればどうぞ然《そ》ふして下《くだ》さい」と囁《さゝや》くのを誰《だれ》知《し》るまいと思《おも》ひの外《ほか》障《しやう》子《ぢ》一《ひと》重《へ》の其《その》外《ほか》に是《これ》を立《たち》聞《ぎ》く者《もの》がありますとは知《し》らぬ兩《ふ》人《たり》は其《その》儘《まゝ》左《さ》右《いう》に別《わか》れ、其《その》夜《よ》に至《いた》るとおさよが案《あん》内《ない》で吉五郎はお松の部《へ》屋《や》へ這《は》入《い》つて來《き》ました戀《こひ》を委《くわ》しくやると風《ふう》俗《ぞく》に掛《かゝ》はりますからザッと申上げますが吉五郎はお松の部《へ》屋《や》へ忍《しの》び込《こ》み、邊《あた》りを憚《はゞ》かる私《さゝ》語《やき》、

鳥追お松

女《をんな》は吉五郎の膝《ひざ》に取《とり》附《つ》き忍《しの》び泣《な》き　松「いつぞや座《さ》しきの庭《には》先《さ》きでお前《まい》に逢《あひ》し其《その》後《のち》も面《かほ》は毎《まい》日《にち》逢《あ》はして居《を》るが人《ひと》目《め》を憚《はゞ》かりお互《たが》ひに終《つひ》に話《はな》しもせなんだが能《よ》くマアお前《まい》はお達《たつ》者《しや》で…………　吉「ホンにお松、いつぞやこゝの屋《や》敷《しき》へ來《き》た時《とき》に此《こ》所《ゝ》の屋《や》敷《しき》に美《うつくし》い女《をんな》の妾《めかけ》か居《ゐ》るといふ噂《うはさ》、其《その》名《な》は何《な》んといふのかとおきよに聞《き》けばお松といふ、其《その》奴《やつ》を聞《きい》ても懷《なつ》母《き》しい夫《それ》に就《つ》けても今《いま》頃《ごろ》は何《ど》所《こ》に何《ど》うして居《ゐ》ることかと思《おも》はぬ日《ひ》とては一日《にち》もなく心《こゝろ》で泣《な》いて居《ゐ》た位《くらゐ》い、のろいやうだがコレお松、汝《てめ》エは乃《お》公《れ》ほど思《おも》ひやアしめへ」といはれてお松は涙《なみだ》組《ぐ》み　松「本《ほん》當《たう》に吉さん、人《ひと》の心《こゝろ》も知《し》らないで大《たい》概《がい》にをし、斯《こ》ふして嫌《いや》な妾《めかけ》奉《ほう》公《こう》をして居るのも、生《い》き存《なが》命《ら》へて居る其《その》内《うち》には戀《こひ》しい床《ゆか》しいお前《まい》にも又《また》面《めん》會《くわい》の出《で》來《き》る折《をり》もあらうかと、夫《それ》のみ心《こゝろ》に樂《たの》しんで憂《う》い月《つき》日《ひ》を送《おく》つて居たのでございますが待《ま》つ甲《か》斐《ひ》ありて斯《か》くの如《ごと》く一ッ座《ざ》敷《しき》でお目《め》に掛《かゝ》るとは本《ほん》當《たう》に盡《つ》きせぬ奇《き》緣《えん》で

鳥追お松

百十八

がなありませう、アヽー妾《わたし》ア嬉《うれ》しうございます」と男《をとこ》の膝《ひざ》に縋《すが》り付《つ》き縦《よこ》ひかゝる撫子《なでしこ》の雨《あめ》に悩《なや》める風《ふう》情《ぜい》であります、吉五郎は有《う》頂天《ちやうてん》吉「然《さ》ふいふ心《こゝろ》とは露《つゆ》知《し》らず是《これ》まで不《ふ》貞《じつ》な女《をんな》だと恨《うら》んで居たは許《ゆる》して呉《く》れ、好《す》いた同士《どうし》が斯《こ》ふやつて一ッ座《ざ》敷《しき》に居るといふは能《よ》く〳〵尽《つ》きぬ腐《くさ》れ縁《えん》、旦那《だんな》の目《め》褄《つま》を忍《しの》ぶのだから永《なが》くなつては両《ふた》人《り》の身《み》の上《うへ》是《これ》が知《し》れては命《いのち》盗《つ》く覚《さと》られぬ内《うち》少《すこ》しも早《はや》く………」と立《たち》廻《まは》したる二枚《まい》屏風《びやうぶ》、男《なん》女《によ》は其《その》内《うち》に這《は》入《い》り雨《あめ》となり又《また》氷《こう》りとなり不《ふ》義《ぎ》の怪《け》楽《らく》を貪《むさぼ》つたは、いつもながらに怪《けし》からぬことでございます、此《この》時《をり》障子《しやうじ》の陰《かげ》に最前《さいぜん》より伺《うかゞ》ひ寄《よ》つたる一人の男《をとこ》あり、是《これ》ぞ濱田家の忠《ちう》僕《ぼく》佐《さ》助《すけ》、最《も》早《はや》勘《かん》忍《にん》なり難《がた》しと遽《あわたゞ》しく障子《しやうじ》を明《あ》け 佐「ヤイ不《ふ》義《ぎ》者《もの》見《み》附《つ》けた其《そ》所《こ》動《うごく》なッ」と大《だい》喝《かつ》一声《せい》、お松は驚《おどろ》いて 松「アレー………」と逃《に》げんといたす其《その》襟《えり》髪《がみ》を手《て》早《ばや》く押《おさ》へ 佐「ヤイ大《だい》恩《おん》受《う》けしお主《しゆう》様《さま》の目《め》を掠《かす》め大胆《だいたん》な不《ふ》義《ぎ》淫《いた》行《づら》、サア乃《お》公《れ》の目《め》に掛《か》つたからは汝等《なんじら》が

鳥追お松

運《うん》の盡《つ》き旦《だん》那《な》の御《ご》前《ぜん》へ引《ひ》いて行《い》くから往生《わうじやう》いたして成《せい》敗《ばい》受《う》ける……チイ〳〵其《そ》所《こ》の隅《すみ》ッ子《こ》に蒲《ふ》團《とん》を頭《あたま》から被《かむ》つて居るのは新《しん》參《ざん》の馬《べつ》丁《とう》吉五郎じやアねへか、今《け》日《ふ》此《この》頭《ところ》來《き》やアがつて旦《だん》那《な》の持《もち》物《もの》を自《じ》由《ゆう》にするたア大《だい》膽《たん》不《ふ》敵《てき》、汝《てめ》エも一《いつ》緒《しよ》にシヨピイて行《い》くから逃《に》げるな野《や》郎《らう》……」と恐《おそ》ろしき見《けん》幕《まく》に吉五郎は縮《ちゞ》み上《あ》がりました、此《この》時《とき》お松は涙《なみだ》をながして佐助の袂《たもと》に取《とり》縋《す》がり

松「モシ佐助さん、モウ斯《こ》ふいふ所《ところ》を見《み》られた以《い》上《じやう》言《い》譯《わけ》らしい言《い》譯《わけ》は金《こん》輪《りん》那《な》落《らく》いひなません、とは云《い》ひながら是《これ》が互《たが》ひに此《この》お屋《や》しきで始《はじ》めて逢《あ》ふて好《い》い情《な》変《か》になつたことなら、ソリヤ不《ふ》都《つ》合《ごう》といふこともありますが吉五郎さんと妾《わた》しの情《な》変《か》は昨《きの》日《う》や今《け》日《ふ》の理《わ》由《け》柄《がら》じやありませぬ。互《たが》ひの親《おや》にも許《ゆる》し許《ゆる》されて晴《は》れて夫《ふう》婦《ふ》も二三年《ねん》、不《ふ》幸《かう》に不《ふ》幸《かう》が重《かさ》なつて飽《あ》かぬ別《わか》れも泣《な》く〳〵に一両《りやう》年《ねん》も別《わか》れ〳〵に相《あい》成《な》つて稼《かせ》いだゑとなら又《また》好《い》いこともあらうかと相《さう》談《だん》盡《づ》くで夫《ふう》婦《ふ》別《わか》れ、夫《それ》から

此方この妾《わたく》しは三筋《すぢ》の糸《いと》の細《ほそ》き世《よ》渡《わた》り、上《うは》邊《べ》は樂《らく》な稼《か》業《ぎやう》でも心《こゝろ》に泣《な》く間《ま》の絶《たえ》間《ま》なく流《なが》れ〳〵て京《きやう》大《おほ》坂《さか》、江《え》戸《ど》で馴《な》染《じ》んだ其《その》御《ご》縁《ゑん》で漸《やう》々く當《たう》家《け》の旦《だん》那《な》にかこわれ今《いま》は斯《こ》ふいふ樂《らく》な身《み》の上《うへ》とはなりましたが、別《わか》れた良《をつ》人《と》は何《ど》うしたか東《つか》の間《ま》も忘《わす》れたこともありません、所《ところ》が此《この》人《ひと》も東《とう》京《けい》に居《ゐ》ても思《おも》はしいことがないと此《この》大《おほ》坂《さか》へ流《なが》れ込《こ》み、夫《ふう》婦《ふ》の縁《ゑん》の盡《つ》きざるか私《わたく》しが當《たう》家《け》に居《ゐ》ることを少《すこ》しも知《し》らづ住《すみ》込《こ》みましたが、互《たが》ひに其《その》奇《き》遇《ぐう》をば驚《おどろ》いて、濟《すま》ぬことゝは知《し》りながら今《こん》夜《や》始《はじ》めて首《しゆ》尾《び》をして逢《あ》つたのでございます、所《しよ》詮《せん》見《み》發《のが》してもい下さいますまいが此《こ》所《ゝ》の道《だう》理《り》を考《かんが》ひて惚《ほ》れた好《す》いたの浮《う》いたことではありませぬから何《ど》うぞ見《み》發《のが》して下さい佐助さん、此《この》後《ご》は決《け》つして首《しゆ》尾《び》杯《なぞ》はしませんから今《こん》夜《や》のことは夢《ゆめ》と思《おも》ひ水《みづ》に流《なが》して下さいまし、ねへ佐助さん、今《いま》貴《あな》郎《た》が旦《だん》那《な》に是《こ》れ〳〵といふ時《とき》は那《あ》の短《たん》氣《き》な旦《だん》那《な》様《さま》並《なら》べて置《おい》て四ッにすると仰《おつ》しやるは知《し》れたこ

鳥　追　お　松

と、よし又《また》殺《ころ》されないにもせよ迚《と》當家《たうけ》をお暇《いとま》になれば夫婦《ふうふ》互《たが》ひに路頭《ろとう》に迷《まよ》はなければなりません、旁《かた》〲以《もつ》て何《ど》うぞ今晩《こんばん》のことはお許《ゆる》しなすつて下さいまし合掌でござんす」と手《て》を合《あは》しての頼《たの》みでありますゝ吉もぬからず佐助に向《むか》ひ　吉「譬《たと》ひ不義《ふぎ》とはいふものゝ元《もと》はといへば我女房《わがにようぼう》、旦那《だん》《な》おそ間《ま》男《をとこ》血に血《ち》を洗《あら》ふは好《この》まねば爰《こゝ》はふだんのよしみだけ見《み》免《のが》して下されねへ佐助さん両人《ふたり》が助《たす》かることでグスから悪氣《わるぎ》といふものは毛《け》ほどもない男故《をとこゆへ》、お松のいふことを眞《ま》に受《う》けて仕舞《しま》つて　佐「ツムー、シテ見《み》ると私《わたし》が旦那《だんな》に言《い》付《つ》けるといふのも慈悲《じひ》のない、話《はな》し、成《なる》ほど以前《いぜん》夫婦《ふうふ》であつたといへば旦那《だんな》が間《ま》男《をとこ》だ………然《しか》し両人《ふたり》共《とも》給金《きうきん》を貰《もら》つて此家《このうち》に勤《つと》める内《うち》はお松さんは旦那《だんな》の妾《めかけ》、は主人《しゆじん》大事《だいじ》に勤《つと》めなければ成《な》らん、又《また》吉五郎も馬丁《べつとう》を能《よ》く勤《つと》めて當家を暇《いとま》を取《と》つたなら晴《は》れて夫婦《ふうふ》になるが好《い》い此後《このご》は決《けつ》して密會《みつくわい》などを為《し》ちやア不可《いけ》ねへぜ、今夜《こんや》は此塲《このば》限《かぎ》りに見《み》免《のが》して遣《つか》はすから以《い》後《ご》は御《ご》主《しゆ》人《じん》樣《さま》を大《たい》切《せつ》にお爲《ため》を思《おも》つて忠《ちう》義《ぎ》を盡《つ》くせ　松「何《ど》うもさすがは佐助さん有《あり》難《がた》ふ存じます、お庭《か》陰《げ》で兩《ふた》人《り》が助《たす》かりました　吉「本《ほん》當《たう》に佐助さん有《あり》難《がた》ふ、此《この》儘《まゝ》勘《かん》忍《にん》して呉《く》れゝばいはばお前《まへ》は命《いのち》の親、今《け》日《ふ》ゐそ心《こゝろ》を入《い》れ替《か》へてお主《しう》大《だい》事《じ》に心掛《こゝろが》け決《けつ》して遙《いた》行《づら》は愼《つゝし》みます」と手《て》を合《あは》はしていはれましたから佐助も今《いま》は打《うち》解《と》けて　佐「然《さ》ふことが分《わか》つたら吉五郎早《はや》く部《へ》屋《や》へ往《い》きなせへ、豆《まめ》土《ぞう》坊《ばう》てへなアお主《ぬし》のゐつた油《ゆ》斷《だん》も隙《す》きもあつたねものじやアねへ　吉「恐《おそ》れ入《い》りました」と吉五郎は這《は》う〳〵の體《てい》で己《おの》れの部《へ》屋《や》へ歸《かへ》つてホッと一ト息《いき》を吐《つ》いた、同《おな》じ思《おも》ひのお松　松「先《ま》づ口《くち》の先《さ》きで佐助の奴《やつ》を胡《ご》麻《ま》化《くわ》したが、ドウモ邪《じや》魔《ま》なのは那《あ》の佐助の奴《やつ》と胸《むね》に一物《もつ》、其《その》夜《よ》は是《これ》で濟《す》みましたが屋《や》敷《しき》が廣《ひろ》いから此《こゝ》妾《しやう》室《しつ》の騷《そう》動《どう》を奧《おく》方《がた》安《やす》子《こ》は少《すこ》しも知《し》らなかつた、役《やく》所《しよ》に居《を》る濱田正司は猶《なほ》更《さら》知《し》るべきやうはございません、さて一兩《りやう》日《じつ》經《た》つて又《また》〳〵お

鳥追お松

さよの手《て》曳《びき》にて吉五郎とお松合《あい》曳《びき》をいたじた時《とき》に。吉「お松、ドウモ那《あ》の佐助の奴《やつ》が乃《お》公《れ》ア氣《き》になつて仕《し》やうがねへが何《な》んとか追《お》ツ拂《ぱら》う工《く》夫《ふう》はあるめへか、夫《そ》りやア男《をとこ》だから那《あ》の儘《まゝ》両《ふた》人《り》が慎《つゝし》んで居りやア佐助も何《な》んとも云《い》やアしめへが今《こん》度《ど》目《め》附《つ》けられたら百年《ねん》目《め》だ ⊛ 松「本《ほん》當《とう》にサ、夫《そ》れに那《あ》の男《をとこ》は段《だん》々《〳〵》聞《き》いて見《み》ると奥《おく》方《がた》へ尾《つ》いて來《き》た家《け》來《らい》でマアいはば奥《おく》方《がた》の隱《かく》し目《め》附《つ》けだ、私《わた》しが一ツの工《く》夫《ふう》があるからお前《まい》は知《し》らん面《かほ》の半《はん》兵《べ》衛《ゑ》さんで見《み》てお出《い》で、此《この》謀略《はかりごと》が旨《うま》く行《い》きやア奥《おく》方《がた》を追《おひ》出《だ》して佐助の奴《やつ》も屋《や》しきに居られず、妾《わたし》が奥《おく》方《がた》に成《な》り澄《すま》すといふ旨《うま》い工《く》夫《ふう》ではあるまいか 吉「ヤイ〳〵汝《てめ》エは此《こ》所《ゝ》の奥《おく》方《がた》になつたら好《よ》いか知《し》らねへが此《この》乃《お》公《れ》様《さま》をドウするのだ、働《はたら》きのねへ男《をとこ》だから濱田の旦《だん》那《な》と生《しやう》涯《がい》連《つれ》添《そ》ふといふのか 松「置《おい》てもお呉《く》れ、妾《わたし》ア髭《ひげ》のムシヤクシヤ生《はへ》た人《ひと》は大《だい》嫌《きら》ひ、此《こ》所《ゝ》の奥《おく》様《さま》と成《な》り澄《すま》せば誰《だれ》に遠《ゑん》慮《りよ》もなくお前《まい》と充《ぢう》分《ぶん》樂《たのし》むことも出《で》來《き》るじやアないか、お小《こ》遣《づかひ》だつても充《じう》分《ぶん》に仕《し》送《おく》ることも出《で》來《き》る、何《なに》も妾《わたし》が此《この》家《うち》で松《まつ》杉《すぎ》を生《は》やさうといふのじやアない、毎《まい》日《にち》心《こゝろ》掛《が》けて出《で》來《き》るだけのお金《か》子《ね》を胡《ご》麗《ま》化《くわ》し好《い》い加《か》減《げん》に懐《ふと》中《ころ》が出《で》來《き》た所で兩《ふた》人《り》手《て》に手《て》を隨《づい》徳《とく》寺《じ》、モウ好《い》い加《か》減《げん》にはとぼりも冷《さ》めたらうから久振《ひさしぶり》りで江《え》戸《ど》へ下《くだ》り新《しん》道《みち》わたりへ小《こ》意《い》氣《き》な世《しよ》帶《たい》を持《も》つて面《おも》白《しろ》い月《つき》日《ひ》を送《おく》らうじやアないか、ねへ

吉「成《なる》ほど、汝《てめ》エが然《そ》ういふ心持《こゝろもち》なら賴《たの》母《も》しい、シテ何《ど》ういふ謀《はかり》略《ごと》なのだ

松「サア夫《それ》は細《さい》工《く》は流《りう》々く仕《し》上《あ》げを御《ご》覧《らん》じろ、お前《まへ》が心《しん》配《ぱい》するやうなものじやアない」とは是《こ》れ如《い》何《か》なることを意《い》味《み》するか次《じ》席《せき》を讀《よ》んで知《し》り玉《たま》ひ…………

第九席

却《さ》說《て》も此《この》濱《はま》田《だ》正司といふ人《ひと》は今《いま》如《い》何《か》なる身《み》分《ぶん》の人《ひと》であるかといふに前《まへ》にも一《ちよ》寸《つと》述《の》べました通り處《しよ》々くに轉《てん》戰《せん》して功《こう》あり就中《なかんづく》會《あい》津《づ》

鳥追お松

の戰《せん》爭《さう》に乾《いぬい》退助……則《すなは》ち板《いた》垣《がき》退《たい》助《すけ》君《くん》に從《したが》つて拔《ばつ》群《くん》の功《こう》を現わし、後《のち》官《くわん》途《と》に就《つい》て唯《たゞ》今《いま》では權《ごん》少《しやう》書《しよ》記《き》官《くわん》を拜《はい》命《めい》なし大《おほ》坂《さか》政《せい》廳《ちやう》に於《おい》て百五十圓の俸《ほう》給《きう》を得《え》て居《を》られます、明《めい》治《ぢ》元《がん》年《ねん》又《また》は二三年《ねん》の頃《ころ》をい百五十圓の月《げつ》給《きう》を得《え》た方《かた》は大《たい》したもので飛《と》ぶ鳥《とり》も落《おと》す勢《いきほ》ひでございました、去《さ》れば妾《しやう》の一《いち》人《にん》位《くら》い置《おい》て奉《ほう》公《こう》人《にん》の五人《にん》や六人《にん》使《つか》つて居《ゐ》るのは何《な》んのことはありません、當《たう》今《こん》では左《さ》樣《やう》な出《しゆつ》精《せい》は容《よう》易《い》には出《で》來《き》ませんが明《めい》治《ぢ》御《ご》維《いつ》新《しん》の頃《ころ》をいは僥《ぎやう》倖《こう》の出《しゆつ》精《せい》をした人《ひと》が如《ご》何《く》程《ら》もございました濱《はま》田《だ》正司も其《その》一《いち》人《にん》でございます、さて鳥《とり》追《おひ》お松は吉五郎との密《みつ》會《くわい》を佐《さ》助《すけ》の爲《ため》に見《み》咎《とが》められ、主《しゆ》人《じん》に打《うち》明《あ》けて謂《な》ひもいたしませんが隅《すみ》に傷《きず》持《も》ちや笹《さゝ》原《はら》を走《はし》るといふ下《げ》世《せ》話《わ》にもある通《とほ》りお松兎《と》角《かく》に心《こゝろ》掛《が》りでなりませんから一日同《どう》腹《ふく》のおさよを召《め》して

松「さよやお前《まへ》に改《あらた》めて賴《たの》みがあるが聞《きい》て呉《く》れるかい

さよ「是《これ》は又《また》改《あらた》まりましたお言《こと》葉《ば》、貴《あな》女《た》には一方《かた》ならぬ御《ご》恩《おん》にもな

つて居《を》りますす私何《わたしな》んなりとも御《ご》奉《ほう》公《こう》をいたします　松「能《よ》くいつて呉《く》れたね、是《これ》はね私《わた》しが一遍《ぺん》きやア被《かむ》つたことのないお高《こ》祖《そ》頭《づ》巾《きん》お前《まへ》に上《あ》げるよ　さよ「チヤマア何《ど》うも有難《ありがた》ふ存じます、斯様《かやう》な結構《けつこう》な品《しな》を頂《いたゞ》いてからが私《わた》しには被《かむ》ることか出來《でき》ません　松「何《な》んのお前《まい》…………生涯《しやうがい》お三どん奉公《ほうこう》をしやアしまいしいづれ立《りつ》派《ぱ》な御《ご》亭《てい》主《しゆ》を持《も》つ身《み》の上《うへ》其《その》時《とき》お被《かむ》りなね　さよ「夫《そ》りやア然《そ》ふでございますねへ、本當《ほんとう》に斯《こ》ふいつちやア何《な》んですけれども御《ご》新《しん》造《ぞ》さんは氣《き》前《まい》が好《よ》くつていらつしやるよ其《その》お頼《たの》みといふのは何《な》んでございます　松「實《じつ》はねさよや過《こな》日《いだ》お前《まい》にも話《はな》した通《とう》り吉さんと密《みつ》會《くわい》した所《ところ》を佐《さ》助《すけ》の奴《やつ》にめつかつて一時《ち》口《くち》の先《さき》で胡《ご》麻《ま》化《くわ》したか、いつかは奥《おく》さんに那《あ》のことを告げるに相《さう》違《い》ない、シテ見りやア私《わたし》共《ども》の一大《だい》事《じ》、奥《おく》さんと佐《さ》助《すけ》を何《ど》うかして追《おつ》拂《ぱら》つて仕《し》舞《ま》をうといふのだが先《ま》づ奥《おく》さんから片《かた》附《づ》けにやア成《な》りませぬ　さよ「然《そ》ふでご

鳥追お松

ざいますとも、今《いま》奥《おく》さんを追《おひ》出《だ》して其《その》跡《あと》釜《がま》へ貴《あな》方《た》がお据《すわ》んなされば私《わた》共《しども》は何《なん》の位《くらゐ》い幸《しあ》福《はせ》だか知《し》れませんよ本《ほん》當《たう》に……其《その》奥《おく》方《がた》を追《おひ》出《い》だす工《く》風《ふう》といふは　まつ「斯《こ》ふさ、奥《おく》方《がた》を土《ど》坊《ばう》の罪《つみ》に落《おと》し難《なん》澁を付《つ》けやうどいふ私《わた》しの巧《たく》み、先《ま》づ奥《おく》方《がた》の品《しな》物《もの》を一ッ盗《ぬす》んでお呉《く》れ、然《さ》ふして旦《だん》那《な》の手《て》文《ぶん》庫《こ》からお金《か》子《ね》を盗《ぬす》んで其《その》傍《そば》へ奥《おく》方《がた》の品《しな》物《もの》を落《おと》して置《おい》たら夫《それ》が疑《うたぐ》りの種《たね》となつて必《かなら》ず旦《だん》那《な》が奥《おく》さんをお疑《うたぐ》りなさるに違《ちが》ひない其《そ》所《こ》を尾《つけ》込《こ》み何《なに》とか私《わた》しの辨《べん》口《こう》で旦《だん》那《な》に讒《ざん》言《げん》を構《かま》ひたら乾《きう》度《ど》眞《ま》に受《う》けるに違《ちが》ひないと私《わた》しは思《おも》ふが何《ど》んなものであらうねへ　さよ「成《なる》ほど、好《い》い其《その》おちへ、昔《むか》しの楠《くすのき》孔《こう》明《めい》とやらは迚《とて》も及《およ》ばぬことであります、好《や》うございます私《わた》しが奥《おく》様《さま》のお居《ゐ》間《ま》から何《なに》か證《しやう》據《こ》になる品《しな》を一ッ盗《ぬす》んで參《まゐ》りませう　まつ「頼《たの》むよお前《まい》……其《その》代《かわ》り御《お》禮《れい》はキッと澤《たく》山《さん》するから　さよ「ハイ好《や》うございますと受《うけ》合《あ》つたおさよ、其《その》明《あく》る晩《ばん》のことでございますが安《やす》子《こ》が少《すこ》しく買物《かひもの》ありとお八重《やへ》といふ女中《ぢよちう》を連《つ》れて千日《にち》前《まへ》まで出掛《でか》けましたる其《その》留《る》守《す》の間《ま》にさよは安子《やすこ》の居間《ゐま》に忍《しの》び込《こ》み手文庫《てぶんこ》の中《なか》を明《あ》けて見《み》ますと安子に宛《あ》てた手紙《てがみ》が一本《ぽん》でございましたから是《こ》れど屈強《くつきやう》の品物《しなもの》と竊《ひそ》かに盗《ぬす》んでおまつへ手渡《てわた》しに及《およ》ぶ、おまつは何事《なにごと》か書《かい》てあるかと開《ひら》いて見《み》れば

一筆《いつぴつ》啓上仕候《けいじやうつかまつりさふらふ》日ましに春暖《しゆんだん》相《あい》催《もよう》し候所《さうらふところ》彌々《いよ〳〵》御《ご》渾家《こんか》御《ご》清寧《せいねい》の段《だん》欣賀《きんが》此事《このこと》に御座《ござ》候従《したが》つて當方《とうかた》も無事《ぶじ》に日《ひ》を送《おく》り居《お》り候間《あいだ》御《ご》安《あん》慮《りよ》被下度《くだされたく》唯《たゞ》々追々《おひ〳〵》老年《らうねん》に至《いた》ること故《ゆへ》自然《しぜん》の老衰《らうすい》はいたし方《かた》無《これ》之《なく》候然《しか》らば御《お》身《み》に少々《しよう〳〵》お願《ねが》ひと申すは外《ほか》の事《こと》には候はず倅《せがれ》久雄《を》儀《ぎ》久々《ひさ〴〵》東京《とうけい》三田《みた》の慶應《けいをう》義塾《ぎじゆく》に入學《にうがく》いたさせ置《お》き候所今般《ところこんぱん》首《しゆ》尾《び》能《よ》く業《げふ》を卒《を》へ候間《あいだ》其許《そのもと》も悦《よろこ》び可申《まうすべ》く夫《それ》に就《つ》き親《おや》の欲目《よくめ》にて此上《このうへ》一層《いつそう》勉學《べんがく》をせしめ天晴《あつぱれ》の人材《じんざい》といたし候には洋行《やうかう》いたさせ可申《まうすべ》くの外《ほか》道《みち》は無之《これな》く當人《たうにん》も其覺悟《そのかくご》にて罷《まか》り在《あり》候間是非《ぜひ》

鳥追お松

其米《べい》國《こく》へ遣《つかは》したく然《しか》し其《その》許《もと》も知《し》っての通《とう》り宅《たく》は士族《しぞく》の商法《しやうはふ》にて誠《まこと》に財《ざい》政《せい》思《おも》はしからず充《じう》分《ぶん》に金《か》子《ね》も與《あた》へ難《がた》く候間在《ざい》大《たい》坂《さか》の兄《あに》に此《この》旨《むね》物《もの》語り金《きん》子《す》借用《しやくよう》の上《うへ》當《とう》地《ち》へ御《おん》送《おく》り被《くだ》下《され》間《ま》敷《じ》く候哉金《きん》高《たか》は決《けつし》て兎《と》角《かく》申さず候間都《つ》合《ごう》だけ借用《しやくよう》よろしく御《お》頼《たの》み申上候、猶《なほ》當《とう》人《にん》出立《しゆつたつ》「の際《さい》は順路《じゆんろ》故《ゆへ》御《おん》地《ち》に遣《つか》はし可申《もうすべ》く血《けつ》肉《にく》の弟《おとゝ》出精《しゆつせ》のことなれば御《ご》盡力《じんりよく》呉《く》れ〳〵も頼《たの》み入まゐらせ候早々頓首

安子どのへ

封《ふう》筒《とう》には

越《ゑち》後《ごの》國《くに》古《こ》志《し》郡《ごほり》長《なが》岡《をか》二の町《まち》　白《しら》峯《みね》安《やす》右《ゑ》衛《も》門《ん》

としてある、按《あん》ずるに白《しら》峯《みね》安《やす》右《ゑ》衛《も》門《ん》といふは安《やす》子《こ》の父《ちゝ》にして久《ひさ》雄《を》といふは安《やす》子《こ》の弟《おとゝ》在《ざい》大《たい》坂《さか》の兄《あに》といふは安《やす》子《こ》の兄《あに》にいたして矢《や》張《はり》大坂《さか》に居《を》る者《もの》でございますが直《ぢ》接《か》に無《む》心《しん》の出《で》來《き》ぬ養《やう》子《し》ででもありましたらうか何《な》んにいたせ濱《はま》田《だ》正司に頼《たの》んで呉《く》れるといふ手

紙《がみ》ではありません、おまつは熟々《つく〴〵》と見《み》て居《お》りましたが　まつ「是《これ》ぞ幸《さいは》ひなことである此《この》手《て》紙《がみ》を正司の居《ゐ》間《ま》へ落《おと》して置《お》いて金《か》子《ね》を奪《うば》ふたことなら疑《うたが》りは奥《おく》さんに掛《か》るに相《さう》違《い》ない其《そ》所《こ》を尾《つけ》込《こ》み私《わたし》が辨《べん》口《こう》で旨《うま》く旦《だん》那《な》を胡《ご》麻《ま》化《くわ》さん役《やく》は權《けん》少《せう》書《しよ》記《き》官《くわん》でも女《をんな》に掛《か》けては鼻《はな》の下《した》の長《なが》い旦《だん》那《な》、コリヤ好《い》い物《もの》が手《て》に入《い》つた」と一《ひと》人《り》ホク〳〵悦《よろこ》んで大《だい》膽《たん》不《ふ》敵《てき》の鳥《とり》追《おひ》おまつ其《その》翌《よく》日《じつ》濱田正司が己《おの》れの居《ゐ》間《ま》に酒《さけ》に醉《ゑ》ふて前《ぜん》後《ご》を忘《わす》れて寢《ね》て居《ゐ》たる、其《その》寢《ね》息《いき》をば窺《うかゞ》つて忍《しの》び寄《よ》つた正司の居《ゐ》間《ま》、兼《かね》て覺《おぼ》えの文《ぶん》庫《こ》の中《なか》より眞《しん》鍮《ちう》の金《きん》貨《くわ》二百圓を盜《ぬす》み出《いだ》し其《その》傍《かた》へに安子の手《て》紙《がみ》を投《なげ》棄《す》て造《しあ》化《わせ》妙《よし》と打《う》ち微《ほゝ》笑《ゑ》み拔《ぬき》足《あし》差《さし》足《あし》忍《しの》ぶ夜《よ》の風《かぜ》に心《こゝろ》を置《お》きながら己《おの》れの居《ゐ》間《ま》へ立《たち》歸《かへ》りホツと一ト息《いき》吐《つ》く時《とき》に障《しやう》子《じ》の外《そと》に身《み》を忍《しの》ばせ　男「おまつ首《しゆ》尾《び》は………」と小《ちい》さな聲《こゑ》まつ「シツ、旦《だん》那《な》が寢《ね》て居《ゐ》らアね」と正司の方《かた》を見《み》返《かへ》りながら密《ひそ》かに渡《わた》した二百圓「アヽ有《あり》難《がて》エ久《ひさ》し振《ぶり》での山《やま》吹《ぶき》色《いろ》、黄《こ》金《がね》花《はな》咲《さ》く明《めい》治《ぢ》の

鳥追お松

浮《う》世《よ》にも働《はたら》きのねへ吉五郎握《にぎ》つて見《み》るは今日が始《はじ》めて、然《さ》んなら明《あし》日《た》悠《ゆつ》然《くり》と……」と廊《らう》下《か》を滑《すべ》つて退《さが》つて行《い》くはいはずと知《し》れた吉五郎、おまつは跡《あと》に長《なが》煙《きせ》管《る》で煙《たば》草《こ》パク〱飲《の》みながら　松「シテ旦《だん》那《な》、サ一ツ服《ぷく》お上《あが》りなさい然《さ》んなに寝《ね》ると黒《くろ》眼《め》が流《なが》れますよ、ヨウ旦《だん》那《な》」と官《くわん》吏《り》の權《ごん》妻《さい》には似《に》合《あは》しからぬ立《たて》膝《ひざ》にて差《さし》出《だ》す煙《きせ》管《る》、正司は目《め》をば覺《さま》しまして其《その》煙《たば》草《こ》を飲《の》みながら　正「おまつ何《なん》時《どき》だらうの　まつ「今《いま》二時《じ》を打《う》ちましたよ、妾《わたし》は構《かま》ひません貴《あな》郎《た》が來《き》て居《ゐ》て下《くだ》されば嬉《うれ》しいが奥《おく》さんが角《つの》を出《だ》してお出《い》でゝせうからチツトは奥《おく》さんの方《はう》へも往《い》つて上《あ》げて下《くだ》さいまし　正「コリヤア恐《おそ》れ入《い》つた、追《おひ》立《た》てるのは非《ひ》道《ど》いではないか　まつ「あれ追《おひ》立《た》てるのではありませんが奥《おく》様《さま》のお心《こゝろ》の内《うち》を察《さつ》しますとお可《か》愛《あい》想《そ》でなりませんから少《すこ》しはお出《い》でなすつて下さいといふのであります　正「成《なる》ほど、お前《まい》の心持《こゝろもち》では夫《そ》れ、や道理《もつとも》ではあるが私《わたし》の心持《こゝろも》ちでするととだ、默《だま》つて居《ゐ》ろ然《さ》んなことをいふにやア及《およ》ばない　まつ「ではありますが…………ねへ旦那《だんな》マア斯《こ》んな不吉《ふきつ》なこと願《ねが》うのではありませんが奥《おく》さまが假病氣《びやうき》でゝもあつてお隠《かく》れなさるやうなことでもあつたら妾《わたし》を本妻《ほんさい》に直《なほ》して下《くだ》さいませうか　正「妙《めう》なことをいふ、私《わし》ア奥《おく》が病死《びやうし》どころではない、何《なに》か手《て》落《お》ちがあつたなら離縁《りえん》付《つ》けて追《おひ》出《い》だし其《そ》方《ち》を本妻《ほんさい》に直《なほ》したいとは思《おも》ふなれど、奥《おく》に於《おい》ては手《て》落《お》ちといふものがないから私《わし》が手《て》の附《つ》けやうがないのだ、其《それ》故《ゆへ》困《こま》つて居るのだが…………」お松はホロリと涙《なみだ》を流《なが》して差《さし》俯《うつ》向《む》いた　正「コレまつ何《な》んだつて泣《な》くんだ、エヽ泣《な》くことはないではないか何《なに》か氣《き》に喰《く》はん　松「イエ男心《をとこごゝろ》に秋《あき》の空《そら》、貴郎《あなた》が然《そ》ふいふ浮《うい》た思召《おぼしめ》しでもあつて見《み》ると万一《し》私《わた》しが奥方《おくがた》になつたにもせよ亦《また》外《ほか》へ仇《あだ》し女《をんな》をお拵《こしら》へなされば夫《それ》にお心《こゝろ》が移《うつ》つて、私《わた》しの落度《おちど》を見《み》附《つ》け追《おひ》出《い》だして其《その》跡《あと》へ今度《こんど》の女《をんな》を本妻《ほんさい》にお直《なほ》しなさるかも知《し》れません、本《ほん》

鳥追お松

當《たう》に男《をとこ》の心《こゝろ》は頼《たの》みない者であります、奥《おく》は奥《おく》妾《めかけ》は妾《めかけ》と何《ど》所《こ》までも差《さ》別《べつ》を付《つ》けてお置《お》き下さるやうな思召《おぼしめ》しなら嬉《うれ》しいけれども……

正「コレ〳〵詰《つま》らんことをいふものではない其《その》方《ほう》なれば本《ほん》妻《さい》に直《なほ》したいといふのだ、然《そ》んな氣《き》を引《ひ》くやうなことをいつては困《こま》る

松「夫《それ》では奥《おく》さんの方《ほう》へ少《すこ》しは往《い》つて上《あ》げて下《くだ》さい

正「道《だう》理《り》だ、ではは奥《おく》の所《ところ》へいつてやらうよ明《あし》日《た》つから……

まつ「明《あし》日《た》つからと仰《おつ》しやらず今《こん》夜《や》つから往《い》つて上《あ》げて下さい

正「ソッ急《せき》立《た》てる所《ところ》を見《み》ると跡《あと》へ情《ま》夫《ぶ》でも來《く》るといふのか

まつ「エヽ本《ほん》當《たう》に焦《じ》慮《れ》つたい」と何《なに》やら分《わか》らぬ男《なん》女《によ》の痴《ち》話《わ》、其《その》夜《よ》濱田を究《きう》分《ぶん》に手《て》の内《うち》へ丸《まる》め込《こ》んでさて夜《よ》が明《あ》けて濱田正司顏《かほ》を洗《あら》つて己《おの》れの座《ざ》敷《しき》に立《たち》歸《かへ》り下《げ》女《ぢよ》が膳《ぜん》部《ぶ》を運《はこ》ぶのをば相《あひ》待《ま》つて居りました、ヒョイと傍《かたへ》を見《み》ると、一本《ぽん》の手《て》紙《がみ》が落《お》ちて居るから何《なに》心《ごゝろ》なく開《ひら》いて見《み》ると安子の國《くに》許《もと》から安子に宛《あ》てた無《む》心《しん》の書《しよ》面《めん》、不《ふ》審《しん》ながらに懷《くわい》中《ちう》に納《おさ》め文《ぶん》庫《こ》の

中《なか》を明《あ》けると中《なか》がチラパッて居るからハテ面《めん》妖《よう》なると、有《あり》金《がね》を改《あらた》めて見《み》ると正《まさ》に金《きん》貨《くわ》二百圓紛《ふん》失《じつ》をして居ります、ハッと驚《びつくり》き見《み》る／＼間《あい》だに滿《まん》面《めん》朱《しゆ》の如《ごと》くに怒《いか》りを發《はつ》した所へ奥《おく》方《がた》安子は煮《に》花《はな》を持《も》つて夫《それ》に立《た》ち出《い》で 安「貴《あな》郎《た》大《たい》層《そう》お早《はや》いお目《め》覺《さ》めでございましたね 正「コレ安…… 安「ハイ 正「夫《それ》へ座《すは》れ 安「何《な》んでございます 庄「何《な》んだじやアない、其《その》方《ほう》に少《すこ》し聞《き》たいことがある、お前《まい》は乃《お》公《れ》を何《な》んと考《かんが》ひて居る 安「是《これ》は妙《めう》なお尋《たづ》ね、貴《あな》郎《た》は大《たい》切《せつ》の良《おつ》人《と》と思《おも》ひ居ります 正「ウム、大《たい》切《せつ》の良《おつ》人《と》ならなぜ何《なに》事《ごと》も打《うち》明《あ》けて相《さう》談《だん》をいたさぬ 安「ハイ……何《な》んの事《こと》でございますか一向《こう》分《わか》りませんが私《わたく》しは何《なに》事《ごと》に寄《よ》らず貴《あな》郎《た》には一應《をう》慘《た》相《さう》談《だん》をヤさぬことはありません 正「默《だま》れ、其《その》方《ほう》は良《おつ》人《と》の金《か》子《ね》二百圓を盜《ぬす》んだな 安「ゲーッ……ナ何《な》んと仰《おつ》しやいます 正「イヤサ拙《せつ》者《しや》の手《て》文《ぶん》庫《こ》から然《しか》も金《きん》貨《くわ》で二百圓昨《さく》夜《や》あたり盜《ぬす》んだらう 安「飛《と》んでもないことを仰《おつ》

鳥追お松

しやいまし良人《をつと》の金子《かね》を女房《にようばう》が盜《ぬす》んだとて何《な》んといたしませう私《わたく》しは毛頭《もうとう》覺《おぼ》へはありません　正「エヽ吐《ぬか》すな女《め》郎《らう》、目《か》に這《は》入《い》つたのは今度《こんど》ばかりじやが度々《たび／＼》是《こ》れまでもやつたこと、相《あひ》見《み》へる、全《まつた》く盜《ぬす》まんといふか　安「何《な》んと仰《おつ》しやつてもさら／＼覺《おぼ》へはございません　正「然《さ》ふか、ソンなら證據《しやうこ》を見《み》せやうか是《こ》れを見《み》イ……」と投《なげ》出《い》だされたる一本《ぽん》の手紙《てがみ》　安「ヤヽ是《こ》れは……　安「サア何《ど》うだ實《さ》家《と》から弟《おとうと》を洋行《やうかう》にやるに就《つい》て其方《そのはう》の兄《あに》安雄《やすを》へ對《たい》して無《む》心狀《しんじやう》、安雄《を》の方《はう》で斷《ことわ》はられたか夫《それ》ともャ調達《ちやうたつ》いたしたかは知《し》らねども、いづれに爲《し》ても此場合《このばあひ》、少《すこ》しも多《おほ》く金子《きんす》を。送《おく》り、弟《おとうと》に天晴《あつぱれ》勉強《べんきやう》をさしたいといふ心《こゝろ》から私《わたし》の金子《きんす》を二百兩《りやう》盜《ぬす》み出《い》だして國元《くにもと》へ仕送《しおく》つてやつたのであらう」と延引《のつぴき》ならぬ證據《しやうこ》の手紙《てがみ》、安子は夢《ゆめ》にも知《し》らぬことではありますが何《なに》をいふにも證據《しやうこ》の一ト品《しな》、言《いひ》解《と》くべき言葉《ことば》もなく口惜《くやし》涙《なみだ》に暮《く》れて居《を》りました濱田正司は言詞《ことば》を次《つ》ぎ正「其《そ》方《ち》にも親《おや》なれば吾《わし》等《ら》が為《ため》にも義《ぎ》理《り》ある親《おや》、其《そ》方《ち》が為《ため》に弟《おとうと》なれは吾《わし》等《ら》が為《ため》にも義《ぎ》理《り》ある弟《おとうと》、夫《ふう》婦《ふ》の中《なか》さへ斯《か》く〱と打《うち》明《あ》け相《さう》談《だん》いたしたなら吾《われ》等《ら》にも又《また》考《かんが》ひわれど一《いち》応《おう》の話《はな》しもなく良《をつ》人《と》が所《しよ》持《じ》の金《きん》子《す》をば盗《ぬす》み出《い》だして送《おく》るとは何《なに》事《ごと》である、實《じつ》は鐵《かな》郎《た》の二百圓盗《ぬす》み取《と》つたは私《わたく》しと此《こ》所《ゝ》にて白《はく》状《じやう》いたさば好《よ》し、万《も》一《し》隠《かく》してもさぬに於《おい》ては辛《から》き目《め》に合《あ》はして呉《く》れん、何《ど》うじや、何《ど》うじや、と荒《あら》々《〱》しき良《おつ》人《と》の怒《いか》り、安子は固《もと》より盗《ぬす》みし覚《おぼ》へはさら〱なけれど何《ど》ういふ事《こと》にて此《この》手《て》紙《がみ》が此《こ》所《ゝ》に捨《す》てゝあつたらうと思《おも》へば不《ふ》審《しん》晴《は》れやらず、今《いま》更《さら》言《いひ》訳《わけ》する由《よし》もなく先《さき》立《だ》つは唯《たゞ》涙《なみだ》であります、正司は猶《なほ》も怒《いか》りに堪《たへ》兼《か》ね

正「サア白《はく》状《じやう》せねばくたばるまで折《せつ》檻《かん》せねば一《いつ》家《か》のかきん覚《かく》悟《ご》をいたせ」とあらうことかれるまいことか承《な》塵《げし》に掛《か》けてありました弓《ゆみ》の折《お》れを取《と》るより早《はや》く安子をさん〱に打《うち》据《す》へました様《やう》子《す》。是《これ》を立《たち》聞《ぎ》くお松佐助は駈《かけ》出《い》だして正司の手《て》に

鳥追お松

縋《すが》り付《つ》き　松「マア〳〵お待《ま》ちなされまし、モシ旦《だん》那《な》様《さま》決《けし》て〳〵奥《おく》様《さま》はお金《かね》を盗《ぬす》むやうな方《かた》ではありません、夫《そ》りや思《おも》ひも寄《よ》らぬお疑《うたが》ひマア〳〵お待《ま》ち遊《あそ》ばしませ」と左《さ》右《ゆう》より留むる其《その》手《て》を振《ふり》挪《はら》つて　正「マア貴《き》様《さま》達《たち》の知《し》つたことではないお松、佐助那《あつ》方《ち》へ往《い》つてお出《い》で　佐「イヱ私《わたし》共《ども》の知《し》つたことではないと仰《おつ》しやいますが、此《この》奥《おく》様《さま》に限《かぎ》りましては譬《たと》ひ良《おつ》人《と》の物《もの》にもせよ無《む》断《だん》でお持《もち》出《い》だし遊《あそ》ばす抔《など》といふことは決《けし》て〳〵ございません、私《わたく》しが受《うけ》合《あ》ひます　正「黙《だま》れ下《げ》郎《らう》の分《ぶん》際《ざい》と為《し》て差《さし》出《い》でケましき其《その》口《こう》上《じやう》良《やゝ》もすると奥《おく》の肩《かた》を持《も》つが其《その》方《ほう》も同《どう》腹《ふく》でがなあらう、誰《だれ》かある佐助に縄《なは》を打《う》て……コレ其《そ》所《こ》に居《ゐ》るのは吉五郎ではないか佐助に縄《なは》を掛《か》けろ、吉「へイ畏《かしこ》まりましたと申上げたうございますが私《わたく》しは昨《き》日《のふ》か一《おと》昨《ゝ》日《ひ》参《まゐ》つた新《しん》参《ざん》者《もの》、佐助さんを縛《しば》るてへなア人《にん》情《じやう》に忍《しの》びません　まつ「本《ほん》当《たう》に吉五郎の申す通《とほ》り何《な》んで此《この》忠《ちう》義《ぎ》の佐助が縛《しば》れませう吉五郎お前《まへ》は那方《あつち》へ往《い》つてお出《い》で……　吉「ヘイ〳〵畏《かしこま》りましたまつ「旦《だん》那《な》樣《さま》何《ど》うぞ奥《おく》樣《さま》と佐助はお許《ゆる》しなすつて下さいまし、奥《おく》樣《さま》の御《お》身《から》躰《だ》に濁りのないのは私《わた》しがモウ知《し》つて居ります　正「其《そな》方《た》が深《しん》切《せつ》に然《さ》ふ予して呉《く》れるは辱《かたじ》けないが證據《しやうこ》に殘《のこ》る此《この》手《て》紙《がみ》正《まさ》に奥《おく》の實《じつ》家《か》から參《まゐ》つたものに相《さう》違《ゐ》ない其《その》文《ぶん》意《い》さへ金《きん》子《す》の紛《ふん》失《じつ》いたしたにチヤンと符《ふ》合《がふ》いたして居る、然《しか》らば佐助は許《ゆる》し遣《つか》はさんが奥《おく》は許《ゆる》すことは相《あい》成《な》らん……コレ佐助奥《おく》を引《ひつ》立《た》て物《もの》置《おき》へ連《つ》れて參《まゐ》り外《そと》から錠《ぢやう》を下《おろ》して入《い》れて置《お》け、實《じつ》は私《わたし》が量《りやう》見《けん》違《ちが》ひをいたしましたと詫《わび》をいたせば許《ゆる》してやる又《また》方《ほう》法くもあるなれど知《し》らん存《ぞん》せんといふから白《はく》状《じやう》するまで糺《きう》明《めい》させなければならん物《もの》置《おき》へ連《つ》れて參《まゐ》れ　佐「ヘイ　正「万《まん》一《いち》逃《に》がしでもいたす時《とき》は其《その》方《はう》の命《いのち》はないから左《さ》樣《やう》心《こゝろ》得《え》ろ　佐「恐《おそ》れ入《い》ります　正「日《ひ》に結飯《むすびめし》の二ッでも三ッでも與《あた》へて置《お》けば好《い》い、物《もの》置《おき》の隅《すみ》へ穴《あな》を掘《ほ》つて兩《りやう》便《べん》を足《た》す所《ところ》を拵《こしら》へ

鳥追お松

て置《お》いてやりやア夫《それ》で好《い》い」と夫婦《ふうふ》の情《じやう》としては少《すこ》しもなく殘忍《ざんにん》酷《こく》薄《はく》の正司の言葉《ことば》、安子《やすこ》は涙《なみだ》の顔《かほ》を上《あ》げ　安「今《いま》更《さら》心《こゝろ》に曇《くも》りなきことを何《ど》んなに申上げたとて此《この》お怒《いか》りのある所《ところ》では所詮《しよせん》お心《こゝろ》解《と》けぬ此《こ》氣《き》象《しやう》殊《こと》に實家《じつか》の無心《むしん》状《じやう》、其《その》文躰《ぶんてい》に唯《たゞ》兄《あに》と記《しる》してあるは父《ちゝ》親《おや》から實《じつ》の兄《あに》への頼《たの》みの状《じやう》でありますが此《この》場《ば》に捨《す》てゝある以《い》上《じやう》は申譯《わけ》は立《た》ち聽《きか》し、かゝる無實《むじつ》も過《す》ぐ世《せ》の約《やく》束《そく》、必《かなら》ずお恨《うら》みとは存《ぞん》じませぬ」と覺《かく》悟《ご》極《きは》めて目《め》をねむり思《おも》ひ入《い》りたる躰《てい》でございますから猶《なほ》々《〱》募《つの》る癇癪《かんしやく》に、正「世《よ》の諺《ことわざ》にいふ通《とほ》り其《その》身《み》の罪《つみ》に言《い》譯《わけ》なく覺《かく》悟《ご》極《きは》めし其《その》躰《てい》はいはゆる盜《ぬす》人《びと》猛《たけ》々《〱》しい、今《いま》手《て》討《うち》とは思《おも》へども苦《く》痛《つう》をさせるは不《ふ》愍《びん》なれば佐助に申附《つ》けたる通《とほ》り物《もの》置《おき》へ參《まゐ》り當《たう》分《ぶん》苦《くる》しみをいたして居《お》れ、佐助早《はや》々《〱》引《ひつ》立《た》て行《い》けよ泣《なき》つ面《つら》は見《み》たくもない

サアお松奧《おく》へ參《まゐ》つて氣《き》晴《ばら》しに一杯《いつぱい》飮《の》まう此《こつ》方《ち》へ來《き》たれ」と其《その》儘《まゝ》に正司はお松の手《て》を取《と》つて奧《おく》の方《かた》へ這《は》入《い》つて行《ゆ》く。後姿《うしろすがた》を見《み》送《おく》つて

佐「モシ御《ご》新《しん》造《ぞ》さま泣《ない》てお出《い》で遊《あそ》ばしては不《い》可《け》ません、是《これ》にはいろ〱仔《し》細《さい》がありませう私《わたく》しも少《すこ》し思《おも》ひ當《あた》ることもございますから先《ま》づ〱此《こ》方《ち》へお出《で》で遊《あそ》ばせ」と泣《なき》入《い》る安子の手《て》を取《と》つて佐助は物《もの》置《おき》の方《かた》へと參《まゐ》りましたが忠《ちう》僕《ぼく》佐助が何《ど》ういふ取《とり》斗《はから》ひをいたすか次《じ》席《せき》にヲ上《あ》げます

第十席

鳥《とり》追《おひ》お松《まつ》は心《こゝろ》の内《うち》に先《ま》づ思《おも》ふ通《とほ》りにいつて好《い》い塩《あん》梅《ばい》と心《こゝろ》の内《うち》に悦《よろこ》びながら正司の酒《さけ》の相《あい》手《て》をして上《うは》外《べ》には取《とり》なすやうに見《み》せ掛《か》けて夫《それ》となく放《つい》追《はう》しろといはぬばかりの口《くち》振り、正司も前《ぜん》述《の》べた通《とほ》り元《もと》癡《しれ》者《もの》でございますからお松を本《ほん》妻《さい》にしてならば安《やす》子《こ》を離《り》縁いたさんといふ考《かんが》ひ、色《いろ》香《か》に迷《まよ》つては善《ぜん》悪《あく》邪《じや》正《せう》も知《し》れざるものか　正「佐助や　佐「ヘイ　正「奥《おく》を物《もの》置《おき》へ放《ほう》り込《こ》んだか　佐「ヘエお

鳥追お松

入《い》れやして上面から錠《ぢやう》を閉《か》つて置《お》きました　正「然ふか、ヨシ〱
鍵《かぎ》を此方《こつち》へ寄《よ》こせ　佐「鍵《かぎ》を貴郎《あなた》の方《ほう》へ差《さし》上《あ》げ、ますと三度《ど》〱に
おむすびを差《さし》上《あ》げることが出《で》来《き》ません　正「物《もの》置《おき》の塀《へい》へ穴《あな》を明《あ》け
て其《そ》所《こ》から入《い》れてやれば好《い》い、其《その》方《ほう》に鍵《かぎ》を渡《わた》して置《お》くことは出《で》来《き》
んから……要《やう》心《じん》堅《けん》固《ご》の正司の言《こと》葉《ば》に今《こ》宵《よい》お助《たす》けやさんと心《こゝろ》に巧《たく》
んだ忠《ちう》僕《ぼく》佐《さ》助《すけ》も案《あん》に相《さう》違《い》をいたしましたが又《また》止《やむ》を得《え》ぬこと故《ゆへ》に
澁《しぶ》々《〱》ながら鍵《かぎ》を渡《わた》した、是《これ》よりは正司日《にち》夜《や》の別《べつ》なく酒《さけ》と色《いろ》に心《こゝろ》を
蕩《とろ》かし勤《つと》め向《む》きさへ碌《ろく》々《〱》いたさず面《おも》白《しろ》可《お》笑《か》しく痴《ぢ》戯《わ》狂《ぐる》つて居《ゐ》る、
此方《こち》は物《もの》置《おき》の中《なか》に居《ゐ》ります奥《おく》方《がた》安子《こ》時は水《み》無《な》月《づき》の末《すへ》のこと故《ゆへ》晝《ひる》
の熱《あつ》さに藪《やぶ》蚊《か》多く漬《つけ》物《もの》樽《たる》や薪《まき》炭《すみ》を小《こ》高《だか》く積《つ》んだ物《もの》置《おき》の中《なか》蚊《か》にせ
められて身《み》内《うち》は腫《は》れ食《しよく》事《じ》とてもお松や正司が見《み》張《は》つて送《おく》ることと
故《ゆへ》に澤《たく》山《さん》の物《もの》も與《あた》へられず身《から》体《だ》は衰《すい》弱《じやく》ゑて進《しん》退《たい》も自《じ》由《ゆう》ならず、夫《それ》
でも武《ぶ》士《し》の家《いへ》に生《うま》れたけなげさに心《こゝろ》憶《おく》さぬ覺《かく》悟《ご》の体《てい》最《いさ》ぞ日《ひ》長《なが》き

鳥追お松

夏《なつ》のことでげすから、夕《ゆう》方《がた》になれば西《にし》日《ひ》はカン〱塀《へい》を焦《こが》し全《まる》で熱《ねつ》湯《たう》の中《なか》に居《ゐ》るやうな有《あり》様《さま》、四五日ばかり此《この》中《なか》に居《を》りまして、既《すで》に命《いのち》も絶《た》へなんばかり丁《ちやう》度《ど》五日目《め》のことでございますが物《もの》音《おと》のいたさぬやう外《そと》から錠《じやう》をコツ明《あ》けて中《なか》へ這《は》入《い》つて來《き》た一《ひ》人《とり》の男《をとこ》、小聲《こゑ》になつて・男「奥《おく》様《さま》々〱々〱と呼《よび》立《た》てますかから安子はやをら身を起《おこ》して　安「何《なに》者《もの》なれば今《いま》頃《ごろ》夫《それ》へ來《きた》りしか　男「ハイ私《わたく》しでございます奥《おく》様《さま》さぞお辛《つら》うございませうといふ聲《こゑ》は確《たし》かに不《ふ》平《だん》力《ちか》らと頼《たの》み居《ゐ》る佐《さ》助《すけ》の聲《こゑ》でございますから安子は　安「ヲヽ其《その》方《ほう》は佐助ではないか　佐「ハイ仰《おほ》せの如《ごと》く佐助でございます、奥様好《よ》う御《ご》無《ぶ》事《じ》で入《いら》しつて下《くだ》さいました」と云《い》ひながら佐助は安《やす》子《こ》が情《なさ》けなき目《め》も當《あ》てられぬ有《あり》様《さま》を見《み》て涙《なみだ》に目《め》も暗れ氣《き》も半《はん》亂《らん》傍《かたへ》へ摺《す》寄《よ》り痛《いた》む所《ところ》を撫《なで》さすり思《おも》はずワツと泣《なき》出《い》だして吾《われ》と吾《わが》身《み》を忘《わす》れたる忠《ちう》義《ぎ》の心《こゝろ》頼《たの》母《も》しく安《やす》子《こ》は斯《か》ゝる助《たす》けを得《え》しはもしや夢《ゆめ》かと思《おも》ひきや

鳥追お松

力《ぢから》と頼《たの》む佐助でありますから少《すこ》しく不審《ふしん》の眉《まゆ》を顰《しか》め小《こ》聲《ごゑ》になつて「妾《わたし》コレ佐助、斯《か》る憂《うき》目《め》に逢《あ》ひ今《こ》宵《よひ》で四日此《この》物《もの》置《お》きに身《み》はいましめの縄《なは》にこそつながれないが藪《やぶ》蚊《か》にせめられ此《この》苦《くる》しみあるに甲《か》斐《ひ》なき此《この》身《み》の有《あり》様《さま》、我《わが》良《をつ》人《と》のお怒《いか》りゆへ身《み》に覺《おぼ》へなきことながら本《ほん》人《にん》の出《で》るまでは譬《たと》ひ何《ど》んな目《め》に逢《あ》うともヂッと堪《こら》へて居《ゐ》る覺《かく》悟《ご》、今《こ》宵《よひ》に限《かぎ》り其《その》方《はう》が斯《か》く締《しま》りを明《あ》けて入《はい》り來《きた》つたはもしや本《をつ》夫《と》のお心《こゝろ》解《ど》け身《み》の濡《ぬれ》衣《ぎぬ》が晴《は》れましたか夫《それ》とも外《ほか》に用《やう》があるのかと嬉《うれ》し氣《げ》に問《とひ》掛《か》けました、佐助は兩《りやう》手《て》を突《つか》へて涙《なみだ》に暮《く》れ　佐「旦《だん》那《な》様《さま》へいろ〳〵とお詫《わび》をなせど一《いつ》旦《たん》の那《あ》のお怒《いか》りにお心《こゝろ》解《と》けず、此《この》夏《なつ》の日《ひ》に食《しよく》物《もつ》さへきびしく改《あらた》めて握《にぎ》り飯《めし》が僅《わづ》かに三ッ、さぞお腹《はら》がお減《へ》り遊《あそ》ばしましてでございませうと人《ひと》目《め》を忍《しの》んで足《た》らず目《め》を差《さし》上《あ》げんとは思《おも》ひますが晝《ひる》は人《ひと》目《め》のきびしくして日《ひ》頃《ごろ》貴《あ》郎《なた》がお目《め》掛《か》けられお使《つか》ひなされた小《こ》者《もの》迄《まで》旦《だん》那《な》様《さま》へ氣《き》兼《がね》して誰《たれ》も心《こゝろ》で思《おも》

鳥追お松

ふばかりされど日《ひ》數《かず》を經《へ》るまゝにもしお命《いのち》にかゝはるかと心《こゝろ》を鬼《おに》に遁《のが》ならぬことではございますなれど今《こ》宵《よひ》密《ひそ》かに物《もの》置《お》きの鍵《かぎ》を盗《ぬす》んで爰《こゝ》へ忍《しの》びあなたをお逃《に》がし申す心《こゝろ》、サ先《ま》づ是《これ》を召《めし》上《あが》って下《くだ》さいまし」と小《こ》重《ぢう》箱《ばこ》より握《にぎ》り飯《めし》二ツ三ツを取《とり》出《い》だし　佐「平《ふ》生《だん》貴《あ》郎《なた》は御《お》持《ぢ》病《びやう》で多《おほ》くは上《あ》がらぬ三度《ど》のお食《しよく》…………とは云《い》ひながら永《なが》の日《ひ》を…………と」云《い》ひつゝ涙《なみだ》も堰《せき》敢《あへ》ぬ厚《あつ》き心《こゝろ》は一《いち》命《めい》をつなぐ今《こ》宵《よひ》の賜《たま》ものと安《やす》子《こ》は幾《いく》度《たび》か押《おし》戴《いたゞ》いて是《これ》を食《しよく》するいぢらしさ頓《やが》て食《しよく》事《じ》も終《おは》りましたが　安「いつに變《かは》らぬ其《そ》方《なた》が深《しん》切《せつ》忘《わす》れはいたさぬ辱《かたじ》けない」と厚《あつ》き涙《なみだ》をハラ〳〵、佐助は小《こ》聲《ごゑ》になりまして　佐「只《たゞ》今《いま》申上げました通《とほ》り旦《だん》那《な》樣《さま》のお心《こゝろ》解《と》けねばこのまゝに餓《が》死《し》してお果《は》てなされる時《とき》はいつか汚《を》名《めい》の晴《は》れる日《ひ》なし去《さ》れば今《こ》宵《よひ》人《ひと》知《し》れず裏《うら》の高《たか》塀《へい》乘《のり》越《こ》へて遠《とほ》くもあらぬお兄《あに》イ樣《さま》のお家《うち》に暫《しばら》く御《おん》身《み》を寄《よ》せられ此《この》度《たび》の汚《を》名《めい》を晴《は》らさせ玉《たま》ひ今《いま》猶《な》貞《てい》節《せつ》を守《まも》り玉《たま》へばど

鳥追お松

て死《し》してその後《のち》は誰《たれ》か晴《は》らさん犬死《いぬじに》するより少《すこ》しも早《はや》く……」と佐助が言葉《ことば》に安子《やすこ》は驚《おどろ》き

妾「わらわは譬《たと》ひ此《この》まゝに爰《こゝ》を首尾《しゆび》好《よ》く立退《たちの》くとも跡《あと》は必《かなら》ず其方《そのはう》の罪《つみ》となるべし、妾《わらは》は無事《ぶじ》にのがれても其方《そのはう》に迷惑《めいわく》を掛《か》くるといふは心《こゝろ》に忍《しの》びざることなれば……」といふを打消《うちけ》しいら立《だ》ちて

佐「イエ〱其《その》儀《ぎ》は心配《しんぱい》は御《ご》無《む》用《やう》でございますが此《この》佐助は唯今《たゞいま》までの御《ご》恩報《おんほう》じ固《もと》より命《いのち》は捨《す》てる覚悟《かくご》、跡《あと》には少《すこ》しもお氣《き》支《づか》ひを遊《あそ》ばしませんで早々《はや〱》お立去《たちさ》りなされて下さいまし、多分《たぶん》此《この》度《たび》の御《ご》災難《さいなん》も那《あ》のお松奴《め》の小《こ》刀細《かたなさい》工《く》でございませう

安「エヽナニお松の小《こ》刀細《かたなさい》工《く》とはへ……

佐「サ是《これ》にはいろ〱仔細《しさい》のあることゝ實《じつ》はお松と吉五郎は斯《こ》れ〱斯様《かやう》の罪《つみ》がある者《もの》、太《ふと》い奴《やつ》は吉五郎と那《あ》のお松、万《も》一《し》兩《ふた》人《り》の其《その》中《なか》が貴女《あなた》のお耳《みゝ》に這《は》入《い》つた時《とき》は其身《そのみ》に及《およ》ぼす一大《だい》事《じ》、一層《そう》貴女《あなた》を亡《な》きものにして旦那《だんな》様《さま》を色香《いろか》に溺《おぼ》らせお松が御《ご》當家《たうけ》の奥方《おくがた》に成《な》り澄《すま》して充分《ぶん》吉五郎

と不《ふ》義《ぎ》の快《け》樂《らく》を貪《むさぼ》らんといふ巧《たく》みでゝもございませうか、其《その》故《ゆへ》密《ひそ》かに謀《はか》つてアヽいふことをいたしたのかも知《し》れません、私《わたく》しも疾からから兩《ふた》人《り》の中《なか》は知《し》らぬではございませんが万《ま》一《ん》此《この》事《こと》を申出《い》だしなば御《お》主《しゆ》個《じん》の御《お》身《み》の上《うへ》と思《おも》へばヲッと堪《こら》へる心《しん》中《ちう》、奥《おく》方《かた》様《さま》御《お》察《さつ》しなされて下さいまし　安「然《さ》ふとは知《し》らず今《いま》まではお松を善《ぜん》人《にん》とは思《おも》はぬが斯《か》くまでの女《をんな》とは思《おも》はなんだ……とは云《い》ひながらみす〳〵不《ふ》義《ぎ》を認《みと》めても明《あ》けていはれぬ此《この》身《み》の因《いん》果《ぐわ》、殊《こと》にてゝを遁《のが》れ出《い》でなば跡《あと》で必《かなら》ず其《その》方《はう》の難《なん》義《ぎ》……　佐「夫《そ》れも此《この》身《み》の災《さい》難《なん》と命《いのち》に替《か》へる此《この》佐助が覺《かく》悟《ご》の上《うへ》のことでござれば必《かなら》ず御《お》案《あん》じ遊《あそ》ばしますな　安「左《さ》はさりながら其《その》方《はう》に災《さい》難《なん》着《き》せたまゝ無《ぶ》事《じ》に此《この》身《み》が助《たす》かつては　佐「エヽ、モウ然《そ》んなことを仰《おつ》しやつて居る場《ば》合《あい》ではおりませぬ、早《はや》く此《こ》所《ゝ》を御《お》落《お》ち遊《あそ》ばせ人《ひと》に見《み》咎《とが》められては私《わたくし》が折《せつ》角《かく》盡《つ》せし忠《ちう》義《ぎ》も水《みづ》の泡《あは》となりますサア〳〵〳〵」と泣《なき》入《い》る安子を励《はげ》ましつゝ終《つひ》に表《おもて》の塀《へい》を越《こ》へ妾子を助《たす》け出《い》だしました、其《その》翌《よく》日《じつ》に至《いた》つて物《もの》置《おき》につないで置《お》いた安子が居《ゐ》なくなつたといふので濱田の家《いへ》は大《おほ》騒《さう》動《どう》、中《なか》にも正司は打《うち》驚《おどろ》き　正「さては家《か》内《ない》の者《もの》に人《ひと》知《し》れず助《たす》けた者があるに相《さう》違《ゐ》ない何《なに》者《もの》の仕《し》業《わざ》であらうかと家《か》中《ちう》の者に目《め》を注《つ》けましたがドウモ佐助が怪《あや》しい

正「佐助々々……

佐「ハイ旦《だん》那《な》様《さま》何《な》んぞ御《ご》用《よう》でございますか

正「何《な》んぞ御《ご》用《よう》とはしら〳〵しい、其《その》方《ほう》奥《おく》を取《とり》逃《に》がしたに相《さう》違《ゐ》あるまい、いづれに逃《に》がしたが正《しやう》直《ぢき》に打《うち》明《あ》けろ

佐「之《これ》は旦《だん》那《な》の仰《おほ》せとも覺《おぼ》へません、旦《だん》那《な》の御《ご》不《ふ》審《しん》を蒙《かうむ》つた奥《おく》様《さま》、譬《たと》ひ御《ご》主《しゆ》人《じん》にもいたせ何《なに》とて家《け》來《らい》の身《み》を以《もつ》て私《わたく》しがマア大《だい》膽《たん》れたお逃《に》がし申すなぞといふことがありませう

正「イヤ默《だま》れ、鍵《かぎ》を盗《ぬす》んで錠《ぢやう》をコヂ明《あ》けるといふは其《その》方《ほう》より外《ほか》にあるべからず、正《しやう》直《ぢき》に申さぬに於《おい》ては其《その》分《ぶん》には差《さし》置《お》かんが何《ど》うだや

佐「正《しやう》直《ぢき》に申上げたいとは存ずれども知《し》らぬことを何《なに》とて申上

げられませう、私《わたくし》しは存じません何《ど》うぞ御《ご》勘《かん》辨《べん》遊《あそ》ばして下さいまし　正「汝《なんじ》、未《いま》だ左《さ》様《やう》なことをヤすか、昨《さく》夜《や》物《もの》置《おき》の方《はう》へ忍《しの》び足《あし》にて確《たし》かに参《まゐ》つたといふことは下《げ》女《ぢよ》のおさよがヤしたり、夫《それ》でも知《し》らん存せんと言《い》張《は》るか、強《たつ》て強《がう》情《じやう》を張《は》るに於《おい》ては奥《おく》の二代《だい》目《め》、縄《なは》搦《から》げにして物《もの》置《おき》へつなぎ藪《やぶ》蚊《か》責《せめ》にいたすが何《き》うじや　佐「エー〳〵藪《やぶ》蚊《か》責《せめ》が何《なに》責《せめ》でも然《そ》んなことに恐《おそ》れませうや、サ速《すうや》かにおつなき下さいまし　庄「ヲヽ望《のぞ》みとあればいたして遣《つか》はす観《くわん》念《ねん》いたせと忽《たちま》ちの間《あひ》だに高《たか》手《て》小《こ》手《て》にいましめて例《れい》の物《もの》置《おき》へつながれました

松「吉さん謀略《はかりごと》が旨《うま》くいつたよ　吉「ナール…………何《ど》うもお前《まへ》の腕《うで》前《まへ》は大《たい》したものだ、安子さんを亡《な》きものに為《し》て手《て》を下《おろ》さずして佐助を物《もの》置《おき》へつながした所《ところ》なぞは大《たい》したものだなア　まつ「だがねへ吉さん、此《この》儘《まゝ》那《あい》奴《つ》を放《はう》擲《ちや》つて置《お》けば大《おほ》きな声《こゑ》で旦《だん》那《な》へ聞《きこ》へよがしに私《わたく》しとお前《まい》の中《なか》を饒《しや》舌《べ》り立《た》てるに相《さう》違《い》ないが何《ど》うしたもんだ

鳥追お松

らうねへ

吉「成《なる》ほど夫《それ》も然《さ》うだ、今《いま》までは人《にん》間《げん》が堅《かた》エから黙《だま》つて居《ゐ》て呉《く》れたやうなもんの口《く》惜《やし》紛《まぎ》れに口《こう》外《がい》しめへものでもねへ、ヨシ跡《あと》は乃《お》公《れ》が引《ひき》受《う》けた心《しん》配《ぱい》のねへやうに取《とり》斗《はから》うから安《あん》心《しん》して居なせへ

まつ「何《ど》うするんだい

吉「何《ど》うするつて知《し》れたことよ今夜乃《お》公《れ》が物《もの》置《おき》へ忍《しの》んで行《ゆ》き佐助を旨《うま》く殺《ころ》して仕《し》舞《ま》うからお前旦《だん》那《な》の前《まへ》を好《い》いやうにつくろつて舌《した》を噛《かみ》切《き》つて死《し》んでしまつたとか何《な》んとかいつて表《おもて》向《む》きに為《し》ては済《な》當《たう》家《け》の瑕《か》瑾《きん》になるからとかお為《ため》ごかしに表《おもて》向《む》きにせず極《ご》く内《ない》々くで埋《うづ》めて仕《し》舞《ま》ふやア何《な》んにも差《さし》觸《さは》りなく我《こち》儕《と》等《ら》の目《め》の上《うへ》の瘤《こぶ》が拂《はら》へるといふものだが此計《けい》略《りやく》は何《ど》うだい

松「好《い》いねへ、本《ほん》當《たう》にお前《まへ》も凄《すご》い腕《うで》になつたよ

吉「馬《ば》鹿《か》アいへ誰《だれ》が斯《こ》んな凄《すご》い腕《うで》にしたんだおまつさんといふ師《し》匠《しやう》に仕《し》込《こ》まれたからよ

まつ「馬《ば》鹿《か》アお云《い》ひでない、お前《まへ》故《ゆゑ》に妾《わた》しだつて悪《あく》党《たう》になつたのさ

吉「マア、何《な》んでも好《い》いや、何《ど》うせ似《に》た者《もの》夫《ふう》

婦《ふ》といつて善《ぜん》と悪《あく》じやア夫《ふう》婦《ふ》には成《な》れねへ、夫《それ》じやア然《さ》ふよ」と其《その》夜《よ》の八ッ過《す》ぎ密《ひそ》かに吉五郎は佐助のつながれて居《ゐ》る彼《か》の物《もの》置《おき》に忍《しの》んで参《まゐ》り　吉「佐助さん何《ど》うしたい　佐「ヲヽ吉さんか、お願《ねが》ひだ朝《あさ》から水《みづ》一滴《てき》も飲《の》むことが出《で》来《き》ない水《みづ》を一杯《ぱい》恵《めぐ》んでお呉《く》れ　吉「アヽ好《い》いとも〳〵と握《にぎ》り飯《めし》を入《い》れてあつた茶《ちや》碗《わん》に水《みづ》を井《い》戸《ど》端《ばた》から持来《き》たぜ　吉「サア飲《の》みなさい……だが手《て》が塞《ふさが》つて居《ゐ》ちやア茶《ちや》碗《わん》は持《も》てめへ宜《い》いか、乃《お》公《れ》が持《も》つてゝやるから飲《の》まつしやい　佐「何《ど》うも有《あり》難《がた》ふ存じます、流《さす》石《が》は朋《ほう》輩《ばい》のよしみ辱《かた》じけない」ゴックン〳〵〳〵〳〵　吉「ヲット〳〵待《ま》ちなせへ佐助さん此《この》水《みづ》を少《すこ》し残《のこ》して置《おい》て貰《もら》をう　佐「なせ……　吉「此《この》水《みづ》は跡《あと》でお前《めへ》に飲《の》ませるから取《と》つて置《おい》て呉《く》んなせへ先《さき》へお前《めへ》に無《む》心《しん》がある　佐「ハテ、其《その》無《む》心《しん》といふは　吉「お前《めへ》の命《いのち》を貰《もら》ひてへ　佐「エヽ　吉「サア〳〵其《その》驚《おどろ》きは道《だう》理《り》だがお前《めへ》を生《い》かして置《おい》ちやア小《こ》哥等《ら》か枕《まくら》を高《たか》く寝《ね》ることと

鳥追お松

が出《で》來《き》ねへに由《よ》つて汝《てめ》エの命《いのち》は貰《もら》うんだ其《その》理《わ》由《け》は殘《のこ》らず云《い》つて聞《き》かせるから耳《みゝ》の穴《あな》をカッぽぢつて能《よ》つく聞《き》け、安子《やすこ》さんを土坊《どうぼう》の罪《つみ》に落《おと》して糺明《きうめい》さしたも乃公《おれ》とおまつの計《はから》ひだ、夫《それ》から續《つゞ》いてお前《めへ》が斯《こ》ふいふことになつたも先《さき》をくゞつた此方《こつち》の謀計《ぼうけい》、お前《めへ》はお松と乃公《おれ》の中《なか》を能《よ》く知《し》つて居《ゐ》るに由《よ》つて生《い》かして置《おい》ちア不都合だに由《よ》つて美麗《きれい》に命《いのち》を貰《もら》うんだ、お前《めへ》の命《いのち》を貰《もら》つてしまやア跡《あと》は誰《だれ》にも憚《はゞ》からずお松の妾《めかけ》は表向《おもてむ》き、乃公《おれ》が内所《ないしよ》の色男《いろをとこ》で濱田《はまだ》の身上《しんじやう》は此方《こつち》のもの、冥土《めいど》の旅《たび》から羨《うらや》んで極樂《ごくらく》へでも地獄《ぢごく》へでも勝《かつ》手《て》な方《はう》へ往生《わうじやう》しろ、半分《はんぶん》殘《のこ》した此水《こゝみづ》は刄《やいば》を洗《あら》ふ淸《きよ》め水《みづ》、飲《の》ました水《みづ》は末期《まつご》の水《みづ》眼《め》を瞑《ねむ》つて往生《わうじやう》をしやアがれ」と懷中《ふところ》に飲《の》んで居《ゐ》た短《たん》刀《たう》ギラリと引拔《ひきぬ》いて肩口《かたぐち》へグサと切込《きりこ》んだ　佐「ワッ……」と一聲《せい》此《この》世《よ》の暇《いとま》、何《なに》をいふにも身《み》はいましめの繩《なは》搦《から》け如《い》何《かん》ともするてと能《あた》はず二の太刀《たち》を又候《またぞろ》グサと突込《つゝこ》んだから何《なに》堪《たま》りませうや忠僕《ちうぼく》佐助は其《その》儘《まゝ》息《いき》は相《あい》果《は》てたり。ホツと一ト息《いき》　吉「エヽ殺生《せつしやう》のことをしたが此《こ》れも身《み》の為《ため》で仕《し》方《かた》がねへ」と刀《かたな》を拭《ぬぐ》ふた其《その》時《とき》にツカ〳〵と這《は》入《い》つて来《き》たお松　松「吉さん旨《うま》くいつたかい　吉「当《あたり》然《まへ》よ、達《だる》磨《ま》大《だい》師《し》同《どう》様《やう》に手《て》も足《あし》も縛《しば》られた男《おとこ》をやり損《そく》なう道《だう》理《り》はねへ此《この》通《とほ》りだ其《その》塹洞を此《こ》方《ち》へ出《だ》して能《よ》く拝《おが》んでやりねへ　まつ「チヤマア……妾《わたし》も散《さん》々《〴〵》悪《あく》事《じ》はしたが未《ま》だ人《ひと》殺《ごろ》しは餘《あま》りやつたことはないが好《か》い心《こゝろ》持《もち》のものぢやアないね　吉「然《さ》ふよ人《ひと》殺《ごろ》しをして好《い》い心《こゝろ》持《もち》の奴《やつ》があるものかサア〳〵モウ安《あん》心《しん》だから那《あつ》方《ち》へ行《い》こう」と莞《にっ》爾《こり》笑《わら》つて母《おも》屋《や》の方《かた》へ参《まゐ》りましたが翌《よく》朝《ちやう》に相《あい》成《な》ると正司の居《ゐ》間《ま》へ悪《あく》婦《ふ》の手《て》傳《つだ》ひかのおさよが　さ「ダヽヽ旦《だん》那《な》様《さま》大《たい》變《へん》でございます」傍《かたは》らに居たおまつが　ま「何《な》んだねへ、けたゝましい大《たい》變《へん》とは何《な》んだい　さよ「アノ物《もの》置《おき》に入《い》れて置《お》いた佐助さんが舌《した》を噛《か》み切《き》つて死《し》んで居ります」濱田正司も是《こ》れには驚《おどろ》いた全《ぜん》体《たい》モウ明《めい》治《ぢ》の世《よ》と成《な》りまして

鳥追お松

は譬《たと》ひ主《しう》從《じう》と雖《いへど》も親《おや》子《こ》と雖《いへど》も無《む》暗《やみ》に拘《こう》束《そく》監《かん》禁《きん》は出《で》來《き》ません、然《しか》るに濱田正司は繩《なは》で搦《から》げて一室《しつ》へ監《かん》禁《きん》をした此《この》罪《つみ》は輕《かる》からんことでございますから不《ふ》憫《びん》といふ念《ねん》は少《すこ》しもないのだが己《おの》れの身《み》を思《おも》ひハタと其《その》死《し》骸《がい》に困《こん》却《きやく》した是《これ》を公《こう》然《ぜん》にすれば自《じ》分《ぶん》の身《み》に係《かゝ》はる一大事《だいじ》　正「おまつ何《ど》うしたら好《よ》からう　まつ「表立《おもてだ》つては他《ほか》身《み》分《ぶん》にかゝはりますから是《これ》は極《ご》く内《ない》分《ぶん》にして寺《てら》の僧《そう》侶《りよ》にお金《か》子《ね》で頼《たの》みそつと埋《うづめ》て貰《もら》つた方《ほう》が差《さし》觸《さは》りがなくつて好《よ》からうかと思《おも》ひます、　正「成《なる》ほど道《だう》理《り》な話《はな》しである」と濱田正司も流《さす》石《が》心《こゝろ》の内《うち》では惡《わる》いことをいたしたとは思《おも》つたが、今《いま》更《さら》に仕《し》方《かた》がございませんから、お松と共《とも》に相《さう》談《だん》をして彼《か》の大《おほ》坂《さか》吉《きち》に委《い》細《さい》を含《ふく》ませ病《びやう》死《し》の體《てい》に披《ひ》露《ろう》して棺《くわん》桶《をけ》に死《し》骸《がい》を納《をさ》め密《ひそ》かに寺《ぢ》院《ゐん》に葬《はうむ》りましたは淺《あさ》間《ま》しい次《し》第《だい》でございます。お話《はな》し變《かは》つて濱田正司の妻《つま》安《やす》子《こ》は佐助の情《なさ》けに由《よ》つて屋《や》敷《しき》を免《のが》れ程《ほど》遠《とほ》からぬ道《だう》頓《とん》堀《ぼり》の實《じつ》兄《けい》三《み》澤《さは》重《しげ》明《あき》方《かた》へ便《たよ》り行《ゆ》き是《こ》れまでの有《あり》し次《し》第《だい》を物《もの》語《がた》りましたから兄《あに》重《しげ》明《あき》は大《たい》いに怒《いか》り　重怪《けし》からぬ奴《やつ》は濱田正司清《せい》淨《じやう》無《む》垢《く》の我《わが》妹《いもと》に濡《ぬれ》衣《ぎぬ》を着《き》せ穢《けが》さへ非《ひ》道《だう》の處《しよ》置《ち》をいたすとは言《げん》語《ご》同《どう》斷《だん》の奴《やつ》である」と怒《いか》りに絶《た》へづ談《だん》判《ぱん》に及《およ》びましたが慘《ざん》酷《こく》非《ひ》道《だう》の知《し》れ者《もの》なれば安子が兄《あに》も持《もて》餘《あま》して終《しう》々離《り》縁《えん》をいたしました、正司は却《かへ》って安子の居《ゐ》ぬのを悦《よろこ》びましてお松を本《ほん》妻《さい》に直《なほ》しました、サア斯《こ》うなって見《み》ると吉五郎も今《いま》は憚《はゞか》る所《ところ》もなく益《ます》々正司の目《め》を掠《かす》めて淫《いん》樂《らく》の月《つき》日《ひ》を爰《こゝ》に三年《ねん》の間《あひだ》送《おく》りました、凡《ぼん》夫《ぷ》盛《さか》んに神《かみ》祟《たゝ》らずとは此《この》事《こと》か誠《まこと》に片《かた》腹《はら》痛《いた》きことであります。然《しか》るに濱田正司の身《み》に上《うへ》に一ッの大《だい》事《じ》件《けん》が出《しゆつ》來《たい》をいたした夫《をつと》は何《な》んだといふとお松の色《いろ》香《か》に溺《おぼ》れて日《ひ》頃《ごろ》勤《つと》め向《む》きも怠《おこた》り勝《が》ち且《か》つ不《ふ》義《ぎ》の榮《えい》華《ぐわ》を盡《つく》した爲《ため》今《いま》まで蓄《たくわ》へた金《か》子《ね》もなくなり自《し》然《ぜん》に上《かみ》向《むき》に横《わう》領《りやう》があって是《これ》が一時《じ》に發《はつ》覺《かく》をしたから今《いま》なれば官《くわん》金《きん》費《ひ》消《せう》の罪《つみ》で無《む》論《ろん》懲《ちやう》役《えき》でございますが、其《その》時《じ》分《ぶん》は成《な》るべ

鳥追お松

く罪人《ざいにん》を上《うへ》から出《だ》したくないといふので唯《たゞ》單《たん》に免《めん》職《しよく》を申渡《わた》されましたお松が吉五郎に向《むか》つて　松「吉さんモウ此《こ》所の家《うち》も山《やま》が見《み》へたから好《い》い加《か》減《げん》の所《ところ》で尻《しり》を端《はし》折《を》らないと飛《と》んだ目《め》に逢《あ》うよ　吉「然《さ》ふとも博《ばく》奕《ち》打《うち》の文《もん》句《く》じやアねへが見《み》切《き》りが肝《かん》心《じん》だ折《をり》を見《み》たらば逃《にげ》出《だ》すと爲《し》やうかな、だが唯《たゞ》此《この》所《ところ》を逃《に》げちやア詰《つま》らねへが何《ど》うしやう　松「サア私《わたし》も夫《それ》を考《かんが》ひて居るんだが此《こ》所に今《いま》まで誤《ご》麻《ま》化《くわ》したお金《か》子《ね》が百両《りやう》ばかりある、モウさらつて逃《に》げたくもありやア爲《し》ないが目《め》星《ぼし》い品《しな》物《もの》でも持《も》つて逃《に》げるとしやうよ　吉「夫《それ》が好《い》い……」と密《ひそ》かに相《さう》談《だん》を取《とり》極《き》めて両《りやう》人《にん》は折《をり》を伺《うかゞ》つて居る所《ところ》へ又《また》々一事《じ》件《けん》出《しゆつ》來《たい》をしたといふのは先《まづ》つ頃《ころ》横《わう》死《し》をいたした佐助を無《む》屆《とゞけ》にて寺《じ》院《ゐん》へ葬《はうむ》つた一件《けん》が端《はし》なくも發《み》上《いだ》されました、是《これ》は最《もつと》も重《おも》き科《とが》でありまして濱田正司は其《その》儘《まゝ》拘《こう》引《いん》をされ檻《くわん》倉《さう》に拘《こう》留《りう》の身《み》となりましたが、流《さす》石《が》武《ぶ》士《し》のことゆゑ今《いま》までの惡《あく》事《じ》をなしたことを悔《くわい》後《ご》に及《およ》び、舌《した》を嚙《かみ》切《き》つて囚《しう》獄《ごく》所《しよ》に果《は》てました、爰《こゝ》に於《おい》て最《も》早《はや》是《こ》れまでなりとお松は見《み》切《き》りを付《つ》けて所《しよ》持《じ》の金《か》子《ね》は更《さら》なり衣《い》類《るい》調《ちやう》度《ど》を掻《かつ》さらつて其《その》夕《ゆふ》暮《ぐれ》に人《ひと》知《し》れず此《こ》所《ゝ》を欠《かけ》落《お》ちいたしましたが心《こゝろ》柄《がら》とは云《い》ひながら濱田正司の末《まつ》路《ろ》又《また》あはれむべき次《し》第《だい》である。

第十一席

爰《こゝ》に大《おほ》坂《さか》梅《うめ》田《だ》の片《かた》ほとりに間《ま》口《ぐち》二間《けん》の粋《いき》な作《つく》りの家《いへ》があります一間《けん》の格《かう》子《し》戸《ど》一間《けん》の黒《くろ》板《いた》塀《べい》、庭《には》の中《なか》から見《み》越《こし》の柳《やなぎ》がニユーと出《で》て居《ゐ》やうといふ家《うち》は如《い》何《か》にも小《ちい》さいが妾《しやう》宅《たく》とでも申さうか是《これ》ぞ鳥《とり》追《おひ》お松《まつ》の住《すま》所《ゐ》に為《し》て亭《てい》主《しゆ》といふは大坂吉、濱田の家《いへ》を出《しゆつ》奔《ぽん》して遠《ゑん》方《ばう》へ往《い》つては却《かへ》つて為《ため》に悪《あ》しかりなん燈《ちやう》臺《だい》元《もと》暗《くら》しといふから却《かへ》つて此《この》大《おほ》坂《さか》の方《ほう》が好《よ》からうと其《そ》所《こ》で両《りやう》人《にん》が斯《かゝ》る所に世《しよ》帯《たい》を持《も》つたのでゲスが、今《いま》まで身《み》をしだらくに持《も》つたお松のこと故《ふる》郷《さと》から

鳥追お松

大坂吉と差《さし》向《むか》ひの酒《さけ》浸《びた》し、家《か》業《ぎやう》とても別《べつ》になく蓄《たくは》へといふは固《もと》より濱田の家《うち》にてくすねたる金《か》子《ね》と出《しゆつ》奔《ぽん》の節《せつ》掠《かす》めて持つて來《き》た少《すこ》しの金《か》子《ね》と衣《い》類《るい》調《ちやう》度《ど》だけ座《ざ》して喰《くら》へば山《やま》も空《むな》し況《いは》んや僅《わづ》かばかり里の金《か》子《ね》故《ゆゑ》丁《ちやう》度《ど》四ヶ月《げつ》ばかりぐらつちやらと遊《あそ》んで居たが軍《ぐん》用《よう》金《きん》が盡《つ》きて仕《し》舞《ま》つた　松「吉さん困《こま》つたねへ　吉「何《なに》が困《こま》つたんだい別《べつ》に困《こま》ることはねへじやアねへか　松「好《い》い加《か》減《げん》にをしな人《ひと》の心《こゝろ》も知《し》らないでさモウお金《か》子《ね》が少《すこ》しもないよ　吉「其《そい》奴《つ》ア困《こま》つた、なアドウモ、　松「何《な》んとかしなくつちやア不《い》可《け》ないよ　吉「然《さ》ふよ何《な》んとか爲《し》なくつちやア不《い》可《け》ねへには違《ちが》ひねへが乃《お》公《れ》も暫《しばら》く遊《あそ》び癖《くせ》が附《つ》いて生《き》眞《ま》地《じ》目《め》になつて稼《かせ》ぐのも嫌《いや》だし何《ど》うしたら好《よ》からう　松「ヘン、お前《まい》が生《き》眞《ま》地《じ》目《め》に稼《かせ》へで呉《く》れた所《ところ》で夫《ふう》婦《ふ》で朝《あさ》からお酒《さけ》を飲《の》んで暮《くら》すことは出《で》來《き》ない、然《そ》ふいつちやア何《な》んだけれども男《をとこ》くらい働《はたら》きのないものはないよ何《なに》か始《はじ》めやうじやアないか

鳥追お松

吉「何《なに》を始《はじ》めるのだ　松「何《なに》をといつて燒《やき》芋《いも》屋《や》や煙《たば》草《こ》屋《や》も始《はじ》められないい旨《うま》い話《はな》しといふ程《ほど》でもないがお前《まへ》さへ承《しやう》知《ち》為《し》て呉《く》れりやア宜《い》いのだが　吉「ヘテナ乃《お》公《れ》さへ承《しやう》知《ち》すりやア好《い》いとは何《な》んだ

松「仕《し》方《かた》がないから客《きやく》を取《と》らうと思《おも》うんだか何《ど》うだい　吉「客《きやく》を……此《この》家《うち》へか　松「イヽエ此《こつ》方《ち》で出《で》るんだよ　吉「じやア夜《よ》たかだな

松「夜《よ》たかといふと人《にん》間《げん》か悪《わる》いが先《ま》づ辻《つじ》君《ぎみ》をするのサ　吉「好《よ》からう、夫《そ》りやア承《しやう》知《ち》も不《ふ》承《しやう》知《ち》もねへ乃《お》公《れ》を遊《あそ》ばして置《お》いて稼《かせ》へで呉《く》れやうてんだが文《もん》句《く》をいふ所《ところ》じやアないが又《また》好《い》いのを拵《こしら》へて乃《お》公《れ》を袖《そで》にしちやア嫌《いや》だぜ　松「何《な》んだい、始《はじ》めてじやアあるまいし大《たい》抵《てい》分《わか》り切《き》つて居るではないか　吉「分《わか》り切《き》つて居るがよ其《そ》所《こ》が男《おとこ》の人《にん》情《じやう》だアな」と爰《こゝ》に相《さう》談《だん》一決《けつ》して其《その》夜《よ》よりお松は何《いづ》れかへ出《で》て參《まゐ》りまして夜《よ》の四ッ頃《ごろ》に歸《かへ》つて來《く》る、晝《ひる》間《ま》の内《うち》は吉五郎を相《あい》手《て》に酒《さけ》を飲《の》んではチツ狂《くる》つて居《お》りました、丁度《ちやうど》是《こ》れを三月《つき》ばかりやつ

鳥追お松

て居《を》りますと或《ある》晩《ばん》お松は立《たち》歸《かへ》つて來《き》て

松「さて吉さん面《おも》白《しろ》いことが出《で》來《き》たよ實《じつ》は私《わたし》しは毎《まい》晩《ばん》川《かは》筋《すぢ》の淋《さみ》しい所《ところ》へ立《た》つて居ては道《みち》往《ゆ》く人《ひと》の袖《そで》に縋《すが》つて情《なさ》けの切《きり》賣《うり》をして居たのだが夫《それ》とても嬉《うれ》しいふとではない何《なに》か好《い》い切《きつ》掛《か》けがあつたら此《この》商《しやう》賣《ばい》を止《や》めやうと思《おも》つて居たがドウモ今《いま》まではなかつた、所《ところ》が此《この》頃《ごろ》馴《な》染《じみ》になつたお客《きやく》で大《おほ》坂《さか》心《しん》齋《さい》橋《ばし》詰《づめ》の界《さかひ》屋《や》といふ豪《かう》商《しやう》の番《ばん》頭《とう》定《さだ》吉《きち》いとふ男《をとこ》、毎《まい》晩《ばん》賣《うり》場《ば》の方《はう》で商《あきな》ひを爲《し》ては晝《ひる》間《ま》の賣《うり》上《あ》げを持《も》つて、心《しん》齋《さい》橋《はし》の本《ほん》店《てん》へ歸《かへ》つて行《い》く其《その》道《みち》ではからずも私《わたし》しに引《ひつ》掛《かゝ》つてモー二三度《ど》も馴《なじ》染《み》になつたのだが其《そい》奴《つ》は何《なに》爲《し》ろ豪《かう》商《せう》の手《て》代《だい》で晝《ひる》間《ま》の賣《うり》上《あ》げを持《も》つて本《ほん》店《てん》へ歸《かへ》るに由《よ》つてお金《か》子《ね》の三百兩《りやう》や四百兩《りやう》はいつも風《ふ》呂《ろ》敷《しき》で背《せ》負《お》つて居る、夫《それ》に賣《うり》帳《ちやう》とかした帳《ちやう》面《めん》の厚《あつ》いのを一冊《さつ》持《も》つて居るが今《こん》度《ど》も私《わたし》しが約《やく》束《そく》の所《ところ》で待《ま》つて居《ゐ》たらば定《さだ》吉《きち》といふ男《をとこ》例《れい》の刻《こく》限《げん》にやつて來《き》ていふには、今《こん》夜《や》は私《わた》しが驕《おご》るからチヨイと其《そ》所《こ》

鳥追お松

まで來《き》てお呉《く》れ仕《し》舞《まひ》は付《つ》けるに由《よ》つて是《ぜ》非《ひ》にといはれ道《だう》頓《とん》堀《ぼり》のしがね屋《や》といふ料《れう》理《り》屋《や》へ往《い》つて一緒《しよ》に御《ご》馳《ち》走《そう》に成《な》り、其《その》人《ひと》のいふには實《じつ》は私《わた》しは賣《ばい》淫《いん》な子を買《か》うやうな身《み》分《ぶん》ではないが始《はじ》めてお前《まい》に逢《あ》つた時《とき》から何《ど》うしても俤《おもかげ》が忘《わす》れることが出《で》來《き》ず晝《ひる》間《ま》商《あきな》ひを爲《し》て居ても少《すこ》しも用《よう》が手《て》に付《つ》かない其《それ》故《ゆへ》毎《まい》晩《ばん》斯《か》ふやつてお前《まい》に逢《あ》うのを樂《たのし》みに歸《かへ》つて來《く》るのだがモウ一兩《れう》年《ねん》も立《た》ては通《かよ》ひ番《ばん》頭《とう》となつて主《しゆ》人《じん》が乾《きつ》度《と》世《しよ》帶《たい》を持《も》たして呉《く》れる其《その》時《とき》は女《にう》房《ばう》がなければならないからお前《まい》女《にう》房《ばう》になつちやア呉《く》れまいか、夫《そ》れまでの間《あひ》だは僅《わづ》かながらでも私《わた》しが貢《みつ》ぐから斯《こ》んな家《か》業《ぎやう》をしずに待《ま》つて居て呉《く》れろと誠《まこゝろ》氣のある手《て》代《だい》の頼《たの》み、夫《それ》から私《わた》しも好い加《か》減《げん》に便《たよ》り少《すく》ない此《この》身《み》ゆへ何《ど》うぞ然《そ》ふお願《ねが》ひ申します、地《ち》獄《ごく》で佛《ほとけ》とは貴《あな》郎《た》のこと、上外だけ嬉《うれ》し涙《なみだ》を流《なが》して禮《れい》をいつて別《わか》れ、是《こ》れ御《ご》覽《らん》お金《か》子《ね》を三兩《れう》貰《もら》つて來《き》た、就《つい》ては誠《まこと》に不《ふ》憫《びん》だが那《あい》奴《つ》を旨《うま》く殺《ころ》して仕舞

鳥追お松

ひ賣《う》上《あ》げの主《しゆ》人《じん》の金《きん》三百圓《ゑん》でも四百圓《ゑん》でも持《も》つて居るだけ此方《こつち》へ捲《まく》上《あ》げ、其《その》お金子《かね》を持《も》つて久《ひさ》り振《ぶ》りにて鳥《とり》か啼《な》く東《あづま》の郷《さと》へ歸《かへ》りたいと思《おも》ふのだが吉《きち》さん何《なん》なものだらうねへと大《だい》膽《たん》不《ふ》敵《てき》のお松の言《こと》葉《ば》大坂吉は腕《うで》拱《こまぬ》いて居《ゐ》りましたが　吉「成《なる》ほど旨《うま》いことを探《さが》し出《だ》したものだ、至《し》極《ごく》好《い》い金《かね》儲《まう》け……だが高《たか》が商《しやう》家《か》の番《ばん》頭《とう》だから殺《ころ》すまでのことは要《い》るめへ、明《めい》治《ぢ》の御《み》代《よ》の行《ゆき》屆《とゞ》き近《ちか》頃《ごろ》では新《しん》律《りつ》綱《かう》令《れい》改《かい》定《てい》律《りつ》令《れい》などといふ法《はふ》律《りつ》が出《で》來《き》て人《ひと》を殺《ころ》しやア自《じ》分《ぶん》も死《し》ぬ此奴《こいつ》ア殺《ころ》さねへで一番《ばん》此方《こつち》へ捲《まく》上《あ》げやうじやアねへか　松「然《さ》ふなれば誠《まこと》に結《けつ》構《こう》……旨《うま》く殺《ば》らさずに行《いこ》うか　吉「行《い》かなくつてよいつ逢《あ》う約《やく》束《そく》をしたんだ　松「明日《あした》の晩《ばん》逢《あ》う約《やく》束《そく》がしてあるのだよ　吉「じやア乃公《おれ》が明日《あした》の晩《ばん》お前《まい》と一緒《いつしよ》にいつて小《こ》蔭《かげ》へ隱《かく》れて樣《やう》子《す》を伺《うかゞ》ひ旨《うま》く此方《こつち》へ捲《まく》上《あ》げやう　松「夫《それ》ではソツと極《きめ》て置《お》こう失《しく》策《じ》つちやア不《い》可《け》ないよ　吉「ヘン、大《だい》丈夫《ぢやうぶ》だ心《しん》配《ぱい》するな。

鳥追お松

こゝは大《おほ》坂《さか》道《だう》頓《とん》堀《ぼり》前《まへ》には大《たい》河《が》蒼《さう》々くと流《なが》れ片《かた》側《がは》町《まち》ではありますが晝《ひる》は中《なか》々く繁《はん》盛《じやう》の土《と》地《ころ》にて人《ひと》の往《わう》來《らい》のいと繁《しげ》けれど夜《よ》に至《いた》つてはさすがに又《また》晝《ひる》の景《け》色《しき》もありません名《な》代《だい》の芝《しば》居《い》も皆《みな》秋《し》樂《め》て瓦《が》斯《す》燈《とう》の光《ひかり》のみ明《あきら》かに人《にん》跡《せき》絶《た》ゆるといふ程《ほど》ではないがモウ十時にも近《ちか》い頃《ころ》故《ゆゑ》往《わう》來《らい》もまばらでございます、然《しか》るに此《こ》方《ち》の柳《やなぎ》の木《き》の下《した》に立《た》つて居《お》ります婦《ふ》人《じん》あり是《これ》ぞ鳥《とり》追《おひ》お松にて名《な》乘《の》るも愚《おろ》かの至《いた》りでありますが空《そら》を眺《なが》めて一《ひ》人《とり》言《ごと》

松「いつもは九時《ぢ》を打《う》てば乾《きつ》度《と》此《こ》所《ゝ》を通《とほ》り掛《かゝ》るが今《こん》夜《や》はモウ十時《ぢ》を打《う》つたのに未《ま》だ歸《かへ》つて來《こ》ないが何《な》んだか雪《ゆき》になりさうだ……ナウ〳〵向《むこ》ふから來《き》たのは確《たし》かに定吉さん……」といふ所《ところ》へイソ〳〵と爲《し》て馳《か》けて來《き》た

定吉「おまつさん嘸《さぞ》待《まち》遠《どう》だつたらう今《こん》日《にち》は見《み》世《せ》の方《はう》が思《おも》ひの外《ほか》忙《いそ》がしく終《つひ》遲《おそ》くなりました、サ昨《さく》日《じつ》の家《うち》へ往《い》きませう今《こん》夜《や》はグス〳〵して居《ゐ》る理《り》由《ゆ》には不《い》可《け》ないがホンの話《はな》しだけ

松「ハア然《そ》ふであり

ますか何《ど》うして遲《おそ》いかと心《しん》配《ぱい》して居《お》りましたが今《こん》夜《や》は別《べつ》に那《あ》んな家《いへ》へ往《い》かなくつても好《い》いじやアありませんかチヨイと其《そ》所《こ》等《ら》の淋《さみ》しい所で　定「然《さ》ふなれば誠《まこと》に結《けつ》搆《こう》、夫《それ》じやア……」と道《どう》頓《とん》堀《ぼり》一丁目の曲《まが》り角《かど》まで來《き》まするど向《むか》ふから來《き》た一《ひと》人《り》の男《をとこ》ドーンと定吉に突當《あた》つて　吉「エヽイ何《なに》をしやアがるんでエ　定「何《なに》をするとは此《こつ》方《ち》でいふこと此《この》廣《ひろ》い往《わう》來《らい》ゆへ氣《き》を注《つ》けて步《ある》きなはれ　吉「生《なま》意《い》氣《き》なみを吐《ぬか》すな」と拳《こぶし》を上《あ》げて定吉を毆《な》打《ぐ》り既《すで》に夫《それ》へ引《ひき》摺《ず》り倒《たふ》した　お松が馳《はせ》來《きた》つて　松「早《はや》く仕《し》事《ごと》をしてお仕《し》舞《ま》ひ　吉「ナヽ合《がつ》点《てん》……」と背《せ》中《なか》に背《し》負《よ》つた包《つゝ》みをば奪《うば》はんとする　定「アレー誰《だれ》か來《き》て泥《どろ》坊《ぼう》……」と呼《よ》ぶ所《ところ》へ最《さい》前《ぜん》から向《むか》ふの商《あき》人《うど》屋《や》の軒《のき》下《した》に腕《うで》を組《く》んで竊《そつ》と樣《やう》子《す》を見《み》て居《ゐ》た中《なか》の嶋《しま》屯《とん》所《しよ》の探《たん》偵《てい》忽《たちま》ち走《はし》り寄《よ》つて　探「御用だ神《しん》妙《みやう》に爲《し》ろ」と吉五郎に組《く》付《つ》きました　吉「エヽ失《し》策つた何《なに》を爲《し》やアがる」と拳《こぶし》を以《もつ》て刑《けい》事《じ》に打《う》つて掛《かゝ》り取《と》られた其《その》手《て》を拂《はら》ひま

鳥追お松

して屹度《きつと》身《み》構《かま》ひに及《およ》ぶお松は後《うしろ》から探《たん》偵《てい》の足《あし》をグイと引《ひ》いた如《い》何《か》に手《て》早《ばや》き探《たん》偵《てい》とて突《とつ》然《ぜん》に足《あし》を引《ひ》かれたから何《なに》堪《たま》りませうや、アッといつて後《うしろ》へ倒《たふ》れる所《ところ》をのしかゝつて吉五郎が滅《めつ》多《た》無《む》、性《しやう》に打《うち》据《す》へました、定吉は此《この》有《あり》様《さま》に膽《きも》を潰《つぶ》して居《お》りましたが隙《すき》を伺《うかゞ》つてドン／＼と逃《に》げ己《おの》れが主《しゆ》人《じん》の家《いへ》へ歸《かへ》つて何《なに》喰《く》はぬ体《てい》、吉「おまつ意《い》氣《き》地《じ》のねへ探《たん》偵《てい》じやア無《ね》へか死《くた》去《ば》りやアしねへが目《め》を廻《まは》してしまつたせ　松「然《そ》ふかい、夫《そ》りやア幸《さいはひ》だねへ　吉「時《とき》に玉《たま》は何《ど》うして　松「素《す》早《ばや》く逃《に》げて仕《し》舞《ま》つたよ　吉「チエー殘《ざん》念《ねん》だなア玉《たま》ア亡《な》くして見《み》ると今《いま》更《さら》何《な》んにも成《な》らねへ、速《はや》く逃《に》げやうじやアねへか　松「探《たん》偵《てい》は此《この》儘《まゝ》にかい　吉「殺《ころ》したつて益もねへことだ詰《つま》らねへ殺《せつ》生《しやう》は止《よ》しに爲《し》やう　松「だが息《いき》を吹《ふつ》返《かへ》されると面《めん》倒《だう》だねへ　吉「ナニよ息《いき》を吹《ふつ》、返《かへ》してからが乃《お》公《れ》の名《な》や汝《てめ》エの名《な》は知《し》るめへから大《だい》丈《ぢやう》夫《ぶ》然《さう》してモウ此《この》大《おほ》坂《さか》も累《あぶ》卵《な》へに依《よ》つて何《ど》所《こ》かへふけなけりや

鳥追お松

ア成《な》るめへヲ　松「夫《それ》に為《し》ても困《こま》つたねへ何《ど》うも大《たう》金《かね》儲《まう》けを為《し》損《そこ》なつてサ、じやア家へ帰《かい》らうではないか」と中《なか》の嶋《しま》、屯《とん》所《しよ》の探《たん》偵《てい》は其《その》儘《まゝ》に為《し》て梅《むめ》田《だ》の家《うち》へ帰《かい》りまして　吉「馬《ば》鹿《か》〱しい斯《こ》んなへマは組《く》んだゐとがねへ犬《いぬ》骨《ぼね》折《を》つて鷹《たか》に取《と》られるなら好《い》いが鷹《たか》にも取《と》られず今《こん》夜《や》の内《うち》に此《こ》所《ゝ》をズラからうじやアないか　松「好《い》いやね然《そ》ふお騒《さわ》ぎでないよ暁明《あかつき》までに家《うち》を出《で》りやア大《だい》丈《じやう》夫《ぶ》、けれども東《とう》京《けい》へは帰《かい》れまい　吉「サア夫《そ》れも考《かんが》へたが今《いま》の探《たん》偵《てい》が息《いき》を吹《ふう》返《かい》して男《なん》女《によ》の辻《つぢ》強《がう》盗《とう》は東《とう》京《けい》の者《もの》に違《ちが》ひねへと其《その》手《て》續《つゞ》きをされた日《ひ》にやア面《めん》倒《だう》だ兎《と》も角《かく》も中《ちう》國《ごく》筋《すぢ》へ出《で》て何《なに》か好《い》い金《かね》儲《まう》けをして夫《そ》れから東《とう》京《けい》へ帰《かへ》るとしやう」とて、で少《すこ》しばかりの衣《い》類《るい》と此《この》頃《ごろ》稼《かせ》へだ金子《かね》の餘《あま》りをば持《も》つて諸《しよ》道《だう》具《ぐ》はそつくり其《その》儘《まゝ》其《その》夜《よ》の内《うち》に大《おほ》坂《さか》を立《たち》出《い》で固《もと》より旅《たび》馴《な》れたる二《ふ》人《たり》は甲《か》斐《い》しく仕《し》度《たく》を為《し》て津《つ》の國《くに》の魔《ま》所《しよ》なりと音《おと》に聞《きこ》へた摩《ま》耶《や》山《さん》の麓《ふもと》まで差《さし》掛《かゝ》りましたが頃《ころ》は極《ごく》月《げつ》下《げ》

鳥追お松

何《なん》のてとにして晝《ひる》の程《ほど》から曇《く》つて居《ゐ》た空《そら》合《あひ》はいよ〳〵あしくなる両《ふた》人《り》が罪《つみ》にふりかゝる雪《ゆき》風《かぜ》激《はげ》しき摩《ま》耶《や》をろし、人《ひと》も通《かよ》はぬ向《むか》ふから鉄《てつ》砲《ぱう》かたげて獵《かり》人《うど》が早《はや》走《ばし》りに馳《かけ》來《き》たりやをら両《りやう》人《にん》に聲《こゑ》を掛《か》げ、男「旅《たび》のお人《ひと》、雪《ゆき》に火《ひ》縄《なは》を消《け》したれば摺《すり》附《つけ》木《ぎ》のマツチあらばお貸《かし》なすつて下さい」と思《おも》はず見《み》替《かは》す顔《かほ》と顔《かほ》、獵人《かりうど》は驚《おどろ》いて　男「ヤヽヽヽお前《まへ》はいつぞや駿《する》河《が》路《ぢ》にて海《うみ》に落《お》ちたお松じやアねへか　松「然《そ》ふいふお前《まい》は作《さく》藏《ざう》さん　作「ナヽ忘《わす》れねへのは感《くわん》心《しん》だ」鉄《てつ》砲《ぱう》を手《て》に持《もち》直《なほ》し　作「ヲイお松さん死《し》んだと思《おも》つたお前《まへ》にはからず此《こ》所で逢《あ》ふたアよく〳〵盡《つ》きぬ縁《ゑにし》であらう、ところも丁《ちやう》度《ど》摩《ま》耶《や》山《さん》で出《で》逢《あい》をしたが百年《ねん》目《め》是《これ》から家《うち》へ連《つ》れて行《ゆ》き、男《をとこ》の意《い》地《ぢ》の初《しよ》一念《ねん》抱《だい》て寢《ね》るから然《そ》ふ思《おも》へ、又《また》此《この》野《や》郎《らう》は今《いま》の亭《てい》主《しゆ》か知《し》らねへが此《この》作《さく》藏《ざう》の手《て》なみを見《み》ると鬼《おに》を欺《あざむ》く勢《いきほ》ひにて鐵《てつ》砲《ぱう》振《ふり》上《あ》げ吉五郎目《め》掛《が》けて打《う》つて掛《か》りました　吉「心得《こゝろえ》たり」と大坂吉は用《やう》意《い》の懷《くわい》劍《けん》引《ひき》拔《ぬ》いて

鳥追お松

互《たが》ひに雌《し》雄《ゆう》を決《けつ》しましたが九《つ》十《づ》九《ら》折《をり》なる山《やま》道《みち》の雪《ゆき》に氷《こう》りて足《あし》を滑《すべ》らし大坂吉は後《うしろ》なる數《す》丈《ぢやう》の谷《たに》間《ま》へ落《おち》入《い》りました、お松は吉が谷《たに》間《ま》深《ふか》く落《おつ》るを見《み》るより氣《き》も轉《てん》動《どう》、心《こゝろ》もそゝろに立《たち》騒《さは》ぐを作《さく》藏《ざう》はシッカと押《おさ》へて　作「コレサ騒《さは》ぐにやア及《およ》ばねへ、野《や》郎《らう》は谷《たに》へ落《お》ちた、れば何《ど》うせ死《し》ぬなア當然《あたりまへ》、サア嫌《いや》といへば鐵《てつ》砲《ぱう》でズドンとやつて命《いのち》を取《と》る、夫《それ》が嫌《いや》なら抱《だ》かれて寢《ね》るか」と延《のう》引《びき》させぬをとしの鉄《てつ》砲《ぱう》お松は心《こゝろ》に思《し》案《あん》を定《さだ》め　松「嫌《いや》ながらも一旦《たん》は彼《かれ》が心《こゝろ》に從《したが》つて折《をり》を見《み》て逃《にげ》延《のび》るより外《ほか》に道《みち》はない、何《ど》うせ先《さ》きへいつたつて見《み》込《こ》みのあることではなし路《ろ》金《ぎん》の金《かね》が澤《たく》山《さん》にあるといふでもなし當《たう》分《ぶん》身《み》の沈《おち》着《つく》所《ところ》には屈《くつ》強《きやう》のあとである」と惡《あく》黨《たう》だけに思《し》案《あん》も早《はや》くニッコリと笑《わら》つて　松「作《さく》藏《ざう》さん不《ふ》束《つか》なる此《この》妾《わた》しに先《せん》年《ねん》中《ちう》からいろいろの浮《さ》親《しん》切《せつ》、少《すこ》し心《こゝろ》に思《おも》ふことがありまして今《いま》までは毛《け》嫌《ぎら》ひをして居ましたがモウ是《これ》からはお前《まい》のいふなり放《はう》題《だい》になりませう、漢《に》

鳥追お松

るとも燒《や》くとも妾《わたし》の身躰《からだ》は自《じ》由《ゆう》になすつて下さい」とやさしい言《こと》葉《ば》に作《さく》藏《ざう》はゾク〳〵と悦《よろこ》んで　作「此《こい》奴《つ》ア何《な》んだか妙《めう》なことになつて來《き》た、夫《それ》じやア速《はや》く一《いつ》緒《しよ》に行《い》こう」と曳《ひ》かるゝまゝに作《さく》藏《ざう》の隱《かくれ》所《が》といふのへ來《きた》りましたが、見《み》れば麻《ま》耶《や》の麓《ふもと》の一軒《けん》家《や》世《よ》を忍《しの》ぶ身《み》の兇《きやう》狀《じやう》持《もち》、鬼《おに》の女《ねう》房《ばう》に鬼《き》神《じん》のたとへ、竟《つい》にお松は作藏のいふがまゝに〳〵成《な》りましたか惡《あく》緣《えん》とでもいふべきか。綠《みどり》のはやし白《しら》浪《なみ》お松は笠《かさ》松《まつ》峠《たうげ》に其《その》名《な》をのこし、塵《ちり》塚《づか》おまつは濁《にご》り江《え》の深《ふか》き染《そま》ぬ心《こゝろ》の潔《けつ》白《はく》善《ぜん》惡《あく》の二《に》河《か》白《びやく》道《だう》も見《み》の松《まつ》の曲《まが》れる枝《えだ》も操《みさほ》の松《まつ》の直《すぐ》なる梢《こずへ》も籟《らい》〳〵颯《さつ》〳〵の聲《こゑ》に應《おう》じて千《せん》歳《ざい》不《ふ》朽《きう》に醜《しう》美《び》を鳴《な》らすや非《ひ》常《じやう》の有《う》常《じやう》差《さ》異あるあらん、爰《こゝ》に述《の》べたる鳥《とり》追《おひ》お松《まつ》も幸《さいは》ひ明《めい》治《ぢ》の旭《あさひ》に照《て》らされ新《しん》平《へい》民《みん》の列《れつ》に屬《ぞく》せしを心《こゝろ》の汚《けが》れを一洗《せん》せよ、汝《なんぢ》が罪《つみ》汝《なんぢ》が征《せ》めて神《しん》經《けい》病《びやう》の苦《く》惱《のう》に臥《ふ》しあらぬ最《さい》期《ご》を遂《と》ぐるといふは又《また》是《ぜ》非《ひ》もなき次《し》第《だい》であります、さても爰《こゝ》に鳥追お松はいふせき山《やま》家《が》には梅《うめ》を暦《こよみ》と其《その》

鳥追お松

月《つき》もハヤきさらぎの末《すゑ》でありますが新暦《しんれき》ゆへか未《ま》だ寒《さむ》く日《ひ》々《ゞ》雪《ゆき》は降《ふ》り積《つ》みて山《やま》嶽《がり》には屈《くつ》竟《きやう》と作《さく》蔵《ざう》はいつもの如《ごと》く鐵《てつ》砲《ぱう》肩《かた》に山《やま》を目《め》掛《が》けて出《で》掛《か》けやうといたしましたが、お松は二タ月《つき》の愛《あい》に月《つき》日《ひ》を送《おく》りますが心《こゝろ》の奥《おく》が知《し》れませんから　作「おまつ何《ど》うだい乃公《おれ》と一《いつ》緒《しよ》に山《やま》嶽《がり》に行《い》かねへか　松「嫌《いや》だよ私《わたし》しや……此《この》寒《さむ》いのにす家《うち》に巨《こ》燵《たつ》に這《は》入《い》つて居る方《はう》が餘《よ》ッ程《ほど》好《い》いワ　作「ではあらうけれども雪《ゆき》の景《け》色《しき》も又《また》一《いつ》層《そう》だ寒《さむ》いといやア寒《さむ》いやうなもの、年《とし》を取《と》つて居《ゐ》るでもなし一《いつ》緒《しよ》に行《ゆ》きな」と無《む》理《り》槍《やり》に引《ひき》出《い》だしたもモシ不《ふ》在《ざい》の間《あいだ》に逃《に》げられでもしては成《な》らんといふ作蔵の用《やう》心《じん》でございます、然《しか》るに雪《ゆき》は小《お》歇《や》みなく益《ます》々積《つ》もる銀《ぎん》世《せ》界《かい》、谷《たに》間《ま》も分《わか》らぬ山《やま》懐《ふとこ》ろにいつも作蔵が小《こ》体《やす》みをする猪《しゝ》小《ご》屋《や》といふのがあります、小《こ》屋《や》とやした所《ところ》が一間《けん》四《し》角《かく》の草《くさ》葺《ぶき》屋《や》根《ね》、平《ふ》生《だん》此《この》中《なか》へ朽《くち》木《き》の枝《えだ》や朽《くち》葉《ば》をは蓄《たくは》へて置《お》くも作蔵が斯《こ》ふいふ雪《ゆき》の日《ひ》の用《やう》心《じん》　作「エヽー非《ひ》道《ど》い雪《ゆき》だ何うも……お松那《あ》の猪《しし》小《ご》屋《や》で少《すこ》し休《やす》んで焚《たき》火《び》でもして行こうじやアねへか　松「成《なる》ほど本《ほん》當《とう》に用《よう》意《い》の好《い》いこと、じやア中《なか》へ這《は》入《い》つて焚《たき》火《び》をば……」と兩《ふた》人《り》は雪《ゆき》を拂《はら》つて中《なか》へ這《は》入《い》り火《ひ》道《どう》具《ぐ》を出《だ》して焚《たき》火《び》を始《はじ》めました、左《さ》右《ゆう》に腰《こし》を掛《か》けて火《ひ》に手《て》を翳《かざ》して居《お》ります内《うち》作《さく》藏《ぞう》は暖《あつた》まつて好《い》い心持《こゝろもち》になつたもんだからコクリ〳〵と居《ゐ》睡《ねむ》りをば始《はじ》めた鐵《てつ》砲《ぽう》は玉《たま》籠《こめ》の儘《まゝ》傍《かたへ》に放《ほう》り出《だ》してある、お松は心《こゝろ》の中《うち》に思《おも》ふには　松「此《この》鐵《てつ》砲《ぽう》で作《さく》藏《ぞう》を打《うち》殺《ころ》して逃《に》げるより外《ほか》に道《みち》がない私《わたし》しが小《ちや》便《うづ》所《ば》へ往《い》つても跡《あと》から尾《つ》いて來《く》る位《くら》い用《よう》意《い》の好《い》い奴《やつ》、殺《ころ》しでも爲《し》なけりやア逃《に》げることは出《で》來《き》ない」と斯《か》く大《だい》膽《たん》にも思《し》案《あん》をいたしまして、彼《かれ》の様《やう》子《す》を伺《うかゞ》ひながら鐵《てつ》砲《ぽう》をコー傍《そば》へ引《ひき》寄《よ》せて胸《むな》板《いた》を充《じう》分《ぶん》に覘《ねら》ひがツチリ引《ひき》金《がね》を引《ひ》きました、覘《ねら》ひは違《たが》はなかつたのだが引《ひき》金《がね》を引《ひ》く時《とき》に筒《つゝ》先《さき》が動《うご》きました。ものと見《み》えてドーン……といふ其《その》丸《たま》はそれて向《むこ》ふの谷《たに》間《ま》へ飛《とび》込《こ》んだ作藏は此《この》物《もの》

百七十

鳥追お松

斧《をの》に仰《ぎやう》天《てん》して、作「ヤー己《おの》れ毒《どく》婦《ふ》奴《め》乃《お》公《れ》を殺《ころ》さうと為《し》やアがつたな、今《いま》まで枕《まくら》を替《かは》したもシテ見《み》ると心《こゝろ》を寛《ゆる》める油《ゆ》断《だん》か、多《た》分《ぶん》は然《そ》んなことだらうと今《け》日《ふ》まで心《こゝろ》を許《ゆる》さずに居《ゐ》たが……モツ可《か》愛《あい》さ余《あま》つて憎《にく》さが百倍《ばい》、汝《うぬ》何《ど》うするか見《み》やアがれ」と山《やま》刀《かたな》をギラリと抜《ぬ》きお松が背《せ》より切《きり》掛《か》けるに此《こな》方《た》も女《をんな》の一生《せう》懸《けん》命《めい》、早《はや》くも小《こ》屋《や》から飛《とび》出《い》だし、手《て》早《ばや》く丸《まる》める雪《ゆき》礫《つぶて》、木《こ》立《だち》を楯《たて》に逃《にげ》廻《まは》る折《をり》から先《さ》きの筒《つゝ》音《おと》に驚《おどろ》いたるか大《おほ》熊《くま》一疋《ぴき》此《こな》方《た》を目《め》掛《が》けて飛《とび》来《きた》つた作蔵がお松を追《お》はんとする前《まへ》へ来《き》たから　作「邪《じや》魔《ま》な熊《くま》め」と刀《かたな》にて熊《くま》の背《せ》中《なか》を叩《たゝ》きました、熊《くま》の皮《かは》が厚《あつ》かつたか又《また》は峯《みね》打《うち》にでもいたしたかコチンと刀《かたな》を跳《はね》返《かへ》し猛《たけ》り立《た》つて作蔵の太《ふと》股《もゝ》へ噛付《つ》いた、何《なに》かは持《も》つて堪《たま》りませう　作「アツ……」と一聲《せい》玉《たま》切《ぎ》る聲《こゑ》ドウと夫《そ》れなる雪《ゆき》の中《なか》へ紋《もん》取《ど》り打《う》つて倒《たほ》れたり熊《くま》は再《ふたゝ》び猛《たけ》り立《た》ちお松を目《め》掛《が》けて飛《とび》付《つ》くをあなやとお松は身《み》を躱《かは》して逃《に》げんとなしたる足《あし》元《もと》の崩《くづ》るゝ雪《ゆき》と

鳥追お松

諸《もろ》共《とも》に数《す》丈《ぢやう》の谷《たに》へゴロ〱〱と落《おち》入《い》りました、熊は猶《なほ》更《さら》荒《あれ》廻《まは》り雪《ゆき》を蹴《け》立《だ》つて其《その》儘《まゝ》に山《やま》より山《やま》へと馳《かけ》行《ゆ》きました、實《じつ》にや数《す》丈《ぢやう》の谷《たに》底《そこ》も雪《ゆき》降《ふり》積《つ》みて川《かは》を埋《うづ》め、木《き》々《ゞ》の梢《こづへ》に雪《ゆき》満《み》ちて往《わう》來《らい》はとだへた道《みち》ながら爰《こゝ》は大《だい》師《し》の霊《れい》場《ぢやう》なる二《ふた》度《たび》山《ざん》への近《ちか》道《みち》なれば雪《ゆき》を蹴《ふみ》分《わ》け一《ひと》人《り》の旅《たび》僧《そう》行《あん》脚《ぎや》の笠《かさ》に墨《すみ》染《ぞめ》の衣《ころも》も白《しろ》く行《ゆき》悩《なや》み杖《つゑ》を力《ちか》らに歩《あゆ》み來《き》たり不《ふ》圖《と》傍《かたはら》らを見《み》れば女《おんな》の死《し》骸《がい》がある、中《なか》ばは雪《ゆき》に埋《うづ》もれてりや事《こと》絶《き》れたる様《やう》子《す》であるから旅《たび》僧《そう》驚《おどろ》き立《たち》寄《よ》つて薬《くすり》を與《あた》へ抱《だき》起《おこ》し 僧「サーイ女《ぢよ》中《ちう》衆《しう》お女《ぢよ》中《ちう》よ………」と耳《みゝ》に口《くち》付《つ》け呼《よび》生《い》ければ女《おんな》はやゝ人《ひと》心《こゝ》地《ち》付《つ》きたるものか眼《まなこ》を半《はん》眼《がん》に開《ひら》いて邊《あた》りをキヨロ〱見《み》廻《まは》して居る、旅《たび》僧《そう》は悦《よろこ》んで 僧「ヲヽ心付《こゝろづ》かれたかな、アヽー先《ま》づ〱好《よ》かつだ」と猶《なほ》も背《せな》なぞ撫《なで》さする、是《これ》ぞ例《れい》のお松に為《し》て始《はじ》めて正《せう》気《き》に立《たち》廻《まは》つたか雪《ゆき》の中《なか》へ両《りやう》手《て》を突《つか》へて 松「いづくのお方《かた》か知《し》らねども危《あやう》き命《いのち》をお救《すく》ひ下されて有《あり》難《がた》ふでございまする」と悪《あく》人《にん》ながらも再《さい》

鳥追お松

生《せい》の恩《おん》をば暫《しばら》く感《かん》じて居た、此《この》時《とき》おまつは咽《のん》喉《ど》乾《かは》けば傍《かたはら》の流《なが》れの氷《つ》柱《らゝ》を取《と》らんと二三歩《ぽ》あゆみて傍《かた》へを見《み》れば雪《ゆき》に時《とき》ならぬ紅《もみ》葉《ぢ》の如《ごと》く血潮《しほ》が垂《た》れて居《ゐ》りまする　松「ハテ是《これ》は心《こゝろ》得《え》難《がた》し」と乾《きつ》度《と》見《み》れば見《み》覺《おぼ》へのある衣《ゐ》裳《しやう》の縞《しま》柄《がら》　松「さては去《さ》んぬる極《ごく》月《げつ》に谷《たに》間《ま》へ落《お》ちた吉五郎も矢《やつ》張《ぱり》是《こ》れなる一ッ谷《たに》間《ま》へ……」と思《おも》はず聲《こゑ》を發《はつ》したから旅《たび》僧《そう》不《ふ》審《しん》の面《おも》持《もち》にて是《これ》も其《そな》方《た》に目《め》を注《つ》けば何《なに》やら雪《ゆき》の下《した》に妙《めう》なものがある、其《そ》所《こ》だけホッかり雪《ゆき》が持《もち》上《あが》つて平《たい》地《ち》の雪《ゆき》と持《もち》上《あが》つて居る雪《ゆき》の間《あひ》だから人《にん》間《げん》の髪《かみ》の毛《け》のやうな物《もの》が見《み》へる　僧「コレ〳〵婦《ふ》人《じん》其《そ》所《こ》に妙《めう》な物《もの》があるではないか　松「何《ど》所《こ》に　僧「コレ其《そ》所《こ》に……」と僧《そう》自《みづか》ら杖《つゑ》にて雪《ゆき》を掻《かき》退《の》ければ日《ひ》數《かず》を經《へ》たれど雪《ゆき》の爲《ため》に吉五郎の死《し》骸《がい》生《い》けるが如《ごと》く腐《ふ》敗《はい》もせず斃《たほ》れて居りましたおまつはワッと聲《こゑ》を上《あ》げ其《その》死《し》骸《がい》に抱《いだ》き付《つ》き　松「知《し》らぬことゝて今日《ふ》のいま又《また》候《ぞろ》根《ね》方《がた》の作藏の爲《ため》に私《わた》しも此《この》谷《たに》へ落《お》ちて既《すで》に危《あやう》き其《その》所《ところ》を是《こ》れなる渉《な》僧《そう》に助《たす》けられ命《いのち》は拾《ひろ》へど淺《あさ》ましや此《この》有《あり》様《さま》は何《なに》事《ごと》ぞ、殊《こと》に因《いん》果《くわ》は巡《めぐ》り來《き》て作藏とても熊《くま》の爲《ため》に非《ひ》命《めい》の死《し》を遂《と》げ目《めの》前《まへ》に報《むく》ひは早《はや》き此《この》身《み》の惡《あく》業《ごふ》、お前《まへ》と云ひ私《わたし》しまで此《この》谷《たに》底《そこ》で落《おち》合《あ》ふも是《こ》れみな因《いん》果《くわ》の巡《めぐ》る所《ところ》、今《いま》の今《いま》まで悟《さと》らざりしが死《し》ねば誰《だれ》でも淺《あさ》間《ま》しい此《この》死《な》骸《がら》の果《は》敢《か》なさよ」と惡《あく》に強《つよ》きは善《ぜん》にもと世《よ》の譬《たと》へにもある通《とほ》り始《はじ》めて悟《さと》るお松が實《じつ》心《しん》、開《き》くに旅《たび》僧《そう》進《すゝ》み出《い》で旅「最《さい》前《ぜん》からの始《し》終《じう》の様《やう》子《す》是《これ》にて聞《き》いて居りましたがお前《まへ》に逢《あ》ふは今《け》日《ふ》が始《はじ》めてなれど心《こゝろ》有《あり》氣《げ》に身《み》の懺《ざん》悔《げ》、吾《われ》等《ら》が助《たす》けし其《そな》方《た》ゆへ身《み》の惡《あく》業《ごふ》を悟《さと》らるゝは取《とり》も直《なほ》さず愚《ぐ》僧《そう》が功《こう》、委《くわ》しき話《はな》しは後《あと》に聞《き》かん、其《その》死《な》骸《がら》は此《こ》所《ゝ》へ埋《うづ》めて回《ゑ》向《かう》すさん」と自《みづか》ら甲《か》斐《ひ》々々しく雪《ゆき》を搔《かき》分《わ》け害の死《し》骸《がい》を引《ひき》出《いだ》し、杖《つゑ》にて漸《やうや》く穴《あな》を穿《うが》ち其《その》中《なか》へ納《おさ》め土《つち》を被《かぶ》せて前《まへ》に屈《かゞ》み

僧「南《な》無《む》頓《とん》生《しやう》菩《ぼ》提《だい》南《な》無《む》阿《あ》彌《み》陀《だ》佛《ぶつ》」と最《い》と懇《ねんご》ろに經《けう》を讀《よ》んで呉《くれ》ました。お松《まつ》は後《あと》べに涙《なみだ》に暮《くれ》てありましたが

僧「是《これ》で好《い》い〳〵

鳥追お松

モウ狼《をゝかみ》が來《きた》つて熊《くま》が來《きた》つて喰《く》ふ氣《き》支《づか》ひは少《すこ》しもない、お前《まい》と佛《ほとけ》とは何《な》んの中《なか》だか知《し》らないか生《せう》ある者は必《かなら》ず死《し》す生《せい》者《じや》必《ひつ》滅《めつ》會《ゑ》者《しや》常《じやう》離《り》別《べつ》に歎《なげ》く事もないサア〳〵私《わし》と同《どう》道をいたすが好《い》い　松「何《なに》から何《なに》まで悉く深《しん》切《せつ》出《しゆつ》家《け》は人《ひと》を助《たす》くるが業《わざ》とは兼《かね》て聞《き》つれど有《あり》難《がた》ふ存じまする」と是《これ》より旅《たび》僧《そう》に連《つ》れられて伏《ふし》木《き》といふ所《ところ》まで參《まい》りましたが此《こ》所《ゝ》は餘《あま》り廣《ひろ》い所《ところ》じやアないがチヨイと爲《し》た驛《えき》で旅《りよ》店《てん》も二三軒《げん》でございます、立《たち》花《ばな》屋《や》といふ旅《りよ》店《てん》へ兩《れう》人《にん》は附《つ》きました、坊《ぼう》さんと別《べつ》嬪《ぴん》と連《つれ》立《だ》つて來《き》たんだから旅《はた》籠《ご》屋《や》でも妙《めう》な顔《がほ》付《つ》きをしたが落《おち》人《うど》でもない樣《やう》子《す》、先《ま》づ二《に》階《かい》へ通《とを》つて湯《ゆ》に這《は》入《い》り夕飯《はん》を食《た》べて僧「さてお女《じよ》中《ちう》、最《さい》前《ぜん》から何《なに》うも心《こゝろ》に落《お》ちないことだらけだがお前は全《ぜん》体《たい》何《い》所《づく》のお方《かた》だい苦《くる》しからずは話《はな》して聞《き》かつしやい　松「ハイ唯《たゞ》今《いま》までは私《わたし》も惡《わる》いといふ惡《わる》いことをいたしまして人《ひと》樣《さま》にも僞《いつわ》りのみ申上《あ》げ實《じつ》を申したことはございませんが今《け》日《ふ》こそは

鳥追お松

熟々《つく〴〵》人《ひと》の身《み》の果敢《はか》なきを悟《さと》りましてモウ悪《わる》いことはプッヽリと思《おも》ひ切《き》りました、何《なに》を隠《かく》しませう私《わたし》しは東京《とうけい》木挽町《こびきちやう》采女《うねめ》ケ原《はら》の生《うまれ》れにてお恥《はづ》かしいが昔《むか》しでヤす小屋《こや》者《もの》育《そだ》ち此頃《このごろ》名前《なまへ》が変《かわ》りまして新平民《しんへいみん》の娘《むすめ》でございますが色《いろ》仕掛《じか》けにて男《をとこ》をたらし色《いろ》に事寄《ことよ》せ金子《かね》を奪《うば》ひ其《それ》が為《ため》に立派《りつぱ》な男衆《をとこしゆ》が何人《なんにん》出精《しゆつせい》を為《し》損《そこ》なつて居《ゐ》るか知《し》れません、一《いち》々〳〵夫《それ》をヤすも重複《くど》うございますから委《くわ》しいことはヤ上げませぬ、最前《さいぜん》雪《ゆき》の中《なか》から出《で》ました男《をとこ》は大坂《おほさか》生《うま》れの吉五郎とヤしまして私《わた》しが未《ま》だ肩《かた》揚《あ》げのあります頃《ころ》からお恥《はづか》しいが隠《かく》し男《をとこ》に為《し》て居《お》りました、なれども是《こ》れ〳〵云々《しか〴〵》の仔細《しさい》あつて斯様《かやう》々〳〵々〳〵」と作蔵《さくざう》の為《ため》に両人《りやうにん》が追《お》はれたることなぞ細《こま》かに物語《ものがた》り今《いま》は本心《ほんしん》に立帰《たちかへ》り彼《か》の旅僧《たびそう》の徒弟《とてい》になりたき旨《むね》を願《ねが》ひましたから旅僧も大《おほ》きに悦《よろこ》んで是《これ》からいろ〳〵と仏《ほとけ》の道《みち》なぞ説解《ときわか》し終《つひ》に師弟《してい》の約束《やくそく》を結《むす》びましたが、猶《なほ》もお松は姿《すがた》の仇《あだ》をうるさくや思《おも》ひけん

鳥追お松

有《あり》合《あ》ふ什器《じふき》の燒《や》けた奴《やつ》を取《とり》上《あ》げて吾《われ》と我《わが》手《て》で頬《ほゝ》に押《おし》當《あ》てましたから最《い》と美《うる》くしき顔《かほ》色《いろ》も忽《たちま》ち變《かは》る煩《ぼん》惱《なう》の是《こ》れできづなを經《た》ちましたといふに旅《たび》僧《そう》殊《こと》に悦《よろこ》び終《つひ》に是《これ》より彼《か》の僧《そう》はお松を伴《ともな》ひ、故《こ》郷《けう》なる甲《か》斐《ひ》の國《くに》巨《こ》摩《ま》郡《ごほり》延《ゑん》山《ざん》寺《ぢ》村《むら》の山《やま》里《ざと》なる庵《いほり》にかくまい經《けう》など教《をし》へ爰《こゝ》に二年《ねん》の月《つき》日《ひ》をば何《なに》事《ごと》もなく過《すご》しました。抑《そも》々《〱》此《この》寺《てら》は所《ところ》に似《に》合《あ》はず淨《じやう》土《ど》宗《しう》ではありますが蓮《れん》正《せう》山《ざん》妙《めう》顯《けん》寺《ぢ》と呼《よ》びなして近《きん》村《そん》に檀《だん》家《か》多《おほ》く最《い》と有《いう》福《ふく》に金《かね》も大《だい》分《ぶ》蓄《たくわ》へてでございます、お松を助《たす》けたる和《を》尚《しやう》は日《に》海《かい》と申して年《とし》は未《いま》だ四《よ》十《そ》路《ぢ》には足《た》らざれども行《おこな》ひ堅《けん》固《ご》にして假《かり》にも僧《そう》侶《りよ》の道《みち》に違《たが》ふたることなく彼《か》のお松も全《まつた》く菩心《しん》に立《たち》歸《かへ》つた樣《やう》子《す》に日《に》海《かい》も其《その》甲《か》斐《ひ》ありと悦《よろこ》んで居《を》た、スルと世《よ》の諺《ことわざ》に咽《の》喉《ど》元《もと》過《す》ぎれば暑《あつさ》を忘《わす》るゝといふ、お松此《この》頃《ごろ》はつく〲山《やま》里《ざと》の寺《てら》にあつて薪《しん》水《すゐ》の業《わざ》をするのが嫌《いや》になつてぼんのふの狗《いぬ》も再《ふたゝ》び去《さ》りかねたかしたすら故《こ》郷《けう》東《とう》京《けい》へ出《い》でなば母《はゝ》の生《しやう》死《し》も知《し》れんと思《おも》へど身《み》には一錢《せん》の蓄《たくは》へもないから　松「まゝよ何《ど》うなるものとやアない」と恐《おそ》ろしくも再《ふたゝ》び惡《あく》心《しん》を起《おこ》したる毒《どく》婦《ふ》の性根《しやうね》ぞ是《ぜ》非《ひ》もなきことと或《ある》夜《よ》家《か》内《ない》の寢《ね》息《いき》を伺《うかゞ》ひ、和《お》尚《しやう》が居《ゐ》間《ま》の小《こ》簞《だん》笥《す》へ手《て》を掛《か》けて中《なか》なる金《か》子《ね》を盜《ぬす》み出《だ》さんとした時《とき》に日《につ》海《くわい》早《はや》くも目《め》を覺《さま》して「土《ど》坊《ばう》ッ……………と一聲《せい》飛《とび》起《お》きて其《その》手《て》を押《おさ》へた納《なつ》所《しよ》寺《てら》男《をとこ》抔《なぞ》は其《その》聲《こゑ》を聞《き》き付《つ》けて得《え》物《もの》燈《あか》火《り》なぞ持《もち》來《き》たり、燈《とも》火《しび》をさし付《つ》けて其《その》曲《くせ》者《もの》を伺《うかゞ》へば是《こ》れなんお松の仕《し》業《わざ》であるから、一同「アッ」といふと一同《どう》呆《あき》れ果《は》て居《ゐ》る寺《てら》男《をとこ》の八助《すけ》といふ者《もの》が　八「ヲイお前《まい》はお松さんとやアねへかマア飛《と》んでもねへ何《な》んてへ量《れう》見《けん》違《ちが》ひな眞《ま》似《ね》をするんだい……………」お松もさすが極《きま》りが惡《わる》いが此《こ》所《ゝ》へ來《く》ると毒《どく》婦《ふ》だ八助の顏《かほ》を白《に》眼《ら》んで　松「エヽイ何《なに》をいふんだいお前《まい》達《たち》の知《し》つたことじやアない和《を》尚《しやう》さんは坊《ばう》さんにあるまじき疾《とう》から私《わたし》へ横《よこ》戀《れん》慕《ぼ》やいのやいのを極《きめ》込《こ》むから仕《し》方《かた》なく〳〵承《しやう》知《ち》を爲《し》たんだ平《ふ》生《だん》かつれて居るだけに餘《あ》まりしつつこいから我《が》慢《まん》をしかねて自《じ》分《ぶん》の部《へ》屋《や》へ戻《もど》らうとしたのを押《おさ》へて日《にっ》海《くわい》さんが口《く》惜《やし》紛《まぎ》れの土《ど》坊《ぼう》呼《よば》はり自《じ》分《ぶん》の恥《はぢ》を明《あか》るみへ出《だ》すのを忘《わす》れて大《おほ》聲《ごゑ》をば上《あ》げてお前《まへ》達《たち》を呼《よ》集《あつ》めるとはホンに呆《あき》れたものだねへと思《おも》ひの外《ほか》の答《こた》へゆへ日《にっ》海《くわい》目《め》の色《いろ》を替《かへ》怒《いか》りましたが其《そ》所《こ》は出《しゆつ》家《け》又《また》思《おも》ひ返《かへ》して　日海「アヽー汝《なんぢ》に出《で》て汝《なんぢ》に返《かへ》る斯《か》ゝる淫《いん》婦《ぷ》は度《ど》し難《がた》し汝《なんじ》等《ら》夜《よ》明《あ》けなば此《こ》の者《もの》を門《もん》前《ぜん》拂《ばら》ひにいたして仕《し》舞《ま》へ　寺男「委《い》細《さい》畏《かしこま》りました道《だう》徳《とく》堅《けん》固《ご》の和《を》尚《せう》様《さま》に難《なん》癖《くせ》を付《つ》けるとは呆《あき》れて物《もの》がいはれません汝《なんじ》明日《あした》の朝《あさ》は何《ど》うするか見《み》やアがれと其《その》夜《よ》は柱《はしら》へ縛《しば》り付《つ》けてさて夜《よ》が明《あ》けると一同《どう》お松を引《ひつ》立《た》つて村《むら》外《はづ》れに連《つれ》行《ゆ》き憎《にく》ひ尼《あま》奴《め》と散《さん》々《く》にお松を打擲《ちやうちやく》なし半《はん》死《し》半《はん》生《しやう》にして一《を》昨《と》日《とい》來《こ》いと突《つき》出《いだ》しました、さてもお松は二タ年の身《み》の行《おこな》ひも無《む》になつて再《ふたゝ》び盗《ぬす》みの罪《ざい》科《くわ》にて多《おほ》くの者《もの》に打擲《ちやうちやく》され身《み》内《うち》は痛《いた》みて傷《きず》となり、殊《こと》に不《ふ》思《し》議《ぎ》なることには二ヶ年前《ぜん》に姿《すがた》を

鳥追お松

發んど燒火器で面《おもて》を燒《や》いた其《その》傷《きず》が再《さい》發《はつ》なして腫《は》れたゝれ顔《かほ》より膿《うみ》汁《しる》したゝりて其《その》臭《くさ》きこといふべくもならず搗《かて》て加《くは》へて打《うち》傷《きず》は黒《くろ》紫《むらさき》に膨《ふく》れ上《あが》り宛《さ》ながら斑《ぶち》の狗《いぬ》の如《ごと》く生《い》きながらにして畜《ちく》生《しやう》道《だう》、身《み》に一錢《せん》も蓄《たくは》へとてはございませんから人《ひと》の門《かど》邊《べ》に立《たち》上《あが》つて杖《つゑ》に縋《すが》りつ情《なさ》けを乞《こ》ふ、一文《もん》二文《もん》の合《がう》力《りよく》を受《う》けて漸《やうや》うに命《いのち》をつなぎ木《き》賃《ちん》宿《やど》へ泊《とま》らうといたしても先《せん》方《ぱう》に斷《ことわ》はられますから安《やす》々くと一睡《すい》の夢《ゆめ》を結《むす》ぶことも出《で》來《き》ない誠《まこと》や因《いん》果《くわ》應《おう》報《ほう》の恐《おそ》ろしきこと斯《かく》の如《ごと》く人《にん》間《げん》と生《うま》れ惡《あく》事《じ》をすれば皆《みな》斯ういふ風《ふう》になります天《てん》の配《はい》劑《ざい》の細《こまや》かなる唯《たゞ》驚《おどろ》き入《い》るの外《ほか》はない身《み》に錦《きん》繡《しう》羅《ら》紋《もん》を纏《まと》ふ藝《げい》者《しや》娼《しやう》妓《ぎ》の成《な》れの果《は》てを御《ご》覽《らん》なさい此《この》速《そく》記《き》本《ぼん》を讀《よ》む方《かた》にお差《さし》支《つか》があつたら御《ご》免《めん》を蒙《かう》むりますが藝《げい》者《しや》娼《しやう》妓《ぎ》の成《な》れの果《は》ては極《ご》く上《じやう》等《とう》が女《をんな》髪《かみ》結《ゆひ》、夫《をつと》から妾《めかけ》下《か》等《とう》の方《はう》へ參《まゐ》ると乞《こ》食《じき》非《ひ》人《にん》抔《など》が多《おほ》い是《これ》は何《な》んの爲《ため》であるかといふと多《おほ》くの男《をとこ》の思《おも》ひであります、傾《けい》城《せい》傾《けい》國《こく》に罪《つみ》なし通《かよ》ふまらうどに罪《つみ》ありなぞと申しますが夫《そ》りや商賣《しやうばい》でございますから此方《こちら》が引《ひつ》掛《かゝ》るのは惡《わる》いが婦《ふ》人《じん》の方《はう》も少《すこ》しは冥《みやう》利《り》を考《かんが》ひて餘《あま》り罪《つみ》な眞《ま》似《ね》をしないが宜《よろ》しいお松の如《ごと》き美《び》人《じん》でも一朝斯《かく》の如《ごと》く相《あい》成《な》れば構《かま》ひ手《て》はなくなる世《よ》の美《び》人《じん》達《たち》女《をんな》の好《い》いのを振《ふり》廻《まは》して道《みち》ならぬあとをなさるのはお愼《つゝし》みあれと是《これ》は演《えん》者《しや》が老《らう》婆《ば》心《しん》から徒《ど》婦《ふ》人《じん》へ徒《と》意《い》見《けん》を申上げて置《お》きます去《さ》ればお松は堂《だう》の椽《ふち》に腹《はら》り人《ひと》の軒《のき》下《した》に休《やす》み寒《かん》風《ぷう》に晒《さ》らされながら辛《から》ふじて八王《わう》子《じ》街《かい》道《だう》から日《ひ》野《の》へ出《い》で府《ふ》中《ちう》石《いし》原《はら》布《ふ》田《だ》下《しも》高《たか》井《ゐ》戸《ど》内《ない》藤《とう》新《しん》宿《じく》と數《すう》日《じつ》を經《へ》て來《きた》りましたが、橋《はし》場《ば》汐《しほ》入《いり》づゝみの元《もと》吉五郎の宅《たく》へ兩《りやう》親《しん》は引《ひき》移《うつ》つたといふことを灰《ほの》かに聞《き》いて居《ゐ》りましたから母《はゝ》の許《もと》へ行《ゆ》かんとして千住《ぢう》の舊《きう》處《をし》刑《おき》場《ば》まで來《きた》りましたが折《をり》しも降《ふり》出《だ》す雪《ゆき》は道《みち》を埋《うづ》め、北《ほく》風《ふう》は肌《はだへ》をつんざくはかり身《み》は冷《ひ》へ氷《こう》りて一歩《ぽ》も歩《ある》けず詮《せん》方《かた》なさに小《こ》陰《かげ》に立《たち》寄《よ》りホッと一ト息《いき》吐《つ》く時《とき》に胸《むね》先《さき》は張《はり》裂《さ》くばかり癪《しやく》氣《き》の

鳥追お松

摸《も》様《やう》　松「ツムー……」と一聲《せい》松《まつ》の中《なか》へ倒《たほ》れました、降《ふ》りしきる雪《ゆき》に前《ぜん》後《ご》に人《ひと》の往《ゆき》來《き》は途《と》絶《だ》へアツヤお松も此《この》儘《まゝ》と相《あい》見《み》へたる時千住《ぢう》大《おほ》橋《はし》の方《かた》より木《も》綿《めん》の着《き》物《もの》縞《しま》の羽《は》織《おり》合《かつ》羽《ぱ》を着《ちやく》して蛇《じや》の目《め》の傘《かさ》、商人《あきんど》風《ふう》の男《をとこ》が一人《ひとり》雪《ゆき》を踏《ふみ》別《わ》け來《きた》つたがお松の体《てい》を見《み》て驚《おどろ》き　男「ヤヽ那《あ》れに倒《たほ》れて居る女《をんな》は乞《こ》食《じき》非《ひ》人《にん》の体《てい》裁《さい》ではあるか寒《さむ》さに當《あた》つて悶《もん》絶《ぜつ》したか夫《それ》とも病《びやう》氣《き》で倒《たほ》れたか何《なに》は兎《と》も角《かく》見《み》ぬ振《ふり》を為《し》て行《ゆき》過《す》ぎて仕《し》舞《ま》ふも不《ふ》實《じつ》意《い》ドリヤ介《かい》抱《ほう》してやりませう」と若《わか》きに似《に》合《あ》はず深《しん》切《せつ》に傍《そば》へ立《たち》寄《よ》り熟《つ》く〴〵と其《その》顔《かほ》を打《うち》守《まも》り　男「ヤ、ー是《これ》は……」と再《ふた》び驚《おどろ》き二タ足《あし》三足《あし》後《しり》への方《かた》へ下《さが》つたり。

爰《こゝ》にお話《はな》し二ツに別《わか》れ前《ぜん》々《〱》席《せき》述《の》べた桜《きう》屋《や》の手《て》代《だい》忠藏の身《み》の上《うへ》でございますが彼《かれ》はお松の為《ため》に蒲《かん》原《ばら》の旅《りよ》宿《しゆく》に置《おき》去《ざり》を喰《く》ひまして幾《いく》日《にち》過《す》ぎても音《おと》沙《さ》汰《た》なくお松の身《み》の代《しろ》として受《うけ》取《と》つた三十両《れう》の其《その》金《かね》は會《あい》津《づ》判《ばん》といつて其《その》頃《ころ》既《すで》に通《つう》用《よう》禁《きん》止《し》の金《か》子《ね》であるから驚《おどろ》くゐ

鳥追お松

と大《おほ》方《かた》ならず天《てん》を仰《あを》ぎて歎《たん》息《そく》いたし是《これ》も主《しゆ》人《じん》の罸《ばち》であるモウ死《し》ぬより外《ほか》に仕《し》方《かた》はない」とは覺《かく》悟《ご》を極《きは》めて居るが當《たう》家《け》で首《くび》を縊《くゝ》りなば宿《やど》屋《や》の迷《めい》惑《わく》、去《さ》りとて海《うみ》へ行《ゆ》かんにも足《あし》腰《こし》利《き》かず、何《な》うやら這《は》へるやうになつたら遠《とう》くもあらぬ海《うみ》へ行《ゆ》き身《み》を投《な》げて死《し》ぬとしやうと丁《ちやう》度《ど》二十五六日《にち》此《この》家《や》に厄《やつ》介《くわい》になつて居る宿《やど》屋《や》の亭《てい》主《しゆ》も重《かさ》ね〳〵の氣《き》の毒《どく》と深《しん》切《せつ》に世《せ》話《は》いたして呉《く》れ升《ます》内《うち》忠藏の父《ちゝ》忠《ちう》兵《べ》衛《ゑ》は彼《か》の鳥追お松が話《はな》しに伜《せがれ》忠藏は蒲《かん》原《ばら》驛で病《びやう》死《し》したとは聞《きゝ》ましたが夫《それ》も定《さだ》かでありませぬから伜《せがれ》の安《あん》否《ぴ》を確《しか》と突《つき》留《と》めやうと早《はや》々《〳〵》旅《たび》の仕《し》度《たく》をして大坂の我《わが》家《や》を立《たち》出《い》でましたが蒲《かん》原《ばら》驛に急《いそ》ぎ付《つ》き、多《おほ》くもあらぬ宿《やど》屋《や》ゆへ段《だん》々《〳〵》樣《やう》子《す》を聞《き》けば正《まさ》木《き》屋《や》に泊《とま》つて居るとのこと、爰《こゝ》で親《おや》子《こ》對《たい》面《めん》なし始《はじ》めて樣《やう》子《す》が知《し》れましたが忠藏は是《これ》に勇《ゆう》氣《き》が付《つ》いたものか半《はん》月《つき》程《ほど》を經《へ》て病《びやう》氣《き》全《ぜん》快《くわい》しましたに由《よ》り宿《やど》の主《ある》人《じ》にも厚《あつ》く禮《れい》を述《の》べ勘《かん》定《ぢやう》を殘《のこ》らず濟《す》ませ、父《ちゝ》が用《よう》意《い》にと持つ

鳥追お松

て來《きた》たつた百圓《ゑん》の金《きん》子《す》があるから是《これ》を持《も》つて江《え》戸《ど》に行《ゆ》き年《ねん》金《きん》入《い》れて忠藏が先《せん》非《ぴ》の詫《わび》言《ごと》に主《しゆ》人《じん》も其《その》悪《こゝろがな》きを悦《よろこ》び故《ゆへ》なく詫《わび》が叶《かな》ひましたから是《これ》までの恩《おん》報《ほう》じにと家《か》業《ぎやう》に精《せい》を出《い》だせし故《ゆへ》、以《い》前《ぜん》永《なが》年《ねん》の功《こう》もあるに由《よ》り間《ま》もなく暖《の》簾《れん》を貰《もら》ひ受《う》け淺《あさ》草《くさ》馬《うま》道《みち》十丁目《ちやうめ》の左《ひだ》り側《かた》に松《まつ》屋《や》といふ一軒《けん》の呉《ご》服《ふく》店《や》を開《ひら》きまして近《きん》所《じよ》に類《るい》のない所《ところ》へ持《も》つて來《き》て他《ほ》店《か》よりは好《い》い品《しな》を安《やす》く賣《う》りますから見《み》る〳〵繁《はん》盛《じやう》の家《いへ》となり此《こう》日《ひ》千住《ちう》の掃《か》部《もん》宿《じゆく》まで商《しやう》用《やう》にて參《まゐ》りました歸《かへ》り道《みち》測《はか》らずも南《こ》千《つ》住で變《かは》り果《は》てたるお松に逢《あ》ひ藥《くすり》を與《あた》へて呼《よ》び生《い》けまして仇《あだ》に報《むく》ゆるに恩《おん》をもつてする忠藏が仁《じん》慈《じ》、五圓《ゑん》の金《きん》子《す》を惠《めぐ》んでやり、よをながらの暇《いとまご》乞《ひ》も是《これ》ぞ一《いつ》世《せ》の別《わか》れにてお松は夫《それ》より沙《しほ》入《いり》堤《つゝみ》なる母《はゝ》おちよの許《もと》にいたり其《その》金《か》子《ね》にて種《しゆ》々《じゆ》に治《ぢ》療《れう》を盡《つく》しましたが藥《くすり》の利《きゝ》目《め》も更《さら》になく益《ます》々病《やまひ》は重《おも》るばかり、犬《いぬ》の如《ごと》くに狂《くる》ひ廻《まは》つて終《つひ》に死《し》去《きよ》いたしましたは維《これ》時《とき》明《めい》治《ぢ》十年《ねん》丑《うし》二月《がつ》九日《か》のことにして積《せき》悪《あく》其《その》身《み》に報《むく》ひ来《き》て斯《かゝ》る最《さい》期《ご》をいたしたのでありませう夫《そ》れ狐《きつね》の人《ひと》を誑《たぶら》かすや一朝《ちやう》一夕《せき》にして其《その》害《がい》浅《あさ》し美《び》女《じよ》の獣《じう》心《しん》傾《けい》国《こく》の害《がい》嗚呼《あゝ》畏《おそ》れても恐《おそ》るべしとは楽《らく》天《てん》の妙《めう》文《ぶん》にありますが爰《こゝ》に至《いた》つて宜《むべ》なる哉《かな》、さて申続《まうしつゞ》きの鳥《とり》追《おひ》お松《まつ》の伝《でん》是《これ》にて読《よみ》切《き》りと成《な》りました。

鳥追お松　大尾

明治三十二年十二月廿五日印刷
明治三十三年一月二日發行

鳥追お松

現籍東京市淺草區福富町二十九番地
錦城齋貞玉事
口演者　柴田貢

東京市淺草區馬道町一丁目五號十四番地
發行者　中村惣次郎

東京市神田區南乗物町十五番地
印刷者　大塲沃美

東京市神田區南乗物町十五番地
印刷所　龍雲堂

東京中村日吉堂出版書目録

無名氏著
○探偵實話御前政
實價郵税共 金三十錢

邑井一口演
○時鳥笑話御所の五郎藏
實價郵税共 金三十錢

揚名舍桃李口演
○淺山一傳齋武術の譽
實價郵税共 金三十錢

邑井一口演
○俠客相撲屋政五郎
實價郵税共 金三十錢

邑井一口演
○車丹波守實傳
實價郵税共 金三十錢

桃川如燕口演
○俠客腕の喜三郎
實價郵税共 金三十錢

揚名舍桃李口演
○鳥居强右衛門
實價郵税共 金三十錢

揚名舍桃李口演
○立花家三勇士
實價郵税共 金三十錢

一筆菴可候著
○玉琴
實價郵税共 金二十五錢

邑井一口演
○奥州松島の仇討
實價郵税共 金三十錢

桃川如燕口演
○敵討田毎の月影
實價郵税共 金三十錢

揚名舍桃李口演
○俠客嵐山花五郎
實價郵税共 金三十錢

揚名舍桃李口演
○明智日向守光秀
實價郵税共 金三十二錢

錦城齋貞玉口演
○俠客殿樣源次
實價郵税共 金四十三錢

神田伯治口演
○俠客祐天吉松
實價郵税共 金三十五錢

錦城齋貞玉口演
○俠客辨天定五郎
實價郵税共 金三十二錢

錦城齋貞玉口演
○細川家騷動
實價郵税共 金三十錢

揚名舍桃李口演
○小春治兵衛
實價郵税共 金三十錢

錦城齋貞玉口演
○鳥追お松
實價郵税共 金三十錢

揚名舍桃李口演
○近江源氏佐々木高綱
實價郵税共 金三十錢

錦城齋貞玉口演
○武島義勇傳
同金三十錢 近刻

錦城齋貞玉口演
○俠客朝比奈藤兵衛
同金三十錢 近刻

神田伯山口演
○日下開山横綱明石志賀之助
實價郵税共 金二十八錢

西尾鱗慶口演
○松前武勇傳
同金卅五錢 近刻

桃川燕林　講演

速記本『絶世の美人　鳥追お松』

明治三十三年刊

201　速記本『絶世の美人　鳥追お松』（桃川燕林講演）

鳥追お松序

見渡《わた》せば世《よ》は實《げ》に樣《さま》々で、丁度《ちやうど》春《はる》の野《の》を眺《なが》むるやうなものでありまず。或《あ》る者《もの》は梅《うめ》や櫻《さくら》のやうに人《ひと》には賞贊はれ、美《び》名《めい》を千《せん》載《さい》に留《とゞ》むるものもあり、又《また》或《あ》る者《もの》は荊《いば》棘《ら》や薊《あざみ》のやうに人《ひと》には忌嫌《きら》はれて、醜《しう》聲《せい》を万《ばん》代《だい》に流《なが》す者《もの》もあります。そも〳〵斯《かゝ》る、相《さう》違《ゐ》は何《ど》處《こ》から起《おこ》るかと推究まするど、其《その》歸《か》するところ、己《おのれ》の心《こゝろ》一《ひと》つにあるのでございます。さて其心《こゝろ》と申《まう》しますものは、或《あ》る人《ひと》の申《まう》した通《とほ》り

心《こゝろ》とは如《い》何《か》なるものと人《ひと》問《と》はゞ

墨《すみ》繪《ゑ》にかきし松《まつ》風《かぜ》の音《おと》

で、別《べつ》に彼此《あーこー》と確《たし》かに目《め》に見《み》、耳《みゝ》に聞《き》くことは出來《でき》ません が、實《じつ》に幻妙《げんめう》不思議《ふしぎ》なる働《はたら》きをなすものであります。其心《そのこゝろ》が正道《せいだう》に向《むか》はゞ天使《てんし》の如《ごと》くにもなり、邪道《じやだう》に奔《はし》らば悪魔《あくま》の如《ごと》くにもなるものであります 本篇《これ》を見《み》るにつけましても、天《てん》は正《せい》に與《くみ》して、不善《ふぜん》を積《つ》む家《いへ》には、餘《あま》れる殃《わざはひ》の來《きた》ると云《い》ふことを知《し》らせないは、演者《えんしや》の微意《こゝろ》であります

明治三十三年五月

演者述

鳥《とり》追《おひ》お松《まつ》

桃川燕林講演
速記學會速記

第一席

エー今《こん》晩《ばん》から引《ひ》き續《つゞ》きましてお話《はな》しをいたしまするは鳥《とり》追《おひ》お松《まつ》の身《み》の上《うへ》を辨《べん》じまするつもりでムます、今《いま》の御《ご》仁《じん》は餘《あま》り御《ご》存《ぞん》知《ち》でないやうでムますが、彼《か》の明《めい》治《ぢ》の初《しよ》年《ねん》に當《あた》つては一時《じ》なか〳〵世《せ》間《けん》を騒《さわ》がしたほどのものでムまして錦繪《にしきゑ》にも畫《か》かれ、脚《きやく》本《ほん》にも仕《し》組《く》まれ、特《とく》に大《おほ》倉《くら》屋《や》さんと申す本《ほん》屋《や》さんはこれを出《しゆつ》板《ぱん》いたしました所《ところ》が、むれも〳〵の好《かう》景《けい》氣《き》で暫《ざん》時《じ》の間《あひだ》に幾《いく》百《ひやく》千《せん》と云《い》ふ御《ご》本《ほん》をお賣《う》りなされ、大《たい》きに此《こ》身《しん》代《だい》をお殖《ふや》しなされたので其《その》祝《いはひ》として祝《しゆく》宴《えん》を三《さん》度《ど》までもお開《ひら》きになつたと云《い》ふことでムます、お客《きやく》さまの中《うち》

鳥追お松

にも多《た》分《ぶん》御《お》記《おぼ》臆《え》なされてお出《いで》の御《お》方《かた》もあるかも知《し》れません。さて東《とう》京《きやう》をまだ江《え》戸《ど》と申しましたころ、木《こ》挽《びき》町《ちやう》の采《うね》女《め》が原《はら》に見《み》苦《ぐる》しき小《こ》屋《や》を出《しゆつ》來《らい》、親《おや》子《こ》連《づれ》の非《ひ》人《にん》がすまひを致《いた》して居《を》りました、今《いま》こそ日《にっ》本《ぽん》一の歌《か》舞《ぶ》伎《き》座《ざ》だのお茶《ちや》屋《や》、その外《ほか》立《りつ》派《ぱ》な家《いへ》が澤《たく》山《さん》に出《で》來《き》まして町《まち》並《なみ》もなか〳〵によろしく昔《むか》時《し》の俤《おもかげ》は少《すこ》しもムませんが、その時《じ》分《ぶん》にはまだ狐《きつね》狸《たぬき》の遊《あそ》び場《ば》所《しよ》であつた程《ほど》でムます、亭《てい》主《しゆ》の名《な》は定《さだ》五郎《らう》と呼《よ》びまして、これは雪《せつ》駄《た》直《なほ》しを家《か》業《げふ》といたし、毎《まい》日《にち》尾《を》張《はり》町《ちやう》の布《ほ》袋《てい》屋《や》さんと申して、大《おほ》きな木《も》綿《めん》問《どん》屋《や》の曲《まが》り角《かど》に出《で》張《ば》つて居《ゐ》りました、お内《か》儀《み》さんのおちよと娘《むすめ》のお松《まつ》とは、春《はる》になれば鳥《とり》追《おひ》、平《ふ》常《だん》には義《ぎ》太《だ》夫《ゆふ》の門《かど》附《づけ》などをいたしまして、江《え》戸《ど》八百八街《まち》をあちらこちら徘《はい》徊《くわい》いたして居《を》りましたが、全《ぜん》体《たい》このお松《まつ》と申しまするは、番《ばん》茶《ちや》も煮《に》花《ばな》の娘《むすめ》盛《ざか》り、其《その》上《うへ》に標《き》緻《りやう》と云《い》ひ容《かた》貌《ち》といひ玉《たま》を欺《あざむ》くと云《い》ふ美《び》人《じん》でムましたから、彼《あち》方《ら》の大《おゝ》店《みせ》、此《こ》方《ち》の勤《きん》番《ばん》長《なが》屋《や》と云《い》ふ様《やう》なわけで、な

鳥追お松

かく繁《はん》昌《じやう》なものでムりました。頃《ころ》しも慶《けい》應《おう》の末《すゑ》、流《さす》石《が》に三百年《ねん》の間《あひだ》泰《たい》平《へい》に腹《はら》鼓《つゞみ》を鳴《な》らして居《を》りました徳《とく》川《がは》幕《ばく》府《ふ》も倒《たふ》れ、いよ〳〵王《わう》政《せい》復《ふく》古《こ》と云《い》ふことになりますると、これまで徳《とく》川《がは》の恩《おん》義《ぎ》にあづかつて居《を》つた者《もの》は所《しよ》々《〳〵》方《はう》々《〴〵》に反《はん》抗《かう》を企《くはだ》てると云《い》ふ有《あり》様《さま》、既《すで》に皆《みな》様《さま》も御《ご》承《しよう》知《ち》の通《とほ》り、上《うへ》野《の》では彰《しやう》義《ぎ》隊《たい》と官《くわん》軍《ぐん》とが矢《や》丸《だま》の間《あひだ》に相《あひ》見《み》ゆるといふ騒《さわ》ぎ、まだその血《ち》の雨《あめ》も、乾《かは》かぬ時《とき》でムりましたから、諸《しよ》藩《はん》の兵《へい》隊《たい》は彼《かし》處《こ》にも此《こ》處《こ》にも屯《たむろ》をいたして居《を》りました。こゝに廓《かく》内《ない》の或《あ》る邸《やしき》に屯《たむろ》をいたして居《を》りまする兵《へい》隊《たい》の中《うち》に、濱《はま》田《だ》正《せう》司《じ》と申しまする御《ご》仁《じん》がありましたが、此《この》お方《かた》がいつの間《ま》にか深《ふか》くお松《まつ》の色《いろ》香《か》に迷《まよ》ひ、どうかしてあのお松《まつ》を我《わが》手《て》に入《い》れてやりたいものだと心《こゝろ》を碎《くだ》き、或《あ》る日《ひ》の事《こと》でムりましたが、見《み》事《ごと》な進《しん》物《もつ》を調《とゝの》へまして、采《うね》女《め》が原《はら》の定《さだ》五郎《らう》の小《こ》屋《や》へ尋《たづ》ねてまゐり

正「御《ご》免《めん》ください〳〵…………と一《ひと》言《こと》二《ふた》言《こと》申しまするど、家《う》内《ち》から

女「ハイ…………と答《こた》へて障《しやう》子《じ》を明《あ》けたのは

定《さだ》五郎《らう》の女房《にようばう》おちよ　女「どちらから……してまた御《ご》用《よう》は……と、おちよは不《ふ》思《し》議《ぎ》さうな顔《かほ》色《いろ》をして尋《たづ》ねかけました　正「イヤ、左《さ》様《やう》に真《ま》面《じ》目《め》に出《で》られては、ちと挨《あい》拶《さつ》に……実《じつ》はお娘子《むすめご》のお松《まつ》さんに少《すこ》しお目《め》にかゝりたい事《こと》があつて……　ち「左《さ》様《やう》でムますか、生《あい》憎《にく》あれは、今朝《けさ》外《よ》所《そ》へ出《で》まして……併《しか》し、もう大抵《たいてい》帰《かへ》る刻限《こくげん》でムますから、お急《いそ》ぎでなくば御《ご》覧《らん》の通《とほ》りむさくるしくはございますが……と、世辞《せじ》を蒔《ま》きまするヽと、正《しやう》司《に》は少《せう》々く失望《ばう》したやうに・正「イヤハヤ、それは生《あい》憎《にく》なことであつたが、序《つい》手《で》ですからそれではお邪《じや》魔《ま》をいたします……と、あがりこむお千《ち》代《よ》はお茶《ちや》を入《い》れる、四《よ》方《も》八《や》方《ま》の話《はなし》に時を移《うつ》して、居《を》りますと、日《ひ》も早《はや》西《せい》山《さん》に傾《かた》むくと云《い》ふ頃《ころ》、表《おもて》から纏をかけ「親《おつ》母《か》さん今《いま》戻《もど》つて来《き》ました……と、三《さ》味《み》線《せん》を抱《かゝ》へて這《は》入《い》つて来《き》たのは此《この》家《や》の娘《むすめ》お松《まつ》でございました、お千《ち》代《よ》はそれを見《み》まして　ち「どちらのお方《かた》か先《せん》刻《こく》からお前《まへ》にあひたいと左《さ》様《やう》仰《おつ》有《しや》

鳥追お松

つて……お松《まつ》は正司《しやうじ》を見《み》て　松「親《おつ》母《か》さん、このお方《かた》は濱《はま》田《だ》さんと仰《おつ》有《しや》るお方《かた》で、毎《まい》度《ど》ひいきの旦《だん》那《な》です……　千「さうでしたか、知《し》らないものですから遂《つひ》御《お》疎《そ》闊《さう》をいたしまして、何《なん》とも……　正「さういたしまして、其《その》挨《あい》拶《さつ》には痛《いた》みいる……と頭《あたま》をかきながら反《そり》身《み》になる、やがてお松《まつ》は　松「親《おつ》母《か》さん、わざ〳〵御《ご》遠《えん》方《ぱう》からお尋《たづ》ねですから、何《なに》がなくとも一《いつ》獻……御《ご》苦《く》勞《らう》ですが……お千《ち》代《よ》は　千「左《さ》樣《やう》でしたね、遂《つひ》呆《ぼん》然《やり》して……それぢや一《ひと》走《はし》り行《い》つて來《き》ます……と、家《うち》を出《で》ましたが、間《ま》もなく酒《さけ》肴《さかな》を用《よう》意《い》して歸《かへ》つて參《まゐ》り、それから獻《さ》しつ酬しつ飲《の》む酒《さけ》がそも〳〵緣《えん》の端《はし》となつて正司《しやうじ》は我《わ》が思《おも》ひを遂《と》げましてからは、尚《なほ》更《さ》ら有《う》頂《てう》天《てん》と云《い》ふ有《あり》樣《さま》、お松は顏《かほ》にも似《に》ぬ強《がう》慾《よく》者《もの》でムましたから、母《はゝ》のお千代と諜《しめ》し合《あは》せまして、二百餘《よ》圓《ゑん》の所《しよ》持《ぢ》金《きん》は愚《おろ》か、衣《い》類《るゐ》其《その》他《ほか》のものまでも騙《まき》取《あげ》て仕《し》舞《まひ》ました、正司は泣《なき》顏《がほ》に蜂で、その不《ふ》品《ひん》行《かう》が隊《たい》長《ちやう》の耳《みゝ》に這《は》入《い》りまして禁《きん》足《そく》をヤし付《つけ》られ、

九

出《で》ることも出《で》來《き》ぬ籠《かご》の鳥《とり》同樣《どうやう》と相成《あひなり》ました、お松は却《かへ》つて正司が禁足《きんそく》の身《み》となつて來《こ》られないのを喜《よろこ》び暫《しばら》く月日《つきひ》を送《おく》つて居《を》りますするうち、同氣《どうき》相求《あひもと》むるの譬《たとへ》で、その頃《ころ》橋場《はしば》の汐入《しほいり》堤《つゝみ》に住《す》んで居《を》りました大坂《おほさか》吉《きち》と云ふ破落戸《ごろつき》と情《じやう》を通《つう》じて割《わり》なき交情《なか》となりましたが、母親《はゝおや》お千代もなか〳〵一條縄《ひとすぢなは》にはかゝらんほどの大膽者《だいたんもの》、何事《なにごと》も知《し》らず顔《かほ》して居《を》りましたが、段《だん》々〳〵後《のち》にお判《わか》りなりませう

第二席

淺草《あさくさ》並木《なみき》町《ちやう》に松屋《まつや》と申《まを》しまして、呉服《ごふく》太物《ふともの》を渡世《とせい》として居《を》ります る而《しか》も土藏倉《どざうくら》の五戸前《いつこまへ》も立列《たちなら》んで店《みせ》の者も二十人《にん》近《ちか》く召使《めしつか》ふ老舖《しにせ》がありました、此家《このいへ》に少《ちいさ》い時から奉公《ほうこう》をいたしまして、律義《りちぎ》一轍《いつてつ》の番頭《ばんとう》に忠藏《ちうざう》と云ふ者がございました、主人《しゆじん》は最早《もはや》暖簾《のれん》を分《わ》けて別家《べつけ》をさせようと、大坂《おほさか》の親許《おやもと》へも相談《さうだん》をいたして居ると云ふ意《い》

鳥追お松

氣《き》組《ぐみ》であつたに、如何《いか》なる天魔《てんま》に魅入《みい》られたか石《いし》の様《やう》な忠藏《ちうぞう》は、或《あ》る日《ひ》のこと門《かど》に立《た》つて三《み》筋《すぢ》の糸《いと》を調《しら》ぶるお松の仇《あだ》な容姿《すがた》に現《うつゝ》をぬかし、寢《ね》ても覺《さめ》ても忘《わす》れ難《がた》く煩惱《ぼんのう》の犬《いぬ》逐《お》へども去《さ》らぬつれなさに、思《おも》ひの丈《たけ》を筆《ふで》に綴《つゞ》つて後《また》來《く》る折《をり》を樂《たのし》んで居《ゐ》りました、夫《それ》から凡《およ》そ一《ひと》月《つき》餘《あまり》も經《た》つて、例《れい》のお松が見《み》えたので、忠藏は胸《むね》に小《こ》波《なみ》をうたせ、朋輩《はうばい》に悟《さと》られては大變《たいへん》と思《おも》つたから、態《わざ》と何氣《なにげ》ない体《てい》に見《み》せかけ、二分《ぶ》金《きん》を艶書《ふみ》に包《つゝ》んで投出《なげだ》しましたから、朋輩《はうばい》等《たち》も（反古《ほご》紙《がみ》に僅少《すこし》の端錢《はした》をくるんだものと心得《こゝろえ》、誰《たれ》一人《ひとり》怪《あや》しと思《おも》ふ者《もの》はムません、お松はそれを拾《ひろ》ひ上《あ》げ、人《ひと》の見《み》ぬ間《ま》に開《あけ》て見《み》ますと、思《おも》ひもかけぬ大枚《だいまい》のお金《かね》、なにか仔細《しさい》のありはせぬかと、強《しい》引《ひ》き展《の》ばす白紙《しらかみ》に忠藏の心《こゝろ》の底《そこ》をこま〱と認《したゝ》めてあつたので、お松は何《なに》やら莞爾《につこ》と微笑《わらひ》を含《ふく》んで、そのまゝ袂《たもと》の中《なか》に押《お》し込《こ》んで仕舞《しま》ひました、お松は五《いつ》日《か》目《め》の夕方《ゆふがた》折《をり》を計《はか》つて來《き》たものか、丁度《ちやうど》忠藏が表《おもて》へ出《で》て居《ゐ》ると

十二

き遁《にげ》り・かゝり、手《て》速《はや》に返《へん》事《じ》を渡《わた》しまして後《あと》をも見《み》ずに立《たち》去《さ》つて仕《し》舞《まひ》ました、忠藏は如何の樣《やう》な返《へん》事《じ》が來《き》たものかと急《いそ》いで開《ひら》いて見《み》ますると、是《ぜ》非《ひ》共《とも》御《お》目《め》に懸《かゝ》つた上《うへ》お話《はな》しいたしたい事《こと》も山《やま》々《〳〵》でございますから、何《どう》卒《ぞ》今《こん》宵《や》橋《はし》場《ば》のわが宿《やど》まで尋《たづ》ねて來《き》て呉《く》れとの返《へん》事《じ》であります、神《かみ》ならぬ忠藏は如《い》何《か》なる企《たく》謀《み》のあることかとも知《し》らず、頻《しき》りに獨《ひと》り喜《よろこ》んで日《ひ》の暮《く》れるのを待《ま》つて居《ゐ》りますると、主《しゆ》人《じん》が忠藏を呼《よ》びまするので、何《なに》事《ごと》か知《し》らぬが遠《とほ》い處《とこ》へなどやられては、折《せつ》角《かく》の苦《くる》痛《しみ》も水《みづ》の泡《あわ》だと呟《つぶや》きながら參《まゐ》りまするとし

主「忠藏や、こゝに二百兩《りやう》あるが、これはナー橘《たちばな》町《ちやう》の堺屋《さかいや》さんへ渡《わた》す仕《し》切《きり》の金《かね》だ、氣《き》の毒《どく》だが鳥《ちよ》渡《つと》一《ひと》走《はし》り行《い》つて來《き》てお呉《く》れ……

忠「それでは行つてまゐります……と金《かね》を懷《かい》中《ちう》いたしまして、行《ゆ》くべき家《ところ》へは行《ゆ》きもせず、入《いり》谷《や》田《たん》甫《ぼ》を横《よこ》に見《み》て心《こゝろ》も中《ちう》に其《その》日《ひ》の点《く》火《れ》頃《がた》、お松の家《うち》へ尋《たづ》ねて參《まゐ》りました、お松は豫《かね》て服《みな》裝《り》を繕《つくろ》ひ、酒《さけ》肴《さかな》も整《とゝの》へ置《お》いて最《いと》しめ

鳥追お松

やかに饗應《もてな》されたので、知《し》らず識《し》らず杯《さかづき》の數《かず》を重《かさ》ね、大《おほい》に酩《めい》酊《てい》の体《てい》をお松は見《み》て取《と》り　松「貴《あな》郎《た》のマアーお弱《よわ》いこと、あればかりの酒《さけ》でその様《やう》に……苦《くる》しさうに……わたくしがおやすめ申して上《あげ》ますから暫《しば》らくおやすみなさりませ……　忠「それはまア〳〵ありがたい……どこですかお松《まつ》は忠《ちう》藏《ざう》を伴《ともな》ひて一間《ま》へまゐりとこにやすませ忠《ちう》藏《ざう》はよききげんにて、前《ぜん》後《ご》も知《し》らずグッスリと寝《ね》込《こ》んで仕《し》舞《ま》ひました、早《はや》眞《ま》夜《よ》中《なか》過《すぎ》でもあらうかと思《おも》ふころ不《ふ》圖《と》目《め》を醒《さま》しまするとおもての板《いた》戸《ど》がキリ〳〵と音《おと》をたてますので何事《こと》ならんと枕《まくら》を擡《もた》げ耳《みゝ》を澄《す》まして聞《き》いて居《を》りまするとやがては人《ひと》の疊《たゝみ》をする足《あし》音《おと》がだん〳〵と枕《まくら》許《もと》へ近《ちか》づいてくる、忠藏は何《なに》者《もの》ならんと暗《や》夜《み》を透《すか》して見《み》上《あ》げまするど、仁《に》王《わう》のやうな大《だい》の男《をとこ》が口《くち》に出《で》刄《だ》庖《ばう》刀《てう》を啣《くは》ひてニヨツキリ突《つゝ》立《た》つて居《ゐ》りますから忠《ちう》藏《ざう》はさてこそ兇《くせ》賊《もの》に違《ちが》ひないと夜《や》具《ぐ》引《ひつ》被《かぶ》つて縮《ちゞ》みこむと以《い》前《ぜん》の男は

鳥追お松

十四

怒《いか》れる聲《こゑ》をふりあげて　男「不《ふ》義《ぎ》者《もの》見《み》付《つけ》た、其《そ》處《こ》動《うご》くな……と庖《はう》刀《ちやう》逆《さか》手《て》に振《ふり》翳《かざ》したので二人《ふたり》は慌《あは》てゝ逃《に》げだすを引《ひつ》捕《とら》へ、足《あし》蹴《げ》にかけて踏《ふ》み倒《たふ》し　男「ヤイ、この野《や》郎《らう》奴《め》逃《にげ》るつて逃《にが》すものか、今《いま》この出《で》刄《ば》庖《はう》刀《ちやう》を御《お》見《み》舞《ま》ひ申すから、觀《かん》念《ねん》して待《ま》つて居《ゐ》やがれ……云《い》ふより疾《はや》く忠藏の肋《あばら》を目《め》懸《が》けて衝《つる》立《たて》んといたしますと、お松は其手《て》に取《と》りすがつて聲《こゑ》慄《ふる》はし　松「今《いま》更《さら》なんと申《まう》し譯《わけ》もございませんが、忠藏さんと云《い》ふお方《かた》と不《ふ》義《ぎ》淫《いた》行《づら》、一《ひと》通《とほ》り聞《きい》た上《うへ》で殺《ころ》すもののなら殺《ころ》して……と、手《て》を合《あは》せて頼《たの》みますと、男は　男「ムー、こりや面《おも》白《しろ》い、不《ふ》義《ぎ》淫《いた》行《づら》の辨《いひ》疏《わけ》聽《き》かう、サアー吐《ぬか》せ〳〵と、勢《いきほ》ひ鋭《するど》く責《せめ》かけました、お松は言《こと》葉《ば》遣《づか》まで以《い》前《ぜん》とはうつて變《かは》り　松「吉《きつ》さん、不《ふ》義《ぎ》だの淫《いた》行《づら》だのつて面《おも》白《しろ》くもネイ、斯《か》うさせたも誰《だれ》の慾だとお思《おも》ひです、全《ぜん》体《たい》お前《まへ》は家《か》業《げふ》に碌《ろく》々く身《み》もいれねヱ、賭《ばく》博《ち》にまるで氣《き》を奪《とら》れ、家《うち》の煙《けむり》は誰《だれ》がたてるのですかヱ、眞《ほん》個《と》に戯《たは》むれるにも程《ほど》があるよ、お前《まへ》のやうな

鳥追お松

破《ご》落《ろ》戸《つき》には遠《とほ》から愛《あい》想《そ》が盡《つ》きて居《ゐ》るんだよ…………この悪《あく》口《こう》雜《ざふ》言《ごん》をきいたる大《おほ》坂《さか》吉《きち》は額《ひたい》に蚓《みゝず》の様《やう》な脊《あを》筋《すぢ》をはらせ、キリ〳〵と切《は》歯《ぎしり》をして吉「おのれ、如《ど》何《う》するか待《ま》つて居《ゐ》ろ…………と、復《また》もや出《で》刃《ば》をふりあげて、眞《まつ》半《ぷた》断《つ》と斬《きり》付《つけ》やうといたしました時、表《おもて》の方《かた》から暫《しばら》く待《ま》つたと飛《と》びこんで來《き》た者《もの》がございましたこれは明《みやう》晩《ばん》でお判《わか》りになります

第三席

前《ぜん》晩《ばん》うかゞひましたる通《とほ》り、大《おほ》坂《さか》吉《きち》は出《で》刃《ば》庖《ぼう》刀《てう》を振《ふり》翳《かざ》して、忠藏を眞《まつ》半《ぷた》断《つ》と勢《いきほ》ひ込《こ》んで居《お》ります所へ、暫《しばら》く待《ま》つたと飛《とび》込《こ》んで來《き》たのは、お松の阿《おふ》母《くろ》お千代でございました、大坂吉は呆《あつ》氣《け》にとられて振《ふ》りあげた手《て》をわれ知《し》らず下《おろ》す、忠藏は只《たゞ》ぶる〳〵身《み》慄《ぶるひ》して龜《かめのこ》のやうに、縮《ちゞ》みあがつて居《ゐ》る、お千代は隙《すか》さず忠藏を片《かた》隅《すみ》の方《はう》に呼《よ》びよ

十六

せて　ち「マア危《あぶ》險《ない》ことでございました、それでも怪我《けが》は…………と、親《しん》切《せつ》でかしに話《はな》しの端《いと》緒《ぐち》をきりはじめました、忠臓は地《ぢ》獄《ごく》で佛《ほとけ》の恩《おん》ひを致《いた》しまして　忠「どうも有《あり》難《がた》うぞんじます、若《も》しあなたが御《お》出《いで》下《くだ》さいませんなら、私《わたし》はどんな目《め》にあつたか知《し》れません、どうもハヤ…………物《もの》堅《がた》い忠臓は只《ひた》管《すら》にお千代の厚《かう》意《い》を謝《しや》して居《お》ります、お千代はこゝぞと膝《ひざ》を進《すゝ》めまして　ち「時《とき》に忠臓さんとやら、先《せつ》刻《き》はわたしが不《ふ》意《い》に飛《とび》込《こ》んで來《き》たので、吉さんも夫《それ》に氣《き》を取《と》られて一《いち》時《じ》其《その》場《ば》は治《をさま》つたものゝ様《やう》だが、貴《あな》郎《た》は御《ご》存《ぞん》知《ぢ》もございますまいが、彼《あれ》は大《おほ》坂《さか》吉《きち》と申して、なか〳〵箸《はし》にも棒《ぼう》にもかゝる代《しろ》物《もの》じやないんです、妾《わたし》は能《よ》くあの人《ひと》の近《やう》狀《す》を知《し》つて居《お》りますが、何《なん》でも此《この》頃《ごろ》は賭《ばく》博《ち》にまけて、大《おほ》きに困《こま》つて居《ゐ》るらしいから、只《たゞ》と云《い》つては兎《と》ても濟《すま》すことではあるまいが、せめては是《これ》で百兩《りやう》も渡《わた》したら、どうか内《ない》證《しよ》に濟《す》むだらうと思《おも》ふんですが…………と、云《い》つて大《だい》枚《まい》の百兩《りやう》、どうした

鳥　追　お　松

もんでせう……忠藏は只《たゞ》怖《おそ》ろしさに前後の考《かんが》へもなく　忠「それ位《くらゐ》は所持《しよぢ》しても居《お》りまするが、實《じつ》のところ主人《しゆじん》から頼《たの》まれた仕《し》切《きり》の金《かね》、どうも困《こま》つたことになりて……たゞ悄然《しほ〳〵》と頭《あたま》をたれて居《ゐ》る　ちつろれは誠《まこと》にお氣《き》の毒《どく》ですけれども、背《せ》に腹《はら》はかへられぬ道《だう》理《り》、生《いの》命《ち》あつてのゐとですから、一《いち》時《じ》それを融《ゆう》通《づう》して、主《しゆ》人《じん》の方《はう》はまた如《ど》何《う》なといたしたら……それならどうか纏《まとま》りもつきませうが……と、意《い》味《み》ありげなお千代の言《こと》葉《ば》に、忠藏も暫《しば》時《らく》考《かんが》へて居《お》りましたが、頓《やが》て決《けつ》心《しん》した様《やう》子《す》で　忠「斯《か》うなつては何《なん》とも詮《し》方《かた》がありません、百兩《りやう》は差《さし》上《あげ》ることに致しますから、どうか穩《おだや》かに纏《まとま》りまする樣《やう》に……忠藏は懷中《くわいちう》より百兩《りやう》の金《かね》を取《とり》出《だ》してお千代に渡《わた》す、お千代は大坂吉の耳《みゝ》に口《くち》を當《あ》てゝ何《なに》か囁《さゝや》いて居《お》りましたが、此《この》騷《さう》動《どう》も難《なん》なく纏《まとま》り、忠藏は毒《どく》蛇《じや》の口《くち》を遁《のが》れた心《こゝ》地《ち》をいたして心《こゝろ》も空《そら》と飛《と》びだしました、跡《あと》に三人は顏《かほ》見《み》合《あは》せ　松「吉さん、首《しゆ》尾《び》は上《じやう》出《で》來《き》だつた子

鳥追お松

十八

……………大坂吉は手《て》に持《も》つた出《で》刃《ば》庖《ぼう》刀《てう》をそこへ投《なげ》出《だ》して　吉「もと〳〵仕《し》組《く》んだ戯《しば》作《い》だもの、甘《うま》く行《ゆ》くのは當然《あたりまへ》さ、耳《みゝ》を揃《そろ》へて此《この》百兩《りやう》、金《かね》の顔《かほ》はいつ見《み》ても惡《わる》くないな、然《し》ておふくろさんは何《い》時《つ》の間《ま》に……と、お千代の顔《かほ》を觀《み》顧《かへり》まずと　ち「いつの間《ま》にもありはしないよ、其《そ》所《こ》は流《さす》石《が》……………何《なん》かの時《とき》には一《ひと》廉《かど》の役《やく》にもと、常《つね》平《ひ》素《ごろ》の乳《ちゝ》繰《くり》合《あひ》も見《み》て見《み》ぬふりするも親《おや》の慈《じ》悲《ひ》、首《しゆ》尾《び》よくいつた百兩《りやう》は二つに分《わ》けて貰《もら》ひませう、オー大《たい》層《そう》寒《さむ》いこと何《なん》か寒《さむ》さ防《ふせ》ぎは……………と、お松に目《め》指《くばせ》いたしまする　と　松「ありますとも、忠寂の飲《のみ》殘《のこ》しが……………お松は貧《びん》乏《ばふ》德《とく》利《り》と茶《ちや》碗《わん》とを持《も》つて來《き》て二人の前《まへ》に差《さし》出《だ》しました。お松と大坂吉とはこの味《あぢ》を覺《おぼ》えてからは度《たび》々《〳〵》申し合《あは》せては色《いろ》に事《こと》よせ、多《おほ》くの浮《うは》氣《き》男《をとこ》の大《だい》金《きん》を絞《しぼ》り取《と》りましたが、天《てん》網《まう》恢《くわい》々《〳〵》疎《そ》にして漏《もら》さずで、その惡《あく》事《じ》がだん〳〵と官《くわん》廳《ちやう》の耳《みゝ》に聞《きこ》え、遂《つひ》にお尋《たづね》者《もの》と相《あひ》成《なり》ましたので、此《この》東《とう》京《きやう》に居《ゐ》ることも出《で》來《き》ない次《し》第《だい》となり、暫《しば》時《し》大《おほ》坂《さか》に容《すが》姿《た》

鳥追お松

をかくすことに相談《さうだん》を極《き》め、いよ〳〵東京《とうきやう》を出立《しゆつたつ》いたしましたのが、明治《めいぢ》二年《ねん》の如月《きさらぎ》でございました、夫《それ》から瞽婦《めくら》お松と悪漢《わるもの》大坂吉は、其日《そのひ》の黄昏《たそがれ》に品川《しながは》の町外《まちはづ》れに着《つ》き、人目《ひとめ》を包《つゝ》ひために色々《いろ〳〵》と服《み》装《なり》を繕《つくろ》ひ、其夜《そのよ》は此所《こゝ》に一泊《いつぱく》いたさうと思《おも》ひましたが、お松の親《おや》の義兄弟《ぎりのきやうだい》で安《やす》次郎《じらう》と云ふ非人《ひにん》が、東海禅寺《とうかいぜんじ》の境内《けいだい》に住居《すまゐ》して居《ゐ》る事《こと》を想起《おもひだ》しまして、兎《と》に角《かく》にそれを尋《たづ》ねて今夜《こんや》はそこに一泊《いつぱく》いたし、何《な》はいろ〳〵と相談《さうだん》をいたさうと考《かんが》へまして、土産《みやげ》に酒《さけ》を二升《しやう》はかり買求《かひもと》め、安次郎が住家《すみか》を尋《たづ》ねて参《まゐ》り、酒杯《さかづき》を献《とり》酬《やり》しながら種々《いろ〳〵》な話《はなし》に時《とき》を移《うつ》し、最《も》早《はや》深更《しんかう》にもなりましたので、安次郎が先《さき》にたつて二人を案内《あんない》いたし、一室《ひとま》の中《うち》に休《やす》ませましたが、安次郎が是《これ》から如何《いか》なる事《こと》をなすかは、明晩《みやうばん》までお預《あづか》りといたして置《おき》ます

第四席

二十

安次郎は心《こゝろ》に一《いち》物《もつ》あつたことでムますから、二人《ふたり》に酒《さけ》を強《しひ》付《つ》ける、二人も素《もと》より飲《の》める口《くち》でムますから、樽《たる》の酒《さけ》も大《おほ》方《かた》飲《の》みほすほどで、酔《よひ》も大《だい》分《ぶ》廻《まは》つたものですから、二人は一《ひと》室《ま》の中《うち》に前《ぜん》後《ご》も知《し》らず寝《ね》込《こ》んで仕《し》舞《まひ》ました、安次郎は何《なに》やら莞《にっ》爾《こ》と片《かた》頬《ほう》に微《わら》笑《ひ》を浮《うか》べ、起《た》つて前《まへ》後《うしろ》の戸《と》締《じまり》を厳《げん》重《ぢう》にいたしまして、裏《うら》口《ぐち》から何《ど》処《こ》へか立《たち》出《い》でました。安次郎は窃《ひそ》かに家《うち》を抜《ぬけ》出《いで》まして、この事《こと》を取《とり》締所《しまりじよ》へ注《ちう》進《しん》に及びましたから、取《とり》締所《しまりじよ》からは捕《とり》手《て》の役《やく》人《にん》、各《てん》人《で》に得《え》物《もの》を携《たづさ》へまして、東《とう》海《かい》禅《ぜん》寺《じ》の境《けい》内《だい》なる安次郎の家《うち》につめ掛《か》けまして、十分《ぶん》に手《て》配《はい》をいたし、家《うち》の前《あと》後《さき》から一《いつ》斉《しよ》に　役「御《ご》用《よう》だぞ、神《しん》妙《めう》にしろッ………と、聲《こゑ》をかけますると、悪《あく》人《にん》と云ふものは心《こゝろ》の安《やす》まる時《とき》はないものださうで、能《よ》く〳〵熟睡《じゆくすゐ》をいたして居《ゐ》つたと思《おも》つた吉蔵は布《ふ》団《とん》をはね除《の》け、ムックと起《お》きあがつて矢《や》庭《には》に雨《あま》戸《ど》を蹴《け》はなしまして、逃《にげ》足《あし》はやく表《おもて》の庭《には》へ逃《に》げだしました、捕《とり》手《て》の役《やく》人《にん》は　役「ソレ逃《にが》すなッ…………と突《つく》棒《ぼう》ろの他《た》のものを振《ふり》廻《まは》しまして吉藏を追《おつ》駈《か》けまするど、吉藏もなか／＼の悪《わる》漢《もの》、毒《どく》を食《く》はゝ皿《さら》までと覺《かく》悟《ご》を極《きは》め、傍《そば》にあつた六尺《しやく》ばかりの圓《まる》棒《ぼう》をとつて渡《わた》り合《あ》ひ、暫《しばら》くは爭《あらそ》つて居《ゐ》りましたが、綾《あい》憎《にく》右《みぎ》の利《きゝ》腕《うで》をしたゝか撲《なぐ》据《す》ゑられましたので、アッと云つて棒《ぼう》を投《はうり》出《だ》し、少《すこ》しく勢《いきほ》ひがひるんだところを、役《やく》人《にん》はバラ／＼と四《し》方《はう》から折《をり》重《かさな》つて吉藏を組《くみ》伏《ふ》せ、難《なん》なく捕《ほ》縛《ばく》をいたしました、母《おも》家《や》の方《はう》では鳥《とり》追《おひ》お松、役《やく》人《にん》が殘《のこ》らず吉藏を追《おつ》駈《か》けて家《う》内《ち》には一人も居《ゐ》ないを幸《さいはひ》、行《あん》燈《どう》の火《ひ》をプッと吹《ふき》消《け》し、黒《や》暗《み》にまぎれ壁《かべ》に添《そ》つて背《せ》戸《ど》口《ぐち》から人《ひと》知《し》れず逃《にげ》出《だ》し、暗影《かげ》に身《み》を隱《かく》してホッと一《ひと》息《いき》つく間《ま》もなく、追《おつ》手《て》の役《やく》人《にん》二三人棒《ぼう》先《さき》を揃《そろ》へて突《つき》込《こ》みますので、お松は兎《と》ても逃《のが》れぬ所と覺《かく》悟《ご》をいたしまして、藪《やぶ》の中《なか》から躍《をど》りいで、彼《かな》方《た》をさして逃《に》げゆきますので、役《やく》人《にん》は口《くち》々《ぐち》に　役「ソレ出《で》た、此《こい》奴《つ》にがしてなるものか…………と跡《あと》追《おつ》駈《か》けて參《まゐ》りまする、お松は女《をんな》にも似《に》氣《げ》なく、飛《ひ》鳥《てう》の如《ごと》く駈《か》け走《はし》つて、垣《かき》根《ね》の側《そば》の垂《しだ》枝《れ》柳《やなぎ》に手《て》をかけると見《み》せましたが輕《かる》々《〳〵》と身《み》を浮《う》かしまして、垣《かき》根《ね》の外《そと》に飛《と》び越《こ》へんといたしました、役《やく》人《にん》たちは詰《つめ》寄《よ》つてお松の裾《すそ》を攫《つか》まうといたしまするど、お松は裾《すそ》をふり拂《はら》つて垣《かき》根《ね》の外《そ》面《と》に下《お》り立《だ》ち、跡《あと》白《しら》波《なみ》と消《きえ》失《う》せて仕《し》舞《ま》ひました、役《やく》人《にん》等《ども》はお松を取《と》りにがした殘《ざん》念《ねん》さに、吉藏を高《たか》手《て》小《こ》手《て》にひし〳〵と縛《くゝ》りあげ、役《やく》所《しよ》を指《さ》して引《ひつ》立《た》てました

第五席

その後《のち》大坂吉は縄《なは》付《つき》のまゝ、市《し》政《せい》裁《さい》判《ばん》所《しよ》へ護《ご》送《そう》いたされまして、段《だん》々《〳〵》と糺《たゞ》吟《ぎん》味《み》をうけましたが、元《ぐわん》來《らい》不《ふ》敵《てき》の強《がう》情《じやう》漢《もの》でございましたから、度《たび》々《〳〵》の拷《がう》問《もん》さへも少《すこ》しも厭《い》とせず、一《いつ》向《かう》に白《はく》状《じやう》をいたしませんので其《その》儘《まゝ》空《むな》しく三四ヶ月の間《あひだ》牢《らう》屋《や》の中《うち》に呻《しん》吟《ぎん》いたして居《を》りました次《し》第《だい》でございまするが、其《その》當《たう》時《じ》は御《ご》維《い》新《しん》の折《をり》柄《から》でございまして、

鳥追お松

永《なが》らく幕《はく》政《せい》の下《もと》に苦《くる》しんで居《を》りました下々《しも〳〵》に、専《もつぱ》ら仁《じん》政《せい》を施《ほどこ》すと云ふ御《お》政《せい》治《ぢ》向《むき》で、何事《なにごと》も寛大《くわんだい》な扱《あつか》ひであつた上《うへ》に、法律《はふりつ》なんぞと云ふものも未《ま》だ全《まつた》く備《そな》はつては居《を》りませず、其《その》上《うへ》に吉蔵の犯《はん》罪《ざい》も僅《わづ》かに一二の詐《さ》偽《ぎ》位《くらゐ》のことで、別《べつ》に殺人《ひとごろし》などゝ云ふやうな大悪《だいあく》を犯《をか》した事もありませんので、其《その》罪《つみ》も至《いた》つて軽《かる》く一年の徒《と》罪《ざい》を申し渡《わた》されまして、翌《よく》年《ねん》の二月遂《つひ》に伊《い》豆《づ》七《しち》島《たう》の一《ひとつ》なる三《み》宅《やけ》島《じま》へと流《なが》されました、大坂吉は身《み》から出《で》た錆《さび》とはいひながら、此《この》島《しま》に移《うつ》されまして食《たべ》物《もの》といひば粟《あは》稗《ひえ》海《うみ》草《くさ》位《くらゐ》なもの、辛《から》くも露《ろ》命《めい》をつないで、海《かい》岸《がん》にうち寄《よ》せます浪《なみ》より外《ほか》に友《とも》と云ふものもなく、餘《あま》りに物《もの》淋《さび》しく感《かん》じまするので、自《し》然《ぜん》と故《こ》郷《きやう》の事《こと》やお松の身《み》の上《うへ》ばかり案《あん》じ暮《くら》して居《を》りました。さてお話《はなし》は後《あと》へ戻《もど》りまするが、彼《か》の並《なみ》木《き》町《ちやう》松《まつ》屋《や》の手《て》代《だい》忠蔵は、お松吉蔵等《ら》の悪《たく》計《み》にかゝりまして、主《しゆ》人《じん》より預《あづか》りました二百両《りやう》の内《うち》百両《りやう》を騙《かた》られまして初《はじ》めて迷《まよ》ひの夢《ゆめ》がさめましたが、今《いま》

二十四

更《さら》となつて主家《しゆうか》へ歸《かへ》る譯《わけ》にもゆかず、兎《と》いつて番《ばん》頭《たう》の身《み》として大《たい》枚《まい》の金《かね》を直《すぐ》樣《さま》才《さい》覺《かく》いたすと云ふゐとも出《で》來《き》ず、左《あ》思《ゝ》右《こ》想《う》思《し》案《あん》を凝《こら》して暫《しばら》く姿《すがた》をかくして居《ゐ》りましたが、如《ど》何《う》して死《し》ぬより外《ほか》に分《ふん》別《べつ》がないので

忠「斯《か》うなつては最《も》早《はや》絶《ぜつ》体《たい》絶《ぜつ》命《めい》死《し》ぬより外《ほか》に詮《し》方《かた》はない、併《しか》し左《さ》樣《う》なつたら國《くに》許《もと》にござる親《おや》御《ご》もさぞや嘆《なげ》くことであらう、一《いつ》旦《たん》大《おほ》坂《さか》へ立《た》ちもどつて餘《よ》所《そ》ながら永《なが》のお暇《いとま》乞しあげて、其《その》上《うへ》のことにしやう、左《さ》樣《う》だ〳〵……と、惟《ひと》り首《うな》肯《づ》きながら並《なみ》木《き》町《ちやう》の主《しゆ》人《じん》方《かた》へは歸《かへ》りませんで、其《その》日《ひ》の中《うち》に大《おほ》坂《さか》を指《さ》して旅《たび》だちをいたしまして、進《すゝ》まぬ足《あし》を引《ひ》きながら品《しな》川《がは》の宿《しゆく》までやつて來《き》ましたが

忠「もし國《くに》許《もと》へ着《つ》かぬうちに主《しゆ》人《じん》の方《はう》から此《この》事《こと》が親《おや》の耳《みゝ》に這《は》入《い》つたなら、律《りち》義《ぎ》一《いつ》扁《ぺん》の親《おや》だもの閾《しきゐ》をまたがせるどころでない、どの面《つら》さげて此《こ》處《ゝ》へうせた、復《また》も不《ふ》孝《かう》の上《うは》塗《ぬり》をするつもりかなんと叱《しか》られるのは極《きま》つて居《ゐ》る、寧《いつ》そこゝで死《し》んだ上《うへ》、御《お》主《しゆ》人《じん》樣《さま》にも兩《ふた》親《おや》にも、

御《お》詫《わび》をするが可《よ》からう…………と決《けつ》心《しん》をいたしまして、腰《こし》から矢《や》立《たて》を取《と》り出《いだ》し、主《しゆ》人《じん》と親《おや》とに宛《あ》てた二通《つう》の書《かき》置《おき》を月《つき》の光《ひかり》に認《した》めまして、これを財《さい》布《ふ》の中《なか》に入《い》れ、金《かね》もろ共《とも》にくる〳〵と巻《ま》きつけ、再《ふた》びこれを懐中《くわいちう》いたしまして、品《しな》川《がは》の宿《しゆく》外《はづ》れへまゐりまする と、汐《しほ》は満《まん》々《〳〵》として居《お》りまして死《し》ぬには屈《くつ》強《きやう》でございますが、海《かい》中《ちう》では沈《しづ》んで仕《し》舞《ま》へばそれ限《ぎ》りと考《かんが》へましたから、首《くび》を縊《くゝ》つて死《しな》うといたしまして、側《わ》面《き》の方《はう》を眺《なが》めまする と、海《うみ》風《かぜ》に低《ひく》く垂《た》れて居《ゐ》る松《まつ》の枝《えだ》が、死《し》ねと云ふやうな塩《あん》梅《ばい》に枝《えだ》を伸《のば》して居《ゐ》りますので、忠蔵は帯《おび》を放《ほど》解《い》てその枝《えだ》になげ懸《か》け、書《かき》置《おき》と金《かね》の入《い》れてある財《さい》布《ふ》を紐《ひも》で堅《かた》く縛《くゝ》りつけ、死《し》出《で》の旅《たび》路《ぢ》の身《み》仕《じ》度《たく》をいたしながら、並木町の空《そら》をながめて　忠「十一の歳《とし》から廿五の今《け》日《ふ》まで永《な》ヶ《が》年《ねん》の御《ご》奉《ほう》公《こう》、親《おや》も及ばぬ御《ご》高《かう》恩《おん》をうけながら犬《いぬ》猫《ねこ》にも劣《おと》つたる此《この》始《し》末《まつ》、定《さだ》めて憎《にく》い奴《やつ》、恩《おん》知《し》らずと御卑下《げ》は御《ご》尤《もつとも》ではございますが、委《い》細《さい》は遺書にもある通《とほ》り若《わか》気《げ》の

鳥追お松

二十六

至《いた》りで、何《なん》の前《ぜん》後《ご》の分《ふん》別《べつ》もなく心《こゝろ》にもない御《ご》不《ふ》忠《ちう》をいたしまする兎《と》ても生《い》きてお詫《わび》のいたしやうもムませんから、死《し》んでお詫《わび》をいたします、何《どう》卒《ぞ》若《わか》氣《げ》の至《いた》りに免《めん》じ、わが身《み》の罪《つみ》を赦《ゆる》して下《くだ》され、又《また》二つには国《く》許《もと》の両《ふた》親《おや》さま、思《おも》はぬ事《こと》から死《し》なねばならぬ今《いま》の有《あり》様《さま》、御《ご》恩《おん》もおくらず先《さき》死《だち》まする不《ふ》孝《かう》の罪《つみ》は草《くさ》葉《ば》の影《かげ》からお詫《わび》をして居《を》りますれば、不《ふ》憫《びん》と思《おも》つて一遍《ぺん》の御《ご》回《ゑ》向《かう》を頼《たの》み上《あげ》ます、何《どう》卒《ぞ》並木町の御《ご》主《しゆ》人《じん》へは、よろしく御《お》詫《わび》を願《ねが》ひます…………とふりかへつて西《にし》の空《そら》を眺《なが》めまして、ホロ〳〵と涙《なみだ》を落《おと》し両手《りやうて》を合《あは》せて

忠「南《な》無《む》阿《あ》彌《み》陀《だ》佛《ぶつ》々々々々々々…………と、口《くち》に唱《しやう》名《みやう》をとなへまして、今《いま》や縊《くび》れやうといたしました此《この》時《とき》、後《うしろ》の方《かた》からバラ〳〵と駈《か》け來《きた》つて誰《たれ》とも知《し》れず確《しつ》然《か》と忠蔵を抱《だ》へた者がありました、是《これ》は次《じ》席《せき》でお話《はな》しいたす事にいたします

鳥追お松

第六席

松《まつ》屋《や》の番《ばん》頭《たう》忠蔵はいよ〳〵覚《かく》悟《ご》を致しまして品《しな》川《がは》の宿《しゆく》外《はづれ》の松の枝《えだ》にかゝつて、あわやブランコ往《わう》生《じやう》をいたさうとしました所を、後《うしろ》から確《しつ》然《かり》と抱《だ》きとめた者がありましたので、不《ふ》意《い》を喰《く》つて忠蔵は大《たい》層《そう》驚《おどろ》きましたが、死《し》んで御《お》詫《わび》と決《けつ》定《ぢやう》したことでムますから、身《み》をもがいて

忠「何《どな》某《た》様《さま》かは存《ぞん》知《ぢ》ませんが、是《ぜ》非《ひ》とも死《し》なねばならぬ譯《わけ》があつて覚《かく》悟《ご》を極《きは》めたこの身《み》の切《せつ》迫《ぱ》、御《ご》慈《じ》悲《ひ》でございますから何《どう》卒《ぞ》そゐを放《はな》して下さい、頼《たの》みます〳〵…………と、叫《さけ》びましたが、押《おさ》へたる手は如《いつ》何《か》な放《はな》さばこそ「ソレは左《さ》様《う》でもありませうが、少《せう》々《〳〵》話《はな》したいこともあれば、マア其《あの》短《たん》冊《ざく》は…………と、止《と》めるのは確《たし》かにやさしき女の聲《こゑ》、忠蔵は不《ふ》審《しん》に思《おも》ひまして後《うしろ》をふり向《む》き、月《つき》光《あかり》に見ますると此《こ》はそも如《い》何《か》に、采《うね》女《め》ケ原《はら》の鳥《とり》追《おひ》お松、忠蔵は餘《あま》りのことに

言葉《ことば》も出《で》ず、暫《しば》らく呆氣《あつけ》に取《と》られて居《ゐ》りまするを、お松は兩眼《りやうがん》からバラ〳〵と泪《なみだ》を落《おと》しまして、忠藏の顔《かほ》をながめ、松「餘《あんま》り短氣《たんき》な忠藏さん、死《しな》うとまでの御《お》覺悟《かくご》はさら〳〵無理《むり》とは思《おも》ひませんが、斯《か》うした御《お》身《み》にしたと云ふのも元因《もと》はと云へばみんな私《わたし》の量見《りやうけん》から、甚《こん》だ難儀《なんぎ》をかけました……と、跡《あと》は泪《なみだ》に聲《こゑ》を濕《しめ》して歔欷《すゝりなき》をして居《ゐ》りましたが、復《また》もや聲《こゑ》を震《ふる》はせまして

松「忠藏さんに對《たい》しては何《なん》と御《お》詫《わび》の仕《し》樣《やう》もなく、定《さだ》めし憎《にく》い奴《やつ》とお恨《うら》みも厶ませうか、彼《あれ》と云ふも私《わたし》の企《たく》んだ事《こと》ではなし、元々《もと》思《おも》ひ思《おも》はれて枕《まくら》をかはした婦しさを遂《つひ》吉さんに見《み》附《つけ》られ、大枚《たいまい》百兩の金《かね》を強奪《ゆす》られたは、誠《まこと》に殘《ざん》念《ねん》で堪《たま》りません、私《わたし》は其時《そのとき》から惜《をし》しくて貴郎《あなた》が戀《こひ》しく〳〵なり、又《また》この樣《やう》なことでもありはすまいかと氣《き》にかゝつてなりませんから、直《すぐ》あの家《うち》を遁出《にげで》まして貴郎《あなた》のお跡《あと》を慕《した》ひあるき、計《はか》らず此處《こゝ》でめぐり會《あ》つたは平素《ひごろ》念《ねん》ずる觀音樣《くわんおんさま》の御《ご》利益《りやく》、死《し》ぬと云ふなら貴郎《あなた》一人《ひとり》は

殺《ころ》しはしません、何《どう》卒《ぞ》私《わたし》も同時《いつしよ》に殺《ころ》して未来《みらい》は一蓮《いちれん》托生《たくしやう》の末《すゑ》ながく配《そ》合《は》して下《くだ》さい、乍《だ》併《が》二人が今《いま》こゝで絞《し》死《に》ましては人目《ひとめ》の死恥《しにはぢ》をかゝなければなりませんから、彼《あ》の六合《ろくがふ》に身《み》を投《な》げて情死《しんぢう》すると致しませう……と、お松は眞實《まこと》らしく述《のべ》たてましたので、忠臓は深《ふか》き企《たく》謀《み》のあることとは知《し》りません、全《まつた》く自分《じぶん》に心中《しんぢう》立《だて》をするのだと早《はや》呑《のみ》込《こみ》に合点《がてん》をいたしまして、今《いま》までの怨《うら》恨《み》と悲哀《かなしみ》はどこへやら消《き》えて仕舞《しま》ひ　忠「お前《まへ》が左様《さう》いふ心《こゝろ》とは今《いま》の今《いま》まで知《し》らないから、恨《うら》んでばッかりゐましたが、六合川《ろくがふがは》に身《み》を投《な》げて共《とも》に死《し》んで呉《く》れると覚悟《かくご》を極《きめ》た天晴《あつぱれ》のその心体《しんてい》、これも盡《つ》せぬ宿世《しゆくせ》の縁《えん》とあきらめて、それなら何《ど》卒《う》か……と、嬉《うれ》し涙《なみだ》をこぼしまして顔《かほ》をあげずに涙《なみだ》を飲《のみ》込《こ》んで居りますので、お松は得《し》意《たり》と舌《した》を吐《はき》出《だ》し、苦笑《にがわらひ》をかくして　松「賤《いや》しいこの身《み》のいふことをお聞《き》きなされて是《これ》に上《うへ》こす仕合《しあは》せはございません、夫《それ》ではこれから六合川《ろくがふがは》へまゐることに

三十

致しませう……と、手《て》に手《て》を取《と》つて歩《ある》き出《だ》しました、忠蔵は歩《ある》きながらいろ／＼と考《かんが》へまするとは今《いま》は死神《しにがみ》が其身《そのみ》を離《はな》れたものか、何《なん》となく死《し》にたくはないと云ふやうな心持《こゝろもち》が起《おこ》つて來《き》ました、凡《およ》そ半《はん》里《り》も歩《ある》いたかと思《おも》ふころ、お松は忠蔵に向《むか》つて　松「今《いま》もいろ／＼と考《かんが》へながら來《き》ましたが親《おや》を捨《すて》てまで戀慕《こひした》つた貴郎《あなた》に運《うん》よく此《こ》處《こゝ》で出會《であ》つたのは、因縁の盡《つき》ない証據《しようこ》と見《み》ねます、死《し》ぬのを忌《いや》がる譯《わけ》では厶ませんが、せめては思《おも》ふお方《かた》と一月なり二月なり世帶《せたい》をもつて交情《なか》よく暮《くら》すことが出來《でき》るなら、嘸《さぞ》樂《たの》しいことだらうと思《おも》ひますよ、夫《それ》もならずに只《たゞ》一晩《ひとばん》添臥《そひぶし》をしたばかりで、これから六《ろく》郷《がう》川《がは》で死《し》ぬのだと思《おも》ふと、なんだか未來《みらい》も本意《ほい》ないは因縁のやうに思《おも》はれて……空涙《そらなみだ》をながしますると、忠蔵はいよ／＼お松の口車《くちぐるま》にのせられまして　忠「なるほどお前《まへ》が云ふ通《とほ》り、枯《か》れた樹《き》には花《はな》の咲《さか》う道理《だうり》はない、死《しん》で仕《し》舞《ま》ひばそれまでのこと、死《し》ぬと云ふは私《わたし》の

鳥追お松

斷《ことわ》り、この懐古《こ》郷《きやう》の大《おほ》坂《さか》へ退《のい》て、二人で世《せ》帯《たい》をもつことにしませう、御《ご》主《しゆ》人《じん》には済《すま》ないけれども、未《ま》だ預《あづか》りの百両がある之《これ》を資《もと》本《で》に稼《かせ》いだなら、永《な》ヶ《が》年《ねん》覚《おぼえ》た技《う》芸《で》もあることだから、又《また》返《へん》済《さい》の都《つ》合《がふ》もできる時《とき》もあらう………と、云《い》ふ様《やう》なわけで、到《たう》頭《く》悪《あく》婦《ふ》の術《じ》中《ちう》に陥《おちい》たることは誠《まこと》に憐《あはれ》れなる次《し》第《だい》でございます

第七席

さても忠蔵お松の二人は、一《ひと》先《ま》づ大《おほ》坂《さか》に起《たち》越《こ》すことに相《さう》談《だん》をつけまして、夫《ふう》婦《ふ》氣《き》取《ど》りで五十三次《つぎ》の宿驛《しゆく〳〵》をだん〳〵と辿《たど》り行《ゆ》くことに相《あひ》成《なり》ましたが、固《もと》より急《いそ》がぬ旅《たび》のことでもあり、加《まし》之《て》懐《くわい》中《ちう》には百両と云ふ大《たい》金《きん》を所《しよ》持《ぢ》して居ることでございますから、任意《こゝろまかせ》に道《だう》中《ちう》をいたしまして、最《も》早《はや》小《を》田《だ》原《はら》に到《たう》着《ちやく》いたし、翌《よく》日《じつ》はいよ〳〵箱《はこ》根《ね》の峠《たうげ》を越《こ》さなければならんことになりましたが、當《その》時《ころ》は舊《きう》幕《ばく》の脱《だつ》走《そう》

鳥追お松

三十二

隊《たい》がこの山《やま》の要《えう》所《しよ》〳〵へ立《たて》籠《こ》つたので、東《とう》京《きやう》からは諸《しよ》藩《はん》の兵《へい》隊《たい》がドン〳〵と繰《くり》込《こ》み一《ひと》戰《せん》爭《そう》のあつた後《あと》で、未《ま》だ物《ぶつ》騒《さう》の時《とき》でムましたから、若《わか》い女の通《とほ》るなどは至《し》極《ごく》劍《けん》呑《のん》な事《こと》と存《ぞん》じましたので、お松は眉《まゆ》毛《げ》を剃《そり》下《おと》し、髪《かみ》は丸《まる》髷《まげ》に結《い》ひ直《なほ》し、歯《は》を黒《くろ》く染《そ》めまして田《ゐ》舎《なか》婦《をん》人《な》が參《さん》詣《けい》にでも出《で》かける様《やう》な鹽《あん》梅《ばい》に出來《しゆつたい》、忠藏もそれ〳〵風《ふう》体《てい》を拵《こしら》へまして案《あん》内《ない》者《しや》を賴《たの》み、箱《はこ》根《ね》の間《かん》道《だう》矢《や》倉《ぐら》澤《さは》の山《やま》道《みち》を傳《つた》へまして、三《み》島《しま》の驛《しゆく》を目《め》指《ざ》して出《しゆつ》發《ぱつ》いたしました、御《ご》存《ぞん》知《ち》の通《とほ》り、箱《はこ》根《ね》八《はち》里《り》と申すほどでムますから、順《じゆん》當《たう》の道《みち》を登《のぼ》りましても、仲《なか》〳〵容《よう》易《い》なことではムません、何《な》は更《さら》旅《たび》路《ぢ》に慣《な》れない東《とう》京《きやう》者《もの》が險《けは》しい間《かん》道《だう》をぬけやうとするのですから、餘《よ》程《ほど》辛《つら》いことであつたらうと思《おも》はれます、男ではありますが、忠藏は餘《よ》程《ほど》勞《つか》れたと見《み》ゑまして足《あし》を重《おも》げに引《ひき》摺《ず》りながら、十間《けん》行《い》つては立《た》ち五間《けん》歩《ある》いては休《やす》むと云ふやう譯《わけ》でなか〳〵道《だう》中《ちう》も捗《はか》がまゐりません

私「あなた如《ど》何《う》なすつたの

忠「ア

鳥追お松

「おれかへ、己《おれ》は足《あし》に草鞋《わらじ》食《くひ》ができたもんだから、それが如何《どう》も痛くつて〳〵……

松「どうも意気地《いくぢ》のないことネ最《も》早《う》三《み》嶋《しま》も近《ちか》いといふことですから、今《いま》少《すこ》しの心《しん》坊《ぼう》ですよ……却《かへつ》て女に勢《いきほ》ひをつけられまして、漸《やうや》く三《み》嶋《しま》の驛《しゆく》に着《つ》いたのが最《も》早《う》日《ひ》没《くれ》に間《ま》もないと云ふ刻《こく》限《げん》でムましたから、其《その》夜《よ》はこゝに一《いつ》泊《ぱく》いたしました次《し》第《だい》でムます。三《み》嶋《しま》の驛《しゆく》と申しますのは仲々有名な市街でムまして家並も仲《なか》々立《りつ》派《ぱ》で、大《おほ》きな旅宿《はたごや》もあり、酒《さ》造《か》家《や》もあり、昔《むかし》は餘《よ》程《ほど》に繁《はん》昌《じやう》いたしました、此《こ》處《ゝ》にまゐりまするど、馬《うま》も駕《か》籠《ご》も自《じ》由《いう》でムますから、次日《つぐるひ》は二人ながら駕《か》籠《ご》を雇《やと》ひまして原《はら》、吉《よし》原《はら》の宿《しゆく》驛《〳〵》をすぎ、西《にし》の方《はう》には日《につ》本《ぽん》第《だい》一《いち》の名《めい》山《ざん》富《ふ》士《じ》の高《たか》嶺《ね》を眺《なが》めまして駿《すん》州《しう》は蒲《かん》原《ばら》驛の正《まさ》木《き》屋《や》と申しまする旅《やど》宿《や》に止《とま》り込《こ》みました、頃《ころ》は十月の初《はじ》旬《め》でムまして、初《はつ》雁《かり》の聲《こゑ》を聞《き》きましても何《なん》となく故《こ》郷《きやう》の事《こと》などを思《おも》ひ起《おこ》しまして、いろ〳〵過《すご》越《し》方《かた》などを話《はな》して居りますうち、忠蔵は急《きう》になんだ

三十四

か氣《き》分《ぶん》が惡《わる》いと申《まを》しまして、匆《そう》々く二人とも寢《ね》床《どこ》に就《つい》て仕《し》舞《ま》ひました、兎《と》角《かく》いたして居りまする中《うち》、忠藏は烈《はげ》しく發《はつ》熱《ねつ》致しまして吐瀉《はきくだし》を催《もよふ》し、ウン〱と呻《うめ》き苦《くる》しみ初《はじ》めましたので、お松は急《きう》に起《お》きあがつて頻《しき》りに手《て》を鳴《な》らしますると、小《こ》女《もの》が走《かけ》て來《き》ましたので　松「今方《いましがた》から旦《だん》那《な》が甚《ひど》く苦《くる》しんでゐますから、夜《や》分《ぶん》で御《お》氣《き》の毒《どく》ではあるが、何《どう》卒《ぞ》頼《たの》みつけのお醫《い》者《しや》があるなら、一《ちよ》寸《つと》呼《よ》んで貰《もら》ひたいのです　女「左《さ》樣《う》でございますか、夫《それ》はマアーさぞ御《お》心《しん》配《ぱい》なことでございませう、只《たゞ》今《いま》すぐに…………と、言《こと》葉《ば》を後《あと》に殘《のこ》しまして廊《らう》下《か》をバタヽヽと走《はし》つて行《ゆ》く、暫《しばら》く經《た》ちますると、今《こん》度《ど》は主《おかみ》婦《さん》が醫《い》者《しや》を案《あん》内《ない》いたしまして、忠藏の室《へや》へ這《は》入《い》つて來《き》て　醫「どんな樣《やう》子《す》ですな、吐《はき》瀉《くだし》をなさるさうだが、夫《それ》は止《とま》りましたかね　松「イーエ、未《ま》だ時《とき》々く催《もよふ》しまして…………　醫「左《さ》樣《う》かい、それは一番《ばん》いかないドレ〱…………と、手《て》を伸《のば》しまして忠藏の手《て》首《くび》を取《と》り脈《みや》搏《く》を試《ため》し、舌《した》目《め》鼻《はな》などそれ〲診《しん》

察《さつ》をいたしまして　醫「これは腸寒《ちようかん》と云ふ病氣《びやうき》で多《おほ》くは濕氣《しつけ》犯《をか》などから來《く》るものですが、如何《どう》です其《そ》様《ん》な覺《おぼ》えは……　松「左《さ》様《やう》で厶ますか、左《さ》様《う》仰《おつ》有《しや》られて見ると、此《この》間《あひだ》は少《すこ》し取《と》込《こ》んだことが厶まして、夜《よ》中《ぢう》彼《あつ》方《ち》此《こつ》方《ち》歩《ある》いた事《こと》も厶ますし、昨《きの》日《ふ》はまた箱《はこ》根《ね》を越《こ》しまする時に雨《し》時《ぐれ》に濡《ぬ》れた事も厶ますから、多《た》分《ぶん》左《そ》様《ん》な此《こ》様《んな》で……　醫「左《さ》様《う》だらう、それに違《ちがひ》ない、そんなら今《いま》藥《くすり》を調《てう》合《がふ》してあげるからな、水《みづ》は二合《がふ》半《はん》それを一合《がふ》に煎《せん》じるのだぞ、善《よ》いか……と、念《ねん》を押《お》して藥《くすり》を與《あた》へて立《たち》去《さ》りました。お松は心《こゝろ》の中《うち》では此《こ》様《ん》な者の世《せ》話《わ》をするのは馬《ば》鹿《か》〳〵しいとは思《おも》ひましても遉《さすが》に口《くち》に出《だ》す譯《わけ》にもゆかず、若《も》し行《し》爲《うち》にも左《そ》様《ん》な様《やう》子《す》をあらはしましては自《じ》分《ぶん》の不《ふ》爲《ため》だと思《おも》ひましたから、藥《くすり》を煎《せん》じるやら、足《あし》腰《こし》をさするやら、夜《よ》の目《め》を合《あ》はず忠《まめ》々しく看《くわん》病《びやう》をいたしましたが、少《すこ》しも藥《くすり》の功《き》驗《め》はなくだん〳〵と日《ひ》を送《おく》りまして最《も》早《はや》廿《はつ》日《か》餘《あま》りにもなりました事《こと》で厶ます

三十六

から、病人《びやうにん》の疲勞《つかれ》は勿論《もちろん》のあとでありますが、お松は胸《むね》に一物《いちもつ》あることでムますから、人目《ひとめ》を暗《くら》ます為《ため》に髪《かみ》も結《ゆは》ず、紅《べに》白粉《おしろい》を塗《ぬ》るでもなく、甲斐《かひ》〳〵しく看病《くわんびやう》をしてをりますので、旅屋《やどや》の主夫婦《あるじふうふ》を初《はじ》め何《いつ》れもお松を貞女《ていぢよ》と思《おも》つて感心《かんしん》いたさんものはムませんでした、或《あ》る夜《よ》の事《こと》でムました、お松はいろ〳〵の物案《ものあん》じに時《とき》を過《すご》して、やうやくうと〳〵して居《お》りますると、隔《へだ》ての襖《ふすま》をさら〳〵と押開《おしあ》けまして室《へや》の中《なか》に這入《はい》つて來《く》る人《ひと》がございます、お松は何者《なにもの》ならんと薄暗《うすぐら》き燈《ひ》影《かげ》に透《すか》して見て居りますると、其人《そのひと》は徐々《そろ〳〵》と忠藏の枕《まくら》許《もと》に探《さぐ》り寄《よ》つて、やをら屏風《びやうぶ》を除《の》けやうといたしましたから、お松は的然《てつきり》盗賊《どろぼう》と心得《こゝろえ》ましてエヘン〳〵と二つ三つ態《わざ》と咳嗽《せきばらひ》をいたしますると、其人《そのひと》は餘程《よほど》驚《おどろ》いた様子《やうす》で、四面《あたり》を見まはし

人「これは失禮《しつれい》をいたしました、初《はじ》めて泊《とま》つて勝手《かつて》も判《わか》らず、只今《たゞいま》便所《べんじよ》へ參《まゐ》りまして、自分《じぶん》の座敷《ざしき》と思《おも》ひ違《ちが》ひ、戸惑《とまどひ》をいたしまして、遂《つひ》この御《お》座敷《ざしき》

へ迷《まよ》ひ込《こ》み、ドンダ粗《そ》忽《さう》をいたしました、平《ま》身《つ》低《ぴ》頭《ら》御《ご》免《めん》下《くだ》され………と、独言《ひとりごと》をいひながら立《たち》去《さ》つて仕《し》舞《ま》ひました、お松は何《なん》となく薄《うす》気《き》味《み》悪《わる》く思《おも》ひましたが、廿《はつ》日《か》余《あまり》の看病疲《くわんびやうつか》れでグッスリ眠《ね》込《こ》んで仕《し》舞《ま》ひました

第八席

忠蔵お松の座《ざ》敷《しき》へ迷込《まよひこ》んだ旅《たび》人《びと》が出《で》で行《い》つたあと、お松はながの看病疲《くわんびやうづか》れに前《ぜん》後《ご》の生体《しやうたい》もなく眠《ねむ》つて仕《し》舞《ま》ひましたが、何《い》時《つ》の間《ま》にか雀《すゞめ》は軒《のき》端《ばた》にきてチー／＼と囀《さいづ》り、旭《あさ》日《ひ》の影《かげ》は障子《しやうじ》にさして日《ひ》足《あし》も余《よ》程《ほど》登《のぼ》つたらしく、勝《かつ》手《て》許《もと》の膳《ぜん》椀《わん》の音《おと》や女等《をんなたち》の忙《いそ》がしげに駆《か》けまはる足《あし》音《おと》に目《め》を覚《さま》して布《ふ》団《とん》を抜《ぬ》けいで、含《うが》嗽《い》手水《ちやうづ》もそこ／＼に致しまして、室《へや》へ戻《もど》つて見ますると、火《ひ》鉢《ばち》には早《はや》炭《すみ》火《び》が赫々《くわつ／＼》と燃《も》ゑて居る、先《ま》づ何《なに》よりな薬《くすり》が先《さう》だと、お松は火《ひ》鉢《ばち》に薬土《くすりど》瓶《びん》をかけまし

三十八

て、潮《しほ》りに薬《くすり》の煮《に》減《へ》るのを待《ま》つて居る、サアよからうと思《おも》ふころ茶《ちや》碗《わん》に移《うつ》しまして　松「サア貴方《あなた》お薬《くすり》が出《で》來《き》ましたから、御《お》飲《あが》りなさい……へーお薬《くすり》が出《で》來《き》ましたよ、貴方《あなた》〳〵……と、揺《ゆ》り起《おこ》されまして、忠藏は重《おも》たげな瞼《まぶた》を開《ひら》きましてお松の顏《かほ》をジッと凝《み》視《つ》め、疑い涙《なみだ》を両眼《りやうがん》に浮《うか》べ　忠「お前《まへ》にまでとんだ苦《く》勞《らう》をかけて眞《ほん》個《さ》に濟《すま》ない、併《しか》し何《なに》事《ごと》も前《ぜん》世《ぜ》の宿《しゆく》縁《えん》とあきらめて、ナアーお松……　松「アヽまた其《そ》所《ん》なるとばかり、濟《すむ》もすまないも二人が交《な》情《か》じやありませんかね、そんな事《こと》まで氣《き》にして居《ゐ》るやうでは、なか〳〵本《なほ》復《り》が遲《おそ》うございますから、悒《いう》鬱氣《き》を晴《は》らしてお薬《くすり》を飲《あが》るやうにして下《くだ》さればば……と、お松が空《そら》涙《なみだ》をこぼすとは知《し》らず、忠藏は　忠「眞《ほん》個《さ》にお前《まへ》の云ふ通《とほ》り、病《びやう》氣《き》は氣《き》からと云ふこともあるから、左《さ》樣《ん》なことは考《かんが》へない事《こと》にして、薬《くすり》でも飲《の》みませうよ、併《しか》しなんだね、お松あの時《とき》に死《し》んで仕《し》舞《ま》ひば兎《と》てもおれは成《じやう》佛《ぶつ》はしなかつたが、今《いま》斯《か》うやつて

鳥追お松

お前《まへ》の手《て》から厚《あつ》い介《かい》抱《はう》をされては、何處《だこ》へ死《し》んでも恨《うら》むところは少《すこ》しもないねー……病人《びやうにん》ながら忠藏はお松の親《しん》切《せつ》を慰《なぐさ》むるつもりで、其《その》蒼《あを》白《しろ》い頬《ほう》に笑爾《にこり》と笑《わらひ》を浮《うか》べまするとお松も左《さ》も嬉《うれ》しさうに笑《わら》ひ反《かへ》して　松「御《ご》戯《じやう》談《だん》はあとにしてお藥《くすり》が冷《ひへ》ますから、サアーおれをお飲《あが》んなさいねーと、枕《まくら》許《もと》に差《さ》しだしたので、忠藏は　忠「ドレそれじや頂《いたゞ》きませう……と、瘦《や》せ細《ほそ》つた手《て》を伸《のば》してガブ〳〵と飲《のみ》干《ほ》して仕《し》舞《ま》つた、それからお松は自《じ》分《ぶん》の布《ふ》團《とん》の上下《あげおろ》しから汚物《よごれもの》の取《とり》片《かた》附《づけ》なぞをいたしまして、何《なん》と思《おも》つたか忠藏が布《ふ》團《とん》の下《した》へ手《て》を挿《さし》入《い》れ　松「アレヤア大《たい》變《へん》な事《こと》が……と、大《たい》層《そう》驚《おどろ》いた様《やう》子《す》でムますから、忠藏は　忠「なにがサ、如何《どう》したつて……あれも慌立《たゞ》しく尋《たづ》ねますると　松「貴郎《あなた》、まアー如何《どう》どころの騒《さわぎ》じやないんですよ、彼《あ》のお金《かね》が…………　忠「お金《かね》がないッと云《い》ふ事《こと》か　松「ないんですよ　忠「それはッ…………と斗《ばか》り氣《き》も轉《てん》倒《たう》、それから押《おし》込《こみ》布《ふ》團《とん》の中《なか》、座《ざ》敷《しき》の隅《すみ》々《〴〵》

四十

まで殘《のこ》る隈《くま》もなく探《さが》しましたが、如《ど》何《う》しても見《み》當《あた》りません、依《よつ》之《て》お松忠藏の二人は此《この》事《こと》を旅《やど》宿《や》の主《ある》人《じ》に話《はな》しまして、宿《とま》泊《り》客《きやく》の容をそれ〳〵、詮《せん》索《さく》をして貰《もら》ひましたが、これぞと疑《うた》惑《ぐり》をかけるやうな人もムませんが、只《たゞ》一《ひと》人《り》今朝まだ薄《うす》暗《くら》いうちに立《た》つた者がございまして、多《た》分《ぶん》はそれが竊《ぬす》んだのであらう、併《しか》し是《これ》も三四時《じ》間《かん》も經《た》つた後《あと》の騷《さわ》ぎてムますから、何《なん》とも致す仕《し》方《かた》もなく、只《たゞ》々《〳〵》悔《くや》むばかりでムました、忠藏は生來《しやうらい》律《りち》義《ぎ》位《くらゐ》の男でムますから、杖《つゑ》とも柱《はしら》とも賴《たの》む路《ろ》金《ぎん》を竊《と》取《ら》れまして落《がつ》膽《かり》いたしまして力《ちから》は落《お》ち、病《びやう》氣《き》は尚《なほ》更《さら》募《つの》ると云ふ有《あり》様《さま》、まことに憫《びん》然《ぜん》なる次《し》第《だい》でムました、忠藏お松の二人はほと〳〵思《し》案《あん》に暮《く》れまして、一日二日と經《た》つた或《あ》る日《ひ》のこと男平《ま》身《つ》低《ぴ》頭《ら》御《ご》免《めん》なすつて……と、障《しやう》子《じ》を開《あ》けて這《は》入つて來た男がありました、面《かほ》の太《ふと》つた身《から》体《だ》の大《おほ》きな人で服《み》裝《なり》は仲《なか》々《〳〵》派《は》手《で》にいたして、一《ちよ》寸《つと》見《み》ても賤《いや》しからん様《やう》子《す》であります、忠藏夫《ふう》婦《ふ》は聲《こゑ》を揃《そろ》へて

鳥　追　お　松

二人「汚《きたな》いところでは厶ますが、サアどうぞ此方《こちら》へ……………勧《すゝめ》に任《まか》せまして以前《いぜん》の男はグッと火《ひ》鉢《ばち》の側《わき》の進《すゝ》み寄《よ》り、手《て》を火《ひ》に翳《かざ》しまして男「私は甲州《こうしう》屋《や》定五郎と申しまして、下《げ》賤《せん》な家《か》業《げふ》をして居るもので厶ますが、何《なに》か聞《き》けば此《この》間はまた飛《と》んだ御《ご》災《さい》難《なん》に御《お》懸《かゝ》りなすつたさうで、誠《まこと》に御《お》気《き》の毒《どく》な次《し》第《だい》で厶ます、全《ぜん》体《たい》病《びやう》人《にん》の金を奪《さ》去《ら》うなんて何《い》時《つ》かイケ罰《ばち》の当《あた》らないと云ふるとはありやしない、そりやアもう窮《きう》途《と》だ…………と、二人の心《こゝろ》を慰《なぐさ》めて居る　出「真《ほん》個《と》に左《さ》様《う》で厶ます、病《びやう》気《き》の上《あげ》句《く》に路《ろ》用《よう》は残《のこ》らず奪《さ》去《ら》はれて仕《し》舞《ま》つて、如《さ》何《う》したものかと先《せん》刻《こく》も二人で口《く》説《ぜい》た訳《わけ》で厶ます…………と、早《はや》忠蔵は涙《なみだ》ぐんで仕《し》舞《ま》ひました　定「ソリア如《い》何《か》にも御《ご》尤《もつとも》の次《し》第《だい》だ、わしも五十日余《あま》り逗《とう》留《りう》いたしまして計《はか》らず合《あひ》宿《やど》をいたしましたは、何《なに》かの御《ご》縁《えん》でも厶ませう、旅《たび》は道《みち》連《づれ》世《よ》は情《なさけ》と申しますから、お救《たす》助《け》をすると云つては少《すこ》し口《くち》廣《ひろ》い訳《わけ》ではありますが、是《これ》はほんの寸《すん》志《し》…………と、紙《かみ》包《つゝみ》を差《さ》し出《だ》しまするど、忠蔵は慌《あは》たゞしく　忠「お志《こゝろざし》は有りがたうムますが、どうも見《み》知《し》らずのお方《かた》からお金《かね》を頂戴《ちやうだい》すると云ふ譯《わけ》には……と、辞《じ》退《たい》をいたしまするど　定「見《み》ず知《し》らずなんて左《さ》様《ん》な水《みづ》臭《くさ》いことを云ふもんじやない、賢《お》妻《かみ》さんは此《この》間《あひだ》から度《たび》〳〵お見《み》掛《か》け申して、万《まん》更《さら》見《み》ず知《し》らずと云ふわけじやアない……、夫《それ》にだん〳〵旅《やど》宿《や》の亭《てい》主《し》から聞《き》きまするとお内《か》儀《み》さんの心《こゝろ》掛《がけ》には感《かん》心《しん》至《し》極《ごく》の事ばかり、旅《た》中《び》のことで持《もち》合《あは》せも少《すく》ないから自《じ》分《ぶん》でもこれでは思《おも》ふけれど恥《はづ》かしいがお印《しるし》ばかり、どうか左《さ》様《う》いはずに取《とつ》て置《おい》てお呉《く》んなさい、それとも餘《あんま》り少《すく》ないと思《おも》ふなら……定五郎の伸《のつ》縮《ぴき》ならない言《こと》葉《ば》に忠蔵は何《なん》とも返《かへ》す言《こと》葉《ば》もなく　忠「どう致しまして、決《けつ》して此《さ》様《ん》な心《こゝろ》は……では折《せつ》角《かく》のお志《こゝろざし》を御《ご》辞《じ》退《たい》いたすのも御《ご》無《ぶ》禮《れい》と存《ぞん》じますから遠《えん》慮《りよ》なく頂《ちやう》戴《だい》いたすことに致しませう、ナアお松……………

松「左《さ》様《やう》でムますね、折《せつ》角《かく》仰《おつ》有《しや》つて下《くだ》さるんですから…………

定「左様《さう》〳〵、さうして置《お》く方《はう》がよい……これから三人は四《よ》方《も》八《や》方《ま》の話《はな》しをいたして居《お》りまする中《うち》、定五郎は何《なん》となくきまりわる気《げ》に　定「茲《こゝ》に一つ御《ご》相《さう》談《だん》があるんですが……と、話《はな》しの口《くち》を切《き》つたが、是《これ》は如《ど》何様《ん》な相《さう》談《だん》をもちかけるかは、次《じ》席《せき》に譲《ゆづ》るといたします

第九席

さても甲《かふ》州《しう》屋《や》定五郎は忠藏お松の二人に向《むか》つて　定「御《ご》相《さう》談《だん》と申すも別《べつ》の事《こと》でもムません、斯《か》ういふことを申しましては何《なん》だかお二人を卑《み》下《さ》げたやうにも聞《き》え、お話《はな》しいたすも異《い》なもの……と、少《すこ》し謎《しよ》らひて居《お》りまするとお松は兩手《りやうて》を疊《たゝみ》について　松「大《だい》恩《おん》うけた貴《あな》君《た》のこと、なんで御《ご》遠《えん》慮《りよ》がいりませう、身《み》に應《かな》ふ御《ご》相《さう》談《だん》なら如《ど》何《ん》様《な》ことでも……サア二人の者へお話《はなし》を願《ねが》ひます……と、申しますると、定五郎は態《わざ》と出《で》もせぬ鼻《は》汁《な》をかんで　定「そんならお話《はな》し

四十四

を致しますが、元々《もと〳〵》お二人のためと胸《むね》に浮《う》かんだ事ですから申しますが、必《かなら》ず怒《おこ》つて下さるな……と、前置《まへおき》を致しまして

定「御《ご》亭主《ていし》さんは永《なが》の御《ご》病氣《びやうき》、御《ご》心配《しんぱい》も並《なみ》大《たい》抵《てい》ではないところへ、路《ろ》用《よう》の金《かね》まで掠《かす》去《さ》られ、嘸《さぞ》かし落膽《がつかり》いたした事と存《ぞん》知《ち》ます、斯《か》うして旅《やど》宿《や》住《すま》居《ゐ》をして居つては、遂《つひ》には身《み》動《うご》きも出《で》來《き》ない様《やう》になりはしないかと、他人《たにん》のわしが要《い》らぬ心配《しんぱい》、一寸《ちよつと》わたしが見た所ではお内儀《かみ》さんは標緻《きりやう》といひ容姿《かたち》といひ、十人《にん》並《なみ》に勝《すぐ》れた別品《べつぴん》、斯《か》う申しては失禮《しつれい》ですが、藝者《げいしや》にでもおなりなもんなら、五十や百の金《かね》は誰《だれ》でも出《だ》しますす、一時《じ》はお忌《いや》でもありませうが、左様《さう》でもしたら必竟《つまり》はお二人のためかとも思《おも》つて……と、そろ〳〵と持《もち》掛《か》けましたる二人は案外《あんぐわい》の相談《さうだん》に暫《しば》らく無言《むごん》で居りましたが

松「御《お》親切《しんせつ》は有《あり》がたう存《ぞん》知《ち》ます、妾《わたし》も左様《さう》もしたならば夫《をつと》のためになるかと……

定五郎は万更《まんざら》見込《みこみ》のないらしくもないので

定「實《じつ》のところわたくしは駿《すん》

鳥追お松

州《しう》府《ふ》中《ちう》の廓《くるわ》で藝《げい》者《しや》屋《や》家《か》業《げふ》をして居るもので、藝《げい》者《しや》も五六人は抱へて置《お》きますが、今《こん》度《ど》駿《すん》府《ぷ》は徳《とく》川《がは》さまの御《ご》領《りやう》地《ち》となつたので俄《には》かに景《けい》氣《き》もつきましたから、どうか江《え》戸《ど》妓《こ》でも置《お》いたら家《か》業《げふ》も一《いつ》層《そう》繁《はん》昌《じやう》しやうと思《おも》つて…………と、申しましては何《なん》か自《じ》分《ぶん》の慾《よく》徳《とく》ばかりの様《やう》でもありますが、若《も》しも貴《あな》方《た》の方《はう》にさへ御《お》差《さし》支《つかへ》がありませんなら、私《わたし》の方《はう》ではまた如《ど》何《ん》様《な》にも御《ご》相《さう》談《だん》にのることに致しませう……

……お松は既に定五郎の心《こゝろ》を汲《くみ》取《と》つて居りましたが、毎《まい》日《にち》こんな病《びやう》人《にん》の世《せ》話《わ》をして居るのは馬《ば》鹿《か》〳〵しい、忠臓を置《お》去《さ》りにして、今《いま》この旅《やど》宿《や》を立《たち》去《さ》るには誠《まこと》によい機《を》會《り》だと思《おも》ひましたから、お松「それほどまでに二人をお案《あん》じ下《くだ》さる御《ご》親《しん》切《せつ》はなんともお禮《れい》の申しやうもムません、私《わたし》等《ら》とても斯《か》うやつて居りましては、貴《あな》君《た》さまの仰《おつ》有《しや》るとほり、如《ど》何《ん》様な悲《うれ》愁《ひ》にあふかも知れませんから、寧《いつ》そ貴《あな》君《た》のお言《こと》葉《ば》に順《したが》ひまして泥《どろ》水《みづ》の中へなり身《み》を沈《しづ》めて、夫《をつと》の病《びやう》苦《く》を救《すく》ひ

四十六

たいとは思《おも》ひますが、何《なに》を云ふにも彼《か》の様《やう》な大《たい》患《びやう》、其《その》病人《びやうにん》を一《ひと》人殘《のこ》して參《まゐ》ると云ふ譯《わけ》には……お松は殆《ほと》んど思《し》案《あん》に餘《あま》つたやうに見ねました、定五郎は乗《のり》氣《き》になりまして　定「其《そ》点《こ》をお案《あん》じなさるのは左《さ》もあるべき筈《はづ》ではありますが、夫《それ》とても忠藏さんお一人を此屋へ殘《のこ》して行《ゆ》くと云ふ譯《わけ》じやアなし、お前《まへ》さんがいよ〳〵承《しよう》知《ち》をして呉《く》れるなら、そりやアー膝《ひざ》とも談《だん》合《かふ》で、三十両位《りやうぐらゐ》のところは此《こ》屋で前《まへ》金《きん》に渡《わた》しても遣《やら》うし、またお前《まへ》さんが駿《すん》府《ぷ》へ着《つい》た以《い》上《じやう》は他《ほか》の妓《こ》とは格《かく》別《べつ》だから別《べつ》に世帯《たい》を持《もた》せてもあげやうし、左《さ》様《う》なると御《ご》亭《てい》主《し》を引《ひつ》取《と》つて朝《あさ》夕《ゆふ》十分《ぶん》看《くわん》病《びやう》も届《とゞ》くと云ふ譯《わけ》、なんに一つ心《しん》配《ぱい》する事《こと》はない、及《およ》ばずながら其《そ》所《こ》は定五郎がついて居《ゐ》れ、ば……お松は心《こゝろ》で悦《よろこ》びながらも忠藏殿の手《て》前《まへ》を繕《つくろ》ふために　松「重《かさ》ね〳〵の御《ご》親《しん》切《せつ》なんとも有《あり》がたう存《ぞん》知《ち》ます、懇篤賤夫《せ》とも相《さう》談《だん》をいたしました上《うへ》、何《いづ》れとか御《ご》返《へん》事《じ》をいたします、情郎それまで……と、挨《あい》拶《さつ》を

鳥追お松

いたしましたので　定「そんなら、何《いつ》れまたお目《め》に懸《かゝ》ることにいたしますが、考《こう》慮《りよ》御《ご》相《さう》談《だん》をいたした方《はう》が……と、定五郎はやがて自《じ》分《ぶん》の座《ざ》敷《しき》へ立《たち》帰《かへ》りました。二人は互《たが》ひに顔《かほ》を見《み》合《あは》せまして、暫《しば》時《し》は無《む》言《ごん》のまゝに太《と》息《いき》を吐《つ》いてゐましたが　松「只《たゞ》今《いま》のお話《はなし》は貴《あな》郎《た》どうしたらよいとお思《おも》ひです……妾《わたし》は寧《いつ》そ、左《さ》様《う》もしたら如《ど》何《う》かと思《おも》ふのですが……忠蔵は涙《なみだ》に光《ひか》る目《め》をふり向《む》け、先《ま》づ口《くち》唇《びる》を濕《しめ》して」忠「お前《まへ》が左《さ》様《う》いふ心《こゝろ》ならわたしから勧《すゝ》める譯《わけ》ではないが、如《ど》何《う》いふ目《あ》的《て》もない身《み》のあとゆゑ末《すゑ》始《し》終《じう》のためとは思《おも》ふが……今《いま》の身《み》の上《うへ》で此《こ》様《ん》な言《こと》を云つてはゐられないけれども、兼《かね》てお前《まへ》も知《し》つての通《とほ》り、お前《まへ》の色《いろ》香《か》に迷《まよ》つてからは片《かた》時《とき》さへも忘《わす》れられず、如《ど》何《う》かゆつくり會《あ》つた上《うへ》、心《こゝろ》の底《そこ》をうち明《あ》けやうと思《おも》ふ矢《や》先《さき》、主《しゆ》人《じん》の御《ご》用《よう》を機《これ》可《さい》乘《はひ》、汐《しほ》入《いり》堤《つゝみ》に尋《たづ》ねて行《ゆ》き、嬉《うれ》しい夢《ゆめ》を見《み》る間《ま》もなく、吉さんとか云ふ奴《やつ》に強《ゆ》迫《す》られて、御《ご》主《しゆ》人《じん》から預《あづか》つた二百両のうち、百

鳥追お松

四十八

両は強《ゆ》請《す》られ、主家《しゆうか》へ歸《かへ》るにも歸《かへ》られず、いよ〳〵覺《かく》悟《ご》を極《き》めた其晩《ばん》、計《はか》らずお前《まへ》に抱《だき》止《とめ》られ、夫《ふう》婦《ふ》となつて此地《こゝ》まで來《き》て普《な》通《み》の身《から》體《だ》なら兎《と》も角《かく》も病氣《びやうき》で苦《くる》しむ最《さい》中《ちう》に別《わか》れるとは、犯《をか》した罪《つみ》の酬でもあらう、斯《か》うなる事《こと》と知《し》つたなら、彼《あ》の時《とき》死《し》んだが…………松「アラまた其《そ》様《ん》なお氣《き》の狹《せま》い料見《りやうけん》を…………これが千里《せんり》も隔《へだ》つたもんなら、亦《また》過《あ》ふこともと云ふこともありませうが僅《わづ》々《か》十里《り》にも足《た》らない街《かい》道《だう》つゞき、甲州《かうしう》屋《や》さんも御《ご》親切《しんせつ》に仰有《おつしや》る通《とほ》り、四五日の内《うち》には世《せ》帶《たい》をもち、貴《あな》郎《た》を彼地《あつち》へ引《ひき》取つて、十分御《お》世《せ》話《わ》も出《で》來《き》ると云ふもの、何《なん》にもくよ〳〵心配《しんぱい》するには及《およ》びませんわ左《そ》様《ん》なことをいはれますと、元々《もと〳〵》好《この》んでゆくのぢやないから、始終《しじう》のためを思《おも》ふよりか差《さし》當《あた》りお傍《そば》を離《はな》れるのが忌《いや》になつて、共々《とも〴〵》難儀《なんぎ》をするやうな始末《しまつ》になりますから、お苦《くる》しいのはお察《さつ》しは申しますが、情《じやう》願《ぜ》四五日ほど心《しん》抱《ばう》なすつて、迎《むか》への來《く》るのを樂《たの》しみに氣《き》を落附《おちつ》けて…………旅宿《やどや》の者へ

鳥追お松

は談《はなし》から巨《こ》細《さい》の事をはなしまして、貴《あな》郎《た》の事は如《ど》何《の》様《やう》にも、御《ご》心《しん》配《ぱい》のないやうにして……お松は心《こゝろ》にもない誠《まこと》を装《よそ》つて両《りやう》の袖《そで》で面《かほ》を隠《かく》し、シク〳〵と泣《な》き始《はじ》めましたが、忠蔵は飽《あく》までお松を貞《てい》女《ぢよ》だと思《おも》ひ違《ちが》ひまして、ホロリ〳〵と大《だい》豆《づ》の様《やう》な涙《なみだ》を流《なが》し　忠「お前《まへ》と夫《ふう》婦《ふ》になつてから、未《ま》だ一月にも足《た》らない日《ひ》数《かず》、身《み》を賣《う》つてまで盡《つく》して呉《く》れる親《しん》切《せつ》は死《し》んでも忘《わす》れることはない、今《いま》までは只《たゞ》目《め》前《さき》のことばかりを考《かんが》へて男《をとこ》らしくもないことばつかり……定《さだ》めし女《め》ゞしいと思《おも》はれるかも知《し》れないが、私《わたし》も覚《かく》悟《ご》をしましたから、夫《それ》なら彼《か》地《ち》へ着《つい》た上《うへ》、情《じやう》願《が》ナアーろれ……迎《むか》へが来《く》るのを楽《たのし》んで待《ま》つてゐます……と、忠蔵は痩《やせ》細《ほそ》つた手《て》を伸《のば》しまして、お松の手《て》をジッと揺《ゆす》る、お松は忠蔵の布《ふ》団《とん》の上《うへ》に平《ひれ》伏《ふ》しまして、互《たが》ひに離《はな》れるのを悲《かな》しむ様《やう》子《す》、此《この》時《とき》誰《たれ》か障《しやう》子《じ》越《こし》に　男「話《はな》しは残《のこ》らず聞《き》きました、情《じやう》願《が》御《ご》免《めん》なすつて……と、サラ〳〵と障《しやう》子《じ》を開《あ》けた者《もの》がありましたが、

其《その》先《さき》は明晩《みやうばん》のことに致します

第十席

前席《ぜんせき》で伺《うかゞ》ひました通《とほ》り、忠藏お松の泊《とま》つて居《を》りまする座敷《ざしき》の障子《しやうじ》を開《あ》けまして入《はい》り來《きた》つたのは誰《たれ》かと思《おも》ふと、これは中《ちう》州《しう》屋《や》定五郎と稱《なの》るお方《かた》で、二人は緣《えん》家《か》もある事でムりますから、叮《てい》嚀《ねい》に會《ゑ》釋《しやく》いたしまして、火鉢《ひばち》の傍《そば》に坐《すわ》らせました　定「人の話《はな》しを立《たち》聞《ぎゝ》をしたと云つちやア濟《すま》ないが、實《じつ》は隣《とな》室《り》のお客《きやく》に用事《ようじ》があつて此所《こゝ》を通《とほ》らうとしますと思《おも》はず、耳《みゝ》に這《は》入《い》つた泣聲《なきごゑ》お入魂になつて見れば格別《かくべつ》に氣《き》にもかゝり、聞《きく》ともなしに身《み》の上《うへ》話《はな》しを聞《き》きました………二人は少《すこ》し當《たう》惑《わく》さうに　二人「それはどうも飛《と》んだ事《こと》を………　定「なにも左《そん》樣《な》に隱《かく》しだてをすることはないのです、若《わか》い時《とき》には誰《だれ》しも間《まゝ》ヒ事、隨分《ずゐぶん》ありうちなことなんです、併《しか》し御《ご》主人《しゆじん》の金《かね》を遣《つか》ひこんだから死《し》んでお詫《わび》をするなんて……あれはなか〳〵出《で》来《き》ない事だ、其《その》心掛《こゝろがけ》さへ有《あ》りさへすりやア、お内《か》儀《み》さんの腕《うで》で働《はたら》くなら、ナアーに百や二百の金《かね》位《ぐらゐ》はなんでもない、左《さ》様《う》なれば御《ご》主《しゆ》人《じん》へも義《ぎ》理《り》も立《たて》られ、お二人の暮《くら》しはよくなる、此《こ》様《ん》な甘《うま》い事は鉦《かね》太《たい》鼓《こ》で探《さが》しても仲《なか》〳〵あるもんじやアない、左《さ》様《う》いふ身《み》なら猶《なほ》更《さら》のこと思《おも》ひきつて一《ひと》稼《かせ》ぎわたしが勧《すゝ》めてもやらしたいのだ、如《ど》何《う》です行《い》く気《き》は……と、勧《すゝ》めますると、お松は兼《かね》て腹《はら》に一《いち》物《もつ》あることでございますから

松「私《わたし》共《ども》のためを思《おも》つて御《ご》親《しん》切《せつ》にさう云《い》つて下《くだ》さるんですから、左《さ》様《う》する事にいたしませう、デー良《あな》人《た》……忠蔵はやう〳〵思《おも》ひ決つた様《やう》子《す》で

忠「それじやア左《さ》様《う》して置《おか》うよ……と、澁《しぶ》〳〵ながら挨《あい》拶《さつ》をいたしましたので、相《さう》談《だん》も漸《やうや》く纒《まと》まり、定五郎は懐中《くわいちう》から三十両の金《かね》を出《だ》して

定「これはお松さん、の身《み》の代《しろ》と云ふ訳《わけ》じやアないが、兎《と》も角《かく》もマアー手《て》附《つけ》として……と、渡《わた》しますると、お松はそ

五十二

れを封《ふう》金《きん》のまゝ忠蔵の手《て》に渡《わた》して、証書《しようもん》も認《した》め、調印《ちやういん》も済《す》み、定五郎は一《ひと》足《あし》先《さき》に、お松は駕《か》籠《ご》を雇《やと》つてあとから行《い》くことになりました、お松は夫《それ》から旅宿《やどや》の亭《てい》主《しゆ》にも段々《だん/\》の仔《し》細《さい》を話《はな》し、忠蔵を頼《たの》みまして、旅《し》装《たく》をいたし、いよ/\出《しゆつ》立《たつ》することになりました　松「伯《お》一《ひと》人では嘸《さぞ》お淋《さびし》うもムませうが、是《これ》から妾《わたし》は……と、空《そら》涙《なみだ》をホロ/\と落《おと》しまして離《わか》別《れ》を惜《を》しむ風《ふ》情《ぜい》をいたしまするど、忠蔵は病《びやう》苦《く》に細《ほそ》つた身《から》体《だ》をやうやく起《おこ》しまして、　忠「お松、もう行《ゆ》くのか、おりやア……と、残《のこ》り惜《をし》氣《げ》に首《くび》さし伸《の》ばして後《うしろ》をながめて居る、お松は態《わざ》と親《しん》切《せつ》を装《よそ》つて　松「アラ、マアー其《そ》様《ん》なことを遊《あそ》ばしては、身《から》体《だ》のおためにに……何《なに》も永《なが》いことじやアなし、二三日さへ待《ま》つて居《ゐ》れば……と、無《む》理《り》に忠蔵を床《とこ》の中に寝《ね》かして、いよ/\旅《やど》宿《や》正《まさ》木《き》屋《や》方《かた》を出《しゆつ》立《たつ》いたす事になりました。お松は厄《やく》介《かい》物《もの》でも捨《す》てたやうな氣《き》持《もち》をいたしまして駕《か》籠《ご》に打《う》ちのり、蒲《かん》原《ばら》の宿《しゆく》を後《あと》にいたしまして、段々《だん/\》東

鳥追お松

海《かい》道《だう》筋《すぢ》を辿《たど》り其《その》日《ひ》もトボ〳〵と暮《く》れかゝりましたころ、左《ひだり》の方《はう》は一《いつ》帯《たい》に波《なみ》打《うち》際《ぎは》で所々《ところ〴〵》に青《あを》葉《ば》の松《まつ》がたつて居り、大《おほ》浪《なみ》小《こ》波《なみ》はドブン〳〵と怖《おそ》ろしい勢《いきほ》ひで岸《きし》を打《う》つて居る、右《みぎ》の方《はう》は峨々《がゞ》たる山が大《おほ》入《にふ》道《だう》見《み》た様《やう》な塩《あん》梅《ばい》に突《つ》立《た》つて何《なん》となく物《もの》淋《さび》しい場《ば》所《しよ》に通《とほ》りかゝりました、舁《かご》籠《か》者《き》は圓《ゑん》通《つう》閣《かく》の掛《かけ》額《がく》がかゝつてある頽《くづ》れかけて観《くわん》音《おん》堂《だう》の傍《わき》に駕《か》籠《ご》を下《お》ろし流《なが》れる汗《あせ》をふきながら駕《か》籠《ご》の垂《た》簾《れ》をあげて

カゴヤ「姉《ねい》さん、さぞ窮《きう》屈《くつ》で……と、申しますと、他《ほか》の一《ひと》人《り》が

カゴヤ「親《おや》方《かた》の吩《いひ》附《つけ》で馬《ば》鹿《か》に道《みち》を急《いそ》いだので、中《なか》も定《さだ》めし揺れたでせう、爰《こゝ》は濱《はま》邊《べ》で風《かぜ》もあり、冷《ひや》りとするのも身《から》体《だ》の薬《くすり》サアーこゝがお約《やく》束《そく》の興《おき》津《つ》の棒《ぼう》鼻《ばな》……お松は四《あた》邊《り》を見《み》廻《まわ》しまして、ツッと胸《むね》にゑとへましたが其《そ》所《こ》はなか〳〵の毒《どく》婦《ふ》でムますから、言《こと》葉《ば》もしづかに

松「一《ちよ》寸《つと》駕《かご》籠《や》さん、何《なん》だか變《へん》じやアないかね、話《はな》しに聞《き》いた興《おき》津《つ》と云ふのは家《や》並《なみ》もなか〳〵で、可《か》なり賑《にぎや》かな所《ところ》だと思《おも》つたのに、此《こ》

鳥追お松

五十四

處《こ》はマア………と、不《ふ》審《しん》をうちますると　カゴヤ「不《ふ》審《しん》を起《おこ》すも尤《もつとも》だが、その淋《さび》しいのが此方《こつち》のつけめサ、どんなに動駄《だ》破《ば》駄《だ》狂《くる》つたつて、此《こ》處《ゝ》はあの通《とほ》りの波《なみ》打《うち》際《ぎは》で聞《き》くのは只《たゞ》沖《おき》の鯨《くじら》ばかりだ、其《そ》様《ん》にたまげることはないよ………と、心《こゝろ》あり氣《げ》な駕《か》籠《ご》屋《や》の言《こと》葉《ば》に　松「シテ此《こ》様《ん》なところへ駕《か》籠《ご》を下《おろ》して聞《き》く人《ひと》ないとは………駕《か》籠《ご》屋《や》は口《くち》々《ぐ》に笑《わら》ひながら　カゴヤ「今《こん》夜《や》の仕《し》事《こと》を知《し》らねエーから、吃《びつ》驚《くり》するのも尤《もつと》もだがお前《まへ》をこゝへ誘《つれ》出《だ》したはみんな親《おや》方《かた》の指《さし》金《がね》サ………と、聞《き》いてお松は　松「シテ、其《その》親《おや》分《かた》とお前《まへ》等《たち》のおいひのは………この時《とき》傍《わき》の觀《くわん》音《おん》堂《だう》から　男「イヤ、其《その》親《おや》方《かた》ど云ふのは誰《だれ》でもねエおれの事《こと》サ、藪《やぶ》から棒《ぼう》に人《ひと》里《さと》をはなれた處《ところ》へ誘《つれ》出《だ》して、富《ふ》士《じ》が根《ね》下《おろ》しに吹《ふ》きてまれ、冷《ひい》た骸《からだ》の其《その》上《うへ》に仕《し》組《く》んだ今《こん》夜《や》の狂《きやう》言《げん》を知《し》らずアー不《ふ》審《しん》も尤《もつとも》だが、常《つね》の女《をんな》なら知《し》らねエーこと、度《ど》胸《きやう》のすはつたお前《まへ》のこと、餘《あんま》り吃《びつ》驚《くり》するでもあるめエー………と、聲《こゑ》をかけて出《で》で來《き》た一人の男は、椽先《えんさき》にドッシリと腰《こし》を下《おろ》したので、お松は提灯《ちやうちん》の光《ひかり》に透《すか》して　松「左《さ》様《う》いふ聲《こゑ》は正木屋《まさきや》で泊《とま》り合《あは》した定五郎さん……　定「ナー左《さ》様《う》よ、半月《はんつき》あまり資本《もとで》を下《おろ》し、お前《まへ》を此處《こゝ》へ誘《ひき》出《だ》さうと、思《おも》つた坪《つぼ》へスツパリはまり、觀音《くわんおん》さまより見《み》るもののない、此《この》お堂《だう》で只二人《たつたふたり》、萬更《まんざら》いやでもあるめニーと、以《い》前《ぜん》に變《かは》つた惡漢《わるもの》でしらへ伊達《だて》姿《すがた》に長脇差《ながわきざし》を一本《いつぽん》挿《はさ》み鷹揚《おうやう》に手招《てまねぎ》をいたしまして駕籠屋《かごや》をよび　定「ツアてれは骨折《ほねをり》錢《ぞん》だ……と幾干《いくら》かの金《かね》を渡《わた》しますと、駕籠屋《かごや》は幾度《いくたび》も禮《れい》をのべまして、もとの道《みち》へ歸《かへ》り行《ゆ》きました、定五郎はお松の手《て》を無《む》理《り》にとつて觀音堂《くわんおんだう》に入《はい》りましたが、其先《そのさき》は後席《ごせき》にて辨《べん》じます

第十一席

さて惡漢《わるもの》定五郎はお松の手《て》をとつて無《む》理《り》無《む》体《たい》に觀音堂《くわんおんだう》の中《なか》へつれ込《こ》みまして、荒莚《あらむしろ》の上《うへ》に腰《こし》を下《おろ》し、腰《こし》からどうらんを外《はづ》しまして、

五十六

火《ひ》打《うち》袋《ぶくろ》を取《と》り出《いだ》し、カリチ〳〵と火《ひ》をほくちに移《うつ》し、一《ひと》喫《すひ》グイと喉《のど》にひいて　定「今《いま》となつて何《なに》も其《そん》様《な》にムツ〳〵するには當《あた》らねエー、實《じつ》は先《せん》月《げつ》の中《なか》旬《ば》ごろ三《み》嶋《しま》の宿《しゆく》の棒《ぼう》鼻《はな》で派《は》手《で》な浴《ゆか》衣《た》の上《うは》ッ張《ぱ》り髪《かみ》も亂《みだ》れて横《よこ》櫛《ぐし》に窶《やつ》れた姿《すがた》がおれの目《め》には、返《かへつ》て婀《あ》娜《だ》に思《おも》はれて、夫《ふう》婦《ふ》連《づれ》とは覺《さと》つたが、其《そ》處《こ》が此《こつ》方《ち》も蛇《じや》の道《みち》ゆゑ、欠《かけ》落《おち》者《もの》と目《め》をつけて、どうか手《て》に入《い》れシツポリと抱《だい》て寢《ね》やうと云ふ了《りやう》見《けん》、惚《のろ》いやうだが後《あと》になり、前《まへ》になつて、子《こ》分《ぶん》の奴《やつ》等《ら》に跡《あと》をつけさせ、二《ふた》宿《しゆく》三《み》宿《しゆく》蒲《かん》原《ばら》まで、遂《つひ》に忠《ちう》藏《ざう》奴《め》が永《なが》の病《びやう》氣《き》、泊《とまり》合《あは》せの客《きやく》となつて、いろ〳〵企《たく》むおれが計《けい》略《りやく》、これを聞《き》いたら驚《おどろ》くだらうが、いつぞや合《あひ》宿《やど》の客《きやく》人《じん》がお前《まへ》の室《へや》へ戸《と》迷《まど》ひして、路《ろ》金《ぎん》を殘《のこ》らず引《ひつ》去《さら》つて逐《ちく》電《てん》したのもおれが細《さい》工《く》、同《おな》じ旅《はた》宿《ご》で二度《ど》三度《ど》逢《あ》つた淨縁で三四兩、めぐんで遣《やつ》たを恩《おん》にきせ、路《ろ》金《ぎん》のないのを附《つけ》込《こ》んで、どう〳〵其《そつ》方《ち》を藝《げい》者《しや》といつはり、人《ひと》質《しち》同《どう》様《やう》誘《つれ》出《だ》したが、宵《よひ》にわたした三十兩、おれも此《この》節《せつ》チン〳〵と

鳥追お松

世《せ》間《けん》で嫌《きら》ふ會《あひ》津《づ》の二分《ぶ》判《はん》どうせくたばる忠《ちう》臓《ざう》奴《め》、金《かね》がわつても役《やく》にもたつまい、お前《まへ》を傍《そば》へおいた所が何《いづ》れ男を置《おき》去《ざ》りか、万に一つは殺《ころ》し金《かね》なしお前《まへ》が心《こゝろ》見《み》ぬいて此《こ》方《ち》もたくむだ仕《し》事《ごと》、顔《かほ》にも似《に》氣《げ》ないお前《まへ》の度《ど》胸《きやう》、ぞつこん惚《ほ》れたは譬《たとへ》だいふ鬼《をに》の女房《にようぼ》にやア鬼《き》神《じん》やら、おれも頭《づ》巾《きん》をぬぐ日《ひ》にやア、云はずと知れた刑定付《きやうちやうつき》、甲《かう》州《しう》無《む》宿《しゆく》の根《ね》方《かた》の作《さく》藏《ざう》、斯《か》うみこまれたら百年《ひやくねん》目《め》、いやと云つても抱《だ》て寝《ね》る、これまで砕《くだ》いたおれが苦《く》勞《らう》、有《う》論《ろん》と思《おも》ふか知《し》れないが其證《しよう》據《こ》にはこの守《まもり》、引《ひつ》去《さら》つた財《さい》布《ふ》の中《なか》に入《はい》つて居た、金《かね》せエーとれば此《こ》様《ん》な物《もの》には用《よう》はねエー、これを見《み》たなら腑《ふ》におちて、ウンと返《へん》事《じ》は出《で》來《き》さうなもんだ、萬《まん》更《さら》いやでもあるめエーが、如《ど》何《う》だ〳〵……と、せめ立《たて》ますると、お松、は作藏が投りだした守《まもり》をつく〴〵とながめ、やがて懐中《くわいちう》へ確《しつ》乎《か》と仕《し》舞《ま》つて

松「さう云ふことゝは寸《すこ》毫《し》も知らずだまされたのが口《くち》惜《をし》い、それも自《じ》分《ぶん》の愚《おろか》さと他《ひ》人《と》を恨《うら》むことはない、騙《だ》

鳥追お松

五十八

然《が》、作藏さんとやら、お前《まへ》が今《いま》の言葉《ことば》の通《とほ》り元《もと》を明《あか》せば妾《わたし》だつてたゝの女子《をなご》のお孃《ぢやう》さんや、箱入《はこいれ》娘《むすめ》の體《からだ》じやねエー、應《おう》と返事《へんじ》をしさうなもんだとお思《おも》ひなさるか知《し》らないが、つむじの曲《まが》つたわたしの生《うま》れ、嘘《おど》喝《し》ぐらゐでなはるもんなら、疾《とう》に眞《まつ》直《すぐ》になつてゐる筈《はず》、まだその曲《まが》りが直《なほ》らぬうちは、お氣《き》の毒《どく》だが手《て》込《ごめ》なんぞにやア……と、立《たち》去《さら》うといたしましたので、作藏は確乎《しつか》と裾《すそ》をおさへつけ　作「ホ折《をる》でゆかぬは戀《こひ》の道《みち》と下《した》手《て》に出《で》れば乘《つけ》上《あがり》、否《いや》の應《おう》のと四の五の吐《ぬか》せば此方《こつち》もねじけた男《をとこ》一《いつ》匹《ぴき》、お前《まへ》に云はれて左《さ》樣《う》階《はい》と、ひつこむやうな男じやアねエー、お前《まへ》がさう云ふ了見《りやうけん》なら手《て》暴《あら》い療治《れうぢ》にあはせても、應《おう》と云はして見《み》せてやる……と、作藏はお松が手《て》を引捕《ひつとら》へて、今《いま》にも其處《そこ》に捻《ねぢ》伏《ふ》せやうといたしました、お松はこゝぞ一《いつ》生《しやう》懸《けん》命《めい》、作藏の手《て》を引《ひつ》拂《ぱら》つて一《いち》目《もく》散《さん》に表《おもて》へ飛《と》びだしましたので、作藏はなんで逃《にが》してなるものかと、觀音《くわんおん》堂《だう》の、周圍《まはり》を二三度《ど》バタ〳〵追《おつ》驅《かけ》けまはるうち、お松は松《まつ》の木《き》を小《こ》楯《たて》にとつてだん〳〵にけのび様《やう》といたしまして、彼方《あつち》の松《まつ》陰《かげ》此方《こつち》の松《まつ》陰《かげ》と飛《ひ》鳥《ちやう》の如くに飛《と》び走《はし》つて居りますうち、哀《あは》れや樹《き》の、根《ね》につまづきまして、沒《ざん》然《ぶり》海《かい》中《ちう》へ眞《まつ》逆《さか》樣《さま》にはまりました、作藏は掌《て》の中《なか》の玉《たま》でも失《なく》したやうに呆《ぼん》然《やり》とお松の流《なが》れてゆくのをながめてをりましたが、折《をり》しもむら〳〵と廣《ひろ》がつてまゐりました黑《くろ》雲《くも》は月《つき》をかくして四面《あたり》は眞《まつ》暗《くら》になつて仕《し》舞《ま》ひました

第十二席

明《あく》れば明治二年十月二十日、この日《ひ》は昨《ゆう》夜《べ》の黑《くろ》雲《くも》は風《かぜ》のために何《ど》處《こ》へか吹《ふき》攘《はら》はれまして空《そら》には一《いつ》点《てん》の曇《くもり》もなく、旭《あさひ》の光《ひかり》は煌々《くわう〳〵》照《て》りかゝやきました、この時黑《くろ》烟《けむ》を盛《さか》んに吐《は》きまして南《みなみ》の方《かた》をさして矢《や》を射《い》るが如《ごと》くに駛《はし》つてゆく一の蒸《じやう》汽《き》船《せん》がありました、これは東《とう》

六十

京《きやう》の回漕《くわいそう》丸《まる》と申す汽《き》船《せん》で、今《いま》しも神《かう》戸《べ》をさして進《しん》行《かう》する途中《ちう》であつたのです、こゝは名《な》に負《お》ふ遠《ゑん》州《しう》灘《なだ》のことでムましたから、如《い》何《か》に好《かう》天《てん》氣《き》だともうしましても、幾《いく》分《ぶん》か氣《き》つかはしく思《おも》つたものと見《み》ゑまして、船《せん》長《ちやう》はデッキめ上《うへ》に立《た》つて頻《しき》りに行《ゆく》手《て》をながめて居りましたが、俄《にはか》に、聲《こゑ》を勵《はげ》ましまして　船長、端《はし》艇《け》をおろせ…………むかふの溺《み》水《な》者《げ》を救《すく》つてこい…………と云ふ命《めい》令《れい》を下《くだ》しましたので、乘てこれらの事に熟《じゆく》練《れん》をいたして居ります水《すゐ》夫《ふ》等《ら》は、スル〳〵と端《はし》艇《け》を下《おろ》しそれに四五人のり込《こ》み、腕《うで》に十分《ぶん》の力《ちから》を込《こ》め楫《かぢ》をにぎつて、ヤツセ〳〵の掛《かけ》聲《ごゑ》をいたしまして、暫《ざん》時《じ》の間《ま》に溺死者を本《ほん》船《せん》にもち歸《かへ》つて參《まゐ》りました、見《み》れば女の死體《たい》で手足や顏《かほ》などにはところゝゝにつき傷《きず》や擦《すり》傷《きず》らしいものがあり、十分《ぶん》に水《みづ》も飲《の》んで居《ゐ》る樣《やう》子《す》たが、まだ肛《かう》門《もん》が開《ひら》きゝつては居《ゐ》ない、こんな事《こと》を申しまするとお客《きやく》さまの中《なか》には話《はな》しが下《した》の方《はう》へさがつちやアー話《はなし》も最《も》早《う》おしまいだと仰《おつ》有《しや》る方《かた》もムませうが、まだ〳〵お終《しまい》どころじやアない、これからが抑《そも》〳〵面白《おもしろ》くなるのでげす、兎《と》に角《かく》水《みづ》で死んだものは肛門《こうもん》がまだ開《ひら》かんうちは見処《みどころ》のあるもんださうで、船長《せんちやう》は水夫等《すいふら》に指図《さしづ》をいたしまして、倒《さかさ》につるして水《みづ》をこき出し、火《ひ》にあぶる、醫《くす》藥《り》をあたへる、いろ〳〵と介抱《かいはう》をいたしました甲斐《かひ》がムまして、やがて以前《いぜん》の女は息《いき》を吹返《ふきかへ》して眼球《めだま》をキヨロつかせるやうになりましたから、船長《せんちやう》さんを始《はじ》め皆《みな》〳〵骨折《ほねをり》甲斐《かひ》のあつたのをよろこぶ次第《しだい》でムましたが、兎《と》に角《かく》からだが疲《つか》れて居りましたので、ソッと一室《ひとま》の中《うち》にねかして置《お》きました、一日ばかりたちますうちに、女は大層《たいそう》に元氣《げんき》つきましたので　船長「お前《まへ》は全体《ぜんたい》どこの者で、またどうしてあの沖《をき》に……と、尋《たづ》ねられまする と　女「わたしは全体《ぜんたい》大坂《おほさか》の者でお松と申すものでムますが、夫婦《ふうふ》づれで江戸《えど》見物《けんぶつ》にまゐり。其《その》歸路《かへり》に惡漢《わるもの》にであつて、良人《うち》では裸《はだか》に強《ひ》奪《か》れた上《うへ》にさん〳〵な

六十二

めに會《か》ひ、妾《わたし》は手《て》込《ご》めにならうとしたので遂《つひ》おそろしさの餘《あま》り、海《うみ》の中《なか》へ飛《と》び込《こ》みましたが、それから先《さき》の事《こと》はサッパリ夢中《むちう》……

船長「さうかい、夫《それ》はマアー氣《き》の毒《どく》なことであつたが、命《いのち》だけは助《たす》かつてそれ丈《だけ》は僥倖《しあはせ》だつたなアー……

松「お陰《かげ》さまで命《いのち》だけは拾《ひろ》ひまして、何《なん》とも御《お》禮《れい》の申しやうも……うそ八百を並《なら》べたてゝ船《せん》長《ちやう》を誤麻化《ごまくわ》さうといたしましたが、船長《せんちやう》は何《なに》か不審氣《ふしんげ》な言葉《ことば》で

船長「お前《まへ》は大坂《おほさか》の生《うま》れだと云ふが、どうも言葉《ことば》が江戸《えど》らしいやうに……お松はギックリいたしました、其處《そこ》はなか〳〵如才《じよさい》もの

松「ハアー左樣《さう》で厶ますか、遂《つひ》十五の暮《くれ》まで江戸《えど》の叔母《をば》のところに參《まゐ》つてゐたものですから……小《ちい》さい時《とき》に染《し》みこんだのは仲《なか》々ぬけないものと見《み》ゑますネー……と何處《どこ》やらきまりのわる氣《さう》に笑《わら》ひながら

松「こゝに良人《うち》の素性《すじやう》が……と、以前《いぜん》作藏から請取《うけと》つた守袋《まもりぶくろ》から忠藏の臍《ほぞ》の緒《を》書《がき》を見《み》せましたので、船長《せんちやう》は固《もと》より疑《うたが》ふて

鳥追お松

ともなくお松の言葉《ことば》にヤンマと、欺《あざむ》かれて仕《し》舞《ま》ひました。それから二三日たちまして回漕《くわいそう》丸《まる》は難《なん》なく神《かう》戸《べ》の港《みなと》へ着《ちやく》船《せん》いたしまして、船《せん》長《ちやう》はお松を上陸《じやうりく》させやうと致しましたが　船長「時《じ》にお前《まへ》お小《こ》遣《づかひ》は幾程《いくら》か……船《せん》長《ちやう》は大《おほ》坂《さか》と神《かう》戸《べ》とは僅《わづ》かの道《みち》とは知《し》つて居《ゐ》りますが殊《こと》に女のことゝ思《おも》ひましたので、金《かね》のあるなしを尋《たづ》ねますると、お松は左《さ》もきまりわる氣《げ》に只《たゞ》口《くち》の中《なか》で　松「ハイ……と、答《こた》へたばかりであるので、船《せん》長《ちやう》はそれと察《さつ》しましたから　船長「左《さ》様《う》だらう持《もた》ん筈《はず》だ、裸体《はだか》にまで強《は》奪《が》れたと云ふんだから……したか、旦《だん》那《な》はどうしたかしら、能《よ》く無《ぶ》事《じ》でなア……これは眞《ほん》の輕《けい》少《せう》だが國《くに》へ歸《かへ》るまでの小《こ》遣《づかひ》に……と、幾《いく》何《ら》かの金《かね》を紙《かみ》にくるんで出《だ》したので　私「どういたしまして、これは……大《だい》恩《おん》をうけました上《うへ》に亦《また》このお金《かね》は……一《いち》度《ど》は慥とつき戻《もど》して見《み》たが　船長「そんな事《こと》をいつたつて一文《もん》なしでお前《まへ》は大《おほ》坂《さか》までどうして……これんばかり其様《そんな》に何《なに》も氣《き》の毒《どく》がるには及《およ》ばないよ、もつと與《やり》たいんだけれども……無理《むり》にお松の手《て》に渡《わた》しましたので、お松はこゝらが取《と》り時だと思《おも》つたので 松「どうも重《かさ》ね〲の御《ご》親切《しんせつ》……折角《せつかく》の思召《おぼしめし》で厶ますから、御《ご》辭退《じたい》なしに…… 船長「それかよい〲……此大《このだい》膽《たん》者《もの》お松は船長《せんちやう》から幾何《いくら》かの金《かね》を惠《めぐ》まれましたが、心《こゝろ》の中《なか》では恩《おん》に感《かん》じるどころではなく、却《かへつ》てしてやつたりと悦《よろこ》びながら上陸《じやうりく》をいたしましたが、是《これ》よりは如《い》何《か》なることを仕《し》出《で》來《か》すかは追々《おひ〳〵》とお判《わか》りになりませう

第十三席

既《すで》に前席《ぜんせき》で伺《うかゞ》ひましたる通《とほ》り、鳥追《とりおひ》お松《まつ》はすんでの事に遠州《えんしう》灘《なだ》海《かい》庭《てい》の藻《も》屑《くづ》と消《き》ゑはつべきところで厶ましたが、天《てん》は未《ま》だこの毒《どく》婦《ふ》を罰《ばつ》する時が早《はや》いと見《み》込《こ》んだものか、神《かう》戸《べ》通《がよ》ひの汽《き》船《せん》回漕《くわいさう》丸《まる》に救《すく》

鳥追お松

ひあげられ、其《その》上《うへ》船《せん》長《ちやう》のなさけによりまして、若干《いくら》かの旅《りよ》用《よう》まで貰《もら》ひうけまして、神《かう》戸《べ》の地《ち》に上《じやう》陸《りく》をいたしました、併《しか》しお松は初《はじ》めて此《この》地《ち》へまゐりましたので土《ど》地《ち》の情況《やうす》も判《わか》らず別《べつ》に手《た》頼《よ》るべき知《しり》己《あひ》の者《もの》もムませんので、身《み》の處《より》置《かた》にも大《おほい》に當《たう》惑《わく》をいたしましたが、いろ〳〵と思《し》案《あん》の末《すゑ》幸《さいは》ひ忠蔵の守袋《まもりぶくろ》と臍《ほぞ》の緒《を》書《がき》のあるのをたねに遣《つか》つて、忠蔵の親《おや》忠《ちう》兵《べ》衛《い》を胡《ご》麻《ま》化《くわ》し、一《ひと》先《ま》づ大《おほ》坂《さか》に身《み》を落《お》ちつけやうと決《けつ》心《しん》をいたしました。お松は左《さ》様《う》と決《けつ》心《しん》をいたしましたものゝ、海《うみ》の中《なか》へ転《ころ》げ落《お》ちましたとき、生《あい》憎《にく》岩《いは》角《かど》でうつたものと見《み》ねまして、身《から》体《だ》も所《しよ》々《〱》に痛《いた》みがあり、其《その》上《うへ》船《ふな》酔《よひ》が十分に醒《さ》めませんので何《なん》となく気《き》分《ぶん》も大《たい》儀《ぎ》であるから其《その》日《ひ》はゆる〳〵此《こ》地に一泊《はく》いたしまして身《から》体《だ》をやすめ、明《あ》日《す》は早《さう》朝《てう》大《おほ》坂《さか》へ出《しゆつ》立《たつ》と云ふ積《つも》りで、河《かは》内《ち》屋《や》と申します旅《はた》人《ご》宿《や》に一夜《や》を明《あ》かすことになりました、其《その》夜《よ》お松はこれまでの疲《つか》労《れ》が一時《じ》に出《で》たものと見《み》ねまして、早《はや》いうち

鳥追お松

六十六

から寝《ね》床《どこ》をとらせ横《よこ》になるがはやいかグッスリと寝《ね》込《こ》んで仕《し》舞《ま》ひまして、翌《あ》日《す》の朝《あさ》バタクサの音《おと》に目《め》を醒《さま》して見《み》ますると、日《ひ》は餘《よ》程《ほど》登《のぼ》つて泊客《とまりきやく》の半《はん》分《ぶん》は疾《とう》に立《た》つて仕《し》舞《ま》つた様《やう》子《す》でこムますから、サア今日《けふ》はどうしても大《おほ》坂《さか》まで漕《こ》ぎつけなければならない路《ろ》用《よう》も少《すく》ない事だからと思《おも》ひまして身《み》を起《おこ》さうといたしましたが、身《み》内《うち》が痛《いた》んで如《ど》何《う》しても起《おき》ることが出《で》來《き》ません、これは大《たい》變《へん》と思《おも》ひましたから、早《さう》速《そく》手《て》を拍《う》つて、下《げ》女《ぢよ》をよびますると、十三四の下《げ》女《ぢよ》が廊《らう》下《か》をバタ〳〵とかけて參《まゐ》りまして障《しやう》子《じ》を開《ひら》き　下女「なんの御《ご》用《よう》…………と、両《りやう》手《て》をついて叮《てい》嚀《ねい》に會釋《しやく》をいたします、お松はやうやく首《くび》を擡《もた》げて　松「どうも打《う》撲《ち》傷《み》が痛《いた》みだして困《こま》るんだがそこらに打《う》撲《ち》傷《み》の膏《かう》藥《やく》を賣《う》る家《うち》はあるまいかテー…………と、尋《たづ》ねまする と　下女「それはマアー、お困《こま》りで…………エー御《ご》座《ざ》いますとも、途《つひ》お向《むか》ふの藥種《し》屋《や》さんに…………　松「さうかい夫《それ》では濟《すま》ませんが一《ちよ》寸《つと》一《ひと》つ買《か》つて來《さ》て呉《く》れませんかチ、ろれから今《いま》の樣《やう》な譯《わけ》だからチ、まだ二三日位《にちくらゐ》はどう澤《た》厄《やつ》介《かい》にならなくちやアーならないかも知《し》れませんから、どうぞ旦《だん》那《な》にも左《さ》樣《う》いつて置《お》いて下《くだ》さいましチー　下女「承知《しようち》いたしました、それでは……………幾《いく》何《ら》か金《かね》を摑《つか》んで膏《かう》藥《やく》を買《か》つて來《く》る、お松はそれを痛《いた》み所《しよ》に張《は》りまして、早《はや》く癒《なほ》つて呉《く》れゝばイゝと喉《のど》小《こ》言《ごと》をいひながら、其《その》日《ひ》は一日《にち》寢《ね》床《とこ》の中《なか》で氣《き》をもんでをりましたが、一日たつても二日《か》經《た》つても、三日四日と過《す》ぎましても仲《なか》々く思《おも》ふ通《とほ》りに身《み》動《うご》きも出《で》來《き》ない始《し》末《まつ》で、大《おほい》に當《たう》惑《わく》をいたしましたが、これとても所據《よんどころ》なく、思《おも》はず十日ばかり居りますうちに、だん／＼痛《いた》みも薄《うす》らいでまゐりましたから、もうこれならば明《あ》日《す》あたりは出《で》かけられさうだと思《おも》ひましたが差《さし》當《あた》り一つこゝに困《こま》つたことがある、夫《それ》は何《なん》かと申しますと、宿《やど》屋《や》の勘《かん》定《ちやう》でございます、船《せん》長《ちやう》はお松のあはれな話《はなし》をきゝまして、幾《いく》何《ら》か路《ろ》用《よう》のために金《かね》を與《あた》へてやりました

六十八

が固《もと》より神戸《かうべ》から大坂《おほさか》までと思《おも》つたことでムますから多分《たぶん》には與《あた》へなかつたので、十日《か》餘《あまり》の宿《やど》賃《ちん》を拂《はら》ふことは出《で》來《き》ません、これは如《ど》何《う》したら可《よ》からうといろ〳〵思《し》案《あん》にくれてをりました。するとその翌《よく》晩《ばん》のことでムましたが、お松はどうして宿《やど》屋《や》の勘《かん》定《ぢやう》をすましだら可《よ》からうかと夜《よ》遲《おそ》くまで考《かんが》へ込《こ》んで居りますると、俄《には》かにツッ〳〵と云ふ人《ひと》聲《ごゑ》がいたしますので、お松は何《なに》事《ごと》が起《おこ》つたのかと頭《あたま》を擡《もた》げて欹《そば》耳《だて》をいたしますると、ドー〳〵パチ〳〵火《くわ》事《じ》だ〳〵なんぞの騷《さわ》ぎがきこえましたので、お松はムックと躍《はね》起《お》きまして、雨《あま》戸《ど》を開《あ》けて見《み》まするど火《くわ》事《じ》は丁度《ちやうど》今《いま》が燃《も》え盛《さか》りで河《かは》内《ち》屋《や》からは僅《わづ》か八九軒《けん》西《にし》の方《はう》で火《ひ》の子《こ》はドン〳〵飛《と》んでまゐります、お松は大《おほ》聲《ごゑ》をだしまして。松、火《くわ》事《じ》だ〳〵……と呼《よ》びまするど晝《ひる》のつかれで前《ぜん》後《ご》も知《し》らずに寐《ね》て居《を》りました宿《やど》屋《や》の者も、泊客《とまりきやく》も眠《ね》呆《ぼ》氣《け》眼《まなこ》をこすりながら、上《うへ》を下《した》への大《おほ》騷《さう》動《どう》、お松はこゝぞと思《おも》ひまして身《み》仕《し》度《たく》をキリヽツといたし、荷《に》物《もつ》を運《はこ》ぶ手《て》傳《つだ》ひをいたしまするうち、手《て》早《ばや》に簞《たん》笥《す》の引《ひき》出《だ》しから着《き》類《るゐ》二三枚《まい》をチヨロマかし跡《あと》白《しら》波《なみ》と此《こ》地《こ》を逐《ちく》電《てん》いたしました

第十四席

お松は大《だい》膽《たん》にも火《くわ》事《じ》の騒《さわ》動《ぎ》をつけこみまして、宿《やど》屋《や》の勘《かん》定《ぢやう》十日餘《あまり》の分《ぶん》を踏《ふみ》倒《たふ》したばかりでなく、其《その》上《うへ》ドサクサまぎれに衣《き》類《るゐ》を去《さ》らひまして其《その》夜《よ》のうちに神《かう》戸《べ》の地《ち》を逐《ちく》電《てん》いたしましたが、當《その》時《ころ》はまだ警《けい》察《さつ》なんと云ふものはなく、至《いた》つて緩《くわん》慢《まん》な有《あり》様《さま》でございましたから、女《をん》人《な》の夜《よ》道《みち》も別《べつ》に咎《とが》むる人のないのでありました、又《また》宿《やど》屋《や》の方《はう》では此《この》時《とき》類《るゐ》燒《しやう》をいたした騒《さわ》ぎで食《くひ》逃《にげ》ぐらゐの事には係《かゝ》つて居られず、衣《き》類《るゐ》の紛《ふん》失《しつ》したのも矢《や》張《はり》火《くわ》事《じ》騒《さわ》ぎの際《さい》に何《ど》處《こ》へか失《う》せたものと心《こゝろ》得《え》、別《べつ》にお松の所《しわ》爲《ざ》とも疑《うたが》ひませんのは、お松の一身《しん》に取《と》

鳥追お松

七十

りましては誠《まこと》に仕《し》合《あは》せな次《し》第《だい》でムました。神《かう》戸《べ》から大《おほ》坂《さか》へは恰《ちや》然《う》ど東《とう》京《きやう》と横《よこ》濱《はま》位《くらゐ》の隔《へだ》離《たり》でムますから、丈《ぢやう》夫《ぶ》な足《あし》には一日《にち》路《ぢ》に足《た》りない路《みち》程《のり》でムますが、兎《と》に角《かく》お松は女のゐとでもあり、又《また》打《う》撲《ち》傷《み》のために十日《か》餘《あまり》も困《くるし》んだあとでムますから、漸《や》う〱其《その》日《ひ》の夕《ゆう》暮《ぐれ》になりまして大《おほ》坂《さか》に到《たう》着《ちやく》いたし、心《しん》齋《さい》橋《はし》博《はく》勞《らう》町《ちやう》の足《た》袋《び》屋《や》で、忠藏の親《おや》忠兵衛が家《いへ》に着《つ》きました、お松は初《うゐ》々しく遠《とほ》くの方《はう》から小《こ》腰《ごし》をかゞめまして　松「忠兵衛さんと申します渉《な》方《かた》のお家《うち》はこちらでムますか………と尋《たづ》ねまするると、店《みせ》頭《さき》に一人の子《こ》僧《ぞう》を相《あひ》手《て》にいたして一《いつ》心《しん》不《ふ》乱《らん》に足《た》袋《び》を拵《こしら》へて居りました最早《う》五十格《かく》好《かう》と見《み》ゑまする肥《でつ》太《ぷり》とした顔《かほ》の丸《まる》い色《いろ》の淺《あさ》黑《ぐろ》い男が眼《め》鏡《がね》越《ごし》にお松の方《はう》をふり向《む》きまして、何《なに》やら合《が》点《てん》のゆかぬと云ふ有《あり》樣《さま》で　忠「ハイ、忠《ちう》兵《べ》衛《い》とまうしまするのは手《て》前《まへ》で………と、頻《しき》りにお松の顔《かほ》を穴《あな》のあくほど凝《み》視《つめ》て居《を》る、お松は隙《すか》さず　松「左《さ》樣《やう》でムますか、それでは貴《あな》君《た》があの

鳥追お松

忠蔵さんの親御《おや》の忠兵衛さんで………忠兵衛は初《はじ》めて顔《かほ》を見《み》た女が悴《せがれ》と自《じ》分《ぶん》の名《な》をよく知《し》つて居《ゐ》るので、或《あるひ》は見《み》忘《わす》れでもしたのではないかと、熟《よく》々《く》かんがへて見《み》ましたが、如《ど》何《う》しても思《おも》ひ出《だ》されません、実《じつ》はその筈《はず》でムます、後《あと》にも前《まへ》にも今《け》日《ふ》あふのが抑《そ》も〳〵の初《しよ》対《たい》面《めん》ですから、忠兵衛は心《こゝろ》の中《うち》で、ハヽア、これは東《とう》京《きやう》に居《を》る悴《せがれ》奴《め》が何《なん》かあの女《をんな》とあやしいことでもあつたので、主《しゆ》人《じん》の家《うち》にも居《ゐ》ることが出《で》来《き》ず、大《おほ》方《かた》逐《ちく》電《でん》でもしたので、跡《あと》を追《お》つてゝも来たのではあるまいかなんぞと、女《をんな》の年《ねん》配《ぱい》からこの様《やう》な想《さう》像《ぞう》をいたしまして

忠「お見《み》忘《わす》れをいたしましたのか、如《ど》何《う》しても………して、貴《あな》女《た》はどなたで、何《いづ》処《く》から………お松は縁《ゑん》先《さき》に腰《こし》を掛《か》けまして

松「その御《ご》不《ふ》審《しん》は御《ご》尤《もつと》でムます、私《わたくし》とても御《お》名《な》前《まへ》は疾《とう》から承《うけたま》はつては居《を》りましたが、御《お》目《め》に懸《かゝ》りまするのは今《け》日《ふ》が初《はじ》めて………と、何《なに》か仔《し》細《さい》でもあるらしく、言《こと》葉《ば》をそれで止めて仕《し》舞《ま》ひ面《めん》目《ぼく》なげてに畳《たゝみ》の表をなでゝ

居る

忠「左様《さう》でムませう、どうもこれまで御《お》見《み》掛《か》け申したことはないやうに思《おも》つて……而《し》て、あなたは何《ど》處《こ》から何《なん》の御《ご》用《よう》で……と、重《かさ》ねて忠兵衛が尋《たづ》ねましたので　松「ハイ、わたくしは東《とう》京《きやう》から參《まゐ》りましたもので松《まつ》と申します不《ふ》束《つゝか》者《もの》でございますが、これには段《だん》々《く》仔《し》細《さい》のあることと、どうもみの隣《りん》端《はた》では……忠兵衛は當《たう》然《ぜん》伜《せがれ》の身《み》の上《うへ》に關《くわん》係《けい》した事《こと》に相《さう》違《ゐ》ないと當《あて》をつけ、それでは成《なる》程《ほど》隣《りん》端《はた》で話《はな》すこともなるまいと、推《すゐ》察《さつ》をいたしましたから　忠「それならャアーどうか此《こ》方《ち》へおあがり下《くだ》さい……と、云ふやうな工《ぐ》合《あひ》に話《はな》しも成《なり》行《ゆ》きましたので、お松は仕《し》てやつたりと心《こゝろ》の中《なか》では笑《わら》ひながら、草《わら》鞋《じ》の紐《ひも》をとき、足《あし》を洗《あら》ひ、やがて忠兵衛に伴《ともな》はれまして奥《おく》の一《ひと》室《ま》に導《みちび》かれまして、茶《ちや》や菓《くわ》子《し》などを薦《すゝ》めて居りまする中《うち》に、丁《ちやう》度《ど》夕《ゆう》飯《はん》の時《じ》分《ぶん》にもなりましたので　忠「どうせ今《こん》夜《や》はお泊《とま》りで夜《よる》の晩《おそ》いことはありませんから、夕《ゆう》飯《はん》をたべましてから悠《ゆつ》々《くり》家《か》内《ない》と一《いつ》所《しよ》に

鳥追お松

お話《はな》しを承《うけたまは》ることに致しまして………失禮《しつれい》ですが一寸《ちよつと》店《みせ》を仕舞《しま》つてまゐりますから、どうかマア其間《そのま》横《よこ》にでもなつて………忠兵衛《ちうべい》はお松を一人《ひとり》座敷《ざしき》にのこしまして店《みせ》の方《はう》へ起《た》つてまゐりました、お松はなはいろ／＼と考《かんが》へますのに、宿屋《やどや》に置去《おきざ》りました忠藏は遲《おそ》くも四五日《にち》内《うち》には急度《きつと》駿府《すんぷ》へ引取《ひきと》ると云ふ約束《やくそく》をいたして置《お》いたのに、それから斯《か》う十日《か》餘《あまり》たつても何《なん》とも音沙汰《おとさた》なしにして置《お》いては心配《しんぱい》で堪《たま》らず、急度《きつと》駿府《すんぷ》の方《はう》も聞糺《ききただ》したに相違《さうゐ》ない、左様《さやう》なると差當《さしあた》り自分《じぶん》の身《み》の處置《しよち》にあまるから親許《おやもと》の方《はう》へ何《なん》とか音信《いんしん》のある筈《はず》に極《きま》つて居《ゐ》る、併《しか》し未《ま》だ親許《おやもと》でも忠藏さんのあとは微塵《みぢん》も知《し》らない樣子《やうす》を見ると、又《また》ぞろ短氣《たんき》でも起《おこ》して絞首《くびれ》でもしたか左《さ》もなくば到《たう》頭あの病氣《びやうき》で往生《わうじやう》したものに相違《さうゐ》ない、何《なに》しろ暫《しばら》くの間《あひだ》忠兵衛夫婦《ふうふ》を胡麻化《ごまくわ》して、ゆつくり身《み》の處置《しよち》をつけるが上策《じやうさく》、露《ろ》見《けん》をするやうな心配《しんぱい》はあるまい、寡婦《くわふ》のお松は多寡《たくわ》をくゝつて待《まち》

構《かま》へて居《を》りました、扨《さて》お松はこれより如《い》何《か》なることをいひ出《だ》すか、夫《それ》は明《めう》晩《ばん》までお預《あづか》りといたして置《お》きます

第十五席

さてもお松は首《しゆ》尾《び》よく忠兵衛を云ひくるめて一《ひと》室《ま》に誘《いざな》はれましたのち、やがて風《ふ》呂《ろ》にも這《は》入《い》り、夕《ゆふ》飯《めし》のもてなしにも預《あづか》り、忠兵衛夫《ふう》婦《ふ》の來《く》るのを待《まち》うけて居りまするど、間《ま》もなく忠兵衛は御《お》内《か》儀《み》さんをつれてお松の室《へや》にやつてまゐり、火《ひ》鉢《ばち》のこちらに座《ざ》をとりますると、御《お》内《か》儀《み》さんも北傍に坐《すわ》りました、忠兵衛はお松に向《むか》つて忠「どうも失《しつ》禮《れい》をいたしました、東《とう》京《きやう》の方《はう》からお出《いで》になつては、如《ど》何《う》も狹《むさ》隘《くる》しくつて……と、一《いち》應《おう》の挨《あい》拶《さつ》をいたしまして御《お》内《か》儀《み》さんの方《はう》をふり向《む》き　忠「お花《はな》や、お前《まへ》はつひ忙《いそが》しかつたので、未《ま》だ碌《ろく》に御《ご》挨《あい》拶《さつ》もいたさなかつたらうが、此《この》お方《かた》が先《さつ》刻《き》一《ちよ》寸《つと》話《はなし》をした東《とう》京《きやう》か

鳥追お松

らお出《いで》のそれ……と、紹介《ひきあはせ》をいたしまするとお松は如才《ぢよさい》なく

松「初《はじ》めて御《お》目《め》に懸《か》ゝりますが、手《て》前《まへ》は松と申しまして……貴婦《あなた》が御《お》家《うち》の親《お》母《ふくろ》さんでムますか、どうも夜《や》分《ぶん》突《とつ》然《ぜん》伺《うかゞ》ひまして飛《と》んだ御《ご》迷《めい》惑《わく》をおかけ申し、何《なん》とも……忠兵衛の配《つれ》偶《あひ》お花《はな》はお松の挨《あい》拶《さつ》をもぎとる様《やう》にいたしまして

花「どう致しまして、何《なん》とも御《お》粗《そ》末《まつ》たらけで……これも一《いち》應《おう》の挨《あい》拶《さつ》がすみまする と、忠兵衛は煙《きせ》管《る》を火《ひ》に押《お》しあてゝグイと一《いつ》喫《ぷく》、烟《けむ》を環《わ》に吹《ふ》きまして

忠兵「お若《わか》いのに女《をな》子《ご》の身《み》でたゞ一《ひと》人《り》、折《せつ》角《かく》此《こ》地《ゝ》までお尋《たづ》ね下《くだ》さつたと云ふのは、そりやア一《いつ》体《たい》どういふ譯《わけ》で……と、問《と》ひかけまする と

松「これには段《だん》々仔《し》細《さい》のあること、お話《はな》し申すもながいことではムますが、元《もと》わたくしはお恥《はづか》しいことではありますが、柳《やなぎ》橋《ばし》で賤《いやし》い藝《げい》者《しや》勤《つと》めをいたして居りましたもの、今《いま》からでは丁《ちやう》度《ど》二年《ねん》前《まへ》の夏《なつ》、兩《りやう》國《ごく》の川《かは》開《びら》きがムましたとき、御《お》家《うち》の息《むす》子《こ》忠臓さんが御《ご》朋《ほう》輩《はい》衆《しゆう》と御《ご》一《いつ》所《しよ》に、鯉《こひ》屋《や》と申

七十六

す料《れう》理《り》屋《や》で、御《お》遊《あそ》興《び》なされた其《その》座《ざ》敷《しき》へお招《まね》ぎ下《くだ》さつたが抑《そ》も〳〵初《はじ》まり、御《ご》両《りやう》親《しん》さまの前《まへ》で此《こ》様《ん》なことをまうしましては……お松は態《わざ》と初《うい》々しく見《み》せかける了《れう》見《けん》で、後《あと》を控《ひか》へて面《めん》目《ぼく》無《な》気《げ》にして居りますると、此《こ》處《ゝ》はさすがに女のこと

花「それが何《なん》ですか、アノー悴《せがれ》の忠蔵と………聞《き》かなけりやア話《はなし》もわからないと云ふやうなもの…………夫《それ》から一《いつ》体《たい》どうしたと云ふのでムます……お松は漸《しだ》々言《こと》葉《ば》をついで、恥《はづ》かしさうに下《した》を向《む》き

松「お話《はな》しやすも恥《はづか》しい次《し》第《だい》ではムますが、其《その》時《とき》から互《たが》ひに思《おも》ひ思《おも》はれて、其《それ》から後《のち》は十日にわけず座《ざ》敷《しき》に呼《よ》ばれて見《み》ると逢《あ》ふ度《たび》毎《ごと》に互《たが》ひに心《こゝろ》も打《う》ちとけて末《すゑ》は夫《ふう》婦《ふ》の約《やく》束《そく》、起《き》證《しやう》までも交《とり》換《かは》した交《な》情《か》となりましたが、何《なに》を云ふにも忠蔵さんは御《ご》主《しゆ》人《じん》持《もち》、金《かね》さへも自《じ》由《ゆう》にならず、私《わたし》とても抱《かゝ》への身《み》で隨《ずゐ》分《ぶん》中《しん》心《ちう》立《だて》もいたしましたが、夫《それ》が却《かへつ》て自《じ》分《ぶん》の不《ふ》徳《とく》、忠蔵さんに逢ふことを止《と》められて見《み》れば、猶《な》ほ〳〵見《み》たさが一《いつ》杯《ぱい》で、辛い

鳥　追　お　松

ではつかり居りました、忠蔵さんとて同じ心済ないことゝは百も承《しよう》知《ち》はして居ましたが、妾《わたし》を可《か》愛《あい》いばつかりに遂《つひ》帳尻《ちやうじり》を胡《ご》麻《ま》化《くわ》して、二百に餘《あま》る金《かね》を拵《こしら》へ、妾《わたし》の足《あし》を洗《あら》つて下《くだ》さり、この正月《しやうぐわつ》から下《しも》田《た》屋《や》暮《ぐら》しをしてゐましたが、忠蔵さんも追《おひ》々《〳〵》とお店《みせ》の首《しゆ》尾《び》がわるいゆゑ、遂《つひ》に姿《すがた》を隠《かく》しまして二人で暮《くら》して居りましたが、元《もと》来《〳〵》貯金の ある身《み》ではなし、兎《と》いつたところで別《べつ》に商買《しようばい》をする途《みち》もつかぬ、困《こま》つて斯《か》うして苦《くる》しむより、律《りち》義《ぎ》一《いち》図《づ》の親《おや》御《ご》の事《こと》ゆゑ、此《こ》様《ん》な事を耳《みゝ》に入《い》れましたら、嘸《さぞ》御《お》立《はら》腹《だち》なさるだらうが、夫《それ》も一時《じ》で段《だん》々《〳〵》事情を お話《はなし》して御《ご》相《さう》談《だん》を願《ねが》つたら、萬《まん》更《さら》木《き》で鼻《はな》をくゝつた様《やう》なこともあるまいからとのお話《はなし》になり、僅《わづ》かばかりの道《だう》具《ぐ》を賣《う》り拂《はら》つて、それを路《ろ》用《よう》に東《とう》京《きやう》を出《しゆつ》立《たつ》いたしましたのが、丁《ちやう》度《ど》先《せん》月《げつ》下《げ》旬《じゆん》で厶ました、それから段《だん》々《〳〵》東《とう》海《かい》道《だう》を下《くだ》つてまゐります中《うち》、蒲《かん》原《ばら》宿《じゆく》の正《まさ》木《き》屋《や》へ泊《とま》りましたその晩《ばん》から、俄《には》かの熱《ねつ》に吐《はき》瀉《くだ》し大《だい》したこともあるまいと思《おも》

鳥追お松

七十八

つて居たとは案外《あんぐわい》の相違《さうゐ》で日夜《にちや》の介抱《かいはう》も其甲斐《そのかひ》なく、病《やみ》付《つい》てから十日の夕方《ゆふがた》到頭《たう〳〵》死《し》んで……と云ひさしまして、お松はワッと泣《な》き出《いだ》し、身《み》を倒《たふ》して仕《し》舞《まひ》ました、忠兵衛夫婦《ふうふ》はお松から寝《ね》耳《みゝ》へ水《みづ》の物《もの》語《がた》りを聞《き》きまして膽《きも》を潰《つぶ》し、殊《こと》にお花は聲《こゑ》を震《ふる》はし

花「悴《せがれ》はし、し、死《し》んだと……そ、そ、そりやア眞《ほん》個《と》のことで……と膝《ひざ》すりよせてつめ寄《よ》りまするとお松も涙《なみだ》に聲《こゑ》を潤《うる》まし

松「なんで虚僞《うそ》を……お花とお松は生体《しやうたい》を乱《みだ》してワッ〳〵と大聲《おほごゑ》をあげ泣《ない》て居《をり》ますが、其《そ》處《こ》は男《をとこ》だ忠兵衛は目《め》に涙《なみだ》を溜《た》めては居《ゐ》りましたが、泣聲《なきごゑ》をのみ込《こ》みまして

忠兵「アーア死《し》んだものは詮方《かた》がない、それも矢張《やつぱ》り天《てん》道《たう》さまの罰《ばち》でも當《あた》つたのだらう、幼《こ》少《せう》の時《とき》からお世《せ》話《わ》になつて、人《ひと》並《なみ》に丈《せい》節《とし》を伸《の》ばして戴《いただ》いた御《ご》恩《おん》を忘《わす》れて主人《しゆじん》の金《かね》を胡麻化《ごまくわ》して遣《つか》うやうな奴《やつ》は、どうせ碌《ろく》なめには遇《あは》ないはずだ、……律義《りちぎ》者《もの》と云はれる位《くらゐ》の忠兵衛さんでムますから、口《くち》では斯《か》うも立派《りつぱ》に云ひ放《はな》

しましたが、流石《さすが》親子《おやこ》の情合《じやうあひ》とヤしますものは亦《また》格別《かくべつ》なものでムますから、ホロリ〳〵と涙《なみだ》を落《おと》して暫時《しばらく》三人《みたり》共《とも》に無言《むごん》で居りましたが、軈《やが》て忠兵衛は手《て》を伸《の》ばして、泣《なき》伏《ふ》して居るお花の肩《かた》の邊《あたり》に縋る　を宛《か》てゝ　忠兵「これお花、さう泣《な》いたとて死《し》んだ者は歸《かへ》つて來《く》るこつちやアーなし詮《し》方《かた》があるもんかな、貴《き》樣《さま》は婦《を》女《ん》子《な》のことだから悴《せがれ》の死《し》んだことばかり悲《かな》しんでゐるが、乃《お》公《れ》はどうも並《なみ》木《き》町《ちやう》の御《ご》主《しゆ》人《じん》に對《たい》して……これお松さんとやら、左《さ》樣《う》泣《な》いてばつかりゐないで、後《しまひ》まで話《はな》して下《くだ》さい……お松は只《たゞ》ハイと細《ちい》さく答《こた》へた斗《ばか》りで後《あと》にはなんの文《もん》句《く》もなく歔欷《すゝりなき》はまだ止《やま》ない　忠兵「貴《あな》女《た》も悴《せがれ》の樣《やう》な奴《やつ》に引《ひつ》掛《か》つて隨《ずゐ》分《ぶん》辛《つら》い目《め》にも遇《あ》つたでせうが、泣《ない》てゐた斗《ばか》里ぢやア何《なん》だか一《いつ》向《かう》話《はなし》が埒《らち》明《あか》ない、サアーそれからどうしたと云《い》ふんです、お花貴《き》樣《さま》もいゝ加《か》減《げん》に泣《な》いた方《はう》がいゝぞ……と、叱《しか》つたり騙《だま》したりするやうに致しましても、二《ふた》人《り》ながら泣《ない》て斗《ばか》り居《ゐ》ります

ので、忠兵衛も持余《もてあま》したと云ふやうな塩梅《あんばい》で、便所《べんじよ》へ起《た》つてまゐりました、講釈《かうしやく》は余《あま》り長《なが》いはお退屈《たいくつ》さま、私《わたし》もこゝで一寸《ちよつと》一喫《いつぷく》

第十六席

忠兵衛は便所《べんじよ》へ参《まゐ》りましてから座敷《ざしき》に立戻《たちもど》りまして、再《ふたゝ》び元《もと》の所に座《すわ》り　忠兵「サアー先刻《さつき》のあとをお話《はな》しゝて……と、迫《せま》りたてました、お松はやう〳〵体《からだ》を起《おこ》しまして　松「妾《わたし》も一時《いちじ》は途方《とはう》に呉《く》れて仕舞《しま》ひましたが、宿屋《やどや》の御夫婦《ごふうふ》が御親切《ごしんせつ》にして下《くだ》さいまして、漸《やう》う〳〵野辺《のべ》の送《おく》りも営《いとな》み、兎《と》にも角《かく》にも親御《おやご》さんは一度《いちど》お目《め》に懸《か》ゝつた上《うへ》、一伍一什《いちぶしじふ》のお話《はなし》をいたさうと思《おも》ひまして旅宿《はたご》を出立《しゆつたつ》いたし、だん〳〵と道《みち》を急《いそ》いで薩陀峠《さつたたうげ》へ通《とほ》りかゝりまするど、女一人《をんなひとり》と侮《あなど》つてか一人の悪漢《わるもの》が突如《いきなり》に妾《わたし》の身体《からだ》を確乎《しつか》と抱《かゝ》へ、無理無体《むりむたい》に路傍《みちばた》の観音堂《くわんおんだう》に妾《わたし》をつれこみ、手込《てごめ》にしやうといたしたので、妾《わたし》

鳥追お松

も一生《しやう》懸《けん》命《めい》の力《ちから》を出《だ》し、首《しゆ》尾《び》よくうの手《て》を振《ふり》拂《はら》つて、やつとのことと に觀《くわん》音《おん》堂《だう》を逃《にげ》出《だ》しますと、男《をとこ》も續《つゞ》いて其《そ》處《こ》を飛《とび》出《だ》し、彼方《あつち》此方《こつち》と追《おつ》驅《か》けまわし、到《と》底《て》も遁《のが》れることは出《で》來《き》ない場《ば》合《あひ》になりましたから、身《み》を汚《けが》さるより一《いつ》層《そ》のこと、死《し》んだか優《え》しと覺《かく》悟《ご》をしまして、海《うみ》の中《なか》へと飛《とび》ゐみましたが…………涙《なみだ》と共《とも》にお松の物《もの》語《がた》りを聞《きい》て居りました忠兵衛夫《ふう》婦《ふ》は、話《はなし》しとは思《おも》はぬまでに驚《おどろ》きまして　二人、海《うみ》の中《なか》へ飛《とび》込《こ》んだと…………と、思《おも》はず聲《こゑ》をたてました、お松は一《いつ》層《そう》悲《かな》しげに聲《こゑ》をふるはし

松「ハイ、それから先《さき》のことは如《ど》何《う》なつたかサッパリ夢《む》中《ちう》で厶ましたが、生《しやう》氣《き》ついた時《とき》には思《おも》ひもかけぬ船《ふね》のなか、是《これ》は全《ぜん》体《たい》どうした譯《わけ》かと思《おも》ひまして、だん〳〵様《やう》子《す》をきいて見ますと、妾《わたし》は疾《とう》に死《し》んで仕《し》舞《ま》つて遠《えん》州《しう》灘《なだ》の沖《おき》中《なか》を彼《あち》方《ら》此《こち》方《ら》波《なみ》に揺《ゆ》られて居りましたのを、其《その》船《ふね》の人《ひと》方《かた》がわたしを見《み》附《つ》けて船《ふね》へ引《ひ》きあげ、それから種《いろ》々く《いろ》と惨《さ》親《しん》切《せつ》に手《て》當《あて》をして下《くだ》さつたので、漸《やうや》く息《いき》

鳥追お松

を吐歸《かへ》したと云ふことです、夫《それ》からいろ〳〵とお尋《たづ》ねがありましたから、大略《あらまし》のはなしをいたしますると、船《せん》長《ちやう》さんは大《たい》層《そう》に御《ご》親《しん》切《せつ》なお方《かた》で此《この》船《ふね》は丁《ちやう》度《ど》よく神《かう》戸《べ》へ行《ゆ》くのだから、お前《まへ》をそこまで乘《の》せて、いつてやらうと仰有《おつしや》いまして、その船《ふね》が神《かう》戸《べ》へつきましたのは、丁《ちやう》度《ど》十二三日前《まへ》のことでムました、神《かう》戸《べ》から此《こ》地《ゝ》まで僅《わづか》ばかりの路程《みちのり》ときゝましたから、其《その》日《ひ》の内《うち》にもお尋《たづ》ね申《まを》すつもりではムましたが、大《たい》層《そう》船《ふね》で醉《よ》つた上《あげ》句《く》に海《うみ》の中《なか》へ飛《とび》こみました時、岩《いは》でゝも打《う》つたものと見《み》ゑまして足《あし》腰《こし》も思《おも》ふやうにならず、兎《と》いつて此《こち》家《ら》さまへ申《まを》しあげたところが如《ど》何《う》かと思《おも》ひましたものですから、其《そ》他《こ》に十日餘《あまり》も逗《とう》留《りう》をいたしまして、やつと彼《あち》地《ら》を昨《きの》日《ふ》たつてお尋《たづ》ねを致した次《し》第《だい》ではムますが、元《もと》〳〵浮《うは》氣《き》家《か》業《げふ》をいたしました妾《わたし》の事ゆゑ、何《なん》と思召《おぼしめ》すことかと存じて、忠藏さんの頭《かみ》髮《のけ》を切《き》つて證《しよう》據《こ》にとは思《おも》ひましたが、是《これ》も十分の信《か》用《て》にはと心附《こゝろづ》き、ゑれを見《み》た

鳥追お松

ならよもやお疑《うた》ぐりもあるまいと膚《はだ》身《み》はなさず持《ち》参《さん》いたしてまゐりました……と、懐中《くわいちう》へ手《て》をさしいれまして取《とり》出《だ》したのが、忠蔵の守袋《まもりぶくろ》で厶ました、忠兵衛夫《ふう》婦《ふ》はこれを手《て》にとりあげまして、裏表《うらおもて》を熟《とく》とあらため、何《なに》やら中《なか》から取《とり》出《だ》しまして暫《しば》くながめ居りましたが　花「こりやアこの守袋《まもりぶくろ》は忠蔵が東京《とうきやう》へまゐりますとき、妾《わたし》の手《て》で拵《こしら》へてやつた守袋《まもりぶくろ》だ………忠兵衛も其《その》あとから　忠兵「この書《かき》札《つけ》は確《たし》かにおれが書《か》いた臍《へそ》の緒《を》書《がき》………と、只《たゞ》々飽《あつ》氣《け》にとられてをりました、お松は好《こ》機會ぞとつけ入《い》りまして　松「親《おや》御《ご》の身《み》といたしたら可《か》愛《あい》い息《むす》子《こ》を此《こ》様《ん》な者にして仕《し》舞《ま》つたのも皆《みんな》わたしが悪《わる》いからとお恨《うら》みもあらうけれど、是《これ》も宿世《しゆくせ》と思召《おぼしめ》し、お疑《ぎ》念《ねん》も晴《は》れた上《うへ》は、不《ふ》束《つゝか》者《もの》のわたしでも、惣領嫁《よめ》だと一《ひと》言《こと》を………と、云《い》つたまゝワツとばかりに泣《なき》伏《ふ》しました、忠兵衛夫《ふう》婦《ふ》もホロ〳〵と涙《なみだ》をこぼし――忠兵「賤《いや》しい家《か》業《げふ》とはいひながら人《ひと》は心《こゝろ》が第《だい》一《いち》肝《かん》腎《じん》、だん〳〵

八十四

聞《き》いたお前《まへ》の心《しん》底《てい》親《おや》の身《み》に成《な》つてもどれほど嬉《うれ》しいか知《し》れないもの、悴《せがれ》の迷《まよ》ふも無《む》理《り》ではない、悴《せがれ》も死《し》んで仕《し》舞《ま》つて見《み》れば他《ほか》に子《こ》のない私《わたし》等《ども》両《ふた》人《り》、こんな汚《きたな》い破《ば》地《らや》でもどうぞ自《じ》分《ぶん》の家《いへ》と思《おも》つて、嫌《いや》でもあらうが辛《しん》抱《ばう》して死《しに》水《みづ》まで取《と》つて貰《もら》ひば、これに上《うへ》こす喜《よろこ》びはない、是《これ》からさきは舅《しう》姑《と》だと云ふやうな水《みづ》臭《くさ》い心《こゝろ》をもたずに所《ほん》生《たう》の親《おや》と思《おも》つて……お松は片《かた》手《て》で涙《なみだ》を拭《ふ》きながら　松「勿《もつ》體《たい》ない今《いま》のお言《こと》葉《ば》、賤《いや》しい妾《わたし》をそれほど迄《まで》に仰《おつ》有《しや》つて下さるのも、是《これ》も矢《やつ》張《ぱ》り忠蔵さんが草《くさ》葉《ば》の影《かげ》からお引《ひき》合《あは》せ下さつたのに相《さう》違《ゐ》ない、最《も》早《う》斯《か》うなる上からは、此《こ》様《ん》なものには用《よう》はない……と、傍《そば》にあつた剪《はさ》刀《み》を手《て》に取《と》りあげ、緑《みどり》なす黒《くろ》髪《かみ》を髻《ね》元《もと》からプツツリと断《きり》落《おと》しまして二人が前《まへ》に投《な》げだしました、忠兵衛夫《ふう》婦《ふ》はお松が虚《う》偽《そ》と眞《まこ》實《と》をこきませた富《ふ》婁《る》那《な》の辨《べん》舌《ぜつ》に、つひ浮《うか》々《〱》とのせられまして　夫婦「あれマアーそんなことをして……その氣《き》質《だて》を見るからは猶《なほ》更《さら》に末《すゑ》頼《たの》母《も》しく……真《ほ》個《ん》に悴《せがれ》はよい嫁《よめ》を……と、跡《あと》には何《なん》の言《こと》葉《ば》もなく三人《みたり》は只《たゞ》さめ〴〵と泣《な》くばかりで厶ました、お松は仕《し》済《すま》したりと心《こゝろ》の中《なか》で喜《よろこ》んで居りましたが、猶《なほ》も涙《なみだ》をうかめまして　松「今《いま》更《さら》いふのも愚《ぐ》痴《ち》のやうではありますが、是《これ》が忠蔵さんと二人でなら、如《ど》何《ん》様《な》にお喜《よろこ》びなさんしたらう、それも出《で》来《き》ぬと云ふはよく〳〵の因《いん》果《ぐわ》のめぐり合《あは》せ、思《おも》へば〳〵……と、又《また》もお松は萎《しほ》れかゝりましたので　忠兵「忠蔵がことは何《いく》程《ら》繰《くり》返《かへ》したとて帰《かへ》つて来《く》る訳《わけ》でもなし、私《わたし》も一《いち》時《じ》は腹《はら》も立《た》てたり、また悲《かな》しんでも見《み》たものゝ、お前《まへ》の様《やう》なものを嫁《よめ》に貰《もら》つたと思《おも》へば何《なん》となく力《ちから》附《づ》いたやうに思《おも》はれます、何《どう》卒《ぞ》所《う》生《み》の親《おや》だと思《おも》つて孝《かう》行《〱》なして下され、生《あい》憎《にく》お酒《さけ》の買《かひ》盃がなかつたから、銚《てう》瓶《びん》の湯《ゆ》を酒《さけ》の代《かは》り、親《おや》子《こ》の縁《えん》を結《むす》ぶとしませう……と、傍《そば》にあつた茶《ちや》呑《のみ》茶《ちや》碗《わん》をとりあげまして、銚《てう》瓶《びん》の白《さ》湯《ゆ》を注《つ》ぎ一《ひと》口《くち》呑《の》んでお松にさし出《だ》しました、お松は茶《ちや》碗《わん》を請《うけ》取《と》りまして、今《いま》飲《のま》うといたしました時《とき》、中《なか》庭《には》の雨《あま》戸《ど》を蹴《け》放《はな》しまして　男「大《おほ》詐《う》偽《そ》者《つき》の鳥《とり》追《おひ》お松《まつ》、そこ動《うご》くな………大《おほ》膽《たん》を出《だ》して躍《おど》りこんだものがムました、是《これ》は次《じ》席《せき》でお判《わかり》に相《あひ》成《なり》ます

第十七席

前《ぜん》席《せき》で伺《うかが》ひました彼《かの》毒《どく》婦《ふ》鳥《とり》追《おひ》お松《まつ》は甘《うま》〳〵と忠《ちう》兵《べ》衛《い》夫《ふう》婦《ふ》を欺《あざむ》きまして親《おや》子《こ》の盃《さかづき》を致さうとしました時《とき》、いつの間《ま》に中《なか》庭《には》に忍《しの》びこんだものでムますか、雨《あま》戸《ど》を蹴《け》放《はな》して大《おほ》詐《う》偽《そ》者《つき》の鳥《とり》追《おひ》お松《まつ》、そこ動《うご》くなと躍《おど》り込《こ》んだ男《をとこ》がムました、不《ふ》意《い》のことでムましたから忠《ちう》兵《べ》衛《い》夫《ふう》婦《ふ》を始《はじ》め、如《い》何《か》に大《だい》膽《たん》なお松でさへも大《おほい》に驚《おどろ》きまして、三《さん》人《にん》等して顔《かほ》見《み》合《あは》せて居りまする以《い》前《ぜん》の男はサラリッと障子《しやうじ》を明《あ》けまして漸《やう》〳〵と座《ざ》敷《しき》の中《なか》に這《は》入《い》つてまゐり、眤《じつ》とお松を睨《ねめ》付《つけ》ました、お松は思《おも》はず顔《かほ》を見《み》まして　松「ヤ、貴《あな》君《た》は濱《はま》田《だ》ッ………と云ふのを

鳥追お松

打《う》ち消《け》し、言葉《ことば》を改《あらた》めまして「こりやア大《だい》膽《たん》不《ふ》敵《てき》な鳥《とり》追《おひ》お松汝《なんぢ》東《とう》京《きやう》にありし頃《ころ》には人《ひと》変《がはり》りも出《で》来《き》ない分《ぶん》才《さい》としながら、容《か》顔《ほ》の美《うつくし》い人《ひと》のを餌《ゑば》にいたし、大《おほ》坂《さか》無《む》宿《しゆく》の吉藏と諜《しめ》し合《あは》せ、色《いろ》に事《こと》よせ多《おほ》くの人《ひと》の金《きん》錢《せん》を奪《うば》ひ取《と》り、其《その》他《ほか》いろ〳〵と惡《あく》事《じ》の段《だん》々《〳〵》、遂《つひ》に御《ご》公《こう》儀《ぎ》に達《たつ》したので跡《あと》白《しら》浪《なみ》と東京を逃《に》げのび、既《すんで》のことに品《しな》川《がは》宿《じゆく》にて一《ひと》度《たび》捕《とら》へられんとしたところを、又《また》もや惡《あく》運《うん》つよかりしか、首《しゆ》尾《び》よく其《その》場《ば》を逃《に》げのびて、此《この》大《おほ》坂《さか》に漂《たゞよ》ひ來《きた》り重《かさ》ね〴〵の惡《あく》事《じ》の謀《たく》計《らみ》、桝《ます》屋《や》夫《ふう》婦《ふ》を欺《だま》す所《しよ》存《ぞん》不《ふ》屆《とゞ》者《きもの》奴《め》ッ………と叱《しか》りつけました、忠《ちう》兵《べ》衛《ゑ》夫《ふう》婦《ふ》は僅かの嘴《さい》きに合《が》点《てん》もゆかず、只《たゞ》うろ〳〵するばかりでムましたが、律《りち》義《ぎ》一《いつ》徹《てつ》位《くらゐ》の堅《かた》い人《じん》物《ぶつ》でムますから、お松を欺《かた》る毒《どく》婦《ふ》だは夢《ゆめ》にも知《し》らず、大《おほ》方《かた》人《ひと》違《ちがひ》でもしたのであらうと、斯《か》う察《さつ》しましたので　忠兵旦《だん》那《な》さんに一《ちよ》寸《つと》申《まうし》上《あげ》たい事がムます、それは別《べつ》儀《ぎ》でもムません、これなる女は私《わたし》の悴《せがれ》忠《ちう》藏《ざう》奴《め》が東京で夫《ふう》婦《ふ》となつたものでムますさうで

八十八

すが、なか〱其様《そん》な女ではムません、旦那《だんな》さんに對《たい》しましては甚《はなは》だ恐入《おそれい》つた申分《まうしぶん》ではムますが、若《も》しや人違《ひとちがひ》ではあるまひかと……お花も共《とも》に口《くち》を揃《そろ》へて　花「初《はじ》めて會《あ》つた嫁《よめ》ではムますが其様《そん》な怖《おそ》ろしい氣《き》質《だて》の者では…………　濱《はま》田《た》正司《しやうじ》は夫婦《ふうふ》の言葉《ことば》を揉《もみ》消《け》すやうにして　正「ハヽヽヽヽこりやア桝屋《ますや》夫婦《ふうふ》のもの、自分《じぶん》の心《こゝろ》に引《ひき》較《くら》べて他人《たにん》も斯《か》様《う》だと思《おも》ふのは大《おほ》きな誤《あやま》り、大奸《たいかん》は忠《ちう》に似《に》たりで其處《そこ》が毒婦《どくふ》の毒婦《どくふ》たるところなんだ、一目《ひとめ》で毒婦《どくふ》と見《み》らるゝなら誰《だれ》がその僞謀《てだて》にのる者があらうぞ、其方《そち》等《ら》の倅《せがれ》忠臓が駿河路《するがぢ》で病《びやう》氣《き》のために果《は》てたと云ふのも、實《じつ》は虚僞《うそ》やら眞實《まこと》やら前後《ぜんご》揃《そろ》はぬ彼《かれ》が言分《いひぶん》、矢張《やつぱり》あれも僞謀《てだて》の種子《たね》…………どうだお松最早《もう》如《ど》何《ん》様《な》に陳《ちん》するとも所詮《しよせん》叶《かな》はぬ舊惡《きうあく》露見《ろけん》、彼此《かれこれ》いはせと淸《きつ》潔《ぱり》と白状《はくじやう》をして仕《し》舞《ま》へ、夫《それ》とも他《ほか》に云譯《いひわけ》すべき言葉《ことば》あるか…………とお松をハッタと睨《ねめ》付《つ》けました、お松はどうせ遁《のが》れぬところと觀念《かんねん》をいたしまして、漸《やう》

鳥追お松

〵に顔《かほ》を擡《もた》げ　松「いつ迄《まで》知《し》れぬと思《おも》ひの外《ほか》、星《ほし》をさゝれた今《いま》のお言《こと》葉《ば》、斯《か》う顕《あらは》れる上《うへ》からは包《つゝ》むも甲《か》斐《ひ》なき此《この》身《み》の素《す》性《じやう》、御夫《ふう》婦《ふ》さまを欺《だま》したのも、此《この》身《み》の振《ふり》方《かた》をつけるまで御《ご》厄《やく》介《かい》にと思《おも》つたが、斯《か》うなるからはお世《せ》話《わ》にも緩《ゆつ》くりなつても居られぬ破《は》滅《めつ》、とんだ女と物《もの》堅《かた》い御《ご》夫《ふう》婦《ふ》ゆゑにさぞ喫《びつ》驚《くり》遊《あそ》ばしたでござんせう、サア蓮《はす》田《だ》さん色《いろ》の仇《かたき》を取《と》る氣《き》なら、如《ど》何《う》なりともお勝《かつ》手《て》になさる方《はう》がようござんす…………と、いつかな動《どう》せぬお松がたましひ、正《しやう》司《じ》は一《いつ》層《そう》聲《こゑ》に力《ちから》を入《い》れて　正「流《さす》石《が》は悪《あく》事《じ》に慣《な》れたる其《その》方《はう》、其《その》覺《かく》悟《ご》には感《かん》心《しん》いたす、又《また》此《この》家《や》の御《ご》夫《ふう》婦《ふ》には既《すんで》のことに此《この》お松に計《はか》られんとする危《あやう》きところを、早《はや》くも拙《せつ》者《しや》の探《たん》偵《てい》で此《こい》奴《つ》の正《しやう》体《たい》露《ろ》見《けん》に及《およ》び、其《その》難《なん》儀《ぎ》にも惱らずして、先《まづ》は何《なに》より重《ちやう》畳《でふ》至《し》極《ごく》、お松は公《こう》儀《ぎ》の犯《はん》罪《ざい》人《にん》、サア順《じゆん》常《じやう》に縄《なは》にかゝれ…………と兼《かね》て用《よう》意《い》の呼《よび》子《こ》の笛《ふえ》を吹《ふ》きならしまするとと、四《し》方《はう》から捕《とつ》手《て》の者がバラ〳〵と走《は》せ集《あつま》りまして、犇《ひし》〳〵と縄《なは》をかけ

「サアお松、斯《か》うなつては仕《し》方《かた》はあるまひ、其《その》駕《か》籠《ご》へ疾《はや》く乗《の》れ………と、促《うなが》されまして、お松はやがて駕《か》籠《ご》にのり縄《なわ》付《つき》のまゝ屯《たむろ》へと舁《か》き出《いだ》されました、跡《あと》には桝《ます》屋《や》忠《ちう》兵《べ》衛《ゑ》夫《ふう》婦《ふ》は余《あま》りの事《こと》に飽《あき》気《れ》にとられ、開《あ》いた口《くち》も塞《ふさ》がらんと云ふやうな塩《あん》梅《ばい》でムました

第十八席

お松は忠《ちう》兵《べ》衛《い》夫《ふう》婦《ふ》を首《しゆ》尾《び》よく胡《ご》麻《ま》化《くわ》し、ゆる〳〵身《み》の處置《かた》をつけやうといたしましたるところ、壁《かべ》に耳《みゝ》ありの道《だう》理《り》で濱《はま》田《だ》正《しやう》司《じ》のために一《いち》伍《ご》一《し》什《じふ》の物《もの》語《がたり》を聞《き》きとられ、遂《つひ》に正《しやう》体《たい》を露《あら》はされて縄《なわ》付《つき》のまゝ囚《めし》人《うど》駕《か》籠《ご》に乗《の》せられまして、だん〳〵東《ひがし》の方《かた》をさしてまゐりまする中に、茶《ちや》臼《うす》山《やま》の麓《ふもと》近《ちか》き住《すみ》吉《よし》街《かい》道《だう》殿《でん》下《が》茶《ちや》屋《や》の里《さと》はづれの鹹に淋《さび》しい處に通《とほ》りかゝりました時、附《つき》添《そひ》の役《やく》人《にん》は其《そ》處《こ》に駕《か》籠《ご》を下《おろ》させまして、自《じ》分《ぶん》も何《ど》處《こ》へか立《たち》去《さ》つて仕《し》舞《ま》ひました、お松はハテ變《へん》だ

と思《おも》つて居《を》りまするると、傍《かたへ》に生《おひ》茂《しげ》つて居る葭をさわ〳〵と押開けましてヌッと現《あらは》れ出《いで》たる一人の侍《さむらひ》が厶りました、此《この》時《とき》月《つき》の皓々《こう〳〵》と照《て》つて居りましたが、韮《にら》山《やま》笠《がさ》に面《おもて》に隠《かく》して居りましたから、定《さだ》かにだれだとは判《わか》りません、以《い》前《ぜん》の侍《さむらひ》は大《おほ》股《また》に駕《か》籠《ご》の側《わき》に歩《あゆ》みよりまして其《その》中《なか》からお松を引《ひき》出《だ》し、腰《こし》なる一刀《とう》をスラリッと抜《ぬ》きましたから、お松は自《じ》分《ぶん》の斬《き》らるゝ事かと思《おも》つて居りますると、是《これ》とは案《あん》に相《さう》違《ゐ》いたしまして、お松が縛《しば》られて居りまする縄《なは》をプツリツと切放《はな》しました、お松は更《さら》に合《が》点《てん》ゆかず不《ふ》審《しん》に思《おも》つて居りますると、其《その》侍《さむらひ》は笠《かさ》を脱《ぬぎ》棄《す》てまして、お松が手《て》を確《しつ》乎《か》と握《にぎ》つて

正「忘《わす》れたかこれお松、おれは濱《はま》田《だ》正《しやう》司《じ》だぞ…………と、いはれましたのでお松はつく〳〵と其《その》顔《かほ》を透《すか》して

松「なんで忘《わす》れはいたしませう、最《さい》前《ぜん》桝《ます》屋《や》で思《おも》はずもお目《め》にかゝつた其《その》時《とき》にお言《こと》葉《ば》をかけやうと致しましたに、もぎ取るやうな貴《あな》君《た》のお言《こと》葉《ば》却《かへつ》て心迷《めい》惑《わく》と存じまして遂《つひ》それ

九十二

なりにいたしました、而《し》て又《また》合《が》点《てん》のゆかぬと云ふは、罪《ざい》科《くわ》も重《おも》いこの妾《わし》を此《こ》様《ん》なところへ誘《つれ》出《だ》し、首《くび》斬らるゝと思《おも》つたに縄《なは》を切《き》つて自《じ》由《ゆう》な身《み》にして下《くだ》さるとは、そりやア全《ぜん》体《たい》どういふ御《ご》所《しよ》存《ぞん》で……と問《と》ひかけまするを、正《しやう》司《じ》は苦《にが》笑《わらひ》をいたしまして　正「ハハハヽヽヽヽどうするとは知《し》れた事《こと》サ、先《せん》年《ねん》官《くわん》軍《ぐん》東《とう》京《きやう》へ御《ご》発《はつ》向《かう》の其《その》砌《みぎり》某《それがし》も北《きた》先《せん》鋒《ぽう》に加《くは》はつて出《しゆつ》府《ぷ》なし、暫《しばら》く大《だい》名《みやう》小《こう》路《ぢ》に滞《たい》在《ざい》いたして居つた節《せつ》、お前《まへ》の色《いろ》香《か》に迷《まよ》ひ込《こ》み、多《た》分《ぶん》の金《かね》と云ふでもないが残《のこ》らず遣《つか》つて仕《し》舞《ま》つた上《あげ》句《く》、軍《ぐん》律《りつ》に背《そむ》いたその罰で一《いつ》旦《たん》禁《きん》錮《こ》の身《み》となま、見《み》す〳〵馬《ば》鹿《か》にされるのだと思《おも》つたこともないではないが、如《ど》何《う》した因《いん》果《ぐわ》かお前《まへ》のことは今《け》日《ふ》が今《いま》まで……お松は賊《ぞく》婦《ふ》といはるゝ位《くらゐ》の婦《をん》人《な》でげすから、仲《なか》々《〳〵》抜《ぬけ》目《め》はムません、チャーンと正《しやう》司《じ》が心は読《よ》んで仕《し》舞《ま》つたので、正司が言《こと》葉《ば》を総《み》尾《な》まで聞かず甘《あま》だるいと云ふやうな口《く》調《ちやう》で　松「アラ其《そ》様《ん》なことを仰《おつ》有《しや》るなんて濱《はま》田《だ》さんも餘《あんま》り酷《ひど》いじやアありませんか、彼《あ》の時《とき》だつて明後日《あさつて》は急《きつ》度《こ》來《く》るなんて仰有《おつしや》つて歸《かへ》りながら、鼬《いたち》の道《みち》を切《き》つたやうにさつぱり御《お》出《いで》がないんですもの、妾《わたし》だつて氣《き》が氣《き》じやアありやアしませんツ、それから屯所《たむろ》へいつて貴郎《あなた》のことを尋《たづ》ねますと、今《いま》となつて見《み》りやア戯談《じやうだん》だつたかは知《し》れませんが、御《お》同僚《なかま》のお方《かた》の仰有《おつしや》るのには、モー濱田《はまだ》はいゝ情婦《をんな》が出《で》來《き》たんだから無益《むだ》だつて仰有《おつしや》るんだもの……妾《わたし》の責《せい》にばかりして眞個《ほんと》に酷《ひど》いんだよ、一体《いつたい》あれから貴郎《あなた》は如何《どう》なすつたの……飽《あく》まで迷《まよ》つてゐる正司《しやうじ》のことでムますから半分《はんぶん》は疑《うたが》つても居りまするが、半分《はんぶん》は嬉《うれ》しいやうな心《こゝろ》も起《おこ》りまして

正「お前《まへ》が我《わたし》のことを氣《き》にかけてほんとに屯所《たむろ》へ尋《たづ》ねて來《き》たなら、そりやア今《いま》もいつた通《とほ》りおれが禁錮《きんこ》を食《く》つて居《ゐ》た時《とき》でもあつたらう、夫《それ》だから同僚《なかま》も多分《たぶん》其様《そん》なことを云つて戯弄《からか》つたものだらうが、一体《いつたい》お前《まへ》のいふ事が信用《あて》にはならないのよ………

鳥追お松

九十四

松「はんとに悪《にく》いこと、彼《か》様《ん》なことを云つて……………何《なん》とても云はせて置《お》きますが其《そ》時《れ》から貴郎《あなた》如何《どう》してお出《いで》がなかつたの…………正司《しやうじ》は少《すこ》し得意《とくい》になつて

正「それからか、夫《それ》から間《ま》もなく奥州《おうしう》戦争《せんそう》が始《はじ》まつたので其《その》時《とき》に罪《つみ》はゆるされ、戦《せん》争《そう》に出《で》たのが抑《そも》〳〵この正司が出世《しゆつせ》の始《はじ》まり、今《いま》では此《こ》地へ役《やく》替《がへ》をいたして重《おも》い役目《やくめ》を勤《つと》める身《み》の上《うへ》、國《くに》許《もと》から家内《かない》も呼《よ》びよせ、出入《でいり》の者には旦那《だんな》〳〵と待遇《もてな》されて、何《なに》一《ひと》つ不《ふ》自《じ》由《ゆう》と云ふこともなく、榮耀《えいよう》榮華《えいぐわ》の身《み》となつたが最前《さいぜん》も云つた通《とほ》り如何《どう》した因果《いんぐわ》かお前のことが忘《わす》れられず、常《つね》日《ひ》頃《ごろ》それはつかりが此《この》身《み》の瑕《き》瑾《ず》と恨《うら》んで居るやうな譯《わけ》なので、逸《いつ》家《け》來《らい》を東京へ遣《や》つてとだん〳〵そなたの行衛《ゆくゑ》を探《さぐ》らせて見ると、追《おひ》々《〳〵》悪事《あくじ》が露《ろ》見《けん》に及んで東京にも居《ゐ》たゝまれず、品川《しながは》宿《じゆく》ですんでのことを捕《めし》縛《と》られる其《その》所《ところ》を首尾《しゆび》よく其《その》場《ば》は遁《のが》れたとの事《こと》、的《てつ》切《きり》此《こ》地へ來《く》るであらうと網《あみ》を張《は》つて居ることも知《し》らず、昨《きの》日《う》神戸《かうべ》へ出張《しゆつちやう》の途《と》

鳥追お松

中《ちう》チラリと此《この》目《め》に留《とま》つたのが、久《ひさ》しく見《み》ない事《こと》だから少《すこ》しは顔《かほ》も違《ちが》つたやうにも思《おも》はれたが、まさかに見《み》損《そん》じではあるまひと段《だん》々《く》と跡《あと》をつけて見《み》ると、今《こ》宵《よひ》立《たち》開《ぎ》く一《いち》伍《ぶ》一《し》什《じふ》、そなたが罪《ざい》科《くわ》のあるのを幸《さいは》ひ官《くわん》威《ゐ》を藉《か》りて料屋《や》へ踏《ふ》み込《こ》み、役《やく》所《しよ》へ引《ひ》くと見《み》せかけて、淋《さび》しいところへ誘《つれ》出《だ》した濱《はま》田《だ》が所《しよ》存《ぞん》、満《まん》更《さら》憎《に》くゝもあるまいが……お松は所《しよ》詮《せん》のがれぬところと観念《ねん》したばかりでなく、身《み》を落《おち》付《つ》けるには屈《くつ》強《きやう》だと思《おも》つたので　松「いつに変《かは》らぬ貴《あな》郎《た》の親《しん》切《せつ》、罪《ざい》科《くわ》のあるのも承《しやう》知《ち》の上《うへ》で、お世《せ》話《わ》なすつて下《くだ》さるとは此《この》身《み》にあまつた冥《かう》加《が》なわけ、彼《あ》の時《とき》だつて御《お》同《なか》僚《ま》の衆《しう》が貴《あな》郎《た》には情婦ができたんだなんて仰《おつ》有《しや》つたもんだから、遂《つひ》わたしだつて糞《くそ》焦《やけ》になつて、他《ほか》の人《ひと》と……今《いま》でも左《さ》様《う》いふ御《お》量《りやう》見《けん》なら、妾《わたし》だつて如《ど》何《ん》様《な》にうれしいか知《し》れやしません、斬《き》るともはるとも貴《あな》郎《だ》御勝《かつ》手《て》におそばしませ……正「それでは承《しやう》知《ち》して…………松「承《しやう》知《ち》しないでどうしませう

九十六

…………

正「ハハハヽヽヽ夫《それ》は有《あ》りがたい、其《その》口《くち》先《さき》で殺《ころ》されるか、武《ぶ》士《し》をすてヽも惚《ほ》れたが因《いん》果《ぐわ》だ、乗《の》るか反《そ》るかやつて見《み》やうよ…………

松「アラまた夫《そ》様《ん》な御《ご》笑《じやう》談《たん》をおつしやつて…………なんで虚《う》僞《そ》なんか吐《つ》くもんで…………正司《しやうじ》は今《いま》まで夢《む》中《ちう》で握《にぎ》つて居《ゐ》た刀《かたな》を鞘《さや》に収《おさ》めましてお松の手《て》を放《はな》し

正「イヤ餘《あんま》り虚《う》僞《そ》をつかない方《はう》でもあるまいて…………併《しか》し左《さ》様《う》と話《はなし》がきまつたからは成《なる》丈《た》け急《いそ》いで世《せ》帯《たい》をもたせる事と仕《し》様《やう》が何《なに》をいつても俄《には》かのこと、明《あ》日《す》と云ふ譯《わけ》にもゆくまいから、窮《きう》屈《くつ》でもマアー二三日は旅《やど》宿《や》住《すま》居《ゐ》をすることにして…………他《た》人《にん》入《い》らずの樂《たのし》みは何《いつ》れ世《せ》帯《たい》をもつての上《うへ》サ、…………其《その》時《とき》丁《ちやう》度《ど》山《やま》寺《でら》の鐘《かね》はゴーン〳〵と十二時《じ》を打《う》つた、正司《しやうじ》は急《きう》に

正「アーもう丁《ちやう》度《ど》十二時《じ》だ、どうりで少《すこ》し寒《さむ》いと思《おも》つた、サアー餘《あんま》り遲《おそ》くなると旅《やど》宿《や》でも皆《みな》休《やす》んでしまうから…………今《こん》夜《や》は久《ひさ》しぶりで…………

松「ホホヽヽヽヽ御《お》家《うち》をあけたら明《あ》日《す》は御《お》内《か》儀《み》さんが角《つの》をはやして

……正馬《ば》鹿《か》をいへ、そんな事があるもんか、御《ご》用《よう》のために家《うち》をあけるゐとなんか珍《めづ》らしくはないんだから、一《ひと》人《り》で寝《い》るのは慣《な》れきつて居ら、サアー此《こう》方《ち》へ……と、手《て》を引《ひ》きながら巫《ふ》山《ざ》戯《け》ちらして、何《いづ》處《く》ともなく容《かたち》は消《き》ゑて仕《し》舞《ま》ひ、ました

第十九席

さて前《ぜん》席《せき》に於《おい》て辨《べん》じましたとほり、忠《ちう》兵《べ》衛《い》夫《ふう》婦《ふ》のものはお松が巧《たく》みなる辯《べん》舌《ぜつ》に欺《あざむ》かれまして一《いち》時《じ》は伜《せがれ》の死《し》んだのも眞《まこ》實《と》だと思《おも》ひましたが、又《また》其《その》代《かは》りに氣《き》質《だて》の柔《や》和《さ》しい貞《てい》操《さう》な嫁《よめ》を得《え》たと心《こゝろ》の中《なか》に悦《よろこ》んで居《ゐ》た最《さい》中《ちう》思《おも》ひ設《まうけ》なく捕《とつ》手《て》の者《もの》の手《て》にかゝつて役《やく》所《しよ》に引《ひ》かれました騒《さわ》ぎに惘《あつ》氣《け》にとられて居《ゐ》りましたが　花貴《あな》夫《た》、どうも妾《わたし》は變《へん》でなりませんよ、忠蔵の守《まもり》袋《ぶくろ》や臍《へそ》の緒《を》書《がき》まで持《も》つてまゐつての話《はなし》ですから彼《か》女《の》のいふことに萬《まん》更《ざら》虚《う》欺《そ》はないと思《おも》つたんで

九十八

すけれども、アーやつて順常《すなほ》に縛《しば》られて行《ゆ》くところを見《み》ると、餘程《よつぽど》重《おも》い罪《つみ》を犯《をか》してゐるんぢやアなからうかと左様《さう》思《おも》ふんですが…………腕《うで》を組《く》み合《あは》せ頭《あたま》を下《さ》げて頻《しき》りに考《かんが》へこんで居ました忠兵衛《ちうべゑ》は、此《この》時《とき》お花の顔《かほ》をながめて、忠兵「左様《さう》よ、おれも如何《どう》しても怪《あや》しいと思《おも》つてゐたのよ、どうも不思議《ふしぎ》なこともあればあるものだなアー……と、小首《こくび》を傾《かたむ》けまして少《すこ》し思案《しあん》の体《てい》でございましたが　忠兵「若《も》しあれが全《まつた》くの虚欺《うそ》とすれば倅《せがれ》の死《し》んだと云ふのも全体《ぜんたい》どうしたんだか解《わか》りやアしない…………乍併《だが》あの守袋《まもりぶくろ》が…………花「はんとに是《これ》が全《まつた》くの虚欺《うそ》なら却《かへつ》て幸福《しあはせ》なんですが…………一体《いつたい》彼様《あん》な膽《きも》の太《ふと》い女ですから後《あと》のたねに仕様《しやう》と思《おも》つて如何《どう》かして倅《せがれ》の守袋《まもりぶくろ》を盗《ぬす》んだのかも知《し》れませんよ、若《も》し彼倅《あいつ》が旦那《だんな》のお金《かね》を二百も三百も遣《つか》ひこんでそれなりでゐるなら、最早《もう》一二ヶ月《つき》も經《た》つんですもの何《なん》とか旦那《だんな》さまの方《はう》からお話《はな》しが無《な》くつちやアならない筈《はず》だと思《おも》ひますワ、兎《と》に角《かく》悴《せがれ》の事も心《しん》配《ぱい》になりますし、若《も》し是《これ》が眞《ほん》實ならば東京の旦《だん》那《な》にも濟《すま》ない譯《わけ》なんですから、明《あ》日《す》にも蒲《かん》原《ばら》とかへいつて能《よ》く實《じつ》否《ぴ》を糺《たゞ》したら可《よ》からうと思《おも》ふんですが……と心《しん》配《ぱい》氣《かう》に相《さう》談《だん》をかけまする　と　忠兵「左《さ》樣《う》ッ、おれも彼《か》女《れ》が話《はな》しをした時《とき》旦《だん》那《な》の方《はう》から何《なん》とも音《おと》沙《さ》汰《た》のないのはどうも不《ふ》思《し》議《ぎ》だとは感《かん》附《つい》たつたが、アーいふ結《けつ》構《かう》な旦《だん》那《な》だからそんな事《こと》をいつて遣《や》つて氣《き》をもませるでもないと斯《か》う思《おも》つて態《わざ》と沙《さ》汰《た》をしなかつたのでもあらうかとも思《おも》つたので、遂《つい》うか／＼と……それじやアお前《まへ》がいふとほり明《あ》日《す》にも彼《あつ》地《ち》へいつて篤《とく》と調《しら》べて見《み》ることにしやうよ……花「左《さ》樣《う》あそばせ、夫《それ》が一《いち》番《ばん》捷《ちか》徑《みち》でございますから……と云《い》ふ樣《やう》な譯《わけ》で、いよ／＼明《あ》日《す》は大《おほ》坂《さか》を出《しゆつ》發《ぱつ》することに相《さう》談《だん》が定《きま》りました。お話《はなし》は後《あと》へ戻《もど》りまして不《ふ》憫《びん》なのはかの忠藏の身《み》の上《うへ》でムます、お松の饒舌《ぜつ》に甘《うま》々くとのせられまして病《びやう》氣《き》で煩《わづら》つて居ります上《うへ》

鳥追お松

百

一《ひと》人《り》旅宿《はたごや》へ取《と》りのこされ、苦《く》痛《つう》を堪《こら》へて迎《むか》への來《く》るのを待《まち》遠《どほ》しく思《おも》つて居りますうち、五日經《た》ち十日と過《す》ぎましても迎《むか》へに來《く》るは愚《おろ》か、何《なん》の音《おと》信《づれ》もございませんので忠藏は氣《き》を揉《も》みだし、段《だん》々《〴〵》人《ひと》をやつて探《さぐ》つて見ますると、全《まつた》くお松のために置《おき》去《ざ》りにされたと云ふことが判《わか》りましたので、こゝに忠藏はガッカリいたし、それ而《の》已《み》ならず先《さき》に定五郎からお松身《み》賣《う》りの手《て》附《つけ》といたしまして請《うけ》取《こ》つた三十兩《りやう》も全《まつた》く通《つう》用《よう》もしない金《かね》であつたので如《ど》何《う》することもできず切《せつ》迫《ぱ》つまつて忠藏はハラ〳〵と涙《なみだ》を流《なが》し、忠「一度《ど》ならず二度《ど》までもあのお松《まつ》奴《め》に欺《だま》されて病《びやう》氣《き》の上《あげ》句《く》に置《おき》去《さり》にされ生《い》きながらの焦《しやう》熱《ねつ》地《ぢ》獄《ごく》死《し》んでこの恨《うら》み此………乍《だ》併《が》これとても矢《やつ》張《ぱ》り自《じ》分《ぶん》の罪《つみ》の報《むく》いと思《おも》へば何《なん》となく死《し》んださきが怖《おそ》ろしく寧《いつ》そ彼《あ》の時《とき》品《しな》川《がは》で死《し》んで仕《し》舞《まひ》ば此《この》難《なん》儀《ぎ》はしなかつたもの、最《も》早《う》斯《か》うなりやア死《し》ぬより外《ほか》に詮《し》方《かた》はない………と、思《し》案《あん》を定《さだ》めまして、人《ひと》の寢《ね》靜《しづ》ま

鳥追お松

るのを待《ま》つて居りました、やがて段々《だん／＼》時《とき》もたちまして丑満《うしみつ》と云ふ刻限《こくげん》になりますると草木《くさき》も眠《ねむ》ると云ふ時でムますから家内《かない》一同《いちどう》前後《ぜんご》も知《し》らず眠りこんで仕舞《しま》ひました、忠蔵は此時《このとき》だと思《おも》ひましたから衰弱《すいじやく》した身体《からだ》をやう／＼に布団《ふとん》から脱出《ぬけだ》しまして自分《じぶん》の帯《おび》を鴨居《かもゐ》に垂《た》れさげ、布団《ふとん》を積《つ》み重《かさ》ねましてブランコをいたしますると、鴨居《かもゐ》はミシ／＼困《くる》しまぎれに手足《てあし》を動《うご》かしたものですから障子《しやうじ》はガタ／＼いたしましたので、不図《ふと》隣座敷《となりざしき》のお客《きやく》が目《め》を醒《さま》しますると時々《とき／＼》変《へん》な呻《うめ》吟ごゑが聞《きこ》ゑますからソーッと襖《ふすま》の隙《すき》からのぞいて見《み》ますと思《おも》ひがけなく一人の男《をとこ》が縊首往生《わうじやう》をしやうとする所でムましたから、大声《おほごゑ》を出《だ》して呼《よば》りたてたので、旅宿《やどや》では上《うへ》を下《した》への大騒動《おほさうどう》ヤットのあとに忠蔵を下《お》ろしましていろ／＼と介抱《かいはう》の甲斐《かひ》があつて幸《さいは》ひ息《いき》を吹返《ふきかへ》しました、其所《そこ》へ旅宿《やど》の亭《てい》主《し》も参《まゐ》りまして忠蔵の不心得《ふこゝろえ》を懇々《こん／＼》と諭《さと》しまして一時《いちじ》死《し》ぬ気《き》を思《おも》

ひ止らせましたが、其の先《さき》が如《ど》何《う》なりますか、それは段《だん》々《〵》申上《まうしあげ》ることに致《いた》しませう

第二十席

或《か》る日《ひ》のことでムました、蒲《かん》原《ばら》宿《じゆく》の正《まさ》木《き》屋《や》の前《まへ》に五十近《ちか》い一《ひと》個《り》の男が草《わら》鞋《じ》脚《きや》半《はん》に足《あし》をかため、菅《すげ》笠《がさ》を左《ひだり》の手《て》に提《さ》げまして足《あし》を止《と》め中《ちう》腰《ごし》になつて　男「鳥《ちよ》渡《つと》お尋《たづ》ねまうしますが、正《まさ》木《き》屋《や》さんと仰《おつ》有《しや》るのは此《こ》家《なた》でムませうか……　店《みせ》の帳《ちやう》場《ば》に座《すわ》つて居りましたこれも五十近《ちか》い番《ばん》頭《とう》らしい男が頻《しき》りと宿《やど》帳《ちやう》を繰《く》りかへして居りましたが、チヨイと店《みせ》頭《さき》をながめまして　番「ハイ、手《て》前《まへ》どもでございますが御《お》泊《とま》りでも……　男「イヤ、なに泊《とま》りと云ふ譯《わけ》でもございませんが、鳥《ちよ》渡《つと》お尋《たづ》ねしたいことがあつて……　番「ヘアー左《さ》様《う》でムますか、夫《それ》は一《いつ》体《たい》如《ど》何《う》いふお尋《たづ》ねで……　男「ハイ、わたくしは大《おほ》坂《さか》心《しん》齋《さい》

鳥追お松

橋《はし》の枡《ます》屋《や》忠《ちう》兵《べ》衛《ゑ》と申す者で厶ますが、此《こ》家《ゝ》さまには左《さ》様《う》ですなア——……と少《すこ》し考《かんが》へて　忠兵　最《も》早《う》一《ひと》月《つき》位《ぐらゐ》にでもなるのだらうと思《おも》ひますが、名《な》は何《なん》と申しあげて置《おい》たかハッキリとは判《わか》りませんが、男《をとこ》は年《とし》のころ廿四五、細《ほそ》顔《がほ》で中《ちう》肉《にく》中《ちう》丈《ぜい》、名《な》を忠蔵と申し、女は左《さ》様《やう》サ三つか四つも下《した》でなか〳〵縹《き》緻《りやう》のよいお松と云ふものがお泊《とま》りなさつたことは厶ますまひか、どうか夫《それ》を伺《うかゞ》ひたいので……　番　アー其《その》忠《ちう》蔵《ざう》さんと仰《おつ》有《しや》るお方《かた》のことで厶ますか、イヤハヤその事《こと》に就《つ》きましては……あきれた様《やう》なその口《く》調、忠兵衛は少《すこ》し手掛がありさうなのに力《ちから》を得《え》まして　忠兵　ハイ、其《その》忠《ちう》蔵《ざう》がどうしたと云ふので……忠兵衛は待遠氣《さう》にたづねますと、番《ばん》頭《とう》は今《いま》まで繰《くり》返《かへ》して居《を》つた帳《ちやう》面《めん》をパタッと伏《ふ》せて　番　全《ぜん》体《たい》あなたは其《その》忠《ちう》蔵《ざう》さんの縁者の方《かた》でも……　忠兵　縁者どころじやない忠蔵はわたしの伜《せがれ》で……少《すこ》し氣《き》にかゝることがございましたので、態《わざ》々《〳〵》探《さが》しに出《で》て參《まゐ》つた次《し》第《だい》でございます、どうか其《その》樣《やう》子《す》を御《ご》存《ぞん》知《ち》ならば………番「あなたが彼《か》の忠藏さんの親《おや》御《ご》で入《い》らつしやるんですか、夫《それ》はマアー丁度《ちやうど》よい所《ところ》へ………息子《むすこ》さんは未《ま》だ手前《てまへ》のところにお泊《とま》りではございますが………後《あと》は云《い》ひ憎《にく》氣《げ》に控《ひか》へて居《ゐ》りますので、忠兵衛は氣《き》が氣《き》でなく　忠兵「それでは未《ま》だ死《し》なずに達者《たつしや》で………と思《おも》はず膝《ひざ》をたてました、番頭《ばんとう》は多《いく》少《ら》か忠藏の樣《やう》子《す》を知《し》つて居《ゐ》る事《こと》と察《さつ》しまして　番「ナアーニ死《し》にはしませんが、長《なが》い間《あひだ》煩《わづら》つた上《あげ》句《く》餘《あんま》り人《にん》情《じやう》のない話《はなし》ですが、お内《か》儀《み》さんは愛《あい》想《そ》をつかしたとも云ふのですか、兩《ふた》人《り》の身《み》の立《たち》行《ゆ》くにうにつて定五郎とか云ふ人《ひと》に身《み》請《うけ》の相《さう》談《だん》をして藝《げい》者《しや》になると云つて、此《こ》家《ゝ》を出たなり音《おと》沙《さ》汰《た》なしなので、忠藏さんも氣《き》を揉《も》んでだん〳〵樣《やう》子《す》を探《さぐ》つて見《み》ると、どうしても猶《なほ》去《ざ》りにしたとしか思《おも》はれないんですよ、貴《あな》君《た》の前《まへ》で此《こ》樣《ん》なことを云つては濟《すま》ないやうだが、隨《ずゐ》分《ぶん》不《ふ》人《にん》情《じやう》なお嫁《よめ》御《ご》ですなア………

鳥　追　お　松

忠兵「只《たゞ》今《いま》のお話《はなし》で大《だい》体《てい》様《やう》子《す》は分《わか》りましたが、ナアーに彼《か》女《れ》は嫁《よめ》だか何《なん》だか忠臧に遇《あ》つて見《み》ないうちは……忠臧がお世《せ》話《わ》になつて居りますなら悄《せう》願《が》わはして戴《いた》きたいものでムます……番「ハイ、それはお易《やす》いことでムますが、今《いま》少《すこ》し御《ご》病《びやう》氣《き》で奥《おく》の座《ざ》敷《しき》にやすんで入《い》らつしやるから、マアー足《あし》でも洗《あら》つてゆつくり遇《あ》つた方《はう》がようムんす……。忠兵「ヤア〳〵、ぞれで大《おほ》きに安《あん》心《しん》を致しました、何《なに》が一《いつ》体《たい》どうしたんだやら遇《あ》つて話《はな》して見《み》ない中《うち》は、サッパリ様《やう》子《す》が判《わか》らないので……と獨《ひとり》言《ごと》をいひながら、いそ〳〵と草《わら》鞋《じ》の紐《ひも》を解《と》く、足《あし》を洗《あら》ふ、盥を拂《はら》つて　忠兵「なんとも濟ませんが夫《それ》ではどうか忠臧の座《ざ》敷《しき》へ……　番「コレ〳〵お鍋《なべ》どんや、此《この》方《かた》を十五番へ御《ご》案《あん》内《ない》を申して……と云ふやうな鹽《あん》梅《ばい》で、忠兵衛は下《げ》女《ぢよ》に案《あん》内《ない》をされまして忠臧の寢《ね》て居《を》りまする座《ざ》敷《しき》の前《まへ》にまゐりました、下《げ》女《ぢよ》は膝《ひざ》を折《を》つてサラ〳〵と障《しやう》子《じ》をあけながら　下女「お客《きやく》さまで……

百六

……と聲《こゑ》をかけましたが、忠藏は病苦《びやうく》につかれてうと〳〵と眠《ねむ》りこみ、何《なん》の返事《へんじ》も致しません、下《げ》女《ぢよ》はその儘《まゝ》勝手《かつて》へ下《さが》つて仕舞《しま》ひましたので、忠兵衛は座敷《ざしき》に這入《はい》つて熟々《つく〴〵》眠顔《ねがほ》をながめますと、眼《め》の凹《くぼ》み落《お》ち、頬肉《ほうにく》はこけ、髪《かみ》は、油氣《あぶらつけ》のないざんばら髪《がみ》現世《このよ》の人《ひと》とは思《おも》はれんほど窶《やつ》れきつては居りましたが、何處《どこ》にか見覺《みおぼ》へのあつたものと見《み》ゑまして　忠兵「一目《ひとめ》見《み》た位《くらゐ》じやア判断《はんだん》のつかない程《ほど》窶《やつ》れきつては居るが見覺《みおぼ》ゑの頬《ほう》の疵痕《きず》、忠《ちう》の野郎《やらう》に相違《さうゐ》はない……と、獨《ひとり》言《ごと》をいひながら、輕《かる》く布團《ふとん》の上《うへ》へ手《て》をあてまして　忠兵「忠藏《ちうざう》や、これ忠藏、乃父《おや》が來《き》たんだ、眼《め》を醒《さま》さないか、こりやア〳〵……と搖《ゆ》りおこしますると、忠藏は重《おも》たげな眼瞼《まぶた》をパッチリ開《あ》けてつく〴〵ながめて居《を》りましたが、軈《やが》て口唇《くちびる》を濕《しめ》して瘠《や》せ細《ほそ》つた手《て》を差《さ》し出《だ》し　忠「アーあなたは親父《おとつ》さんじやア……と、我破《がば》と躍《はね》起《お》きやうといたしましたが、何《なん》しろ長病《ちやうびやう》の事《こと》でムましたから、躍《はね》起《お》る力《ちから》はなく手を擴《ひろ》げたなり其《その》儘《まゝ》布《ふ》團《とん》の上《うへ》に倒《たふ》れて仕《し》舞《ま》ひました、忠兵衛は自《じ》分《ぶん》の悴《せがれ》が此《こ》様《ん》な意《い》氣《く》地《ぢ》のない有《あり》様《さま》になつて居るのを見て、胸《むね》に燒《やけ》火《ひ》箸《ばし》でも當《あて》られるやうに苦《くる》しく　忠兵おれだ〳〵、お前《まへ》の親《おや》だ……と云ひながら、熱《あつ》い涙《なみだ》をパラ〳〵と落《おと》し両《りやう》の手《て》に忠藏を抱《だき》起《おこ》しまして、髯《ひげ》だらけの頬《ほう》を忠藏の顔《かほ》に押《お》しあてゝ、互《たが》ひに泣《な》くばかりでムました。忠兵衛は今《いま》まで失《なく》して仕《し》舞《ま》つたと思《おも》ひつめて居《を》りました悴《せがれ》の忠藏が假《たと》令《ひ》重《ぢう》病《びやう》に罹《かゝ》つては居《ゐ》たと云《い》ひながら、無《ぶ》事《じ》で生《い》きて居《ゐ》た事《こと》でムますから、如《い》何《か》程《ほど》嬉《うれ》しかつたらうか天《てん》にも昇《のぼ》る心《こゝ》地《ち》がしたでムませう、人《ひと》が感《かん》極《きは》まつた時には只《たゞ》泣《な》くより外《ほか》はないものでムまして、忠《ちう》兵《べ》衛《い》親《おや》子《こ》は今《いま》此《こ》家で出《で》會《あ》つた嬉《うれ》しさに、暫《しばら》くの間《あひだ》はたゞ抱《だき》付《つ》いたまゝ無《む》言《ごん》で泣《な》いて居《を》りましたが、段《だん》々《〳〵》と互《たが》ひに話《はな》す中《うち》に毒《どく》婦《ふ》お松のために飛《と》んだ災《さい》難《なん》にかゝつて斯《か》う難《なん》儀《ぎ》をする事が判《はん》然《ぜん》いたし、それから國《くに》許《もと》へも右《みぎ》の次《し》第《だい》を通《つう》じて母《はゝ》親《おや》お花にも安心《あんしん》をさせ、父親《ちゝおや》は昼夜《ひるよる》付添《つきそ》つての看護《くわんびやう》と、一先《ひとま》づ安心《あんしん》をいたしましたので、忠蔵の病氣《びやうき》も一枚紙《いちまいがみ》をはなす様《やう》に快《よ》くなり、親子《おやこ》同道《どうだう》いたしまして松屋《まつや》の主人《しゆじん》に詫《わび》を入《い》れますると、固《もと》より大氣《たいき》のお仁《かた》でムまし、たから、若氣《わかげ》の至《いた》りに面《めん》じまして、忠蔵も首尾《しゆび》よくお店《みせ》へ歸《かへ》り深《ふか》く前非《ぜんぴ》を悔《く》いて忠々《まめ〳〵》しく御《ご》主人《しゆじん》に事《つか》へ、遂《つひ》には一番《いちばん》番頭《ばんたう》の位置《ゐち》にまで進《すゝ》まれたは誠《まこと》に目出度《めでた》いことでムます

第二十一席

既《すで》に前々《ぜん〳〵》席《せき》で伺《うかゞ》ひました通《とほ》り、濱田《はまだ》正司《しやうじ》は永《なが》らく心《こゝろ》にかけて探《さが》して居《を》りました彼《か》の毒婦《どくふ》鳥追《とりお》ひお松《まつ》が圖《はか》らずも桝屋《ますや》忠兵衛《ちうべい》方《かた》に潜《ひそ》んで居《ゐ》ることを知《し》りまして、今《いま》やお松が毒舌《どくぜつ》をふるつて忠兵衛《ちうべい》夫婦《ふうふ》を胡麻化《ごまくわ》して、緩《ゆる》〳〵わが身《み》の振方《ふりかた》をつけやうと巧《たく》んで居《な》ります ところへ踏込《ふみこ》みましてお松を縛《いまし》め、其夜《そのよ》の中《うち》に人足《ひとあし》遠《とほ》き住吉《すみよし》街道《かいだう》

鳥追お松

へ誘《つれ》出《いだ》し、段々《だん〳〵》自分《じぶん》の所存《しよぞん》を打《う》ちあけますると、お松は何《なん》の否《いや》も應《おう》もなく容易《たやす》く正司の意《こゝろ》に順《したが》ひましたので、暫《しばら》くの間《うち》は旅宿《やどや》に困《こま》つて居《を》りましたが、遂《つひ》に長町《ながまち》裏《うら》に小《こ》奇《ぎん》麗《れい》とした貸家《かしや》のあるのを借受《かりう》けまして此家《こゝ》にお松を囲《かこ》つて置《お》きました。全体《ぜんたい》この正司《しやうじ》と申す人の御内儀《おかみさん》は、筋目《すぢめ》正《たゞ》しき九州《きうしう》の或《あ》る大藩《たいはん》の武士《さむらひ》の娘《むすめ》でムりましたから、教育《けういく》も權式《けんしき》も備《そな》はり夫正司《をつとしやうじ》の乱行《みだら》なる擧動《ふるまひ》に似《に》もやらず、誠《まこと》に貞操《ていさう》篤實《とくじつ》なお方《かた》でムりました、それ故《ゆゑ》初《はじ》めの中《うち》は正司も大《おほ》きに氣兼《きがね》をいたしまして内々《ない〳〵》お松の許《もと》へ通《かよ》つて居ると云ふ譯《わけ》でムりました、或《あ》る日《ひ》正司がお松の家《いへ》を尋《たづ》ねまして、格子戸《かうしど》をガラリと開《あ》け●正「お松は在宅《うち》かい、お松〳〵……と、聲《こゑ》をかけますると、奥《おく》の方《はう》から疊《たゝみ》をすべる足音《あしおと》がきこゑて、上《あが》り口《くち》の障子《しやうじ》をサラリと開《あ》けたのは外姿《みかけ》のお松でムりました

松「アラ旦那《だんな》でムりましたか、能《よ》くマアーお出《で》かけでムりましたこと、此頃《このごろ》は十日もお出《いで》がなかつたので……サアー

鳥追お松

百十

こちらへ…………正司は　正「アー、左《さ》様《う》で、あつたかのう……と、闊《かつ》揚《やう》に挨《あい》拶《さつ》をいたしまして座《ざ》敷《しき》へ通《とほ》り、火《ひ》鉢《ばち》の向《むか》ふにドッシリと腰《こし》を下《お》ろして、烟《き》管《せる》を火《ひ》に當《あ》てながら　正「大《だい》分《ぶ》今《け》日《ふ》あたりは暖《あつ》たかになつて來《き》たな、最《も》早《う》こんな陽《やう》氣《き》では櫻《さくら》なんぞも直《す》ぐに咲《さ》くだらう……　松「本《ほん》當によい時《じ》候《こう》になりまして……今《け》日《ふ》あたりは必《きつ》定《と》お出《いで》たと思《おも》つていろ〳〵、準《し》備《たく》をさせて置《お》きましたから、どうかゆつくりなすつて…………お松はやがて勝《かつ》手《て》の方《はう》を向《む》ひて　松「これお金《きん》や、今《いま》旦《だん》那《な》がお出《いで》だからね、先《さつ》刻《き》さういつて置《お》いたものを此《こ》處《ゝ》へ持《もつ》て來《き》ておくれな、夫《それ》からチー一《ちよ》寸《つと》走《はし》つていつて例《いつ》もの通《とほ》りお刺《さし》身《み》をいひつけて來《き》てお與《く》んな……下《げ》女《ぢよ》のお金《きん》は勝《かつ》手《て》許《もと》で何《なん》か瀬《しら》りに一ヵタ〳〵音《おと》をたてゝ居《を》りましたが、軈《やが》て酒《さけ》の道《だう》具《ぐ》を取《と》揃《そろ》へて兩《ふた》人《り》の側《そば》に差《さし》出《いだ》し　金「旦《だん》那《な》さま能《よ》く入《いら》つしやいました、此《こ》間《あひだ》は大《だい》分《ぶ》永《なが》く入《いら》つしやらないんで、アノー御《ご》新《しん》造《ぞ》さんが、オホ、オホ〳〵……

鳥追お松

世《せ》事《じ》になれた下《げ》女《ぢよ》のあしらひ　松「なにをマアー云ふんだね、お金《きん》どんは………そんな氣《き》障《ざ》な笑《わら》ひ様《やう》をしてサ………と、笑《わら》ひながら小《こ》言《ごと》をいふ／　金「だつて、御《ご》新《しん》造《ぞ》さん員《ばん》個《ざ》のことじやアありませんか………　松「また叱《しか》られても其《そ》様《ん》なことを云つて………ほんとに忌《いや》なお金どんだね——………　金「こんなお太《た》鼓《いこ》でもいゝつて云《い》ふ人《ひと》があるんですもの、仕《し》方《かた》がないじやありませんか、御《ご》新《しん》造《ぞ》さんオホッホ………

正司《しやうじ》は、ニヤ〳〵笑《わら》ひながら—正「左《さ》様《う》だらう〳〵、お金《きん》はなか〳〵意《い》氣《き》だよ、おれもお松を止《よ》してお前《まへ》に乗《のり》替《か》へやうかと思《おも》ふときが時《とき》々《どき》あるんだもの………お金は兩《りやう》の袖《そで》で顔《かほ》をかくして　正「あらまた旦《だん》那《な》さまが御《ご》笑《じやう》談《だん》を………御《ご》新《しん》造《ぞ》さんが怒《おこ》りますよ………と、云ひすてゝお金は勝《かつ》手《て》の方《かた》へ行《い》つて仕《し》舞《ま》ひました、夫《それ》から庄司とお松の二《ふた》人《り》は差《さし》向《むか》ひで飲《の》んでは献《さ》し、献《さ》しては飲《の》んで居《を》りまする中《うち》にだん〳〵と酔《よひ》が廻《まは》つてまゐりました、お松は何《なに》を考《かんが》へたか急《きふ》に松「

鳥追お松

百十二

旦那《だんな》あんまり貴郎《あんた》も酷《ひど》いのねエー…………　正「唐突《だしぬけ》に其様《そん》なことを云《い》つたつてサッパリ判《わか》らんじやアないか、何《なに》が酷《ひど》いなにが…………飲《の》みかけた杯《さかづき》をやめて糾《たゞ》しまするど　松「くどく云《い》はないだつて判《わか》るじやアありませんが、少《すこ》し考《かんが》へたら…………笑《わら》ひながら言《こと》葉《ば》をかへしますと　正「イヤ、なんだかトント判《わか》らんな、判《わか》らん〳〵、なんだか左《さ》様《う》いつて見《み》るがよいワ…………　松「夫《それ》じやアー仕《し》方《かた》がありませんから申しますが、此間《このあひだ》はサッパリ御《お》出《いで》がないのねエー…………正司は初《はじ》めて合点《がつてん》がいつた様《やう》子《す》で　正「ウーンそれか、其《その》所《とこ》ならどうも仕《し》方《かた》がないわな、自《じ》分《ぶん》だつて來たいのは山々《やま〳〵》だけれども万《まん》更《ざら》百姓《ひやくしやう》町《ちやう》人《にん》とは異《ちが》つて、役《やく》向《むき》と云ふものがあるんだもの、少《すこ》しは察《さつ》しても呉《く》れなくつちやアー…………　松「イーエ、貴郎《あなた》はそんな事《こと》を仰有《おつしや》つたつて妾《わたし》はようく知《し》つてゐますよ初《はじ》めのうちはチヨク〳〵お出《いで》なさつたが、今《いま》では十日に一《いち》度《ど》廿《はつ》日《か》に一《いち》度《ど》、アノーなんですのね、御《ご》本妻《ほんさい》の方《はう》が……と、愚《ぐ》痴《ち》を並《なら》べ初《はじ》めましたので、性根《しやうね》までもお松に奪《うば》はれて居ります正司《しやうじ》は酒《さけ》の上《うへ》とはいひながら、何《なん》の前《ぜん》後《ご》の考《かんが》へもなく　正「馬《ば》鹿《か》を云へ、左《さ》様《ん》なことがあるもんかな、併《しか》し左《さ》様《う》痛《いた》くもない腹《はら》を探《さ》ぐるなら、ナアーに毎《まい》日《にち》だつて……と、云ふやふな次《し》第《だい》でお松には如《ど》何様《ん》な考《かんが》へがあるとも知《し》らず、それから後《のち》と云《い》ふものはだん／＼役《やく》向《むき》も怠《おろ》慢《そか》になり、毎《まい》日《にち》酒《しゆ》食《しよく》にばかり耽《ふけ》りちらし、遂《つひ》には正司が家《いへ》に一《いち》大《だい》珍《ちん》事《じ》の醸起《おこ》ると云ふお話し一《ちよ》寸《つと》一《いつ》喫《ぷく》

第二十二席

さても濱《はま》田《だ》正司《しやうじ》はいよ／＼お松の色《いろ》香《か》に現《うつゝ》をぬかして、日《ひ》々《にち》毎《まい》日《にち》外《め》妾《かけ》お松が家《いへ》に流《いり》連《びたし》になり乱《らん》行《かう》を極《きは》めて居りますので、本《ほん》妻《さい》の濱《はま》子《こ》と仰《おつ》有《しや》る御《お》方《かた》は前《まへ》にも申上げました通《とほ》り、貞《てい》操《さう》の婦《ふ》徳《とく》をそなへたお方《かた》で厶ましたから、特《こと》の外《ほか》夫《をつと》の此《この》頃《ころ》の身《み》持《もち》を心《しん》配《ぱい》して居ら

鳥追お松

百十四

れましたが誰《たれ》と云つて別《べつ》に相《さう》談《だん》すべき人《ひと》もないので一《ひと》人《り》小《ちい》さな胸《むね》を苦《くる》しめて居りました、今《け》日《ふ》は餘《あま》り氣《き》が鬱《ふさ》いでならないので庭《には》の邊《ほとり》を散《さん》歩《ぽ》でもして氣《き》でも晴《は》らさうと思《おも》ひ、庭《には》下《げ》駄《た》を突《つゝ》掛《か》けまして最《も》早《はや》、萎《しぼ》んでしまつた梅《うめ》の花《はな》や、今《いま》にも笑《わら》ひかけやうとして居る櫻《さくら》の蕾《つぼみ》、此《こな》方《た》の泉《せん》水《すい》彼《かな》方《た》の築《つき》山《やま》の間《あひだ》なんぞを徐《そろ》〳〵と歩《あゆ》きながら眺《なが》めて居りまするど、誰《たれ》とも知《し》らず男《をとこ》の聲《こゑ》で

男「奥《おく》さん、御《ご》散《さん》歩《ぽ》で厶ますか…………と、呼《よ》びかけた者がありました、濱《はま》子《こ》は誰《だれ》か知《し》らんと思《おも》ひまして、後《うしろ》をふりかへり

濱「佐《さ》助《すけ》かエ、今《け》日《ふ》はお庭《には》のお掃《さう》除《じ》かね…………

佐「ハイ、大《だい》分《ぶ》暫《しば》らく掃《は》きませんから…………今《け》日《ふ》は一《ひと》ッ…………

濱「さうかエ、それは大《おほ》きに御《ご》苦《く》勞《らう》だねエー…………

佐「へ、へどういたしまして…………時《とき》に奥《おく》さん今《け》日《ふ》は大《だい》分《ぶ》お顔《かほ》の色《いろ》がわるいやうで厶ますが、御《ご》氣《き》分《ぶん》でもわるいので厶ますか…………と、案《あん》じ顔《がほ》に尋《たづ》ねました、此《この》佐《さ》助《すけ》と云ふ男《をとこ》は賤《いや》しい下《げ》男《なん》の身《み》分《ぶん》では厶ますが、濱《はま》子《こ》が當家

鳥追お松

へ嫁《よめ》入《いり》をいたします時、實《さ》家《と》からつれて來《き》た男《をとこ》で、下《げ》男《なん》なんぞには珍《めづ》らしい律《りち》義《ぎ》な忠《ちう》義《ぎ》者《もの》でムました、濱《はま》子《こ》は側《そば》にあつた石《いし》の上《うへ》に腰《こし》をかけて　濱「實《じつ》はお前《まへ》にも今《いま》までは默《だま》つて居つたが何《い》時《つ》か一つお前《まへ》と篤《とつく》り相《さう》談《だん》したいと思《おも》つた事《こと》があるの……そんな此《こ》様《ん》なの心《しん》配《ぱい》で多《た》分《ぶん》顔《かほ》の色《いろ》もわるいのか知《し》れませんよ……佐《さ》助《すけ》は急《きう》に様《やう》子なかへて　佐「奥《おく》さん何《なん》と仰《おつし》有《や》います、アノー御《ご》心《しん》配《ぱい》が……一《ひと》人《り》で御《ご》心《しん》配《ぱい》なさらないで此《この》佐《さ》助《すけ》奴《め》に御《ご》相《さう》談《だん》をして下《くだ》すつたら、及《およ》ばぬながら……　濱「ほんとに左《さ》様《う》すれば善《よか》つたけれども、逐《つ》ひ好《い》い機《き》會がなかつたので……わたしが力《ちから》に思《おも》つて居るのはお前《まへ》はつかり、どうが善《よ》い分《ふん》別《べつ》があつたら……例《いつも》のとはり忠《ちう》義《ぎ》者《もの》の佐《さ》助《すけ》は、なんとなく心《しん》配《ぱい》らしい口《く》調《てう》で　佐「奥《おく》さん、それは一《いつ》体《たい》どう云ふ譯《わけ》なんですか、疾《はや》くお話《はな》しをして……お願《たの》みがなくつても佐《さ》助《すけ》奴《め》が力《ちから》でまゐります事は如《ど》何様《ん》なことでも……と、待《まち》遠《どほし》氣《げ》に追《せま》りたて

百十六

ましたので　濱「その話《はな》しと云ふのは別《べつ》の事《こと》ではない、お前《まへ》も兼《かね》て承《しよう》知《ち》のとほり、此《この》頃《ごろ》の夫《をつと》が不《ふ》身《み》持《もち》いつまでも彼《あ》ー募《つの》つていつたなら急《きつ》度《と》免《めん》職《しよく》はしれて居ることと、左《さ》様《う》なると夫《をつと》の恥《は》辱《ぢ》は勿《もち》論《ろん》のことと家《いへ》の名《な》折《を》れ、必《つま》覚お前《まへ》方《がた》までも人《ひと》に指《ゆび》をさゝれると云ふかたち、依《よ》つて今《いま》のうちに如《ど》何《う》か善《よ》い分《ふん》別《べつ》はないものかと思《おも》ふのよ…………　佐《さ》助《すけ》は近《ちか》くへすり寄《よ》つて　佐「なにかと思《おも》つたら旦《だん》那《な》さんのことでムますか、實《じつ》は私《わたし》も餘《あんま》り氣《き》になつてなりませんから内《ない》々《く》で様《やう》子《す》を探《さぐ》つて見《み》ますると、長《なが》裏《うら》町《まち》へお松とか云ふ奴《やつ》を圍《かこ》つて置《お》いて、此《この》頃《ごろ》ではなんでも毎《まい》日《にち》毎《まい》晩《ばん》のやうにお通《かよ》ひなすつてお出《いで》らしいのです、左《さ》様《う》なると自《し》然《ぜん》お役《やく》の方《はう》も怠《おこた》り勝《がち》になると云ふ譯《わけ》で自《し》然《ぜん》お上《かみ》向《むき》も悪《わる》くなるは定《きま》りきつた話《はな》しでムますから、寧《いつそ》奥《おく》さんにうち明《あ》かして御《ご》相《さう》談《だん》をして見《み》やうかと思《おも》つたんでムましたが、左《さ》様《う》したなら嘸《さぞ》や奥《おく》さんが御《ご》心《しん》配《ぱい》をなさるだらうと思《おも》つて…………　濱「さうかエ、それじやアーお上《かみ》向《むき》も餘《あんま》り善《よ》い方《はう》じやアないらしいかネ　佐「マアー左《さ》樣《う》いつたやうな………と、佐《さ》助《すけ》は言《こと》葉《ば》を濁《にご》らせて明白《あからさま》に知《し》らせないのもどうか奥《おく》さんにも餘《あんま》り心《しん》配《ぱい》をかけたくないと云ふ心《しん》底《てい》なので、誠《まこと》に感《かん》心《しん》の外《ほか》はないことでムます　濱「わたしも其《その》お松と云ふ女を圍《かこ》つておくと云ふ事は疾《とう》によく知《し》つて居《ゐ》る其《そ》處《こ》でわたしが思《おも》ふのには、夫《それ》ほどまでに好《す》いて居《ゐ》るものなら據《よん》處《どころ》がないから、自《じ》分《ぶん》だつても子《こ》供《ども》のない身《み》ではあるし、寧《いつ》內《そない》々《〳〵》家《うち》へ引《ひき》取《と》つたら如《ど》何《う》かと思《おも》ふがお前《まへ》の考《かんが》へでは………と、尋《たづ》ねられました、佐《さ》助《すけ》は少《すこ》し返《へん》事《じ》に當《たう》惑《わく》と云ふやうな鹽《あん》梅《ばい》でムましたが　佐「左《さ》樣《やう》さ愚《わた》僕《し》も矢《や》張《ぱ》り左《さ》樣《う》でもしたらば如《ど》何《う》かとも思《おも》ひましたが、下《わた》僕《し》の口《くち》から奥《おく》さんに左《そ》樣《ん》な事《こと》は………　濱「ナアーにそんなことは如《ど》何《う》でもよいのよ、お前《まへ》も好《いゝ》と思《おも》うんなら………　佐「奥《おく》さんさへ御《ご》心《しん》抱《ぱう》ができますなら寧《いつそ》さうした方《はう》がよくはあるまいかと思《おも》はれますが……

……　滋「お前《まへ》までが左様《さう》いふことなら寧《いつそ》さういふことにして仕舞《しまは》ふ…………と云ふ話《はな》しになり　滋「萬一《よつこ》お歸《かへ》りになるとよくないから夫《それ》では今日はこれ限りにして…………と互《たが》ひに西《にし》と東《ひがし》に立《た》ちわかれました

第二十三席

其《その》翌《よく》日《じつ》も相《あひ》變《かは》らずの好《かう》天《てん》氣《き》でムましたが正司《しやうじ》は珍《めづ》らしく在《ざい》宅《たく》でムまして、夫《ふう》婦《ふ》二《ふた》人《り》は遂《つひ》いつもにないほど打《う》ちとけた様《やう》子《す》で南向《みなみむき》の日《ひ》當《あた》りのよい座《ざ》敷《しき》へ椽《えん》先《さき》ちかくまで乗《の》りでまして、彼《かな》方《た》此《こな》方《た》の景《け》色《しき》などを眺《なが》めながら　正「春眠暁《しゆんみんあかつき》を覺《おぼ》えずと云ふが、どうも今頃《いまごろ》になつて來《く》るとねむくつて〳〵つひ〳〵眠《ね》過《すご》して仕《し》舞《ま》ふ、今朝《けさ》はまだ起《お》きたばかりだか最早《もう》太陽《ひ》の工《ぐ》合《あひ》では十時《じ》位《くらゐ》にでもなるかしら…………と、片《かた》手《て》に持《も》つて居た茶《ちや》碗《わん》を口《くち》にあてゝ、グッと一《ひと》吸に

鳥追お松

飲《の》んで仕《し》舞《ま》ひました、其《その》時《とき》に奥《おく》さんの濱子《はまこ》は　濱「オホ、ホヽヽヽと吹《ふ》きだしたので正司は目《め》を鳩《はと》の様《やう》にいたしまして　正「なにが可《を》笑《か》しい、何《なに》が………濱子《はまこ》は聞《き》ひかけられまして　濱「だつて貴《あな》夫《た》、最《も》早《う》十時《じ》位《ぐらゐ》にもなるかしらんなんて仰《おつ》有《しや》るんですもの、十時どころじやアありは致しません、今《いま》に十二時になりまするの………　正「うそだらう、未《ま》だ十二時なんぞにやアなりはしまい、何《いく》程《ら》寝《ね》惚《ぼけ》をしたつて………　濱「いくら貴《あな》夫《た》強《がう》情《じやう》をお張《は》りになつても無《む》益《だ》でムますわチ、もう大《おほ》方《かた》寺《てら》の鐘《かね》が………と云ふうちに遠《ゑん》寺《じ》の鐘《かね》はゴーン〳〵と十二時《じ》を告《つ》げました、正《しやう》司《じ》は指《ゆび》を折《を》つて計《かぞ》へて居りましたが、よもやと思《おも》ひました鐘《かね》が十二鳴《な》つて止《や》めましたので　正「ヤーお前《まへ》が云《い》ふ通《とほ》り最《も》早《う》正《しやう》午《ご》かエ、イヤどうも能《よ》く寝《ね》たもんだな、自《じ》分《ぶん》ながら殆《ほと》んど感《かん》心《しん》だなアー、アハ、ハヽヽヽ烟《たば》草《こ》の烟《けむ》でやけた灰《はい》黒《ぐろ》色《い》口《くち》唇《びる》の間《あひだ》から白《しろ》い歯《は》を現《あら》はして笑《わら》ひだしました、此《この》時《とき》濱子《はまこ》は莞《につ》爾《こり》して、

百二十

夫正司《をつとしやうじ》の顔《かほ》をながめ　濱「これも矢張《やつぱ》り昨夜《ゆふべ》の疲勞《つかれ》が………オホ、ホヽヽヽ　正「なに昨夜《ゆふべ》のつかれ………馬鹿《ばか》をいへ、昨夜《ゆふべ》なにも疲《つか》れるやうな………　濱「貴郎《あなた》そんなことを仰有《おつしや》つたつて無益《むだ》でムますよ、知《し》るまひと思《おも》つたつて左様《さう》うまくはまゐりませんもの、昨夜《ゆふべ》はアノー長裏町《ながうらまち》で更《ふけ》るまで………星《ほし》を指《さ》されまして正司は何《なん》と云ひ解《と》く言葉《ことば》もムませんが、固《もと》よりお松に性根《しやうね》までも奪《うば》はれて居《ゐ》る正司のことでムますから、本妻《ほんさい》の前《まへ》をも憚《はゞか》らず　正「さう詳《くは》しく知《し》つて居《ゐ》られちやアどうも仕方《しかた》がない、此頭から碌《ろく》々《く》口《くち》もきかないで何《なん》だか様子《やうす》が變《へん》だと思《おも》つて居《ゐ》たが、それで判《わか》つた………おれだつて男《をとこ》一疋《いつぴき》だもの、左様《さう》お前《まへ》が氣《き》にいつたやうにばかりしてゐる譯《わけ》にも………それでお前《まへ》が嫌《いや》だと云ふならそれも仕方《しかた》がない、どうもお前《まへ》に出《で》ていつて貰《もら》ふよりは………隨分《ずいぶん》不人情《ふにんじやう》な話《はなし》しでムますから、濱子《はまこ》も一時《じ》は勃然《むつ》といたしましたが、其處《そこ》が流石《さすが》女《をんな》の嗜《たしな》みの十分《ぶん》に

鳥追お松

あるお方《かた》でもあり、此《この》上《うへ》國許《くにもと》を出立《しゆつたつ》いたしまして此處《こゝ》へ嫁入《よめいり》をいたしまする節《せつ》、万《まん》一《いち》の時《とき》には此《この》懐劍《くわいけん》でといはぬ斗《ばか》りに親御《おやご》が渡《わた》した兼《かね》光《みつ》の短刀《たんたう》を所持《しよぢ》して居る位《くらゐ》にたしなめられて參《まゐ》つたのでムますから、離《り》縁《えん》などゝは思《おも》ひもよらんことで、濱子《はまこ》は只《たゞ》夫《をつと》大事《たいじ》と思《おも》ふ一念《いちねん》からハラ〳〵と涙《なみだ》を落《おと》し、膝《ひざ》をふるはせまして　濱「それは貴《あな》夫《た》のなさる事《こと》ゆゑ別《べつ》に妾《わたし》が悋《りん》氣《き》がましいことを申す譯《わけ》ではムりません、只《たゞ》此《この》頃《ころ》のやうなお身《み》持《もち》では末《すゑ》始《し》終《じう》はお上《かみ》向《むき》の方《はう》もどうかと案《あん》じまして……若し其《そ》樣《ん》なことにでも相《あひ》成《なり》ますると、貴《あな》夫《た》一《ひと》人《り》のお名《な》前《まへ》が濁《にご》れるばかりでなく、御《ご》先《せん》祖《ぞ》へ對《たい》しましても……と濱《はま》子《こ》は思《おも》はずワッとばかりに泣《な》き崩《くづ》れました、箇《か》樣《やう》に事《こと》をわけたる濱子の言《こと》葉《ば》も正司にとつては馬《うま》の耳《みゝ》に念《ねん》佛《ぶつ》、一向《かう》に感《かん》じたやうな樣《やう》子《す》もなく、却《かへつ》て侮《あなど》り果《は》てた口《く》調《てう》で　正「お前《まへ》も口《くち》では立《りつ》派《ぱ》なことを云《い》ふけれども、おれの名《な》が汚《けが》れるの先《せん》祖《ぞ》へ對《たい》しても濟《すま》ないなんど云ふのは二の次《つぎ》のはなしで、第《だい》一はお松を邪《じや》魔《ま》にする量見《りやうけん》だらう……濱「イーエどういたしまして、妾《わたし》には決《けつ》して悋《りん》氣《き》だの邪《じや》魔《ま》にするだのと云ふやうな心《こゝろ》は少《すこ》しもムませんので……正「少《すこ》しもないことはあるまい、私《わたし》は大《おほ》ありだらうと、左《さ》様《う》思《おも》ふが……濱「さう疑《うたが》ぐられて見《み》ると何《なん》と申上ましたところで、必《つま》竟《り》無《む》益《だ》なやうなものではムますが、妾《わたし》に限《かぎ》つては決《けつ》して其《そ》様《ん》な心《こゝろ》は……妾《わたし》の考《かんが》へては第一《いつそ》のこと其《そな》方《た》を此《こ》家《ゝ》へ呼《よ》びよせて戴《いたゞ》くことが出《で》來《き》るものなら、結《けつ》句《く》其《そな》方《た》が本《ほん》望《まう》なのでムます、左《さ》様《う》でも致しましたなら定《さだ》めし御家《うち》のためかとも存《ぞん》じますで……正「其《そ》様《ん》なことをした日《ひ》にやアそれこそ大《たい》變《へん》な騒《さわ》ぎが出《しゆつ》來《たい》しますす、毎《まい》日《にち》牛《うし》の喧《けん》嘩《くわ》のやうに角《つの》突《つき》合《あひ》で……と飽《あく》まで嘲弄《ちやうろう》して居りましたが、此《この》時《とき》濱《はま》子《こ》に嚴《き》然《つ》として濱「左《さ》様《う》貴《あな》夫《た》は妾《わたし》のことばつかりお疑《うたが》ひなさいますが、妾《わたし》が角《つの》突《つき》合《あひ》をするか如《ど》何《う》だか呼《よ》んで見《み》たならお判《わか》りになりませう、どうせ子《こ》供《ども》もない妾《わたし》のことでムますから、寧《いつ》そ左様《さう》なつて子供《こども》でも出来《でき》たなら却《かへつ》て幸福《しあはせ》だと思《おも》ふ位《くらゐ》なんでムますもの………正司は今《いま》は幾分《いくぶん》か疑《うたが》ひも解《と》けたものと見《み》ゑまして　正「そりやアお前《まへ》の云《い》ふのは本気《ほんき》なので…………　瀧「なんで虚状《うそ》なんぞ申しあげませう…………　正「然《しか》らばいつれ吉日《きちにち》をゑらんで…………と云ふやうな譯《わけ》で二人《ふたり》の間《あひだ》にお松呼《よ》びよせの相談《さうだん》が極《きま》り、いよ〳〵お松は其《その》後《ご》間《ま》もなく本宅《ほんたく》に乗《の》り込《こ》んで如何《いか》なる悪事《あくじ》を働《はたらく》かは段々《だん〳〵》お判《わか》りになりませう

第二十四席

或《あ》る日《ひ》の夕方《ゆふがた》長《なが》裏町《うらまち》のお松の家《いへ》へ年《とし》のころ三十位《くらゐ》でもあるかと思《おも》はるゝ鳥渡《ちよつと》見《み》ても一癖《ひとくせ》あり気《げ》な一人《ひとり》の男《をとこ》が手《て》に布呂敷包《ふろしきづつみ》を下《さ》げて参《まゐ》りまして　男「御免《ごめん》なさい〳〵…………と呼《よ》ぶものがムました　松「ハイ…………と軽《かる》く答《こた》へて出《で》て来《き》たのは此家《こゝや》の主人《あるじ》鳥追《とりおひ》お松でム

百二十四

ました、男は手《て》に持《もつ》て居《ゐ》た包《つゝみ》を立《た》つてゐるまゝ手《て》の掌《ひら》の上《うへ》へのせて　男「これは奥《おく》さんからの屆物《とゞけもの》で………と差《さ》し出《だ》しながら互《たが》ひに顔《かほ》を見《み》合《あは》せまして、お松は何《なに》に驚《おどろ》いたのでムますか　松「アレー………とばかり聲《こゑ》をたてゝ逃《に》げやうといたしますると　男「オイお松、なにも其《そ》様《ん》なに逃《に》げることはない………呼《よび》止《と》められまして初《はじ》めて氣《き》がついたやうな様《やう》子《す》で　松「ほんとに吉《きち》さん、マアーこゝへは如《さ》何《う》して………何《なに》も逃《にげ》るにやア當《あた》らないのに、餘《あんま》り不《ふ》意《い》に遇《あ》つたので………と立《たち》歸《かへ》つて來《き》て小《こ》聲《ごゑ》になり　松「吉さん、マアー奥《おく》へお上《あが》りな、直《す》ぐに歸《かへ》らなくつちやアーならないの………　吉「ナアーに今《こん》夜《や》はゆつくりしてゐても不《ふ》思《し》議《ぎ》はないんサ、今《け》日《ふ》はもうお暇《ひま》が出《で》たので自《じ》分《ぶん》の用《よう》を達《た》しながら奥《おく》さんに頼《たの》まれて此《こ》家《ゝ》へ寄《よ》つたんだから………　松「さうかい、それじや今《こん》夜《や》はゆつくりしておいでな、旦《だん》那《つく》も都《つ》合《がふ》があるから今《こん》夜《や》は來《こ》ないつて左《さ》様《う》いつて行《い》つたんだから……

吉「それはいゝ塩梅《あんばい》だが併《しか》しどうだい、外《ほか》には誰《だれ》もゐないのか……

松「それがさ丁度《ちやうど》あつらひた様《やう》に出《で》來《き》てゐるんだよ、下女《げぢよ》が一人《ひとり》ゐるんだがネ、暫《しばら》く自家《うち》へいかないから、是非《ぜひ》今日《けふ》は遣《や》つて貰《もら》ひたいと左樣《さう》いふのサ、それから妾《わたし》もどうしたものだと思《おも》つたがネ、別《べつ》に用事《ようじ》もないことだし、旦敵《だんてき》も今夜《こんや》は來《こ》ないと云ふんだらう、依之《だから》正午《ひる》過《すぎ》から暇《ひま》をやつて明朝《あすのあさ》早《はや》く歸《かへ》つて來《く》るわけになつてゐるのよ、どうもいゝ時《とき》には斯《か》うも都合《つがふ》が甘《うま》くいくものかと妾《わたし》も眞個《ほんと》に感心《かんしん》して仕舞《しま》ふよ……

吉「それじやア何《なん》しろゆつくり上《あが》りこむ事《こと》にしよう……

松「左樣《さう》おしな……とお松は大坂吉《おほさかきち》を奥《おく》の間《ま》へつれてまゐりまして火鉢《ひばち》の向《むか》ふに座《すわ》らせ自分《じぶん》も向《むか》ひ合《あ》つて火鉢《ひばち》を前《まへ》にひかへ、朱羅宇《しゆらう》の長煙管《ながぎせる》に煙草《たばこ》をつけて……

松「マアー、一喫《いつぷく》お吸《す》ひなネ、此様《こん》なところでお前《まへ》さんに遇《あ》はふとは妾《わたし》はどうしても不思議《ふしぎ》でたまらないよ、それじやア貴郎《あんた》はアノ旦敵《だんてき》のことをろに今《いま》居《ゐ》るの━…………　吉「おれも何《なん》だか、斯《か》う狐《きつね》にでも魅《つま》まれたやうな氣《き》がして…………而《し》てお前《まへ》もまた如《ど》何《う》して此處《こゝ》へ…………　松「不《ふ》思《し》議《ぎ》に思《おも》ふのも無《む》理《り》はないよ、なか〳〵鳥《ちよ》渡《つと》にやア話《はな》しきれやしないから、今《いま》ゆつくり話《はな》して聴《きか》せるとして、餘《あんま》り久《ひさ》しぶりだからッア━一本《ぽん》つけてからのことにしやう…………と、お松は其《そ》處《こ》をたちまして勝《かつ》手《て》へまゐり、酒《さけ》肴《さかな》を取《と》り出《だ》しまして、火《ひ》鉢《ばち》の側《わき》にもつてまゐり、暫《しばら》く燗《かん》風《ぶ》呂《ろ》へ德《とく》利《り》を浸《いれ》まして　松「サアー一《ひと》杯《つ》おあがんなさいな、何《なん》にもないが眞《ほん》の有《あり》合《あひ》で…………　吉「それは有《あり》がたいオト、ト、ト、、ゝ溢《こぼ》れる〳〵、斯《か》うやつて差《さ》し向《むか》つて飲《の》むのも久《ひさ》しいもんだなアー、ケアーお前《まへ》にも一《ひと》杯《つ》献《さ》さう…………と差《さ》し出《いだ》す杯《さかづき》をお松は手《て》にとつて滿《みつ》々《〳〵》と注《つ》がせ、キユーと一《ひと》口《くち》飲《の》みまして　松「眞《ほん》個《こ》に今《こん》夜《や》の酒《さけ》の甘《おい》しいこと、彼《あ》様《ん》な燥《さ》けたやうな顔《かほ》を見《み》てゐたんじやア甘《うま》くなんざア飲《の》めやしないワ…………と二人は痴《ち》話《わ》狂《ぐる》ひながら獻《さ》しつ酬《さ》さ

れつして居《を》るうちに酒《さけ》もだん〳〵廻《まは》つて來《き》たので、大坂吉は火《ひ》鉢《ばち》の上《うへ》に猪《ちよ》口《こ》を置《お》いて

吉「大《だい》分《ぶ》酒《さけ》も廻《まは》つて來《き》た、どうだい一つ話《はな》して呉《く》れちやアー……

松「さうですネ、それじやア一つ話《はな》すことにしませうよ、乍《だ》併《が》ほんの大《あら》略《まし》を……ソラ貴《あん》郎《た》が品《しな》川《がは》で捕《つか》まつたら、彼《あの》時《とき》妾《わたし》はやつとのことで其《その》場《ば》を逃《にげ》出《だ》し、後《あと》も見《み》ないで一《いち》目《もく》散《さん》に宿《しゆく》端《はづれ》までいつてサ、此《こ》處《ゝ》までくればマアー大《だい》したあともあるまいとホツと一《ひと》息《いき》ついて見《み》るともなしに向《むか》ふを見《み》ると、何《なん》だかしらないが松《まつ》の木《き》の下《した》で動《うご》いてゐるものがあるんだらう、ハテナまた追《おつ》手《て》の奴《やつ》じやアないかと二《に》度《ど》喫《びつ》驚《くり》して能《よう》くすかして見《み》ると、松《まつ》の枝《えだ》から、綱《つな》見《み》たやうなものを下《さ》げてゐるんだらう、其《そ》處《こ》で妾《わたし》も的《てつ》然《きり》こりやアー縊首する奴《やつ》だなと思《おも》つたんサ……

吉「さうかい、夫《それ》から其《そい》奴《つ》がどうした……

松「それから私《わたし》が何《なに》をするんかと思《おも》つて、堤《どて》際《ぎは》へ寄《よ》つて聞《きい》て居《ゐ》ると亭《て》主《しゆ》人《じん》に對《たい》して濟《すま》ないの、親《おや》に對《たい》しても面《めん》

鳥追お松

目ないのなんて縋りに手《て》を合《あは》したり泣《ない》たりしてゐるんサ、それから段《だん》々《〳〵》知《し》らない風《ふう》をして聞《きい》てゐると、夫《あれ》がサ、そりやア彼《あ》の松《まつ》屋《や》の番《ばん》頭《とう》の忠藏の野《や》郎《らう》じやないかチ……大坂吉は如《い》何《か》にも驚《おどろ》いたやうな風《ふう》で　吉「エー、それがアノー忠《ちう》藏《ざう》奴《め》か、如《い》何《か》にも不《ふ》思《し》議《ぎ》なこともわるもんだなアー……　松「餘《あん》り罪《つみ》つくりの樣《やう》だつたがお前《まへ》には別《わか》れるし、一文《もん》の路《ろ》用《よう》はなしサ、詮《し》方《かた》がないから其《そ》處《こ》へ飛《とび》出《だ》して、いろ加《か》減《げん》に彼《あい》奴《つ》を賺《だま》かしサ、だん〳〵東《とう》海《かい》道《だう》をやつて來《く》るうち蒲《かん》原《ばら》へ泊《とま》つた晩《ばん》から彼《あい》奴《つ》が俄《にはか》の病《びやう》氣《き》サ、一日か二日で癒《なほ》るだらうと思《おも》つたやつが段《だん》々《〳〵》と長《なが》延《び》いて二《は》十《つ》日《か》近《ちか》くサ、最《も》早《う》嫌《いや》で〳〵堪《たま》らないだらう、如《ど》何《う》かして逃《にげ》る工《く》風《ふう》はあるまいかと思《おも》つて居《ゐ》ると丁《ちやう》度《ど》よく藝《げい》者《しや》を買《か》ひに來《き》てゐた人《ひと》があつたので、妾《わたし》にどうだと云《い》ふから彼《あい》奴《つ》の方《はう》は四五日の中《うち》に急《きつ》度《と》引《ひき》取《と》つてやる約《やく》束《そく》で首《しゆ》尾《び》よく胡《ご》魔《ま》化《くら》してサ、其《その》人《ひと》につれられて薩《さつ》陀《た》峠《たうげ》を通《とほ》りかゝると夫《あれ》が惡《わる》漢《もの》とは恐《おそ》れ入《い》つたじやアないかチ…………　吉「さうかい其《その》悪《わる》漢《もの》がさうかしたのか…………　松「其《その》悪《わる》漢《もの》がサ、妾《わたし》を路《みち》側《ばた》のお堂《だう》の中《なか》へ引《ひつ》込《こ》んで手《て》込《ごめ》にしやうとしやがつたから、力《ちから》任《まか》せに引《ひつ》拂《ぱら》つて其《そ》處《こ》を逃《に》げ出《だ》すのは逃《に》げ出《だ》したが、其《きやい》奴《つ》がまた追《おつ》驅《かけ》てくるので怖《こは》さも忘《わす》れて遂《つひ》海《うみ》の中《なか》へ飛《と》びこんで仕《し》舞《ま》つたのサ…………大坂吉は反身《み》になつて　吉「随《ずい》分《ぶん》お前《まへ》も危《けん》険《のん》なことをするなアー、それでマアーよく生《い》きて…………と、怪《あや》しげに眉《み》間《けん》に皺《しわ》をよせて居《を》りました　松「勿《もち》論《ろん》一《いつ》旦《たん》は死《し》んで仕《し》舞《ま》つて既《すで》に魚《さかな》の餌《ゑ》食《じき》になる所を神《かう》戸《べ》通《がよ》ひの汽《き》船《せん》に救《すく》ひあげられて神《かう》戸《べ》についてサ、忠《ちう》蔵《ざう》奴《め》が守《まもり》袋《ぶくろ》を持《も》つてゐたのを幸《さいは》ひ、それを材《だ》料《ね》につかつて親《おや》父《ぢ》の所へ尋《たづ》ねていつて、ゆつくり身《み》の處置《かた》をつけやうとして、虚《う》偽《そ》百《ひやく》編《べん》を並《なら》べて居る最《さい》中《ちう》へ…………と云ひかけてお松は拇《おや》指《ゆび》を大坂吉の前《まへ》へ出《だ》して　松「生《あい》憎《にく》これが蹈《ふ》みこみやがつてサ、おれをぐる〳〵巻《まき》にして住《すみ》吉《よし》街《かい》道《だう》へつれだしてサ、わた

百三十

しは役《やく》所《しよ》へ引《ひか》れることだと斗《はつか》り思《おも》つてゐた所が、左《さ》樣《う》じやァなくつておれが心《こゝろ》に順《したが》へつて云ふんじやないか……お松は急《きふ》に考《かんが》へだしたやうに　松「そら何《い》時《つ》かお前《まへ》に話《はな》した事《こと》があるだらう、大《だい》名《みやう》小《こう》路《ぢ》に居《ゐ》た兵《へい》隊《たい》ッちうのは、彼《あ》人《れ》よ……　吉「さうかい、それじや兵《へい》隊《たい》があんなに出《しゆつ》精《せい》をしやァがつたんだな……　松「アー左《さ》樣《う》だよ、それから妾《わたし》も牢《らう》屋《や》へなんぞ入《い》れられるよりかと思《おも》つたもんだから、遂《つひ》此《こ》樣《ん》なわけになつたのサ、左《さ》樣《う》もしなかつたもんなら二《に》度《ど》ど再《ふたゝ》びお前《まへ》さんにたつて遇《あへ》るかどうだか知《し》れやしなかつたワ、チー吉さん、是《これ》も矢《や》張《は》り因《いん》緣《ねん》づくだねエーオホヽホヽ……而《し》て吉さんは……　吉「イヤ、おれのは別《べつ》に話《はな》すやうなこともないのサ、いづれまた今《こん》度《ど》にしやうよ……　松「それじやァ左《さ》樣《う》いふことにしませうよ、大《だい》分《ぶ》長《なが》話《ばなし》をしたんで何《なん》だか酒《さけ》がさめて來《き》たやうだから最《も》早《う》一《いつ》本《ぽん》つけて來《き》ませう……と、又《また》酒宴《さかもり》を初《はじ》めましたが、暫《しばら》くたつてお松は

何《なに》か大坂吉の耳《みゝ》に口《くち》を當《あ》てゝ囁《さゝや》いて居《を》りましたが、如《い》何《か》なる秘《ひ》密《みつ》の相《さう》談《だん》をいたしましたか、それは後《あと》でお判《わか》りになりませう

第二十五席

毒《どく》婦《ふ》のお松《まつ》と大《おほ》坂《さか》吉《きち》とは圖《はか》らずも長《なが》裏《うら》町《まち》の妾《しやう》宅《たく》で出《で》會《あひ》ましてからは互《たが》ひに隱《しの》し合《あは》しまして他《た》人《にん》の目《め》妻《つま》を忍《しの》び度《たび》々《〳〵》密《みつ》會《くわい》をいたして巫《ふ》山《ざ》戯《け》ちらして居《を》りましたが、いよ〳〵明《めい》治《ぢ》三年の夏《なつ》に至《いた》りましてお松は本《ほん》家《け》へ行《ゆ》きとられ、本《ほん》妻《さい》濱《はま》子《こ》と一《いつ》所《しよ》に住《すま》ふやうになりました、今《いま》までのやうに氣《き》樂《らく》な巫《ふ》山《ざ》戯《け》た眞《ま》似《ね》をすることも出《で》來《き》ず、何《なん》となく窮《きう》屈《くつ》でたまりませんでムましたが、心《こゝろ》に一《いち》物《もつ》あることでムますから其《そ》處《こ》はジッと忍《にん》耐《たい》をいたしまして、上《かみ》下《しも》にも能《よ》く忠《ちう》々《〳〵》しくいたしますので、正《しやう》司《じ》は勿《もち》論《ろん》のこと本《ほん》妻《さい》濱《はま》子《こ》や下《げ》女《ぢよ》下《げ》男《なん》までも大《おほ》きに喜《よろこ》んで居《を》るやうな次《し》第《だい》ではムましたが、三年《ねん》經《た》つても女《をんな》

に氣《き》をゆるすなで、お松は外形《うはべ》におきまして個様《かやう》に諸人《しよにん》の氣《き》をとるやうに力《つと》めて居《を》りましたが、心《こゝろ》の底《そこ》ではなか〳〵油《ゆ》斷《だん》のできない惡《あく》事《じ》を情《い》人《ろ》の大坂吉と企《たく》んで居《を》つたのでムます、此《この》大《おほ》坂《さか》吉《きち》と云ふ奴《やつ》も鬼《き》神《じん》の情《い》人《ろ》となる位《くらゐ》の奴《やつ》でムますから、仲《なか》〳〵一《ひと》筋《すぢ》縄《なは》で行《ゆ》くやうなものでないのです。さて欖《きん》妻《さい》のお松と情《い》人《ろ》の大坂吉とは一《いつ》家《か》の中《うち》に住《すま》居《ゐ》いたしましていろ〳〵惡《あく》事《じ》を企《たく》んでは居《を》りましたが、是《これ》と云ふ機《を》會《り》もなくつて空《むな》しく一年《ねん》餘《あま》り辛《つら》い月《つき》日《ひ》を送《おく》つて居《を》りましたが、其《その》翌《よく》年《とし》即《すなは》ち明《めい》治《ぢ》四年の夏《なつ》にいたりまして抑《そもそ》も彼《かれ》等《ら》二《ふた》人《り》が惡《あく》事《じ》の資《た》料《ね》を見《み》出《いだ》したと云ふ譯《わけ》でムます。或《あ》る蒸《む》し暑《あつ》い夏《なつ》の夕《ゆふ》方《がた》でムました、お松は庭《には》に出《い》で納《すゞ》涼《ま》うと思《おも》ひまして庭《には》下《げ》駄《た》を突《つゝ》掛《か》けまして、あちらこちらを逍《せう》遙して居《を》りまするうち、泉《せん》水《すゐ》の近《ちか》くで、何《なに》か白《しろ》い斯《か》う手《て》紙《がみ》でゝもあらうかと思《おも》ふやうなものを拾《ひろ》ひあげました、お松は向《むか》ふの築《つき》山《やま》のかげで是《これ》を開《あ》けて見《み》て居《ゐ》りました

鳥　追　お　松

が、何《なに》か嬉《うれ》し氣《き》に莞《につ》爾《こ》と笑《わら》ひながら、それをくる〳〵卷《ま》いて懐《ふところ》の中《なか》に入《い》れて仕《し》舞《ま》ひました、彼《かれ》是《これ》いたして居《を》りますうちに灯《あか》火《り》は点《つ》く晩《ばん》餐《さん》はすむ思《おも》ひ〳〵に涼《すゞ》んだ上《うへ》、各《てん》人《で》各〳〵個に寢《ね》床《どこ》に這《は》入《い》つてやすみましたが、夏《なつ》の夜《よ》の短《みぢ》かいことでムますから、殘《のこ》らず前《ぜん》後《ご》も知《し》らずに眠《ね》入《い》つて仕《し》舞《ま》ひました、お松は一《ひと》人《り》蚊《か》帳《や》の中《うち》で時《とき》々〳〵頭《あたま》を擡《もた》げまして他《ほか》の平《へ》部《や》の樣《やう》子《す》を伺《うかゞ》つて居《ゐ》るやうでムましたが、殘《のこ》らず眠《ね》入《い》つて仕《し》舞《ま》つたのを聞《き》濟《すま》しまして、徐《じよ》々〳〵と起《お》きあがり足《あし》音《おと》を忍《しの》ばせまして自《じ》分《ぶん》の平《へ》部《や》を立《たち》出《いで》ました、扨《さて》お松はそれから何《ど》處《こ》へゆくのかと思《おも》つて居《を》りますると、軈《やが》て辿《たど》りついたのがお松の情《い》人《ろ》馬《べつ》丁《たう》の大坂吉の平《へ》部《や》でムました、お松はツッと障《しやう》子《じ》を開《あ》けて中《なか》に這《は》入《い》りましたが、眞《まつ》暗《くら》黑《やみ》でムましたから手《て》探《さぐ》りに擦《す》りよりまして、小《こ》臂《ひぢ》をだし

松「吉さん〳〵……………と搖《ゆ》り起《おこ》しまするど、大坂吉は目《め》を醒《さま》しイ

吉「なんだエ、今《いま》時《じ》分《ぶん》に…………不《ふ》思《し》議《ぎ》氣《き》に尋《たづ》ねまするど

松「なん

だつて大概《たいがい》判《わか》りさうなもんじやないか。今《いま》まで我《が》慢《まん》してゐた甲斐《かひ》があつて漸《やうや》く仕《し》事《ごと》の手《て》懸《がゝ》りを見《み》附《つけ》たんだのサ、依《だか》之《ら》能《よう》くお前《まへ》さんとも相《さう》談《だん》をして徐《そろ》々く仕《し》事《ごと》を始《はじ》めやうと思《おも》ふんだよ、今《いま》資《た》料《ね》を見《み》せるから燈《あか》火《り》を點《つ》けてお呉《く》れな……馬《べつ》丁《たう》の吉は起《お》きあがつて、燈《あか》火《り》をつけ　吉「どれ、如《ど》何様《ん》なもんだか……と、ヤしまするとお松は手《て》紙《かみ》の様《やう》なものを懐《ふところ》から取《と》りだしまして　松「サアーこれだよ、能《よう》く御《ご》覧《らん》よ……と手《て》渡《わた》しをいたしますと、馬《べつ》丁《たう》の大坂吉は燈《あか》火《り》の光《ひかり》にさし透《すか》して　吉「なんだい、此《こ》様《ん》なもの……仕《し》事《ごと》の補《た》足《し》にやアなりやアしないじやないか……一《いつ》向《かう》に受《うけ》付《つけ》ないやうすをお松は見《み》て　松「だから吉さんにも眞《ほん》個《と》に困《こま》るんだよ、此《こ》様《ん》ないゝものが手《て》にはいつたのに……必《つま》竟《り》二《ふた》人《り》の仕《し》事《ごと》が甘《うま》く進《ゆか》ないと云ふのもお前《まへ》さんも日《ひ》頃《ごろ》云《い》つてゐる通《とほ》り、彼《あの》堅《かた》氣《ぎ》な奥《おく》さんと若《わか》徒《たう》の佐《さ》助《すけ》奴《め》があるからのことじやアないか、眞《ほん》個《と》にあの佐《さ》助《すけ》の野《や》郎《らう》が忠《ちう》義《ぎ》風《ぶり》をしやアしがつてサ、彼《かい》者《つ》等《ら》二人《ふたり》がなけりやア、疾《とう》に甘《うま》く運《はこ》んで仕《し》舞《ま》ふのでありたと思《おも》ふよ、其《そ》處《こ》で妾《わたし》が考《かんが》へるのには、あの手《て》紙《がみ》を資《た》料《ね》につかつて、一寸《ちよつと》耳《みヽ》をお借《か》しな…………と耳《みヽ》に口《くち》を當《あ》てまして何《なに》か耳語《さゝやい》て居《を》りました、大坂吉は只《たゞ》首肯《うなづ》くばかりで厶ましたが聽て

吉「お前《まへ》もなか〱隅《すみ》の方《はう》にやア置《お》けねい人物《じんぶつ》だね、お前《まへ》の智惠《ちゑ》にやア流《さす》石《が》のおれも閉口《へいこう》だよ、それじやアー左様《さう》いふ風《ふう》にして徐《そろ》々〱話《はな》しまつた方《はう》がよからうよ…………とお松に同意《どうい》を表《へう》しまするど

松「細工《さいく》は流《りう》々〱仕《し》上《あ》げを見《み》ろだよ、マアーおれが如何様《どん》なことをするか默《だま》つて見《み》てお出《いで》よ…………

吉「どうか、なる丈《だけ》はやく願《ねが》ひたいもんだな、お前《まへ》の顏《かほ》を毎日《まいにち》視《み》て居《ゐ》ながら碌《ろく》な話《はな》しも出來《でき》ないで…………此樣《こん》な馬《こ》糞《やし》臭《くさ》いとゐに縮《ちゞ》込《こま》つて…………

松「わたいだつて氣《き》が氣《き》じやアありやしないのよ、お前《まへ》さんの前《めへ》で旦那《だんな》とアーして…………少《すこ》しの心抱《しんばう》だよ、左様《さう》すりやア今《いま》に二人《ふたり》して氣儘《きまゝ》氣隨《きずゐ》に…………と、話《はな》して居《を》る時《とき》一

百三十六

鳥追お松

番《ばん》鶏《どり》が東《とう》天《てん》紅《こう》と告《つ》げ渡《わた》りましたので　喜「こゝまで船《ふね》を漕《こぎ》付《つ》けて若《も》し人《ひと》にでも見《み》付《つか》っちやアー百《ひやく》年《ねん》目《め》だから、今《こん》夜《や》はこれで別《わか》れるとした方《はう》がよからうよ………　松「それじやア左《さ》様《やう》しやうよ………と云《い》ひながら、お松が此《こ》處《ゝ》を起《たち》去《さ》らうといたしました時、誰《たれ》とは確《たし》かに判《わか》りませんが狼《うろ》狽《た》て物《もの》蔭《かげ》に身《み》を隠《かく》した者がありましたが、お松は少《すこ》しも是《これ》に氣《き》がつきませんで、自《じ》分《ぶん》の平《へ》部《や》に歸《かへ》つて仕《し》舞《ま》ひました

第二十六席

或《あ》る日《ひ》濱《はま》田《だ》正《じやう》司《じ》の家《いへ》に一《いち》大《だい》騒《さう》動《どう》が出《しゆつ》來《たい》いたしました、これはどう云《い》ふ譯《わけ》かと申しますと、正司が四五日《にち》前《まへ》に預《あづ》かつて來《き》た官《くわん》金《きん》の中《うち》、大《だい》枚《まい》二百圓のお金《かね》が紛《ふん》失《しつ》したと云《い》ふ騒《さわ》ぎて厶ます、主《しゆ》人《じん》の正司は大《おほ》金《きん》でもあり、特《こと》には三四日の内《うち》には公《や》務《く》背《しよ》へ差《さし》出《だ》さなさればなら

鳥追お松

ん官金《くわんきん》の事《こと》でムましたから、眼球《めだま》までを眞紅《まつか》にして家内《かない》捜索《さうさく》と云《い》ふことになり、金《かね》を藏《しま》つておいて平部《へや》は勿論《もちろん》のこと下男《げなん》や下女《ぢよ》の居《を》りまする平部《へや》〳〵の隅《すみ》から隅《すみ》まで探《さが》しましたが、なか〳〵容易《ようい》に見當《みあた》りません、扨《さて》は外《そと》から這入《はいつ》た竊盗《せつたう》の仕業《しわざ》ではないかと怪《あや》しんでも見《み》ましたが、どうも外《ほか》から忍《しの》びこんだものがあつた樣《やう》な樣子《やうす》がないので、如何《どう》しても家内《うち》の者《もの》の仕業《しわざ》に相違《さうゐ》ないと云ふので、再《ふたゝ》び上下《かみしも》の用捨《ようしや》なく嚴重《げんぢう》に調《しら》べますると、今度《こんど》は其《その》お金《かね》が如何《どう》した譯《わけ》か本妻《ほんさい》濱子《はまこ》の簞笥《たんす》の小引出《こひきだし》から其《その》お金《かね》が出《で》たのでムます、其處《そこ》で主人《しゆじん》の正司は特《こと》の外《ほか》立腹《りつぷく》いたしまして、濱子を自分《じぶん》の平部《へや》の中《なか》へ呼《よ》びこみ

正「貴樣《きさま》は見掛《みかけ》にもよらんことをする奴《やつ》じやな、全體《ぜんたい》あのお金を胡摩化《ごまくわ》して如何《どう》しやうと云ふ量見《りやうけん》なんだつた

………固《もと》より武士《ぶし》の家《いへ》に育《そだ》てられました上に貞操《ていさう》篤實《とくじつ》なる性質《せいしつ》の濱子《はまこ》のことでムましたから、既《すで》に疑《うたぐ》るることでさへ汚《けがら》はしいやう

に思《おも》つて居《を》りましたに現在《げんざい》自分《じぶん》の簞笥《たんす》の中《なか》から其《その》お金《かね》の出《で》たる次《し》第《だい》で實《じつ》に夢《ゆめ》に夢《ゆめ》みし心《こゝ》地《ち》をいたしまして

濱「イーエ、どういたしまして、決《けつ》して左《さ》様《う》なことは……と申しまするど、正司は其《その》言《こと》葉《ば》を打《うち》消《け》しまして

正「知らないと云ふのか、乍《だ》併《が》現在《げんざい》お前《まへ》の簞《たん》笥《す》の中《なか》から其《その》金《かね》が出《で》て見《み》れば如《ど》何《う》しても貴《き》様《さま》としか思《おも》はれはせんじやないか……濱子《はまこ》はこの言《こと》葉《ば》を聞《き》きまして我《われ》知《し》らず聲《こゑ》をふるはせ

濱「現在《げんざい》愚《わた》妻《し》の簞《たん》笥《す》から其《その》お金《かね》が出《で》て見《み》ますれば貴《あな》夫《た》のお疑《うたがひ》をうけまするのも、少《すこ》しも無《む》理《り》とは思《おも》ひませんが、是《これ》には何《なに》か仔《し》細《さい》があるやうに……どうか篤《とく》と御《ご》詮《せん》議《ぎ》を……

正「またしても左《さ》様《う》などゝ申して自《じ》分《ぶん》の罪《つみ》を他《ひ》人《と》に塗《ぬ》付《つ》けやうとは、大《だい》膽《たん》不《ふ》敵《てき》な……—濱子は少《すこ》しも身《み》に覺《おぼ》えのないことでムますから

濱「それは餘《あんま》り酷《ひど》い貴《あな》夫《た》のお言《こと》葉《ば》、身《み》に覺《おぼ》えのあることなら假《たと》令《い》如《ど》何《ん》様《な》に仰《おつ》有《しや》られましても……妾《わたし》も武《ぶ》士《し》の家《いへ》に育《そだ》つたものでムますから、自《じ》分《ぶん》

の罪《つみ》を他《ひ》人《と》樣《さま》に塗《ぬり》付《つけ》るなんて左《さ》樣《ん》な卑陋しい心《こゝろ》は………飽《あく》まで身《み》の潔《けつ》白《ぱく》をたてやうといたしまする と、正《しやう》司《じ》は一《いつ》層《そう》怒《いか》りの聲《こゑ》を荒《あら》らげまして　正「よくも武《ぶ》士《し》の家《いへ》に育《そだ》つたなんて口《くち》廣《ひろ》い事《こと》を申し居るな、武《ぶ》士《し》の家《いへ》ではよもや竊《ぬす》盜《み》は致へはいたすまい、若《も》し確《たし》かな證《しやう》據《こ》があつたら貴《き》樣《さま》はなんとする量《りやう》見《けん》じやな　濱「ハイ、其《その》證《しやう》據《こ》があります上《うへ》は………　正「左《さ》樣《う》か、それなら今《いま》其《その》確《たし》かな證《しやう》據《こ》を見《み》せてやらう………と云《い》つて取《と》りだしたのは國《くに》許《もと》から濱《はま》子《こ》のところへ寄《よ》越《こ》しました手《て》紙《がみ》で、其《その》手《て》紙《がみ》の中《なか》にはどう云《い》ふことが書《か》いてあるかと申せば、此《この》度《たび》弟《おとうと》彪《ひやう》吉《きち》洋《やう》行《かう》いたすに付《つ》き金《きん》二百圓だけ夫《をつと》正司へは内《ない》々くにて至《し》急《きう》に調《てう》達《たつ》の上《うへ》届《とゞ》けて貰《もら》ひたいと云《い》ふ文《もん》言《ごん》でムりました、正司はこの手《て》紙《がみ》に金《かね》のくるんであるまゝ濱《はま》子《こ》の前《まへ》へ投《ほう》出《りだ》しまして　正「サアー、この金《かね》のくるんである手《て》紙《がみ》には覺《おぼえ》があるかないか能《よ》く見《み》たがよい………と云《い》はれましたので、濱《はま》子《こ》は四《よ》方《も》や國《くに》許《もと》から來《き》

鳥追お松

百四十

た手《て》紙《がみ》だとは夢《ゆめ》にも知《し》らず、くる〳〵と解《と》いて金《かね》は其《そ》處《こ》へ置《お》き、暫《しばら》く手《て》紙《がみ》を眺《なが》めて居《を》りましたが　濱「ヤ、ヤこれは……とばかり呆《あき》れ果《はて》たる有《あり》様《さま》でムました、正司は此《この》体《てい》を見《み》まして　正「サアーお濱、これでも辨《いひ》解《わけ》があるか、有《あ》るならサツサと云《い》つて見《み》ろ、どうだ〳〵……迫《せま》りたてられまして、濱子は口《くち》惜《を》し涙《なみだ》をハラ〳〵と流《なが》しながら　濱「身《み》に覺《おぼ》えはムませんがどうも此《こ》手《て》紙《がみ》があつて見《み》ましては何とも申しあげましたところが……涙《なみだ》の中《うち》にも其《その》嚴然とした樣《やう》子《す》で見《み》ると此《この》時《とき》最《も》早《はや》濱《はま》子《こ》は何《なに》か心《こゝろ》に覺《かく》悟《ご》いたして居《ゐ》るところがあるやうでムました、正《しやう》司《じ》は此《この》体《てい》を見《み》まして何《なほ》更《さ》ら剛《がう》を煮《に》やしたやうに　正「これほど確《たし》かな證《しやう》據《こ》がありながら夫《それ》でも覺《おぼ》えのないの何《なん》のとして、酒《しや》蛙《あ》〳〵にも程《ほど》がある、若《も》し飽《あく》までも夫《をつと》たる此《この》正《しやう》司《じ》をたばかる量見《りやうけん》なら、此《こ》方《ち》に於《おい》ても其《その》覺《かく》悟《ご》があるから覺《おぼ》えて居《ゐ》ろ……と云《い》ひすてゝ、座《ざ》を蹴たてゝ、次《つぎ》の間《ま》に足《あし》音《おと》荒《あら》くゆきましたが、さて是《これ》か

ら正司《しやうじ》は如《い》何《か》なることをいたしますかは、次《じ》席《せき》までお預《あづか》りにいたして置《お》きます

第二十七席

正司は次《つぎ》の間《ま》から麻《あさ》縄《なは》を持《もち》出《だ》しまして、本《ほん》妻《さい》濱《はま》子《こ》をぐる／＼巻《まき》に致《いた》しまして　正「サアーどうだ、是《こ》れでも實《じつ》を吐《ぬか》さんか、飽《あく》まで剛《がう》情《じやう》を通《とほ》すなら、手《て》荒《あら》い切《せつ》諫《かん》をしてなり白《はく》状《じやう》させずにやア置《おか》ないが、どうだ／＼……………と責《せ》めたてます、濱《はま》子《こ》は恨《うら》めしげに正司《しやうじ》の顏《かほ》を見《み》つめまして　濱「假《たと》令《ひ》殺《ころ》されましても知《し》らない事《こと》は知《し》らぬと云《い》ふより……　正「よし、如《ど》何《う》するか見《み》て居《を》れッ……と云《い》ひながら、撲《うつ》たり蹴《け》たりの乱《らん》暴《ばう》狼《らう》藉《ぜき》、最《さい》前《ぜん》から様《やう》子《す》を伺《うかゞ》つて居《を》りました若《わか》徒《たう》の佐《さ》助《すけ》は轉《ころ》がる様《やう》に走《はし》り出《で》まして振《ふり》下《おろ》す主《しゆ》人《じん》の手《て》を支《さゝ》へ、膝《ひざ》を折《を》つて　佐「もし／＼旦《だん》那《な》、そりやア餘《あんま》りの御《ご》短《たん》慮《りよ》と云《い》ふもの……奥《おく》さんに

限《かぎ》りましては決《けつ》して其《そ》様《ん》なことは……諫《いさ》めつ泣《なだ》めつして居《を》りますところへ、お松《まつ》もバラ〳〵かけ出《だ》しまして　松「われャアー旦《だん》那《な》、なにを遊《あそ》ばしますの、其《そ》様《ん》なことを遊《あそ》ばしまして若《も》し奥《おく》さんに御《お》怪《け》我《が》でもおさせ遊《あそ》ばしては……義《ぎ》理《り》一《いつ》片《ぺん》の空《そら》々しい詫《わび》言《こと》、正司はます〳〵勢《いきほ》ひ荒《あら》く　正「イヤ貴《き》様《さま》等《たち》の知《し》つた事《こと》じやアない、制《とめ》止《だて》すると聞かんぞ……と、又《また》も拳《こぶし》を振《ふり》上《あ》げまして濱《はま》子《こ》の頭《あたま》を二つ三つ撲るを掴《つか》んで引《ひき》廻《まは》すと云ふ憎《にく》々しい擧《ふる》動《まひ》、傍《そば》に見《み》て居《を》りまして佐助は堪《たま》りかねまして、兩《りやう》眼《がん》から涙《なみだ》を落《おと》しまして　佐「ダ、ダ旦《だん》那《な》、それは餘《あんま》り……その犯《と》罪《ろ》者《ぼう》はあの佐《さ》助《すけ》奴《め》が急《きつ》度《ど》さがしだしてお目《め》にかけます、情《こう》顧《ご》それまで奥《おく》さんを……　正司は怒《いか》りの聲《こゑ》をはりあげまして　正「貴《き》様《さま》までが其《そ》様《ん》なことを申すか、制《とめ》止《だて》いたすと承《しよう》知《ち》いたさんぞ……と矢《や》庭《には》に足《あし》をあげて佐助の胸《むね》を蹴《け》返《かへ》しましたので、佐助は仰《あふ》向《むけ》様《さま》に後《うしろ》へ撞《どう》と倒《たふ》れて仕《し》舞《ま》ふ、濱子は自《じ》分《ぶん》の身《み》を忘《わす》れまして

鳥追お松

正「われ貴夫《あなた》そんなことをなされて、老人《としより》を…………と、起《おき》上《あが》らうといたしまするど　正「黙《だま》れ、逃《に》げやうつて左様《さう》甘《うま》くはゆくもんか、白状《はくじやう》をしないうちは如何《どう》しても…………と云《い》ひながら、思《おも》ふまゝに打擲《ちやうちやく》をいたしました上《あげ》句《く》に、自《じ》分《ぶん》から濱子を引《ひつ》立《たて》まして裏手《うらて》の倉《くら》の中《なか》へ押《おし》込《こ》んでじチンと錠《ぢやう》を下《お》ろして仕舞《しま》ひました。濱子は思《おも》ひがけない難題《なんだい》をうけまして、二日《ふつか》二晩《ふたばん》と云《い》ふものは食物《たべもの》もあてがはれず倉《くら》の中《なか》に緘《とぢ》籠《こめ》られました、如何《いか》にもそれが無念《むねん》で〳〵堪《たま》りませんから寧《いつ》そ舌《した》を噛《かみ》切《き》つて死《し》んで仕舞《しま》はふかとまで考《かんが》へたしたが、イヤ〳〵それでは身《み》の証明《あかり》がたゝないから殺《ころ》されて仕舞《しま》へば夫《それ》までのこと、マアーそれまでは我慢《がまん》をして、どうか身《み》の証明《あかり》をたてたいものだと思《おも》ひ直《なほ》して居《を》りまするど、丁度《ちやうど》二晩《ふたばん》目《め》の十二時《じ》過《すぎ》になりまして、誰《だれ》やら表《おもて》の錠前《ちやうまへ》をカチリ〳〵と音《おと》をさせて居《ゐ》るものがムました、濱子は多《た》分《ぶん》また正司か來《き》て自《じ》分《ぶん》を切《せつ》諫《かん》するのではあるま

百四十四

いかと思《おも》つて居《を》りまする中《うち》に、倉《くら》の戸《と》をソーッと開《あ》け、足《あし》音《おと》を忍《しの》ばせて徐《そろ》々くと近《ちか》寄《よ》つて來《く》るものがムました、軈《やが》てその人《ひと》は小《こ》聲《ごゑ》を出《だ》して　佐「奥《おく》さん〳〵、佐《さ》助《すけ》でムます、佐《さ》助《すけ》で……　濱子は初《はじ》めて佐助か來《き》たのだと判《わか》りましたから　濱「オー佐助か、能《よ》く來《き》て呉《く》れた…………と走《はし》りよりますると、佐助は暗《くら》黒《がり》の中《なか》で濱子の身《から》体《だ》を撫《なで》廻《まは》しまして　佐「お痛《いた》はしいこの有様は、マアーどうしたことと……と云《い》ひながら、兼《かね》て用《よう》意《い》して參《まゐ》りました刄《は》物《もの》を取《とり》出《だ》しまして、プッツリ〳〵と麻《あさ》繩《なは》を切《き》りほどき　佐「さぞお痛《いた》うムましたでムませう……と、忠《ちう》義《ぎ》にかたい手《て》を伸《のば》して濱子の身《から》体《だ》を撫《なで》擦《さす》りながら　佐「どうか今《こん》夜《や》のうちに此《こ》處《ゝ》を遁《にげ》出《だ》して京都《きやうと》に御《ご》座《ざ》るお兄《あに》さんのところへ暫《しばら》くのうち身《み》をかくして下《くだ》さいませ、やがて此《この》佐《さ》助《すけ》奴《め》が貴《あな》郎《た》の證《あか》明は急《きつ》渡《と》お立《た》て申して、追《おつ》付《つ》けお迎《むか》ひに出《で》ますから……涙《なみだ》ながらに勸《すゝ》めまする佐助が主《しゆう》思《おも》ひの言《こと》葉《ば》に、濱子も大《たい》層《そう》に感《かん》心《しん》をいた

しまして　濱「いつもに變《かは》らぬお前《まへ》の心《こゝろ》、老人《としより》にまで心配《しんぱい》をかけてほんとに濟《すま》ない、堪忍《かんにん》してけアー佐助《さすけ》……云《い》ふ言葉《ことば》を打消《うちけ》して佐「勿體《もつたい》ない其《その》御《お》言葉《ことば》、さぞ悲《かな》しくムませうが、暫《しばら》く御《た》心《しん》抱《ばう》あそばせば急度《きつと》この佐助《さすけ》が……　濱「眞《ほ》個《ん》になんと云《い》ふ因《いん》果《ぐわ》なことか、事《こと》もあらうに竊《ぬす》盜《み》の名《な》を受《う》けては……御《ご》先祖《せんぞ》へ對《たい》しても濟《すま》ないから、昨夜《ゆふべ》はよく〳〵舌《した》でも嚙《か》んで死《しな》ふとまで考《かんが》へたが、身《み》の證《あか》明《し》をたてずに死《し》んでは却《かへつ》て後《のち》々までも名《な》を汚《けが》すと思《おも》ひ返《かへ》して、惜《をし》くもない生《いの》命《ち》を斯《か》うやつて……ワッとばかりに泣《なき》伏《ふ》しました、佐《さ》助《すけ》は膝《ひざ》を屈《かゞ》めて、濱子の背中《せなか》をなで下《お》ろし　佐「お道理《だうり》でムます〳〵、此《こ》まゝ御《ご》短氣《たんき》なことを遊《あそ》ばしましては、何《い》時《つ》までたつても其《その》疑《うたが》ひは……却《かへつ》て辨明《いひわけ》のないために死《し》んだなんて云《い》はれましては……貴孃《あなた》の御《ご》氣象《きしやう》では左《さ》樣《やう》お思《おも》ひなさるだらうと案《あん》じましたから、昨夜《ゆふべ》にでもと思《おも》ひましたがなか〳〵隙《すき》がなくつて漸《やつ》と只今《たゞいま》……何卒《どうぞ》何《なに》事《こと》もての佐《さ》助《すけ》に面《めん》じまして、狭《せま》く此《こ》處《こ》を……濱子はやう〳〵顔《かほ》をあげまして　濱「左《さ》様《う》して感《かん》じて呉《く》れるのは誠《まこと》に忝《かたじけ》いことではあるけれども、どうも此《こ》處《こ》を逃《にげ》出《だ》つたと云《い》はれては猶《なほ》更《さ》ら此《この》身《み》が…………　佐「それは左《さ》様《う》でも厶ませうが、一《いつ》体《たい》頑《ぐわん》固《こ》の旦《だん》那《な》のことゆゑ、何《なに》程事《こと》をわけて仰《おつ》有《しや》つたとて何《なん》のお役《やく》にも立《た》たないのは知《し》れきつて居《を》ります、立《りつ》腹《ぷく》しておいでなさる矢《や》先《さき》へアーのコーの申しましては却《かへつ》て抗《さから》ふやうにも當《あた》り、傍怪《け》我《が》でも遊《あそ》ばさうもんなら、それてその取《とり》返《かへ》しがなりません、情願こゝを御《ご》了《りやう》見《けん》なさつて、佐《さ》助《すけ》奴《め》のやうな者の申すことでも……と、頼《たの》むやうに曰《い》はれて見ますと、強ちそれでもとは申されません、況《ま》して佐《さ》助《すけ》の云《い》ふことは一《いち》々理《り》にあたつてゐることで厶ますから　濱「事《こと》をわけてのお前《まへ》の言《こと》葉《ば》、それなら直《す》ぐに……と立《た》かゝりました濱子の袖《そで》を確《しつ》乎《か》と握《にぎ》つて、　佐「お聞《き》入《い》れ下《くだ》さいましたか、是《これ》で佐《さ》助《すけ》奴《め》も一《ひと》安《あん》心《しん》をいたしました、今《いま》から直《す》ぐにと仰《おつ》有《しや》つた處《ところ》で、第《だい》一《いち》に空《くう》腹《ふく》では………それに少《すこ》しはかりではムますが、是《これ》を路《ろ》銀《ぎん》にして………と、佐《さ》助《すけ》が握《にぎり》飯《めし》と幾《いく》何《ら》かのお金《かね》を手《て》に渡《わた》しまするとー濱「なにから何《なに》までの心《しん》配《ぱい》、お前《まへ》の親《しん》切《せつ》は死《し》んでも………またも濱《はま》子《こ》は泣《な》き始《はじ》めましたので、佐《さ》助《すけ》は態《わざ》と力《ちから》をつけ　佐「奥《おく》さん左《さ》樣《ん》なことは仰《おつ》有《しや》らずと、疾《はや》くそれも召《めし》上《あが》つて………萬《ひよ》一《つと》見《み》付《つ》けられでも仕《し》樣《やう》もんなら………全《ぜん》体《たい》わたしもお供を致したいのでムますけれども、夫《それ》では証《あか》明の手《て》掛《がか》りを失《なく》して仕《し》舞《ま》ひますから、夜《よ》路《みち》の事《こと》ゆゑ心《こゝろ》細《ぼそ》くもムませうが、何《どう》卒《ぞ》お一《ひと》人《り》で………サアー此《こち》方《ら》へ………と、佐《さ》助《すけ》は濱《はま》子《こ》の手《て》を引《ひい》て倉《くら》から伴《つれ》出《だ》し、裏《うら》木《き》戸《ど》をソッと開《あ》けまして首《しゆ》尾《び》よく其《その》場《ば》を落《おと》してやりました

第二十八席

さて其《その》翌《よく》日《じつ》になりますと、昨《きの》日《ふ》まで倉《くら》の中《なか》へ繋《つな》いで置《お》きました本《ほん》

鳥追お松

百四十八

妻《さい》濱子《はまこ》の姿《すがた》が見《み》ゑなくなりましたので、正司《しやうじ》は怒《いか》るまい事《こと》か火《ひ》の樣《やう》に眞紅《まつか》になつて腹《はら》をたて、彼程《あれほど》までに嚴重《げんぢう》にしておいたものが如何《いか》しても自分《じぶん》一人《ひとり》の力《ちから》で出《で》ることは出來《でき》ない筈《はず》に極《きま》つて居る、是《これ》には誰《だれ》か外《ほか》から助力《たすけ》をしたものがあるに相違《さうゐ》ないと考《かんが》へまして、誰《だれ》だらう彼《かれ》だらうと段《だん》々思案《しあん》をして見《み》ますと、如何《いか》しても佐助の奴《やつ》が有《う》散《さん》臭《くさ》い、彼奴《あいつ》を一つ吟味《ぎんみ》をしてやらうと云《い》ふので、馬丁《べつたう》の吉に命《めい》じまして佐助をぐる〳〵卷《まき》に縛《くゝ》りあげさせ、又《また》も濱子《はまこ》同樣《どうやう》の倉《くら》の中《なか》に連《つ》れて參《まゐ》りまして　正「佐《さ》助《すけ》昨夕《ゆふべ》倉《くら》から濱子《はまこ》を出《だ》して逃《にが》したのは貴樣《きさま》だらう、如何《いか》じや白狀《はくじやう》をしろ……手《て》に太《ふと》い竹棒《たけぼう》をもつて若し有體《ありてい》に白狀《はくじやう》をせずば此《この》竹棒《たけぼう》で撲《なぐ》ると云《い》はんばかりに責《せ》めたてますると、佐《さ》助《すけ》は正司《しやうじ》の顔《かほ》を凝視《みつめ》て　佐「どういたしまして其《そ》樣《ん》な惡戯《いたづら》をこの佐助《さすけ》が……と、一向《いつかう》に平氣《へいき》な樣子《やうす》をして居《ゐ》ります　正「貴樣《きさま》は、知《し》らんと申すが、夫《そ》りやア虚僞《うそ》と云《い》ふもんじや、全体《ぜんたい》貴《き》様《さま》がおれの為《す》ることに逆《さか》らつて濱《はま》子《こ》を遁《にが》すと云《い》ふのは、如《ど》何《う》いふ所《しよ》存《ぞん》だ……

佐「イーエどういたしまして、決《けつ》して其《そ》様《やう》な所《しよ》存《ぞん》は……

正「老《とし》人《より》だと思《おも》つてい、加《か》減《げん》にして置《お》けば何《ど》處《こ》までもつけ上《あが》つておれを馬《ば》鹿《か》に仕《し》様《やう》と云《い》ふ量《りやう》見《けん》だナ、然《よ》踏《し》貴《き》様《さま》がさう云《い》ふ量《りやう》見《けん》なら此《こ》方《ち》でも其《その》積《つも》りでやるから…………

佐「旦《だん》那《な》、そんな事《こと》を仰《おつ》有《しや》つたつて…………と、佐《さ》助《すけ》が何《なに》か云《いひ》出《だ》さうと致しますと、正《しやう》司《じ》は如《くわ》火《つ》と怒《おこ》りまして言《こと》葉《ば》を荒《あら》らげ

正「此《こい》奴《つ》なか〳〵澁《しぶ》太《と》い老《おや》爺《ぢ》だから、どうせ痛《いた》い思《おも》ひをしないとや…………これ吉《きち》公《こう》、この棒《ぼう》で…………と、手《て》に持《も》つて居《を》りました竹《たけ》棒《ぼう》を大坂吉に渡《わた》しますと、馬《べつ》丁《たう》の大坂吉は日《ひ》頃《ごろ》この佐《さ》助《すけ》を目《め》の上《うへ》の瘤《こぶ》の様《やう》に邪《じや》魔《ま》にしてゐるのでムいますから、その竹《たけ》棒《ぼう》を振《ふり》上《あ》げまして

吉「われはど迄《まで》に旦《だん》那《な》が仰《おつ》有《しや》つても何《なん》の彼《かん》のと云《い》ひくさつて…………潔《けつ》白《ぱく》に白《はく》状《じやう》をしないと斯《か》うして呉《く》れるぞ…………と云《い》ひながら、處《ところ》きらはず滅《めつ》太《た》打《うち》に擲《なぐ》りますると、打《うち》擲《ちやう》でも

わるかつたなのと見《み》ねまして佐《さ》助《すけ》はウーンと聲《こゑ》をたてゝそのまゝ氣《き》絶《ぜつ》をして仕《し》舞《ま》ひました、二《ふた》人《り》は一《いち》時《じ》大《たい》層《そう》に驚《おどろ》きまして手《て》當《あて》を施《し》ては見《み》ましたが、到《たう》頭《とう》北《きた》甲《か》斐《ひ》もなく憫《あはれ》れや佐《さ》助《すけ》は五十四才《さい》を一《いち》期《ご》として冥《めい》界《よ》の人《ひと》となつて仕《し》舞《ま》ひました、正司は後《あと》で誤《あやま》つたゐとをしたとは後《こう》悔《くわい》をしたところで、回復《かへし》がつきません、依《そこ》之《で》馬《べつ》丁《たう》の吉《きち》公《こう》を始《はじ》め各個幾《いく》何《ら》かの鼻《はな》藥《ぐすり》を與《あた》へまして、佐《さ》助《すけ》を病《びやう》死《し》の体《てい》に拵《こしら》ゑ、密《ひそ》かに埋《うづ》めて仕《し》舞《ま》ひました、又《また》濱《はま》子《こ》の親《おや》兄《きやう》弟《だい》も正《しやう》司《じ》の所《し》業《わざ》を憎《にく》みまして、遂《つひ》に濱《はま》子《こ》は離《り》縁《えん》して仕《し》舞《ま》ひました、先《ま》ア斯《か》うなりますると、淫《いん》婦《ぷ》のお松と情《ま》夫《ぶ》の大坂吉とは一《ひと》安《あん》心《しん》をいたしまして、正《しやう》司《じ》の目《め》を忍《しの》んでは凡《ぼん》夫《ぷ》盛《さか》んに神《かみ》たゝらずで、何《なに》事《ごと》もなく、爰《こゝ》に三年ばかり淫《いん》樂《らく》に日《ひ》を送《おく》つて居《を》りました、然《しか》るに天《てん》はこの惡《あく》漢《かん》淫婦《ぷ》に私《わたく》し給《し》たとでも云《い》ふので厶ますか、彼《かれ》等《ら》二《ふた》人《り》の身《み》にとりましては實《じつ》に最《もつ》稀《け》の幸《さい》福《はひ》とでも云《い》ふべき事《こと》が起《おこ》つてまゐりました、扨《さて》それは如《ど》何《う》いム次第《しだい》かと申しますると、正司《しやうじ》が彼《か》の佐《さ》助《すけ》を打《うち》殺《ころ》しまして密《ひそ》かにこれを埋《まい》葬《さう》いたしたと云《い》ふことが御《お》公《か》儀《み》に聞《きこ》ゑまして、正司《しやうじ》はお召《めし》取《とり》に相《あい》成《なり》、入《じゆ》牢《らう》中《ちう》に敢《あへ》なく病《びやう》死《し》をいたしたと云《い》ふ譯《わけ》でムます、情《じやう》婦《ふ》のお松はサアー斯《か》うなれば財《しん》産《だい》は此《こつ》方《ち》の所《も》有《の》だと下《げ》男《なん》や下《げ》女《ぢよ》にはそれ〳〵暇《ひま》をとらせ、衣《い》類《るゐ》道《だう》具《ぐ》を賣《う》り拂《はら》つて金《かね》にいたし、大坂吉と誰《だれ》憚《はゞか》らず桃《もゝ》谷《だに》の裏《うら》長《なが》屋《や》を借《か》り受《う》けまして、暫《しばら》くは其《そ》處《こ》に世《せ》帶《たい》をもつて居《を》りましたが、此《この》頃《ごろ》正司《しやうじ》が家《か》財《ざい》のことについて二人《ふたり》の在《あり》家《か》を探《さが》して居《を》ると云《い》ふことをうす〳〵聞《きゝ》込《こ》ましたから、再《ふたゝ》び便《びん》船《せん》にのつて東《とう》京《きやう》へ逃《にげ》延《の》びやうといたし、裏《うら》道《みち》を辿《たど》りまして彼《か》の津《つ》の國《くに》の摩《ま》耶《や》山《さん》の麓《ふもと》にかゝりました頃《ころ》は、丁《ちやう》度《ど》極《ごく》月《げつ》下《げ》旬《じゆん》の事《こと》でムましたから路《みち》も判《わか》らんと云《い》ふまでに雪《ゆき》が降《ふ》りつもりました、二《ふた》人《り》はやう〳〵に路《みち》を拾《ひろ》つて上つて參《まゐ》りまする と、向《むか》ふから鐵《てつ》砲《ぱう》をかたげまして足《あし》早《ばや》にかけて來《く》る獵《かり》人《うど》が厶ました、今《いま》通《すれ》違《ちがは》ふといたしました

鳥追お松

時《とき》思《おも》はず顔《かほ》を見《み》合《あは》せまして　獵「ヤー珍《めづ》らしやお松……と、唐突《だしぬけ》に聲《こゑ》をかけられまして　松「ヤ、貴郎《あなた》は作藏さん……と、驚《おどろ》くお松をハッタと睨《にら》め　作「万《まん》更《ざら》知《し》らねエーもんでもあるめエー、疾《とう》に死《し》んだと思《おも》つて居《ゐ》たが、此處《ここ》であつたが百年《ひやくねん》目《め》、地《ぢ》駄《だ》破《ば》駄《だ》せずともおれと一所《いつしよ》に……向《むか》ふに居《を》るのは亭主《ていしゆ》どんかは知《し》らねエーが、氣《き》の毒《どく》ながらあのお松《まつ》はわたしが連《つ》れていかなきやならねエー、若《も》しまたどう斯《か》う吐《ぬか》しやアーがれば此《この》鉄砲《てつぱう》をお見《み》舞《ま》ひ申《まを》すより外《ほか》はねエー、先《さ》アお松《まつ》此《こつ》方《ち》へ……と、手《て》をとつて連《つ》れてゆかうと致《いた》しますと　吉「見《み》損《そん》じたかありや獵《かり》人《うど》、おれも普通《ただ》の男《をとこ》じやねエーぞ取《と》れるもんなら取《と》つて見《み》ろ……　作「なんの小《こ》癪《しやく》な……と云《い》ひながら獵《かり》人《うど》の作藏は鉄《てつ》砲《ぱう》をふりあげて大坂吉の頭《づ》上《じやう》を目《め》がけて打《う》てかゝりますと、大坂吉も心得《こゝろえ》たりと用意《ようい》の短《たん》刀《たう》を拔《ぬき》放《はな》しまして、互《たが》ひに暫《しば》らくは挑《いど》んで居《を》りましたが、山《やま》路《ぢ》になれない大坂吉は運《うん》わる

く足《あし》を滑《すべ》らし、數《す》丈《ぢやう》の谷間《たにま》へ落込《おちこ》みました

第二十九席

前席《ぜんせき》で伺《うかゞ》ひました通《とほ》り、お松《まつ》の情人《まぶ》大坂《おほさか》吉《きち》は作藏《さくざう》と爭《あらそ》つて居《を》ります途端《とたん》に、生憎《あいにく》足《あし》を滑《すべ》らして數《す》丈《ぢやう》の谷底《たにそこ》へコロ〳〵と轉《ころ》げ落《お》ちましたので、お松《まつ》は大《おほい》に驚《おどろ》きまして逃《に》げ出《いだ》さうといたしまする と、作藏はお松の手《て》を確乎《しつか》と抑《おさ》へて　作「逃《に》げやうつて左様《さう》甘《うま》くはさせるもんか、野郎《やらう》はこの谷底《たにそこ》へ落《お》ちて仕舞《しま》ひば往生觀念佛《わうじやうくわんねんぶつ》は極《きま》つて居《を》る、先《さ》アどうだ、おれが心《こゝろ》に從《したが》へばよし、若《も》し否《いや》の應《おう》のと面倒《めんだう》なら此《この》鉄砲《てつぱう》で貴様《きさま》の息《いき》の根《ね》をとめてやる、先《さ》アお松、心《こゝろ》を定《さだ》めて返答《へんたふ》をして見《み》ろ………と伸引《のつぴき》させぬ威嚇《おどし》の文句《もんく》、お松は寧《いつそ》この場《ば》で死《し》んで仕舞《しま》はふかとも思《おも》ひましたが、一旦《いつたん》作藏が言葉《ことば》に從《したが》つてゐたなち、また逃延《にげのび》ることも出來《でき》るだらうと考《かんが》へましたので　松「逃《にげ》るも引《ひ》

百五十四

くも出《で》来《き》ないこの場《ば》、一度《ど》ならず二度《ど》までもお前《まへ》さんの目《め》にとまると云《い》ふのも、是《これ》も矢《やつ》張《ぱ》り何《なん》かの御《ご》縁《えん》これから以《さ》後《き》の妾《わたし》の身体《からだ》は煮《に》やうが焼《やか》うが貴《あな》郎《た》の御《ご》勝手《かつて》になりませう……と、度《ど》胸《きよう》をすゑたお松の言葉《ことば》に作蔵は苦笑《にがわらひ》をして　作「ハヽハヽヽヽ……左《さ》様《やう》お前《まへ》の方《はう》で得心《とくしん》ならマア〳〵あれでわたしの望《のぞみ》もかなつたと云《い》ふ様《やう》な物《もの》よこれから共《とも》にたのしんでくらさうよアハヽハヽハヽヽヽ……と手《て》を引《ひ》きながら連《つ》れこんだのは摩《ま》耶《や》山《さん》の麓《ふもと》で、人《ひと》里《ざと》を遠《とほ》く離《はな》れました只《たつた》一《いつ》軒《けん》屋《や》でムいましたお松は嫌《いや》々ながらいつか〳〵と隙《すき》をねらつて居《を》りましたが、作蔵は一向《いつかう》に猟《かり》にも出《で》掛《が》けずお松の傍《そば》にばかり秘《ひ》張《ぱり》附《つ》いて居《を》りますので、爰《こゝ》に二タ月《げつ》斗《ばか》り月《つき》日《ひ》を送《おく》りましたが、作蔵も左《さ》様《う》家《うち》にばかり引込《ひつこ》んで居《を》りましては二人《ふたり》共《とも》頭《あた》が干《ひ》上《あが》ると云《い》ふ勘《かん》定《ぢやう》なので、どうしても一《ひと》稼《かせ》ぎして来《こ》なければならん次第《しだい》になりました、乍《だ》併《が》お松一人《ひとり》を家《うち》に残《のこ》して参《まゐ》りますと、或《ある》ひは

鳥追お松

其《その》隙《すき》に逃《にげ》出《だ》しはせんかと疑《うたが》ひましたので、進《すゝ》まぬお松を無《む》理《り》に引《ひつ》立《た》てまして猪《しゝ》小《ご》屋《や》へと出《しゆつ》立《たつ》をいたしました、作蔵は何《なん》なり善《よ》い獲《え》物《もの》が見《み》當《あた》り次《し》第《だい》ヅドンと一《ひと》發《はつ》やるつもりで、既《すで》に鐵《てつ》砲《ぱう》には丸《たま》込《こめ》をいたして、側《わき》に立《たて》掛《か》けたまゝ焚《たき》火《び》をいたして待《まち》構《かま》へて居《を》ります中《うち》、其《その》場《ば》に打《うち》伏《ふ》しまして遂《つひ》トロ〳〵といたしますと、お松は此《こ》處ぞと大《だい》膽《たん》にも以《い》前《ぜん》の鐵《てつ》砲《ぱう》を取《とり》上《あ》げまして、今《いま》にも作蔵を打《うち》殺《ころ》さうと致《いた》しました時《とき》、どういふ機《はづ》會《み》でムましたか轟然《ぜん》一《いつ》發《ぱつ》丸《たま》は作蔵の耳《みゝ》朶《たぶ》の邊《わたり》をヒユーと唸《うな》つて通《とほ》りましたので、我《が》破《ば》と躍《はね》起《お》き　定「うぬ、如《ど》何《う》するか覺《かく》悟《ご》をしろッ……」と、云《い》ふより早《はや》く山《やま》刀《がたな》をスラリと拔《ぬき》放《はな》しまして、お松を目《め》がけて飛《とび》かゝりまするど、お松も今《いま》は絶《ぜつ》体《たい》絶《ぜつ》命《めい》下《した》をくゞつて雪《ゆき》つぶて、木《こ》立《だち》を楯《たて》に逃《にげ》廻《まは》りまするのを、作蔵は彼《かな》方《た》此《こな》方《た》へ追《おつ》驅《かけ》廻《まは》る後《うしろ》の方《かた》から、以《い》前《ぜん》の筒《つゝ》音《おと》に驚《おどろ》きましたか、負《て》傷《おひ》の大《おほ》熊《くま》吼《たけ》り狂《くる》つて眞《ま》一《いち》文《もん》字《じ》にかけてまゐり、作蔵を只《たゞ》一《ひと》攫《つかみ》と飛《とび》附《つき》ましたので、作蔵は何《なに》かは以《もつ》て堪《たま》るべき、アッと一《ひと》聲《こゑ》叫《さけ》ぶと諸《もろ》共《とも》悲《ひ》鳴《めい》をあげて打《うち》倒《たふ》れました、熊《くま》は又《また》もや暴《あれ》出《いだ》してお松を見《め》掛《が》けて飛《とび》附《つ》きますので、一《いち》難《なん》のがれてまた一《いち》難《なん》お松は前《ぜん》後《ご》の分《ふん》別《べつ》をする隙《ひま》なく、谷《たに》底《そこ》望《のぞ》んで飛《とび》下《お》りました

第三十席

お松は熊《くま》の怖《おそ》ろしさに我《わが》身《み》を忘《わす》れて飛《とび》下《お》りましたので、何《なん》でお堪《たま》り拳《こぶし》がムませう、ウーンとばかり息《いき》絶《た》ゑて仕《し》舞《ま》ひました、此《この》時《とき》彼《あな》方《た》のかたから、行《あん》脚《ぎや》の笠《かさ》を首《かうべ》に戴《いただ》き黒《すみ》染《ぞめ》の衣《ころも》を身《み》に着《つ》けまして、真《まつ》白《しろ》に降《ふ》りつんでゐる雪《ゆき》の上《うへ》を徐《そろ》〳〵と歩《ある》いてまゐります一《ひと》人《り》の旅《たび》僧《そう》がムましたが、半《なかば》雪《ゆき》に埋《うづ》もれたお松の死《し》骸《がい》を見《み》つけまして　僧「これはしたり、此《この》雪《せつ》中《ちう》に女《をんな》の死《し》骸《がい》、どうした譯《わけ》か知《し》らないが、ヤレ〳〵可《か》愛《あい》相《さう》に、南《な》無《む》阿《あ》彌《み》陀《だ》佛《ぶつ》〳〵……………と唱《しやう》名《みやう》を唱《とな》へながら近《ちか》寄《よ》つて、手《て》

をあてゝ見ますると、幾分《いくぶん》か温氣《ぬくみ》が殘《のこ》つて居《ゐ》りましたので　僧「ウトム幾《いく》何《ら》か温《ぬく》氣《み》があるところを見《み》れば、今《いま》がた死《し》んだものに相違《さうゐ》ない、手當《てあて》を施《し》てやつたなら生歸《いきかへ》らないものでもあるまい……獨《ひとり》言《こと》をいひながら來《きた》て用意《ようい》の藥《くすり》を取出《とりだ》しましてお松の口中《こうちう》へ押込《おしこ》み、抱起《だきおこ》して　僧「女中《ぢよちう》やーい〳〵……と聲《こゑ》張《は》りあげて呼生《よびい》けますると、不思議《ふしぎ》やお松は夢《ゆめ》でも醒《さめ》たやうにパッチリと目《め》を見開《みひら》きまして、不審氣《ふしんさう》に旅僧《たびそう》の顏《かほ》をながめて居《を》りました、旅僧《たびそう》は喜《よろこ》びの色《いろ》を顏《かほ》に現《あら》はしまして　僧「オーお氣《き》がつかれたか、それは何《なに》より……これも矢張《やはり》佛《ほとけ》の功德《くどく》、南無阿彌陀《なむあみだ》〳〵……　松「何處《どこ》のお方《かた》かは存《ぞん》じませんが、危《あやう》い命《いのち》をお助《たす》け下《くだ》さいまして有《あり》かたう存《ぞん》知《ぢ》ます……お松[illegible]婦《ふ》とはいひながら再生《さいせい》の恩《おん》を謝《しや》しました、旅僧《たびそう》はつく〴〵お松の擧動《やうす》に目《め》をつけまして　僧「お前《まへ》さんの言葉《ことば》と云《い》ひ品格《ひんかく》といひ遂《つひ》山家《やまが》などに住《すま》う人《ひと》とは思《おも》はれないが、全体《ぜんたい》お前《まへ》さんは何《ど》處《こ》のお

鳥追お松

方《がた》で如《ど》何《う》した譯《わけ》……と、不《ふ》審《しん》氣《き》に尋《たづ》ねましたので、お松は例《いつも》の嘘《うそ》八《はつ》百《ぴやく》

松「ハイ、妾《わたし》は大《おほ》坂《さか》生《うま》れの者《もの》でムますが、少《すこ》し都《つ》合《がふ》がムまして今《こん》度《ど》東《とう》京《きやう》へ參《まゐ》るやうな場《ば》合《あひ》になり、夫《ふう》婦《ふ》二《ふた》人《り》がこの山《やま》路《みち》に通《とほ》りかゝります、と、遂《つひ》惡《わる》盗《もの》に出《で》會《あは》しまして、配《つれ》夫《あひ》は路《ろ》銀《ぎん》を剝《は》がれました上《うへ》に深《ふか》い谷《たに》底《そこ》へ蹴《け》込《こ》まれて仕《し》舞《ま》ひ、上《あげ》句《く》の果《はて》にわたしを手《て》込《ごめ》にしやうといたしましたので、怖《おそ》ろしさに前《あと》後《さき》の考《かんが》へもなく谷へ飛《とび》落《お》ち、氣《き》絶《ぜつ》をいたして居《を》りましたところ…………旅《たび》僧《そう》も涙《なみだ》を浮《うか》べまして

僧「それは〳〵散《さん》〳〵なこと、お前《まへ》さんの御配《つれ》合《あひ》も深《ふか》い谷《たに》底《そこ》へ蹴《け》落《おと》されたとおつて見《み》れば、如《ど》何《う》して生《い》きやう筈《はず》はない、是《これ》も矢《や》張《は》り生《しやう》者《じや》必《ひつ》滅《めつ》とおきらめるより外《ほか》はない、愚《ぐ》僧《そう》も大《だい》師《し》へ參《まゐ》つて仕《し》舞《ま》ひば、どうせ東京近くへ歸《かへ》る身《み》の上《うへ》、お連《つ》れ申《まう》してあげてもよい…………

松「それは〳〵重《かさ》ね〴〵の御《ご》親《しん》切《せつ》、なんとも御《お》禮《れい》の申しやうもムません、色《いろ》〳〵考《かんが》へ合《あは》して見《み》れば、貴《あな》僧《た》に此《こ》處《ゝ》でお出《で》合《あ》申すと云《い》ふのも、矢《やつ》張《ぱ》

鳥追お松

の深《ふか》い和《を》尚《しやう》さんの居《ゐ》間《ま》に忍《しの》び込《こ》みまして、少《すこ》しのお金《かね》を盗《ぬす》みとり、東《とう》京《きやう》を指《さ》して密《ひそ》かに此《この》寺《てら》を出《しゆつ》奔《ぽん》いたし、千《せん》住《じゆ》の所《し》刑《けい》場《ば》近《ちか》くへまゐりますると、生《あい》憎《にく》にも卍《まんじ》巴《ともゑ》と降《ふ》りしきる雪《ゆき》に北《きた》風《かぜ》烈《はげ》しく吹《ふき》荒《すさ》んで肌《はだ》を劈《つんざ》く様《やう》なる寒《かん》気《き》に、お松は胴《どう》震《ぶるひ》をしながら暫《しば》時《し》木《こ》陰《かげ》に佇《たゝず》んで居《を》りますると、彼《あな》方《た》から菅《すげ》笠《がさ》合《かつ》羽《ぱ》に身《み》を堅《かた》めて足《あし》を急《いそ》がせ歩《ある》いて来《く》る一《ひと》人《り》の男《をとこ》がございました、お松《まつ》と顔《かほ》を見《み》合《あは》せますると

松「ヤヽ貴《あな》方《た》は忠《ちう》蔵《ざう》さん……と、云《い》ひすてゝ逃《にげ》出《だ》さうといたしましたが、何《なに》分《ぶん》にも行《ゆき》悩《なや》んで居《ゐ》る上《うへ》に今《いま》は病《びやう》気《き》の身《み》でムますから、思《おも》ふやうに足《あし》を運《はこ》ぶ譯《わけ》には参《まゐ》りません、忠《ちう》蔵《ざう》は自《じ》分《ぶん》の名《な》を呼《よ》ばれまして、どうも合《が》点《てん》がまゐりません、真《ま》逆《さか》に是《こ》れがお松《まつ》の成《なれ》の果《はて》とは感《かん》附《づ》きませんでしたが、如《じ》何《か》に容《すが》姿《た》が変《かは》つたとは申しながら、幾《いく》分《ぶん》が未《ま》だ似《に》合《あ》つたところが残《のこ》つて居《を》りましたので、漸《やうや》くお松《まつ》であつたと云《い》ふるとに気《き》がつき、跡《あと》追《おつ》駈《か》けて

忠「アー和《そな》女《た》はお松《まつ》じやないか……

鳥追お松

……と、問《と》ひかけられましてお松《まつ》は今更《いまさら》何《なん》の面目《めんぼく》もなく無言《むごん》のまゝ袖《そで》を顔《かほ》に押《お》しあてゝ、只《たゞ》ふる〳〵顫《ふる》てばかり居《を》りました、どうも良《りやう》心《しん》の責《せめ》と申すものは仲々《なか〳〵》恐《おそ》ろしいものでムます、斯《かゝ》る大膽《だいたん》なお松《まつ》でさへもいろ〳〵の事《こと》を回想《おもひかへ》して良心《りやうしん》のために其罪《そのつみ》を責《せ》められたる次第《しだい》でムませう扨《さて》忠藏《ちうざう》は一時《いちじ》は憤然として見《み》ましたが、お松《まつ》が此《この》變《かは》つた体《なり》を見《み》まして、却《かへつ》て不憫《ふびん》なものだと考《かんが》へ懐中《くわいちう》から頒《わか》て五圓のお金《かね》を取出《とりだ》しましてお松《まつ》に惠《めぐ》み、淚《なみだ》ながらに立別《たちわか》れました、所謂《いはゆる》怨《うら》みに報《むく》ふるに徳《とく》を以《もつ》てすると云《い》ふのは此事《このこと》でムます。それよりお松《まつ》は汐入堤《しほいりつゝみ》の母親《はゝおや》お千代《ちよ》の許《もと》に歸《かへ》りまして、いろ〳〵と治療《ちれう》に術《て》をつくしましたが毫《すこし》も其甲斐《そのかひ》がなく、追々《おひ〳〵》に肉《にく》は爛れ膿《うみ》汁《しる》は流《なが》れ、生《い》きながら地獄《ちごく》の苦《くる》しみをいたしまして到頭《たう〳〵》病没《なくな》つたのは丁度《ちやうど》明治《めいぢ》十年《ねん》の二月《ぐわつ》九日《か》のことでムまして、實《げ》に天命《てんめい》と申すべきでムます

（鳥追お松終）

明治卅三年五月十九日印刷
明治卅三年六月四日發行

著作權所有

講演者　（燕林改）桃川[illegible]燕

發行者　東京市日本橋區蠣殻町十三番地　[illegible]

印刷者　東京市神[illegible]區[illegible]町十[illegible]番地　[illegible]

發行所　東京市日本橋區蠣殻町十三番地　一二三館書肆

解題

中村正明・安西晋二

速記本『鳥追お松』（明治三三年　錦城斎貞玉）全一冊

明治三三（一九〇〇）年一月刊行。発行者は中村惣次郎。四頁に「錦城斎貞玉講演／加藤由太郎速記」とある。奥付の講演者名は、「錦城斎貞玉事　柴田貢」となっている。

本書は、講談師・錦城斎貞玉の講演を速記したものである。「鳥追お松はしがき」が最初にあり、そこには「加藤みゝづ」の署名があるが、姓から速記者の加藤由太郎かと思われる。また、錦城斎貞玉の講演日時や会場に関する記載はない。

錦城斎貞玉（生年不明、明治三四［一九〇一］・五・六没）は、「武家の三男で、明治維新後に講談師となる。明治一〇年からしばらく愛知県名古屋で暮らし、同地で水雲斎龍玉に入門、小龍玉。師の没後に龍玉を襲名した。帰京後、初代錦城斎一山（三代目一龍斎貞山）の門に入り、錦城斎貞玉に改名。徳川慶喜の弟を騙った御落胤詐欺事件を「明治天一坊」として講談化したところ大当たりをとり、世話物読みとして知られた。中央新聞付録の講談速記として、「明治天一坊」の他、「名古屋お仙」「殿様源次（侠客）」「鳥追お玉」「東髪娘」「二人合邦」「官員小僧」「正直車夫」「堀の小春」などが残されている」（『新撰芸能人物事典』日外アソシエーツ、平成二二［二〇一〇］・一一）という人物である。一方、加藤由太郎については、「明治六年八月東京に生る。故酒井昇造門下。二十三年百花園速記主筆となり、爾今講談専門速記を以て立つ。三十八年大阪電通支局速記主任、三十九年大阪毎日新聞入社、又毎日電報社に転勤、爾来四十五年まで東京日日新聞社在勤、同年辞して東洋文芸株式会社を起し、速記部主任兼常務取締役となる。大正二年同社を辞し、自ら中央文芸社を創立、傍ら速記事務に従事、大正一二年以後は、写真製版業を主として、工場経営。嘗て藤門速記学会を設け、子弟を教導す。」（『昭和八年度版　日本速記五十年史付属　日本速記者名鑑』日本速記学会、昭和八［一九三三］・一〇）とある。なお、加藤由太郎と中村惣次郎による講談速記本の出版は、明治三〇［一八九七］～明治三四年頃にかけて三〇冊以上見られる。

錦城斎貞玉による講演は、全一一席の構成となる。その第一席から、『鳥追阿松海上新話』にはない場面（忠蔵とお松がやり取りした手紙等）が語られるなど、細部においてかなり手が加えられている。なかでも、海に落ちたお松を通りかかった汽船が救出する場面（第六席）や、濱田正司との一件後、大阪吉とお松が堺屋という豪商の番頭定吉を騙して強盗をし、それがきっかけで大阪を出奔することになる場面（第一一席）など、『鳥追阿松海上新話』には書かれていない内容が、新たな登場人物を増やしてまで演じられているのである。大筋では『鳥追阿松海上新話』と一致してはいるが、細部においては講談としての独自色、あるいはこれに先立つ芝居の脚本が意識されていたのではないかと推測される。全体的に登場人物のセリフも大幅に増加しており、貞玉によって臨場感を作り上げるように盛り上げられていたのだろう。

最後に書誌を記す。

（安西）

書誌

○所　蔵　中村正明

○表　紙　原装表紙（摺付表紙）。

○巻冊数　全一冊

○紙　数　全一八五頁

○寸　法　二〇・九糎×一三・七糎

○外　題　「鳥追お松」

○序　題　「鳥追お松はしがき」（一頁）
○内　題　「鳥追お松」（九頁）
○尾　題　「鳥追お松　大尾」（一八五頁）
○作　者　「錦城斎貞玉口演」（表紙）
　　　　　「錦城斎貞玉講演／加藤由太郎速記」（九頁）
○画　工　署名なし
○序　文　「加藤みゝづ識」（八頁）
○発　行　「中村惣次郎」（刊記）
○印　刷　「大塲沃美／龍雲堂」（刊記）
○刊　年　「明治卅二年十二月二十五日印刷／明治卅三年一月二日発行」（刊記）
※底本以外の所蔵機関
　・国立国会図書館（『鳥追お松』）

速記本『絶世の美人 鳥追お松』（桃川燕林講演）　全一冊

　一二三館書肆より明治三三（一九〇〇）年六月刊行。四頁に「桃川燕林講演／速記学会速記」とある。奥付の講演者名は、「燕林改　桃川實」となっている。

本書は、講談師・桃川實の講演を速記したものである。「速記学会速記」とあるのみで、個別的な速記者の氏名はなく、桃川實の講演日時や会場に関する記載もない。桃川實（弘化二［一八四六］・一一生、明治三八［一九〇五］・八・一五没）は、「鳶頭の子に生まれ、伯父の講談師・初代桃川如燕に育てられた。国猫を名乗り、燕寿、燕朝、燕玉を経て、三代目桃川燕林と改める。明治二四年の正論派と睦派の講談組合分裂時は一時鶴吾斎松朝と名乗った。三二年実に改名。「義士伝」「太閤記」「次郎長伝」「三国志」などなんでも演じ、また多くの講談速記本をのこした」（『新撰芸能人物事典』日外アソシエーツ、平成二二［二〇一〇］・一一）という人物である。

桃川實の講演は、全三〇席で構成されている。席数自体は、錦城斎貞玉の講演より多い。しかし、貞玉のほうは一席が長いため、全体の分量は桃川實のほうがやや短い。講演自体は、大筋で『鳥追阿松海上新話』を踏襲しているが、いくつかの相違点も見られる。たとえば、お松が遠州灘に落ち、汽船に助けられたあと、本書では神戸の旅人宿に十日あまり泊まったお松が、夜に起こった火事に紛れて、他人の着物を盗み、宿代を踏み倒して逃げる場面が語られている（第一三〜第一四席）。ほかにも、第一九〜第二〇席で忠蔵の父親である忠兵衛が息子を探しに蒲原宿へ向かい無事に再会する場面が挿入されている点などが挙げられる。細かな相違点は複数あるが、『鳥追阿松海上新話』と差異化されたもっとも大きな特徴は、やはり登場人物の会話だろう。貞玉の講演と同じく、各登場人物のセリフは大幅に増加されている。講演であることに鑑みれば、口調によって登場人物が演じ分けられたであろう。そのような会話の場面は、講談師による講演の見どころのひとつでもであっただろうことは想像にかたくない。

また、桃川實は、『鳥追阿松海上新話』や錦城斎貞玉の講演と異なり、お松が「非人」であることをほとんど語っていない。冒頭においてお松の出自を語る際にのみ、「非人」の語が用いられる。これがことばへの配慮であるかは定かではない。ただ、『鳥追阿松海上新話』では「非人」という身分の問題がお松の言動にも大きく関わっていた。貞玉の講演は、それをそのまま引き継いでいるといってもよいだろう。この点は、お松をめぐる物語の印象において、桃川實の講演が『鳥追阿松海上新話』と大きく異なる部分でもある。

　速記についてもここで触れておく。明治一〇年代に、田鎖綱紀によって日本語の速記術が研究、発明され、彼のもとには多くの弟子が集まった。なかでも、若林玵蔵と酒井昇造によって速記された、三遊亭円朝『怪談牡丹燈籠』（東京稗史出版社、明治一七［一八八四］）の刊行は有名であろう。当時の言文一致や近代小説の発展に与えた影響は大きい。これだけではなく、『怪談牡丹燈籠』以降は落語や講談の速記本自体の出版が増加する。『日本速記五十年史』（日本速記協会、昭和九［一九三四］・一〇）によれば、「速記を能くした講談師は伯圓、桃林、燕尾、貞水（何れも先代故人）伯知、實、落語家は柳櫻、禽吾樓、小さん、燕枝、圓遊（何れも先代）など」であり、「桃川實などはズット後に出た人であるが、此人位速記の流行つた人はなく、朝早くから多い時には八九人も速記者が詰掛けて、各人が済むのを待つて速記したといふ全盛であつた、此實も中々早口で速記としては楽ではなかつたが誠に書き良い読口で筆と口と一緒に動いたのは此人ばかりであつた」ということである。

　三六一頁（原本一五九頁）は、元々が印刷不鮮明であったと思われ、本書においてもそのまま掲載した。

　最後に書誌を記す。

（安西）

書誌

○所　蔵　国立国会図書館（特八―五二一）

○表　紙　原装表紙（摺付表紙）。

○巻冊数　全一冊
○紙　数　全一六一頁
○寸　法　二二・○糎
○外　題　「絶世の美人　鳥追お松」
○序　題　「鳥追お松序」（一頁）
○内　題　「鳥追《とりおひ》お松《まつ》」（五頁）
○尾　題　「鳥追お松終」（一六一頁）
○作　者　「速記学会速記」（表紙）
「桃川燕林講演／速記学会速記」（五頁）
「講演者　燕林改桃川實」（刊記）
○画　工　不明
○序　文　「演者述（桃川燕林）」（四頁）
○発　行　「栗本長廣」（刊記）
「一二三舘書肆」（刊記）
○印　刷　「龍雲堂 大塲沃美」（刊記）
○刊　年　「明治卅三年五月十九日印刷／明治卅三年六月四日発行」（刊記）
※底本以外の所蔵機関　なし

中村正明

1966年、群馬県生まれ。國學院大學大学院文学研究科日本文学専攻博士後期課程満期退学。現在、國學院大學文学部教授。専攻は日本近世文学。編著に『草双紙研究資料叢書』全八巻（編集解題・2006年、クレス出版）、『膝栗毛文芸集成』全四十巻（編集解題・2010～2017年、ゆまに書房）、監修に『すぐ読める！蔦屋重三郎と江戸の黄表紙』（山脇麻生著・2024年、時事通信社）。

安西晋二

1976年、千葉県生まれ。國學院大學大学院文学研究科日本文学専攻博士後期課程修了、博士（文学）。現在、國學院大學文学部准教授。専攻は日本近現代文学。主著『反復／変形の諸相―澁澤龍彦と近現代小説』（2016年、笠間書院）。

明治《めいじ》初期《しょき》毒婦《どくふ》小説《しょうせつ》集成《しゅうせい》　第2巻
久保田彦作《くぼたひこさく》 篇《へん》②

二〇二五年四月一四日　初版印刷
二〇二五年四月二五日　初版発行

監修・編集・解題　中村正明《なかむらまさあき》
　　　　　　　　　安西晋二《あんざいしんじ》
発行者　鈴木一行
発行所　株式会社ゆまに書房
〒一〇一-〇〇四七　東京都千代田区内神田二―七―六
電話　〇三(五二九六)〇四九一
FAX　〇三(五二九六)〇四九三
組版　有限会社ぷりんてぃあ第二
印刷　株式会社平河工業社
製本　東和製本株式会社

ISBN978-4-8433-6879-4 C3393　＊定価：本体二八、〇〇〇円
落丁・乱丁本はお取替致します。